JN020723

花嫁殺し

カルメン・モラ

宮﨑真紀 訳

LA NOVIA GITANA

BY CARMEN MOLA

TRANSLATION BY MAKI MIYAZAKI

ハーパー
BOOKS

LA NOVIA GITANA
BY CARMEN MOLA
COPYRIGHT © 2018, CARMEN MOLA

Japanese translation rights arranged with Carmen Mola
in care of Hanska Literary & Film Agency, Barcelona, through Tuttle-Mori Agency, Inc., Tokyo

All characters in this book are fictitious.
Any resemblance to actual persons, living or dead,
is purely coincidental.

Published by K.K. HarperCollins Japan, 2021

花嫁殺し

おもな登場人物

エレナ・ブランコ――スペイン警察の警部。特殊分析班リーダー
ブエンディア――検死官。特殊分析班メンバー
チェスカ――刑事。特殊分析班メンバー
オルドゥーニョ――刑事。特殊分析班メンバー
マリアホ――情報分析官。特殊分析班メンバー
アンヘル・サラテ――カラバンチェル署の刑事
スサナ・マカヤ――結婚を控えた女性
ラウル・ガルセド――スサナの婚約者
ラーラ・マカヤ――スサナの姉。故人
モイセス・マカヤ――スサナの父親。イベント会社経営
ソニア・マカヤ――スサナの母親
シンティア――スサナの親友
カピ――モイセスのいとこ
マヌエル・レンテロ――スペイン警察の捜査本部長。エレナの両親の友人
サルバドール・サントス――引退した刑事
ミゲル・ビスタス――囚人。ラーラ殺害の犯人として有罪に
カラカス――囚人
カミロ・カルドナ――元囚人
アントニオ・ハウレギ――ミゲルの弁護士

第一部

部屋の中の空

最初はゲームだと思った。暗い部屋に閉じ込められた子どもが、自力でそこから脱出するゲーム。まずは灯りのスイッチを見つけなければならないが、探さなかった。すぐにでもドアを開けてもらえると思ったからだ。

でもドアは開かなかった。

もしくは我慢大会かもしれない。助けを求めずに、最後までおとなしくしていられた者が勝ち。少年は木製のドアに耳を押しつけた。轟《とどろ》くような音が聞こえた。オートバイのエンジンがかかり、遠ざかっていく音。それでわかった。もう独りぼっちだと。もし今大声で叫んだら、この埃っぽくて湿気った空気の暗い部屋に声がわんわん響き、気づいてもらえたかもしれない。でも怖くて声が出なかった。

やっぱり灯りのスイッチを探さなければ。壁を手探りする。転ばないようにゆっくりと、障害物を避けながら。天井から電球が一つ吊り下がっている。あれをつけないと。壁の高いところに細長い窓が一つあるけれど、一時間前に日が沈んでしまったので、宵闇が忍び込んでくるばかりだ。

どうして自分がここに閉じ込められているのか、わからなかった。

夢遊病者のような足取りで暗がりの中をふらふらと歩くうちに、洗濯機らしきものにぶつかった。動くかどうか確かめてもよかった。洗濯槽《そう》の中で回る水の音がせめてもの慰めになる。でも結局確かめなかった。壁伝いに室内を探り続ける。スイッチはないかな。やがて彼の指は何かの道具の取っ手にぶつかり、それは大きな音をたてて床に倒れた。シャベルだった。

少年はとうとう泣きだし、そのせいで、部屋の隅から低いうなり声が聞こえてくるのに気づくのが一瞬遅れた。この部屋にはほかにも何かいる。獣がどこかに隠れている。その声を聞いたのはこれが初めてではない。夜になるとあたりをうろついているやつだ。うなり声も遠吠えも並はずれて大きいので、オオカミだとばかり思っていた。でも実際はただの犬で、農場のこの小屋に入り込んでしまったのだ。小屋は、自分の部屋の窓からいつも見えた。でも、鍵が掛かっていて一度も入ったことがなかった。その禁断の小屋に、今少年は閉じ込められていた。だから中がどうなっているのかわからず、闇の中では動きようがなかった。

部屋の奥に居座る闇の中に、ぎらぎら光る二つの点がかろうじて見えた。とっさに後ずさりする。その光る二つの点がこちらに近づいてくるような気がしたけれど、怖くてそう見えただけのようにも思える。光る二つの小さな点しか見えないなんておかしい。そのときふいに点が消えた。次の瞬間、足に刺すような強い痛みが走った。犬に嚙みつかれたのだ。

少年はなんとか両手で犬を体から引き剝《は》がした。また飛びかかってきたので、脚で顔を蹴ってやった。無我夢中で蹴り、殴りつけたので、さすがの犬も退散した。犬はあえいでいたが、そのうち何も聞こえなくなった。あたりはしんと静まり返っている。静寂のほうがむしろ恐ろしかった。

静々とドアのところまで退却し、犬がまた襲ってくるのに備えて身構えた。そのとき伸ばした手が、偶然灯りのスイッチを見つけた。どうしてもっと前に気づかなかったのか。だが、なぜか壁のこの部分だけうっかり飛ばしていたらしい。

天井から下がる電球はコードがよじれていた。灯りは暗かったが、そこが物置だということはわかった。古い毛布やカセットテープの入った箱、本、農具、洗濯機、車輪が一つしかない錆びた自転車など、ほかにもがらくたがあふれている。

犬は蛇口のあるシンクの下にいた。小型の洗面台だ。野良犬は脚が一本なかった。

少年は犬から目を離さないようにしながら、さっき床に倒れたシャベルを手に取った。犬がうなった。少年がシャベルを振り上げる。こんなに重いものをよろけもせずに軽々と扱っている自分に驚いていた。生存本能のなせるわざにちがいない。この閉鎖空間であいつと共存するのは無理だと直感したのだ。

犬は立ち上がり、脚を引きずりながらこちらに近づいてきた。なんとも情けない足取りだ。ひどくよたよたしているのでちっとも怖くなかった。そのくせいきなり足首に嚙みついてきて、骨の髄まで一滴残らずしゃぶり尽くす勢いだ。少年がシャベルで一撃を食らわすと、犬は小さく悲鳴をあげて崩れ落ちた。少年は何度も何度もシャベルを振り下ろし、しまいにはシャベルの重さに耐えきれなくなった。床にへたり込み、泣きだした。

足首が痛んだ。くっきりと犬の歯形がついている。靴にも血が滲《にじ》んでいる。脱いでみると、最初に犬に嚙みつかれたときの傷があった。恐怖のあまり、今の今まで頭が認識しなかったのだ。

そのとき灯りが消えた。

自分のあえぎ声が壁に反響してうるさかったので、無理やり抑え込んだ。犬が息をしているかどうか確かめたかったのだ。何も聞こえなかった。犬は死んでいた。

1

「ス・サ・ナ！　ス・サ・ナ！　ス・サ・ナ！」

スサナの女友だちが大声でわめき、囃《はや》したて、興奮して小躍りしている。その金曜日、オレンセ通りの〈ベリー・バッドボーイズ〉にたまたま居合わせた、ほかの十五人から二十人ほどの花嫁の友人たちがやってきたのと同じように。客の中に男は一人もいない。独身生活の終わりを祝う女子会「バチェロレッテパーティー」の真っ最中だった。額にペニスがくっついている、おかしなかぶりものをつけている者。まもなく結婚する女友だちの名前を書いたサッシュを肩から斜め掛けにしている者。未来の花嫁の写真をプリントしたTシャツを着ているグループ……。スサナの友人たちの服装は、その中ではまだ慎み深いほうだ。腰にピンク色のバレリーナのチュチュをつけているだけだから。

「ス・サ・ナ！　ス・サ・ナ！　ス・サ・ナ！」

スサナは、自分がスポットライトを浴びる瞬間をびくびくしながら待っていたが、ついにそのときが来てしまった。傍らには二人のダンサーが付き添っている。一人はスウェーデン人バイキングの末裔《まつえい》といった趣きの金髪男、もう一人はブラジル人らしき、白人と黒人の混血男性《ムラート》。最初は警官の扮装《ふんそう》をしていたのに、今ではほとんど裸同然だ。二人とも筋骨隆々で、胸板が厚く脚も力強くて、どこから見ても魅力的だ。頭の両サイドは刈り上げてトップを長めにする、いわゆるツーブロックの髪型で、全身を完璧に脱毛し、肌がオイルでつやつやしている。登場する直前に塗ったにちがいない。身に着けているのは小さなビキニショーツのみ。ムラートは赤、バイキングは白だ。スサナは、自分より前に舞台にのぼった花嫁たちの多くがやってみせたように、そのショーツを歯で脱がせろと言われるのではないかと怯《おび》えていた。もし父に見られたら……。はしたないことをすると、父はかんかんになる。

「心配しないで。僕らは君に何もさせないから」ムラートがそう囁《ささや》いたのでほっとした。スペイン語が上手だった。

だがスサナは間違っていた。彼はじつはブラジル人ではなく、キューバ人なのだ。

　今彼女は小さな舞台に立っていた。耳を聾《ろう》するような音楽が鳴り響く中、まずは椅子に座らされた。二人のダンサーが交互に彼女の膝に座って股間をこすりつけたり、まわりで踊ったり、全身をまさぐったりした。店に入るときに、客全員が同じ誓いを立てる。「ベリー・バッドボーイズで起きたことはベリー・バッドボーイズの外に持ち出すべからず」友人たちは誰一人、店であったことを外でしゃべってはならない。まして、数週間後にスサナの夫になるラウルには絶対に、口が裂けても。彼女の前に登場した花嫁のようなことにはけっしてならないと安心してはいた。ペニスのついたかぶりものをしているグループの、ロシオという花嫁のことだ。彼女を舞台に連れてきたダンサーの一人——消防士の扮装をしていた男——が何をしたか、そこにいた全員が目撃した。そのダンサーは性器に生クリームをたっぷりのせ、すっかりきれいになるまでそれを花嫁が舌で舐《な》め取ったのだ。友人たちは食い入るように一部始終を見つめていた。たとえ誰もよそに漏らさないとしても、スサナはそんなことまでするつもりはなかった。とはいえ友人たちは彼女をいつものように、自分の殻を破れない子と呼ぶだろう。みんなは修道女だと思っているようだけど、父はただの性悪娘だと言う。けれど、本当はそのどちらでもない。

　舞台上から友人たちの姿は見えないけれど、みんなわめいたり、笑ったりしているだろう。ただしシンティアを除いて。あとで彼女と話をして、念を押さなければ。これは何の意味もないことで、独身時代とお別れする花嫁にみんなが期待することをただしているだけなんだ、と。

　ムラートは約束を守り、彼もスウェーデン人も、彼女がしたくないことをさせようともしなければ、場をしらけさせもしなかった。毎週何十人という花嫁を目にしてきた二人だから、ひと目見ただけで相手がどこまで羽目をはずしたがっているのかわかるのだろう。ダンスもストリップも完了すると、スサナにもう少しだけ体をこすりつけたのち、周囲の騒ぎをものともせずに、彼女を礼儀正しく舞台の下へとエスコートした。

友人たちの中でいちばん大胆不敵な性格で、ちゃんと独身時代にお別れをしないと結婚なんてできないと言い張って、今回の企画を一手に引き受けたマルタが近づいてきて、耳元で囁いた。

「楽屋に誘われなかったの?」

「誘われないわよ」

「面白みのない人ねえ。わたしが結婚したときは、舞台に上がったあと、一緒に踊ったブロンド男と楽屋にしけこんだわ」

「何しに?」

「わかるでしょ……今あなたが考えてるとおりのこと。あの男ならラウルの二倍の大きさはあると思うわよ。ラウルのものを見たことあるわけじゃないけど。あなたの前に舞台に立った、あのロシオとかいう子、わたしの見立てでは、例の二人の消防士だけでなく、あなたの二人の警官とも今頃お楽しみのはず」

スサナはそういうタイプではない。ストリップダンサーとセックスしたいなんて思わない。たとえほかの花嫁たちがみんなしているのだとしても。そう、友人のマルタもその一人だった。マルタの結婚生活が五か月しか続かなかったのも無理はない。スサナはおそるおそるまわりを見まわした。友人たちは誰一人として、彼女に興味などないことがわかる。

「シンティアは?」

「あなたが舞台に上がったところで帰ったわ。あんなにつまんない子、どこから連れてきたの?」

シンティアは、学生時代の友人ではない唯一の招待客だった。ほかの友人たちとは気が合わないと予想できたはずなのに。でもパーティーに呼ばないという選択肢はなかった。シンティアだけは招かなければならなかった。招待客は彼女だけでもおかしくなかったのだ。パーティーを二度に分けるべきだったのかもしれない。一つはシンティアとの、もう一つは残りのみんなとの。


〈どうして帰ってしまったの?〉

マルタによればマドリード一おしゃれな場所だというので、マヨール通りのそばにあるバル〈エル・アマンテ〉にみんなで向かうタクシーの中で、スサナはシンティアに携帯でメッセージを送った。でも、二時間経《た》っても青い「既読」マークがつかない。店を出るときにあらためて確認してみた。返事が来ないのでいらいらしていた。

その二時間のあいだ、いろいろな若者のグループが現れては、彼女たちにお酒を奢《おご》ってくれた。トイレに連れていかれてコカインを勧められたときは、きっぱり断った。もう引退したサッカー選手を見かけて、写真を一緒に撮らせてもらいもした。友人たちはグループで、スサナは特別に彼と二人きりで、腰に手をまわされて……。実際、そのサッカー選手は二人で脱け出さないかとスサナを誘った。彼女のことが気に入ったのか、あるいはバチェロレッテパーティーを終えたばかりの花嫁と寝るスリルに惹《ひ》かれたのか、わからないけれど。スサナは難なくその場を切り抜けた。もともと美人で、モデルスクールに通っていたこともあるくらいだから。しつこい男の扱いには昔から慣れていた。

「アロンソ・マルティネス駅の近くにある秘密の店に今から行こうよ」マルタが提案した。「朝まで開いてるし、入店のための暗号も知ってるの」

「もう帰るわ。こんな時間だし」スサナはそう言って断った。それに、友人たちがさらにはしごしようとするのは、ただの提案というより、楽しい夜だったとなんとかスサナを納得させようとしているからだとわかっていた。

馬鹿騒ぎをまだ続けようとしている友人たちを残してタクシーを降りる。家からまだ二ブロック離れているけれど、このあたりの通りはまるで迷路で、車を玄関につけるにはぐるっとまわり道をしなければならない。ふと、自分がまだピンク色のチュチュをつけたままだと気づいた。もう上から脱いでしまおう。携帯電話を取り出し、ベリー・バッドボーイズを出たときに送ったメッセージをシンティアがいまだに読んでいないのを確認する。もう一度メッセージを送ってみた。

〈疲れたから、もう帰宅します。怒っていないといいのだけれど。連絡を待っています〉

スサナがメッセージを送るとき、いつも王立アカデミー仕込みの文法を忠実に守り、一語一語正しく、略語も使わず、句読点もきちんと打っていることに、誰もが驚くだろう。逆に、これに返信するシンティアはたぶん顔文字を使い、母音を省き、わけのわからない文を並べるので、解読さえ難しいこともしばしばだ。そういえば、今夜はほとんど一度もラウルのことを考えなかった。でも驚くことではないし、だからといって考えを変える気もなかった。たとえ父が口をきいてくれなくなっても、シンティアが腹を立てても、わたしは彼と結婚する。問題は愛ではない。これは愛とは何の関係もないことだ。

スサナの小さなアパートメントがあるミニストリレス通りには、人っ子一人見当たらなかった。ここを夜歩くのは誰でも怖いだろう。役所が街灯をつけ忘れたのか、歩道が真っ暗なのだ。でもそれにも慣れているスサナはちっとも怖くなかった。母のように怯えて生きるのはいやだった。母からくどくど言い聞かされた無数の助言を聞き入れるつもりはなかった。きっと何も起きない。ただでさえうちの家族は、何年ものあいだ、数々の不運に見舞われてきたのだ。ある映画でこんなセリフを耳にした。「同じところに爆弾が二発落ちることはない。砲弾跡のくぼみほど安全な場所はない」

背後から頭部を殴られ、口を布で塞《ふさ》がれたとき、抵抗する余裕はなかった。戸口まであと二メートルのところだったから、すでにバッグから鍵を取り出し、ベッドに寝転がってシンティアがメッセージを読んだかどうか確かめる場面を想像していた。気づくと脚の力が抜け、引きずられて、車の後部に乗せられていた。たぶんワゴン車だったと思う。それで何もわからなくなった。

2

カラバンチェル地区にあるキンタ・デ・ビスタ・アレグレ宮殿は、かつて、マリア・クリスティーナ・デ・ボルボン王妃の夏用の別荘となった十九世紀に絶頂期を迎えた。その後は、マドリードにサラマンカ地区を建設したサラマンカ侯爵の住居となった。

「足跡をつけちゃいけないと思って、いっさい近づいてません。見つけるとすぐ、通報しました」公園の警備員が不安そうに言った。そこで見つかった遺体をさっさと警察に片づけてほしかった。「死体を見つけたのなんて初めてですけど、放っておくしかなかった。もう全然さわってもいません」

アンヘル・サラテ刑事は、キンタ公園の中に入ったのは初めてだったから、どこもかしこも豪華なので目を丸くしていた。小宮殿のような建物の前を通りすぎ、庭園をいくつも突っ切った。庭はあたかも時間が止まっているかのようだった。二十一世紀の死体ではなく、十九世紀の衣装を着た貴婦人を見つけたほうが、まだ驚きが少なかったかもしれない。

「レティーロ公園みたいだ」

「レティーロよりずっといいですよ。問題は、ちゃんと手入れされてないってことです。政治家ってやつがどういう連中か、ご存じでしょう？　利益にならないことには予算を割かない。宴会だとか高級車だとかには金を惜しまないのに。館が二つありましてね。古いほうが王妃ので、新しいのが侯爵のものです。敷地内に老人ホームや孤児院までつくられたんです。敷地全部をニューヨーク大学に貸して、大学を誘致するなんて話もありましたが、結局立ち消えで、今はこんな状態だ」

政治家の悪口にはもう飽き飽きだったが、致し方ないことではある。自分で行動を起こして物事を改善するより、人に責任をなすりつけたほうが簡単だ。そもそも庭園はそんなにひどい状態ではない。いや、このあたりのほかの公園に比べれば、はるかにましだ。たむろする不良どもも、ヤクの売人も、壊れたブランコもない。

「名前を聞きましたっけ……？」

「ラモンです、どうぞよろしく」警備員は慌てて言った。苗字《みようじ》は答えない。

「遺体を発見したのはいつです、ラモンさん？」

「見つけてからまだ三十分も経ってません。たまたまあのあたりに行ってみてよかった。敷地の中の、古いラ・ウニオン孤児院がある一帯です。なんとわたし、そこで育ったんですよ。じつはここ数日、なんだかいやな予感がしてね。夜になるとよくホームレスがここに忍び込むんですが、このところぱったり見かけなくて」

「それとこれと、どういう関係が？」

「すべてはつながっているんですよ、刑事さん。ひとりでに起きることなんて、この世にない。しょせん、何かが何かを引き起こす。オーストラリアで蝶《ちょう》が羽ばたくと、ここで地震が起きるって聞いたことないですか？」

公園の警備員からバタフライ効果についての独自の解釈を聞かされるとは思ってもみなかった。そんなものに興味はなかったから、遺体発見時のことに話を戻す。

「ああ、お仲間がいらっしゃいましたよ。余計な話をしてすみませんでしたね。話す相手がいないもので、つい。日中はずっと一人きりだし、女房を亡くしてからというもの、夜も一人でして。ここにいるのはホームレスの連中とわたしだけだ。もちろん、今は死体も一緒だが」

アルフレド・コスタがこちらに近づいてくるのが見えた。コスタが今頃になって警官になんてなるんじゃなかったと思っても、もう遅すぎた。彼はいつもサラテに言う。おまえぐらいの歳の頃には身を粉にして働いたものだが、四捨五入したら四十じゃなく五十になる今、もはや先が見えてる。

「遺体をもう見たんですか？」サラテはうずうずしていた。若い警官が殺人事件を捜査するチャンスはそうそうない。古くからの師匠であり、彼を励まし警察官になるのに力を貸してくれたサルバドール・サントスが言うように、マドリードではめったに人は殺されない。

「ああ。見たことは見たが、そばに近づいてはいない」コスタはすでに引き上げ始めている。彼はサルバドールとは意見が違う。マドリードでは人が殺されすぎるとコスタは言う。それも彼が当直のときに限って。「おまえも近づくなよ。科学捜査班が到着したとき、証拠を台無しにしたとかなんとかうるさいこと言われるから。まったく、ＣＳＩとかいうドラマのせいで、こっちがどれだけ迷惑しているか」

「連中を呼んだんですか？」

「おまえを呼ぶのと同時にな。そら、もう到着してもいい頃だと思ったら」

警備員が指し示す場所に、二人組が向かっていた。彼らは遺体から数メートル離れて立っている。被害者は腰に何かピンク色のものをつけていた。

「あれは？」

「チュチュだよ。娘ができたら、あの手のくだらないものを山ほど買わされる」コスタには十四歳と十歳の二人の娘がいる。コスタの話を聞いていると、子どもなんか一生いらない、という気になる。

「もっと近くで見たいです」

「下手に首を突っ込むな。問題に近づかないのが何よりだって、いつになったらわかる？出世なんて歳を取れば自然にできる。どぶにはまったりしたら、それもパーだ」

　サラテが死体に近づく前に、科学捜査班のほうからこちらにやってきた。少なくとも、一人はベテラン中のベテラン、フエンテスだ。だが、テレビドラマに出てくるたぐいの人間とはまるで違う。ほかの連中も似たようなものだが。

「被害者の身元はわかったのか？」フエンテスが尋ねた。

「遺体には近づいてません」サラテが答える。

「あほか」と毒づく。「それでどうして死んでるとわかる？」

　三人は被害者に近づいた。サラテはそばにたどり着くまでのあいだにできるだけ全体を観察した。色黒だ。おそらくロマ人だろう。美人だが、ひどく殴られたらしく、顔が変形している。チュチュは汚れ、服のほかの部分がそうであるように血まみれで、ずたずたに破れている。

　最初に彼女に触れたのは科学捜査班の一人で、瞳孔を見るためにまぶたを持ち上げた。とたんに全員が驚愕した。フエンテスは思わず大声を出したが、それは眼窩《がんか》から蛆《うじ》が這《は》い出てきたせいではなかった。

「まだ生きてる！　早く、医療鞄《かばん》を！」

　助手の一人が駆け寄ったが、娘はぶるっと痙攣《けいれん》してこと切れた。もっと早く現場に到着していれば、もしかすると命を救うことができたかもしれないが、それはあくまで仮定の話だ。フエンテスはため息をつき、首を振った。

「みんな落ち着け。もう死んでいる。そもそも虫の息だったんだ。報告書には、すでに死亡していたと書こう。さもないと面倒だ」

「いったいどういうことだ？　どこから蛆が？」サテラは自分でも知らず知らずのうちに動揺していた。

「何もさわるな。これはわれわれの手には余る。レンテロ本部長に電話する」フエンテスが言った。

　サテラは周囲を見まわした。もはやそこは美しい公園ではなく、地獄に変貌していた。目から蛆が這い出す娘の死体が横たわる地獄に。

3

「トマト・トースト《パリータ・コン・トマーテ》ですか、刑事さん？」

エレナ・ブランコとしては、毎日応対してくれるルーマニア人ウェイターのファニート——ちょっと乱暴だけれど手際がいいFCバルセロナ・ファン——が人前で自分を刑事さんと呼ぶことが不満だったが、もうあきらめていた。

「食べたそうな顔をしてる？」

それ以上何も言わなくても、ファニートはカウンターの下にある冷蔵庫からノニーノ社のまだ若いグラッパ・フリウラーナの瓶を出してくる。無色透明で、すっきりとした辛口。これを朝飲むのが好きだ。グラッパをすきっ腹に流し込むのはよくないと言われているが、エレナはもう大昔から、どうやら眠れそうにないという夜はこれを締めの一杯にしてきた。

「開店直後に、広場地下の駐車場で警備員をしているディディが来たんです。あなたのグラッパを一杯くれとねだった」

「まさか出してないよね」

「もちろん。オルーホ（グラッパとよく似たスペイン産の蒸留酒）を出したら、文句一つ言わずに飲みましたよ。ゆうべ、駐車場の地下三階でお楽しみだったカップルがいたと話してくれました」

「赤いランドローバーの中で？」

ファニートはにんまりした。ディディは、エレナにまつわる話をするとファニートが面白がるので、エレナが関係していそうな噂話《うわさばなし》を耳にするたびにわざわざ話すのだ。ときどきディディをとっ捕まえてやろうかと思うのだが、そんなことをしても時間の無駄だとわかっていた。

「まさかあなただったとか……？」

「まさか。わが家の駐車場でセックスするとしたら、赤いランドローバーの持ち主と、ってつねづね思ってたんだけど、たまたまそのお二人がわたしの夢をかなえてくれたのかな？　ディディから何か預からなかった？」

ファニートはあたりをきょろきょろ見まわしてから、エレナに小袋を渡した。まるで、コロンビアの麻薬組織のたいそう重要な密売品か何かみたいに、用心深くこっそりと。

「心配しないでよ、ファニート。わたし、警官なのよ？　あんたを逮捕したりしないわ」

「もうちょっと気をつけたほうがいいですよ」

「赤いランドローバーに？　それとも密売品に？」

「何もかもです」

のかしらね？」
「あんたみたいに用心深い人が、どうして大胆にもヨーロッパを横断しようなんて思った
袋の中には、ディディがカマルマ・デ・エステルエラス村にある自宅の庭で栽培している大麻が数グラム入っていた。栽培しているといっても、二、三人程度のクライアントを半年満足させられるだけの量もできない。でもエレナには充分だった。今日みたいな日の朝に一服する程度だから。バルで一晩じゅう飲み明かし、赤いランドローバーの持ち主と駐車場でひとときを過ごした、今日みたいな朝。人を部屋にあげることはめったにない。
「会計をお願い、ファニート。もう帰って寝るよ」

マヨール広場に面した部屋に住むのは、贅沢《ぜいたく》でもあり厄介でもある。贅沢というのは、ベランダから外を覗《のぞ》いただけで、マドリードに蓄積された何百年という歴史を空想できることだ。マヨール広場は建設されて四百年になる。広場では闘牛や聖体行列、ミサ、聖餐《せいさん》神秘劇、宗教裁判から、火あぶりの刑までおこなわれた過去がある。エレナの部屋のベランダから、少しだけ目を凝らせば、カサ・デ・パナデリアに飾られた華麗なる絵画の数々さえ見えるし、役所が計画するお祭りの出し物だって間近で見物できる。厄介なのはまさにそのせいでもある。サン・イシドロ祭でのチョティスダンスのコンクールから、クリスマスの青空市に至るまで、すべてが自宅の下で開催されるのだ。ベランダから、ヘレス産

の馬の調教ショーを無料で観覧したこともある。一年じゅう騒音に悩まされるのは確かだった。

広場には観光客が群がっている。太ったスパイダーマンや、フラメンコダンサーの顔ハメ看板で写真を撮る者。人間彫刻や、ヤギの仮面をつけたアーティストの奇妙なパフォーマンスに投げ銭をする者。でも彼らは、広場に面したこの古い建物の中にも、自分たちが住んでいるのと同じようなアパートメントがあるなんて考えもしないだろう。内装は現代的でエレガントでシンプルだが、二百平米以上の広さを誇る。祖母から相続したときには、老人が好みそうなものばかりが並んでいたけれど、今はインテリア雑誌に掲載されてもおかしくない。

エレナにとって、この場所にはもう一つ利点がある。ベランダの隅に、広場からは見えないようにしてカメラがしつらえてあった。壁の張り出し部分で隠した三脚に載せ、フェリペ三世通りに続くアーチのあたりにつねに焦点を合わせてある。何年も前から、十秒ごとに自動撮影するようプログラミングしてあり、画像はそのままパソコンに送られる。作動確認はエレナがきちんとしている。最後に分析した昨日から今朝にかけて、すでに何千枚も撮られている。システムを稼働させて以来何百万枚と撮影してきたが、保存はほとんどしておらず、したとしても、それはただの好奇心だ。どうせ何の役にも立たないのだから。

パソコンの前に座るときには、まずiＰａｄで音楽を流す。いつも決まってミーナ・マッツィーニの『ヴォレイ・チェ・フォッセ・アモーレ』だ。曲を聞き、小さな声で歌いながら、ディディのマリファナを紙巻にして吸う。そしてゆっくり服を脱いでいく。ランドローバーの持ち主に肩に歯形をつけられた。鏡を見るが、まもなく五十歳になるというのに、三十代の頃とほとんど体型が変わらない。体重と体の丸みを保つために、長時間ジムで汗を流す必要もなかった。エレナはシャワーを浴びた。

落ちてくるお湯を体に感じながら、今日がその日かもと思う。長年捜し続けてきたあのあばた面が、何千枚という写真の中についに見つかるかも。電話が鳴り出したが、無視して放っておく。最初の呼び出し音が途絶えたあと、少ししてまた鳴り出したとき、やっと何か緊急事態かもしれないと思った。体にタオルを巻き、点々と水たまりを作りながら電話のところまで行く。

「レンテロなの？　今日は非番よ……キンタ・デ・ビスタ・アレグレ公園？　ううん、場所は知らない。でもナビが知ってるから大丈夫……カラバンチェル区？　なるほど。二十分、いいえ、三十分で行くわ。待ってて、チームを集めるから」

4

マドリードの月曜の朝の交通渋滞を考えたら、到着まで三十分という見立てはあまりに楽観的すぎた。結局エレナ・ブランコ警部は一時間近く遅れたわけだが、チームがすでに作業を始めているのを見て誇らしく思った。指示どおりの仕事にみな取りかかっている。

「あんたのひどい顔、遺体とどっこいどっこいだな……ゆうべは羽目をはずしたってわけか」

チームの一員で検死官のブエンディアは、こういうことを言ってもエレナが許す数少ない人間の一人だ。彼とは長年一緒に仕事をしてきたし、必要とあらば命を託すこともできる。そうならないことを願ってはいるが。エレナは、自分以外の誰の手にも、そういう大事なものを託したくなかった。

もう少し余裕があったらきちんとメイクをして、徹夜の影響を隠したところだ。だが、ジーンズとTシャツをかろうじて身に着け、頭痛薬を一錠口に放り込むので精いっぱいだった。今はとにかくグラッパより一杯のコーヒーが欲しい。ひと段落したら、誰かに買ってきてもらおう。

「レンテロは？」

「見かけてない。来るとは思えないが……遺体はあそこだ」

特殊分析班《BAC》のリーダーであるエレナがここキンタ・デ・ビスタ・アレグレ公園に足を踏み入れたのは初めてだった。庭園、宮殿、彫像の数々をうっとりと眺める。今朝ここに来た誰もが同じ反応をした。手入れをされないまま放置されているようだが、だからこそ魅力的なのかもしれない。アメリカのアミューズメントパーク流の娯楽とは違って、ここには本物の歴史がある。今、年配の警官が座っている同じ場所に、スペイン王妃もお尻をのせたかもしれないのだ。その警官は、目の前の出来事にこれっぽっちも興味がないという表情で、そこにいる警官たちを眺めている。

「あれは誰？」

「コスタだよ」ブエンディアが答えた。「遺体発見の通報に対応した所轄《しょかつ》の警官の一人だ。もう一人のアンヘル・サラテとかいう警官と違って、さっさと引き上げたがってる。そのサラテは何かと鼻を突っ込んできて、情報を手に入れようとしてる。チェスカともう二度もやり合ったよ」

「そのサラテって警官、若いの？」

「三十そこそこって感じかな。若い連中がどんなふうかわかるだろう？　われわれに事件を横取りされて、ご立腹なんだ」

「喜んでお返ししたいところだけど」

ＢＡＣが事件発生当初から捜査に携わるのは珍しいことで、普通はもっとあとで介入する。捜査の難航している事件を引き受ける特別班で、所轄の担当刑事たちが能力的に持て余している場合もあれば、事件が担当刑事の個人的な利益につながる疑いがある場合、あるいは単純に捜査がこんがらがって結び目をほぐすにほぐせなくなってしまったケースもある。アメリカであれば一種のエリート集団と見なされるかもしれないが、スペインでは必ずしもそんなことはなく、もう誰も引き受けたがらなくなったことを引き受けて、尻拭いをしているだけだとさえ言える。唯一の特典は、ほかの部署より手段が豊富という点ぐらいだろう。

「遺体が腰につけてるものは何？」誰もがそうだったが、やはりエレナもそこに最初に目が行った。

「バレエの衣装のチュチュだ。たぶん彼女は……」

「……バチェロレッテパーティーの参加者ね」エレナは引き取った。

住んでいる部屋のおかげで、これについても人一倍、知識がある。バチェロレッテパーティーで盛り上がっているなら、エレナの部屋のベランダの下を通らないほうがむしろ稀《まれ》だった。起源はイギリスで、当初は男性たちが独身生活に別れを告げるためにさんざん酔っぱらうパーティーだったものが、女性にも広まり、やがてフランス、イタリア、そしてスペインにも伝わった。チュチュ姿のグループもしょっちゅう見かけるけれど、花嫁のベールをかぶったり、服の上にランジェリーをつけたりしているグループも多い。最高なのはやはり、プラスチックのペニスがついた王冠だろう。

「チェスカ、オルドゥーニョ、ちょっと来て」

二人ともBACの仲間だ。若くて優秀な刑事で、熱意にあふれ、運動能力が高く、脳みそに加え筋肉も使う必要があるとき、エレナはいつもこの二人を頼りにする。オルドゥーニョはスペイン国家警察特殊作戦部隊の出身、チェスカはかつては殺人・行方不明者捜査部の一員だった。二人を選んだのはエレナ自身で、それは検死官のブエンディアと、情報分析官のマリアホも同じだった。エレナが誰より信頼を寄せる部下たちだ。

「参上しました、警部」オルドゥーニョの軍隊式の言動をやめさせようとしたが、これがなかなか抜けない。ただ少しずつなじんではきていて、〝閣下〟とはさすがに言わなくなった。

「遺体の周囲にいる人間を全員追い払うこと。遺留品があったとしてもとっくに踏みにじられてると思うけど、万が一何か残っていたら報告して。それと、被害者はバチェロレッテパーティーに参加していた可能性があるので、調べてほしい」

正確かつ明快な命令。のちほどBACの本部オフィスに集まって、方針を考える。エレナが好む捜査の進め方を全員が心得て、尊重している。

「警部、遺体発見時に最初に現場に到着した警官たちが……」

「アンヘル・サラテとその相棒だね？　落ち着いて、チェスカ。わたしが引き受ける。彼らについてはもうブエンディアから聞いている」

サラテがどこにいるかすでにわかっていたが、話をする前に相手の行動パターンを確認しておきたかった。ＢＡＣが捜査を引き継ぐことになる事件の、最初の担当警官たちと敵対するのは本意ではなかったが、避けがたいことだとわかっていた。チーム以外の警官と何かといざこざを起こすのはチェスカの最大の欠点だった。ＢＡＣは家族だが、ほかは全員ライバルだと言わんばかりの態度なのだ。オルドゥーニョはもっと外交手腕に長《た》けているので、まだよかった。

「さあ取りかかろう、ブエンディア。それで、どうしてレンテロはわたしたちを呼んだの？」

エレナに対しては、持ってまわった言い方はせずに、率直かつ客観的に話さなければならないとブエンディアは知っている。

「最初に遺体に接近したのは科学捜査班のフエンテスだった。優秀なベテラン捜査官で、わたしとは古くからの知り合いだ。そのフエンテスが被害者のまぶたをめくったとき、蛆が這い出てきたらしい。だが死亡して間もない被害者だ、腐敗しているはずがない」

「それで？」

「じつは数年前、フエンテスはこれと似た殺され方をした女性の事件を扱っていた。身の毛のよだつような儀式殺人だったらしい。同一犯のおそれがあると彼は思った。それでレンテロに連絡し、レンテロはわれわれを呼んだ」

「やめてよ、連続殺人事件ってこと？　余計な想像をしないように、警官は映画鑑賞禁止にできないの？」

「冗談半分にしてもらっちゃ困るな、エレナ。午前中のうちに遺体を解剖室に運んで、検死をするつもりだ」

「すぐにそっちに向かうわ。まずはあのサラテとやらから話を聞く」

こちらから出向く必要はなかった。サラテはエレナがリーダーだとすでに見抜き、追い払われたことに抗議するためこちらに近づいてきた。

「あなたがこのチームのリーダーですか？」ずいぶん不躾《ぶしつけ》な質問だ。

「通報に対応したのはあんただと聞いた」エレナは相手の質問を無視し、ここを仕切るのは誰かということを見せつけた。「わたしはＢＡＣのチームリーダーのブランコ警部」

「へえ、ＢＡＣってほんとに実在したんだ……」

エレナは皮肉めいた応答に呆気《あっけ》にとられ、相手の顔をまじまじと見て、意外に魅力的な男だと気づいた。髪や目は暗褐色で、若い警官の大半はそうだが、ジムでよく鍛えた体をしている。もし赤いオフロード車を持っていて、非番の夜にたまたま出会ったら、ディディの駐車場に誘うところだ。

「この件はわたしたちが担当することになる」

「どうして？　ここは俺の署の管轄です」

「どうして？　世の中というのは理不尽なものだし、そう、たしかにＢＡＣは実在するから。おたくらの上司に連絡を入れておく。だから遺留品の収集作業に手を出さないでもらえる？」

5

服を着替えに帰る時間はなかったので、エレナは解剖室に入るとき、キンタ・デ・ビスタ・アレグレ公園に行ったときのままのTシャツとジーパンの上に、お約束の白衣とキャップとマスクをつけなければならなかった。本当はこんな格好では出かけたくなかったのだ。レンテロからいつ呼び出しがかかって、どこかの高級レストランか五つ星ホテルのバーみたいなレンテロ好みの場所で会うことになるかわからない。

「もう何か見つかった、ブエンディア?」

「あんたが来てから始めようと思って、待ってた」検死官はすでに完璧に準備を整えていた。「今のところ、外からわかる範囲で観察しただけだ」

「ロマの花嫁の素性がわかりそうな手がかりは?」名前がわからないので、その外見から、被害者を当面はそう呼ぶことにした。

「蝶のタトゥーがある。写真を撮らせたから、終わったらあんたに送っておくよ」

タトゥーは右の肩甲骨のところにあって、それほど目立つものでもない。赤、緑、青、黒でいろどられたきれいな蝶だ。

「蝶の具体的な種類はわかる？　要は、何か特別な意味があるかってことだけど」ふとエレナは、被害者の目から這い出てきた蛆が成虫になるとその蝶になるのではないかと思った。蝶も蛆も虫は虫だ。

「蝶については疎いんだ。そのうちわかるだろう」

ブエンディアは娘の指を見せた。

「爪の下を見てくれ。皮膚の破片が残っている」

「犯人のものかな？」

「体を掻《か》いたとしたら自分のものだろうし、婚約者のものかもしれないし、ほかの誰かのものかもしれない」ブエンディアはエレナの期待をくじいた。「サンプルを採取して調べよう」

「レイプされてる？」被害者が女性の場合、殺害前か直後にレイプされているケースが少なくない。

「いや。あとでもっと詳しく調べるが、その形跡はなさそうだ」

ブエンディアの作業風景を見るのがエレナは好きだった。丁寧で細かく、秩序がある。こんなに器用な人は今まで見たことがなかった。ブエンディアの周囲では、彼同様に有能な二人の助手がせっせと動きまわっている。検死解剖のときはいつも、その名前さえ知らない二人が無言で彼を補助している。

「ここを見てくれ」

ブエンディアは頭部に開けられた三つの小さな穴を指さした。三つの穴はそれぞれ円形の刃物傷でつながっていて、その部分だけ髪を剃《そ》られていた。公園で遺体を見たときエレナの目に留まったのはその髪だった。ロングの黒髪は、血で汚れてさえいなければ、さぞ美しかっただろう。

「円形の刃物傷は浅く雑なもので、使われたのはおそらく鋭利なナイフかカッターだ。穴をつなげること、あるいは穿孔《せんこう》する場所をマークすることが目的だったと思われる。穴をあけるのに使用されたのは、小型の電動ドリルでまず間違いない。非常に正確に穿孔されている。そして、中に蛆がいる」

「切開孔内に？」エレナは胸が悪くなったが、同僚たちの前では顔に出さなかった。

「おそらく頭蓋内に。だが開けてみないとなんとも言えない。気持ちのいいものではないから、離れていたほうがいい」

開頭術を見るのがどんなに不快なことでも、逃げてはいけないとエレナには思えた。ただ折しも携帯電話が鳴って、少しのあいだその場を離れる口実ができた。

「レンテロ？　やっと電話をくれたね……十五分以内に医学部のバルで？　了解。じゃあ、またあとで」

それでも、ブエンディアが鑿《のみ》と吸引器付き回転のこぎりを使って開頭するのを見る時間はあった。助手たちがすでに頭蓋冠を持ち上げる器具を用意して待っている。

「よし……」

中には蛆しかいなかった。被害者の脳をすでに食べ尽くしたと思われる蛆たち。

「これがどういうことか知るには、昆虫学者を呼ばねばならんな」ブエンディアにもそれ以上何も言えなかった。

スペイン警察のナンバーツーで、捜査本部長であるマヌエル・レンテロ警視は、医学部のカフェのテーブルでエレナを待っていた。

「母上と話をしたのか？」挨拶代わりにそう尋ねてきた。

エレナの上司であり、父の親友でもあったレンテロは、父が亡くなったあと母とも交流を続けている。実際、エレナ自身より母と頻繁に会っている。

「母がどこにいるか知っているのはあなたのほうでしょう？」

「知らないのか？　コモ湖だよ。晩春はいつもそこで過ごしている。いつから会ってないんだ？」

「最後に休暇をとって以来かな」皮肉をこめすぎないようこらえなければならなかった。家族の行事に付き合うのをやめてもう何年も経つ。いずれにしても、レンテロの機嫌を損ねたくはなかった。エレナの両親同様に上流階級の暮らしを続けながらも仕事をし、上司としても優秀だ。「今朝おこなわれた例の若い女性の検死からここに直接来たのよ。ひどい目に遭わされてた」

「凶器は蛆か？」

「どうしてそのことを？」

「やはりな。スサナ・マカヤ、二十三歳。父親はロマ人だが、母親は違う」エレナの前に被害者の経歴書が置かれた。これで名前で呼べるわけだ。スサナ。「七年前に似た事件があった」

「似た事件？　それとも同じ事件？」

「そのときの被害者はラーラ、ラーラ・マカヤだ。スサナの姉で、やはり結婚を控えていた」

エレナは何も言わなかったが、これはわたしの事件だと今、心に決めた。必ず犯人を刑務所にぶち込む。こういうことのために警官になったのだ。結婚間近の二人の姉妹が頭の中を蛆だらけにされて死んだ。なぜ特殊分析班《BAC》が呼ばれたのか、ようやくわかった。

6

「じゃあ、あとから来たのに、今は彼らが主導権を握ってるってことですか?」

サラテはむかっ腹が立ち、今もし目の前にいるキンタ・デ・ビスタ・アレグレ公園の警備員の口を封じろと言われたら喜んでそうしただろう。自分とコスタがのけ者にされたのはこの哀れな男のせいだとばかりに。あたりには、ほかの者を睥睨《へいげい》するように、特殊分析班の刑事たちがうろうろしている。チームリーダーの姿はもうないが、別の女刑事が歩きまわって、所轄の警官を下等動物か何かのような目で見ている。

「大事なのは、あの娘を殺した犯人を捕まえることだろう? 仕切るのが彼らだろうとわれわれだろうと、おまえの知ったことじゃない」コスタはそう言ったあと、警備員に尋ねた。「監視カメラはないんだね?」

「ええ、カメラも何も。見回りするのはわたし一人です。それに、半月ごとに来る庭師ぐらいで。庭園に点滴灌漑《かんがい》システムが設置される前は、もっとしょっちゅう来てたんですが」

「訪問客は多い？」

「ほとんど誰も来ませんよ。庭園を一般公開してほしがっている近所の人たちはいますけど、今のところ何も動きはありません。中にいるのはわたしと、潜り込んだホームレスの連中だけです」

「盗難とか、そういうことは今までなかったのか？」

「静かなもんです。冬になると焚火《たきび》がずいぶんありますけどね。ホームレスのやつらが暖を取るのに火を熾《おこ》すんです。それで酒盛りした挙句、泥酔してわけがわからなくなったり、仲間内で喧嘩《けんか》したりすることはあります。だがさいわい、たいしたことは起きてない」

「でも、このところホームレスたちの姿を見ないと言ってたよな」

「ええ。それでおかしいなと思いましてね。陽気もいいし、ここはねぐらにするには悪くない。連中と話してみますよ」

「それはこっちの仕事だ」サラテはむっとして口を出した。「必要なときは警察が連中と話す」

こんなに簡単にキレてはいけない。師匠のサルバドール・サントスからいつもそう言い聞かされてきた。人の話に耳を傾けること。証人の言うことを無視してはいけない。役に立つものと立たないものを見分ける目を養うこと。そのとおりだとわかっているが、今日は怒りが収まらなかった。担当事件を奪われ、あの女刑事はこっちをただの所轄刑事として扱った。

　ついさっき被害者のバッグが見つかったようで、サラテにも被害者がスサナ・マカヤという名前だとわかった。ＢＡＣの一人が電話で上司にそう伝えているのを小耳に挟んだからだ。足跡の型取りをしているのも見た。大きな足跡で、体重の重い男のものだ。これは期待の持てる物証だった。それに、指紋が採取できるかもしれないスーパーのビニール袋も見つかった。一見、風でそこまで飛ばされてきたように見えたから、サラテなら放っておいただろう。だが当然ながら近くで見たわけではないし、遠くからではわからなかったことに連中は気づいたのかもしれない。たしかにＢＡＣの連中は有能だと認めるしかない。組織的だし、細大漏らさず現場を詳しく調べている。あんなふうに偉そうにさえしていなかったら……。

「もう引き上げていいと言われたぞ」コスタは遺体を発見したその瞬間から引き上げたがっているように見えた。

「俺は残ります」サラテは言い張った。

「馬鹿なことを言うな。事件はＢＡＣのものだ。もう忘れろ」

「連中のオフィスがどこにあるか知ってますか？」

「いや、俺だけじゃなく、誰も知らないさ。実在するのかどうかさえはっきりしなかったんだ。俺たちが村の司祭なら、向こうはヴァチカンのお偉方だよ。違いすぎる。忘れたほうがいい。おまえにはまだ先があるんだ。殺人の捜査なんてこれからいくらでもできる」

「どうぞ行ってください。また明日、署で会いましょう」

コスタはむすっとしながら立ち去った。サラテは残ってあちこち物色し続け、分析班が封鎖した場所にも足を踏み入れた。煙草《たばこ》の吸い殻を見つけ、かがんで証拠品袋に入れようとした。

「ちょっと、何してんの」いばりくさったあの女刑事がわざわざやってきて、袋を文字どおりひったくった。「ここはもう立ち入り禁止なんだ。出てってよ」

「俺も警官だ。あんたが見落とした煙草の吸い殻がここにあったんだよ」

「警官？　あたしからすれば、ただのお当番だ。事件はこっちの担当になった。さっさと失せな。それともつまみ出されたいの？」

「へえ、俺をつまみ出すって？　やってみろよ」

二人は、腕は下ろしたまま胸を突き合わせ、睨《にら》み合った。まるで喧嘩寸前の小学生のようだ。違うのは、今は学校の休み時間ではないし、男のほうはいかにも刑事らしいスーツ姿で、女のほうは背中にＢＡＣという文字が入ったベストを着ている点だ。もう一人のマッチョな男のほうも近づいてきた。穏やかに仲裁しようとしている。

「おいチェスカ、仕事に戻れ。サラテといったな？　俺はオルドゥーニョだ。同僚が悪いことをした。許してくれ。ちょっとぴりぴりしてるんだ」

「じゃあ落ち着いてもらってくれ」

「なあ、みんな同じ警官じゃないか。あんたの事件が俺たちに託されただけだ。そんなに根に持たないでくれ。そのうち俺たちの事件があんたに任されることだってあるかもしれない」

相手はサラテを封鎖地帯の外に連れ出した。力ずくだったが、まわりはそうと気づいていなかっただろう。サラテはその場から遠ざかり、誰の目も届かないくらい充分に離れたところで、ポケットに手を突っ込んだ。あのＢＡＣの捜査官、財布がないことにいつ気づくかな。

7

特殊分析班《BAC》の本部があるのは、警察署でも官公庁の建物内でもない。バルキーリョ通りのごく普通の建物の五階で、まわりはみな一般企業だ。ゲームソフトのプログラミングをしているIT企業、保険会社、証券会社。制服警官はいないし、武器も目に見えるところには置いていない。何の組織かわかるような看板もない。五階で働くほかのビジネスマンとの違いは、ほぼ全員がアスリート体型だということぐらいで、とくにチェスカとオルドゥーニョは目立って引き締まっている。会議室はどこの会社にでもありそうな、ありきたりなものだ。テーブル、椅子、大きなホワイトボード、部屋の隅にはウォーターディスペンサー。

BACでは各自で手がかりを秘匿《ひとく》したりしない。全員がそれぞれの仕事をし、わかったことを共有する。真の捜査はこの部屋でおこなわれる。発見したことをみんなで次々に分析するのだ。いざ事件を担当すると、毎日、ときには日に何度も集まり、チーム全員が完璧にすべての情報を共有する。その日も、遺体が発見されてから数時間しか経過していなかったが、もう捜査の経過を、というか刑事の勘というやつを、おたがいに披露することになった。最初に発言するのはチームリーダーのエレナ・ブランコ警部だ。ロマの花嫁についての基本データを報告したところだった。

「今のところメディアにはまだ漏れていないけど、いつまで持ちこたえられるかレンテロにもわからない。だから、部外秘で頼みたい。知ってのとおり、被害者はスサナ・マカヤ、二十三歳、父親はロマ人だけど、母親は違う。バチェロレッテパーティーに参加していた可能性がある」

「家族にはもう確認を取ったんですか？」

「いや、まだ知らせてない。ここに来ることになっているから、わたしから話す」エレナはいちばんいいニュースは最後に残しておいた。「じつは一つ特殊な点がある。だからこの事件がわたしたちの担当になったと言っていい。いや、一つじゃなくて二つだね。まず死因について。被害者は脳を蛆に食われて死んだらしい。そして、スサナの姉のラーラも、七年前に同じ方法で殺された」

今の話を理解しようとするあいだ、全員が静まり返った。やがてオルドゥーニョがおずおずと質問した。

「そのとき犯人は見つからなかったんですか？」

「それが三つ目の不協和音でね。ラーラ・マカヤを殺した犯人は今、刑務所で刑に服している」

「模倣犯ってことは？　人に罪をなすりつけるために、その殺害方法を真似《まね》したとか？」

「そこを調べるんだよ、チェスカ。今回の事件で明らかになったことを、その都度以前の事件と照合する。今回の事件とどこまで同じか、同じに見えるだけか、姉のほうの事件も調べてほしい。ただ、物事には順序ってものがある。まずは、被害者が本当にバチェロレッテパーティーに出席していたのか、していたとしたら場所はどこか、ほかの出席者は誰か、何か起きなかったか、はっきりさせないと」

「花婿は？」

「さあ。でも、両親と話をすればすぐにはっきりすると思う。もう少し事情がわかったら、被害者の友人たちを見つけてもらえるかな、オルドゥーニョ？」

「すぐに始めますよ。マドリードでバチェロレッテパーティーが開ける場所はそう多くない。被害者の名前がわかったなら、特定できるでしょう。店の予約をしたはずだし」

「けっこう」このチームが好ましいのは、こちらがあれこれ指示しなくても一人ひとりが主体的に動けるところだ。「マリアホ、被害者のバッグが見つかった。携帯は電源がオフになっている。たぶん電池切れだと思う。起動させて、中身を見てもらえる？」

「お安い御用よ」

マリアホは、超優秀なハッカーと言われて想像する人物像とは大きくかけ離れている。

人間よりコンピューターと一緒にいるほうが楽しい引きこもりの若者ではなく、孫はいないけれど六十の坂をとうに越えた、すてきな老婦人なのだ。風邪を引いたり頭痛を訴えたりするとあれこれアドバイスしてきたり、ケーキを焼いてはオフィスに持ってきたり、暇つぶしにクロスワードパズルをしたりする、よくいる気のいいおばあちゃん。ところが、いざパソコンの前に陣取るや、がらりと変身する。ネット上に隠れているスサナ・マカヤの情報をすべて探し出せる人間がいるとすれば、それは彼女だった。

「被害者の家を捜索するときは、パソコンやタブレット、その他何でも電子機器はないか注意してね。彼女のSNSを見てみるわ。何かわかるかも」と締めくくる。

「任せるよ、マリアホ」エレナはそう言ってから、オルドゥーニョに目を向けた。「スサナの自宅周辺の監視カメラを探して」

オルドゥーニョはうなずいた。

「遺体の発見現場で見つかったものは？」

「被害者のバッグのほか、中が汚れたビニール袋を採取しました。汚れは血だと思いますが、牛ヒレ肉から漏れたものではないとは言いきれない。それに煙草の吸い殻が一つ……」

「もっと有力な手がかりになりそうなものはなかったの？」

「足跡がいくつか。かなりはっきりしていました。スサナを手にかけた人間、つまり犯人のものと考えてまず間違いないでしょう。男物の靴で、サイズは二十九センチ。すでに分析を依頼しました」

「こちらより先に来ていたあの警官は何か面白い話をしてなかった?」

「たとえ現行犯を目撃したとしても、あいつは何も気づかないだろうね」チェスカは、カラバンチェル署のあの警官がよほど気に食わなかったらしい。「あんなまぬけを警察学校はどうして合格させるのか、あたしにはちっともわからない」

エレナはあまり気に留めなかった。どんな現場にも、チェスカが気に食わない警官が必ず一人はいる。さて、次はブエンディアの番だ。

「話せることはまだそんなにはないが、今日の午後、昆虫学者と会う約束をしていて、もう少し何かわかるかもしれない。はっきりしているのは、被害者は頭部におそらく歯科用の電動ドリルのようなもので三か所穴をあけられていて、その穴が円形の刃物傷でつなげられていたということだ。穴の部分からはポリエチレン、ポリ塩化ビニリデン、ポリ塩化ビニルが検出され、つまり頭部をビニール袋で覆われていたと考えられる。現場で発見されたものがそうかもしれない。すでに分析を手配してもらっている。被害者は手を梱包用《こんぽうよう》の紐《ひも》で縛られていたが、紐はどこでも買える一般的なものだった。何か薬を飲まされていたかどうかについても現在分析中だ。明日になれば、もっといろいろ話せると思う」

「ありがとう、ブエンディア。ミーティングはここまで。全員仕事にかかって」

部屋を出る前にチェスカが近づいてきて、三十分ほど私用で出たいと言った。

「財布を失くしてしまって」

「まさか盗まれたわけじゃないよね？　人に財布を取られるような刑事を信用していいものかな。がっかりしたよ、チェスカ」チェスカのような部下は、ときどき鼻をへし折ってやる必要があるとエレナは心得ていた。「好きなだけ捜してきなさい」

8

ミゲル・ビスタスは、みんなからカラカスというあだ名で呼ばれている二十歳そこそこの若い囚人のカルロスに、写真のネガを吊《つ》るして乾かす方法を教えていた。

「カラカス、気をつけて。もっとやさしく伸ばすんだ」

ほかの生徒たちはおのおの好き勝手にしている。授業になんて、これっぽっちも興味はないのだ。一人は居眠りし、一人はイヤホンで音楽を聴き、一人はただそこにいるだけで、ぼんやりと物思いにふけっている。そのときチャイムが鳴った。

「時間だ。水曜日に続きをしよう」

カラカスだけが残って後片付けを手伝い、ほかは全員さっさと作業場を去った。少なくとも今日はみんな騒がず、おとなしく半分眠っていた。ここエストレメラ地区のマドリード第七刑務所でおこなわれている写真講座は、登録者がわずか五名で、三人以上出席するのは稀だ。誰も写真に関心などなく、それでもこういう講座を取るのは受刑態度が良好と見なされるからで、刑の種類によっては外出許可が増えるのだ。当初は、同じ囚人だが講師役を務めることになったミゲルのほうが、こんな講座にはまったく興味が湧かなかった。知ってのとおり、フィルム写真、ネガ、現像、感光紙などというものは過去の遺物で、まもなく必要な道具や薬品も手に入らなくなるだろう。今人類は、写真芸術の今際《いまわ》の際《きわ》に立ち会っているのだ。パソコンやデジタル写真がすべてにとどめを刺した。講座を始めるときにミゲルは生徒たちにそう話し、スマホを使えばいくらでもすばらしい写真が撮れると認めた。だが、こうして講師を続けさせてもらえるあいだは、多少なりとも売店で使える小遣い稼ぎになる。

「君の再審請求は今どうなってるんだ、カラカス？」

カラカスは実際には犯罪者でも何でもなく、ベネズエラの首都カラカスの空港で（彼のあだ名はここからついた）鞄にドラッグを突っ込まれた、ただのまぬけだ。刑務所に入らなければならない理由など一つもない、不運な若者。刑務所はまぬけではなく悪党のためのものだ。

「まだ何も。早く返事が来るといいんだけどね」

「弁護士なんてみんなくそったれだ」ミゲルはそう反応した。それこそが受刑者たちの聞きたがっている言葉だ。無実なのに、不当な裁判のせいで檻《おり》の中に入れられた者ばかりだった。

「まったくだ。けど俺の弁護士が誰より最悪だよ」カラカスが言った。囚人ほど弁護士について話す者はほかにいない。弁護士について、再審請求について、判事について、外出許可について、減刑について。ここでは誰もがどんな人間より法律に詳しくなる。

ミゲル・ビスタスも囚人だが、ほかの囚人とは少し違う。刑務所ではみな、少しでも自分を強そうに見せるために、自由時間にはジムに行って体を鍛え、タトゥーを入れ、髪を剃り上げたりする。だがミゲルは違う。四十歳の彼はずんぐりした体型で、中庭を散歩するその姿（たいてい一人だ）は、スーパーのバーゲンで買ったジャージを着て週末をのんびり過ごしている、マドリードのごく普通の住宅地に住む普通の家庭の父親のようだ。

調書の記載によれば、ミゲルは、結婚を間近に控えた、片親がロマ人の二十歳そこそこの娘を殺したことになっている。恐ろしく残虐な事件で、犯人は娘の頭蓋骨に穴を三つあけ、そこに蛆を潜り込ませ、娘の脳みそを食わせた。娘は意識を保ったまま、一週間苦しみ抜いて死んだ。ミゲルは、自分は無実であり、ロマ人の復讐《ふくしゅう》に怯えながらここにいるいわれはないと確信している。だから事件のことはしゃべらず、ここに来たばかりの連中には入所の理由を知られないまま、忘れ去られた存在となっている。とはいえ、何をしてここに来たのかと訊《き》かれると、謎めいた雰囲気をまとって、じつは相当な凶悪犯かも、と匂わせることもある。刑務所では、残忍な殺人犯というレッテルが威光を放つからだ。

「僕は新しい弁護士に会えと言われたよ」ミゲルはカラカスに言った。「何が目的かわからないけどね。もう誰も信じられない。週末の暇つぶしになるかもしれないし、会ってはみるよ。どれくらい娑婆《しゃば》の土を踏んでないと思う？　七年だよ。外に出ても、何もわからないだろうな」

「昔と何も変わってないよ。じゃあね、あとでまた。〈ばあさん殺し《マタビエハス》〉の服を洗わなきゃならないからさ」

「そう呼んでること、本人に知られないようにしろよ」

ミゲルもずいぶんやらされたが、カラカスも、見かけだけでなく本当にやばい囚人連中にこき使われていた。服の洗濯、房内の掃除……。しかしマタビエハスは、三人の老婆を殺してその貯《たくわ》えを奪った男だ。入所してすぐ、別の囚人に一発、パンチの洗礼を受けた。その老婆たちをレイプしたと思われたからだ。〈紫《ビオレタス》〉と呼ばれる汚《けが》らわしいレイプ魔《ビオラドール》は罰しなければならないという、刑務所内に古くからある馬鹿げた掟《おきて》だった。しかしマタビエハスは、俺の扱いには気をつけろ、要注意人物だぞ、とまわりにはっきりと示した。正義感に燃えた例の囚人を、先を尖《とが》らせたスプーンの柄で刺し殺したのだ。

「心配するなって。あいつの前では旦那様とさえ呼んでる。くそったれな目には遭いたくないからな」

「僕の言うことを聞かないと、くそったれな目に遭うぞ。僕の助言に従っていれば、ましな暮らしができてるだろ？　そうは言っても、ここじゃ遅かれ早かれ、くそな目に遭うんだけどな」ミゲルは自分の言葉の意味がよくわかっていた。

9

サラテはプラサ・デル・レイ――ここには、フェリペ二世の恋人の幽霊が夜にうろつくと言われる館、カサ・デ・ラス・シエテ・チメネアスがある――でバイクを降りた。分析班のいばった女刑事の財布で見つけた、タクシーの領収書にあった住所を探して、バルキーリョ通りに向かう。財布を掏《す》ったのは褒められたことではないが、どうしても特殊分析《BA》班《C》のオフィスに行きたかったし、場所を知るにはそうするしかなかった。とはいえ、その古いエレガントな建物に目的のオフィスが見つかるのか、確信があるわけではなかった。タクシーの領収書にある住所がそれだと思ったのは直感にすぎない。だが当たって砕けろだ。こんなふうに事件から締め出されたくなかった。

「五階？　来客があるとは聞いてませんね。もしよければ電話で、こちらに一報するように頼んでください。そうでなければ、お通しするわけにはいきません」ただの守衛にしては、来客に目を光らせすぎている。

「俺は警官です」

守衛は、サラテが見せたバッジにも動じていないようだった。背後から女性の声が聞こえなかったら、入れてはもらえなかっただろう。

「いいのよ、ラミロ。わたしが引き受けるから。どうしてここに?」

正解だった。ここにあの謎のＢＡＣがあるのだ。そして、サラテの道を開いてくれたのは、チームリーダーのエレナ・ブランコその人だった。サラテはしらじらしく財布を見せた。

「キンタ・デ・ビスタ・アレグレ公園にいたあなたのチームの誰かが落としたんです。それで、届けに来ました」

「そう。彼女、あなたのおかげで、山のような書類仕事から解放されたってわけね。証明書やらクレジットカードやらを再発行してもらうのがどれだけ大変か、知ってるでしょ。来て。中を見せてあげる」

こんなに簡単に中に入れるとは思ってもみなかった。しかも、どうやら本部内を案内してもらえるようだ。

エレベーターは木製で格子扉のついた狭いもので、本来エレベーターのための場所ではない、階段室の空きスペースに取りつけられていた。警部と体が接近しすぎて居心地が悪かったが、相手は気にしていないようだった。

「その財布、チェスカから盗んだの?」

エレベーター内の狭さと質問の唐突さの両方が相まって、いやでも動悸《どうき》が激しくなり、警部に嘘《うそ》をつくのは無理だと思えた。否定しても仕方がない。

「BACを見つけるにはそうするしかなかったんです。事件からどうしてもはずされたくなかった」

「どうして？」

「警官になって殺人事件と遭遇したのはこれが初めてなんです。ずっとこのときを待ち焦がれていて……」

エレベーターがガタゴトと動く音が止まるまで、ブランコ警部は何も言わなかった。盗んだことを正直に話してしまってよかったのか、サラテにはわからなかった。五階の踊り場に到着したとたん、拘束されるかもしれない。警部がスキャナにカードをかざすと、ドアが開いた。一見すると普通のドアだったが、戸板をよく見ると防弾加工されていた。中には受付嬢がいた。

「ベロニカ、サラテ刑事にカードを作ってあげて。しばらくここに通うことになるから」

「でも、俺の所属は……」警部の突然の決断に、サラテは呆気にとられるばかりだった。

「わたしから話を通しておく。来て」

オフィスに入ったところでブランコ警部が立ち止まった。中にチェスカがいた。

「ほら、あんたの財布。注意が足りないみたいね、チェスカ。キンタ・デ・ビスタ・アレグレ公園でサラテが見つけてくれなかったら、身分証明書さえ再発行するはめになったかもよ」ブランコは財布をチェスカに渡しながら言った。

「もう手遅れだよ」

チェスカは敵意の滴《したた》る目でサラテをじろりと見た。ブランコ警部がいなかったら、キンタ公園で始めたいざこざの決着をつけていただろう。彼女には要注意だとサラテは自分に言い聞かせた。彼と警部は奥にあるドアに近づいた。

「中には被害者の両親がいる。名前はモイセスとソニア。七年前に長女のラーラを殺され、今度は次女まで失った。これから二人に報告をしなければならない」

「俺も一緒に入るんですか？」サラテは驚いた。

「憧れるのは勝手だけど、殺人事件の捜査は世にも残酷なものだってことをあんたも思い知ったほうがいい。残虐な描写はいらない。スサナが死んだという事実だけ伝える。わかる？」

「はい。一つだけ質問させてください。なぜ俺を？」

「あんたの頭なんか一発で引っこ抜けるようなやり手の刑事から財布を盗もうとした、その度胸が気に入ったわ。ご褒美をあげようと思ってね。ただ、罰もあたえなきゃならない。ご両親に話をするのはあんたにやってもらう。わたしも初めはその役目をこなす前に、グラッパをひっかけて気合いを入れたものよ。今でも気が進まない」

サラテが心の準備をする暇もなく、ブランコ警部がドアを開けた。

「マカヤご夫妻、わざわざお越しいただき恐縮です。サラテ刑事から状況をお話しいたします」

娘が殺害され、遺体となって発見されたことを両親に伝えるのは、とてつもなく難しい仕事だった。涙、悲嘆、苦痛、ひそかな非難……。娘を二人も殺された父モイセスは、見るからに嘆き悲しみ、意気消沈し、丸まった背中がひくひくと引《ひ》き攣《つ》っているのさえわかった。母親のソニアのほうが落ち着いていて、悲しみを胸に秘めている。

「全力を尽くして、娘さんを殺害した犯人を必ず見つけます」両親との対面の中でも最もきついパートをサラテにゆだねたあと、ブランコ警部が再び手綱《たづな》を取り返した。これは戦略だったのだとサラテは気づいた。彼が悪いニュースを伝え、ブランコが復讐を約束する希望の扉を開いてやる。

10

「自分は自由だ、自分のことは自分で決める、たとえ間違えてもそれは自分の責任、と思い込まされている娘の躾をするのは簡単じゃない」モイセスはのろのろと話した。まるで、ひと言発するたびに体が痛むとでもいうように。「今は後悔しています。ロマ人の女として躾をすべきだった。ラーラのときに失敗したのに、スサナでも同じ失敗をくり返してしまったのは、ひとえにわたしの責任だ」

娘さんの死については最低限のデータしかまだ渡されておらず、殺人だということは間違いないが、検死の結果が出るまで詳しいことはお話しできないと、夫妻には伝えた。

「ひどく苦しんだんでしょうか?」ソニアが泣きながら尋ねた。「ラーラはひどい死に方をしたものですから」

「ラーラを殺した悪党はまだ刑務所の中だ。二度と出てこないでもらいたい」モイセスが続けた。

慎重にやらなければならないとエレナ・ブランコ警部にはわかっていた。被害者の両親を頑《かたく》なにしてはまずいし、娘が偶然選ばれたわけではなく、姉と同じ方法で殺されたと気づかせてはならない。

「先ほども申し上げましたが、検死が終わったときにすべてお話しします。ですが、今はどうかわれわれにご協力ください。スサナさんは一人暮らしを始めて長いんですか？」

「二年少々です。二十一歳になったときから。一人で暮らしたいなんて、許すんじゃなかった」モイセスは嘆いた。

「どうやって生計を？」

「宅配業みたいなことを。それにファッションカタログのモデルもしていた」娘の美しさが自慢らしい。

「ときどきお金を渡したりもしていました。少しだけ」母親が付け加え、びくびくしながら夫を見た。父親のほうは知らなかったようだ。「お給料日までもたせるのに」

「その歳なら普通ですよ」エレナは取りなしたが、妻のほうが夫を怒らせるのを恐れて本当のことを言いづらそうにしているのが気に入らなかった。「娘さんはバチェロレッテパーティーに参加していたようなのですが」

「月末に結婚する予定でした。二週間後です。婚約者はラウルという男で、わたしは正直好きになれなかった」モイセスは認めた。「広告か何かの仕事をしているらしい。警部さん、世の中を長く見てきた人間として言えるのは、あの男は信用できないということです。

酒に人生を注ぎ込み、今日の前にある現実ではなく未来ばかり追いかけ、家庭を築くためでなく、欲望を満足させるために妻を娶《めと》る、そういう人間だ」

「娘さんにそう話したんですか？」

「ええ、もう何度も。あんまりうるさく言ったものだから、とうとうおたがい口を利かなくなってしまった。われわれを結婚式に呼ばないとまで言い出す始末で。妻が娘と話をして、なんとか説得したからよかったものの……」

「娘さんが行方不明になったのは金曜の夜から土曜にかけてだと思われます。まだはっきりはしませんが。そして発見されたのが今日ですが、捜索願などはいっさい出ていなかった。娘さんと連絡を取らないんですか？」サラテが口を挟んだ。エレナはサラテを睨みつけた。非難するような言い方は厳に慎むべきなのだ。あとで叱らなければならない。

エレナの予想したとおり、モイセスはサラテを敵意むきだしの目で見た。

「あなた、子どもはお持ちじゃないですよね？　子どもを理解するのはそう簡単なことではないんだ。週末、いや場合によっては一週間ずっと、娘が何をしているのか知らない、なんてことは初めてじゃない」

「わたしは金曜の午後に娘と話をしました」ソニアはめったに口を出さないし、発言したときには耳を澄まさないと聞こえないような声で話した。母親にとっては最悪の知らせを受けたばかりで、打ちのめされているのだから当然だろう。「昔からの親友たちとパーティーに行くと言っていました。羽目をはずしすぎないで、とだけ釘(くぎ)を刺して、楽しんでらっしゃい、すてきなパーティーになるといいわねと言いました」

「友人たちとどこで集まったか知りませんか？」

「まずレストランに、そのあとそういうパーティーをするような店に向かいました。名前はわかりません。わたしはその手の店に行ったことがないので」母親は答えた。「ただ、オレンセ通りにあるとしか」

点数稼ぎをしたいサラテが娘について質問し、婚約者の居場所やスサナと一緒にパーティーに行ったと思われる友人たちの名前を聞き出すあいだ、エレナは物思いにふけっていた。両親を目の前にして、スサナの最後の姿を、数時間前に解剖室で横たわり開頭されて、そこに蛆があふれていた様子を、思い出したくなかった。両親の記憶にある、若く、美しく、反抗的な娘のことを考えたかった。それに、何年か前に殺された彼女の姉のことにも思いは飛んだ。写真入りの調書がまだ届いていないので、顔がわからないとはいえ。二つの事件につながりはあるのか？　姉妹だということ以外に二人を同一視させる何かが、犯人の目には見えていた？　二つの事件には、犯人は別人だと考える根拠となるような違いはあるのか？　最初の事件の捜査に問題はなかったのか？　刑務所内にいるのは本当に犯人か？　答えの出ない疑問が多すぎた。事件を抱えるたび、いつも以上によく眠れなくなる――犯人を見つけるまでは。

「自分の手で復讐はしなかった。長女を殺した犯人は刑務所にいるのでね。だが殺そうと思えば殺せた。手段はあったがやらなかっただけだ。あなたがたの正義ってものを信じて。だが今回はそうはいかない」

今の脅しは本気なのか、モイセスが鬱憤《うっぷん》をぶちまけただけなのか、エレナにはわからなかった。だがどうでもいいことだ。自分は犯人を捕まえるのみ。そのあとのことは、国がそいつを罰しようと父親が復讐を果たそうと、エレナの関知するところではない。

11

ベリー・バッドボーイズは、聞き込みを始めて二軒目の店だった。そこでダンサーをしているブルーノは、ピンク色のチュチュをつけた黒髪の娘をよく覚えていた。チェスカは、楽屋でその日のショーのために準備をしているストリッパーたちを眺めまわした。そのキューバ人と話をしている相棒のオルドゥーニョを見て、なんだか楽しくなる。ものの数分もしたら出番になるのはどちらなのか、正直区別がつかない。オルドゥーニョはそこにいるダンサーたちの誰よりいい体をしているからだ。

「もじもじしていて、居心地が悪そうだったんです。だから、心配しなくていい、何もおかしなことはしないと言って安心させました。二人で踊り、曲が終わると、彼女は立ち去りました」

そのキューバ人は魅力的で、礼儀正しく、話し方も丁寧で、自分の客の一人がそんな目に遭ったと聞いて本当に心を痛めているように見えたが、それ以上聞き出せることはほとんどなかった。

「大喜びでここに来る子もいれば、そういう慣習だからと友人たちに無理やり連れてこられる子もいます。あなたがたがお尋ねの女の子は後者でした」

「友人たちのことは覚えていますか?」

「ここには毎晩何十人も女性が来るんですよ。舞台に上がる子のことさえなかなか思い出せない。だから、客席にいる子たちのことは言わずもがなです」

「あなたがたと楽屋にこもる娘さんも多いと聞きましたが」

「まあ、ときには。でも刑事さんたちが思うほど多くはありません。ピンク色のチュチュの子は、あとでわれわれを訪ねてなどきませんでした。あの晩は、結婚式の前に婚約者にいろいろ弁解したほうがよさそうな娘さんが一人いましたよ。プラスチック製のペニスがついた王冠をかぶっていた彼女です」

九十キロから百キロはありそうな、筋肉がぱんぱんに膨らんだダンサーの一人が楽屋に入ってきて、相手をどこか見下すような誘惑の笑みを、チェスカに送った。

「これから脱ぐけど、見たら驚くぞ」

「さあどうかな。ちっこいペニスなら今まで何度も見てるから」

「ちっこい?　もしよければ入場券をあげようか。その気があるなら、プライベートの楽屋へ一緒にどう?」

「あたしを満足させられる?」

「今まで文句を聞いたことがない。あんたみたいなお豆ちゃんにはとくに好かれる」

ダンサーはチェスカの尻をさっと撫《な》でた。相手が警官だと知らなかったのかもしれないし、知っていたとすれば、そうやってもっと煽《あお》ろうとしたのかもしれない。オルドゥーニョは気づくのが遅れ、チェスカがダンサーの腕を背中にひねり上げて、床にひざまずかせるのを止められなかった。

「おい、どうかしてるぞ！」ダンサーはわめき、逃れようとしたが無駄だった。「放せ！」

「チェスカ、やめるんだ」オルドゥーニョはお義理で止めた。

「大丈夫、ずいぶん手の長いお友だちにちょっと思い知らせてるだけだから……まず、許可もなく女の子のお尻をさわるべきじゃないってこと。そして、どんな女性も、というか一部を除くたいていの女性は、お豆ちゃんなんて呼ばれたくないってこと」

それだけ強く腕をひねり上げたら、骨が折れてもおかしくなかった。キューバ人のほうは、こんなのはよくあることだと言わんばかりに、無関心な表情で眺めていた。ポキッという音がするのを待っているかのようだった。でもチェスカはダンサーを解放した。

「よく覚えときな」

オルドゥーニョは通りに出てから大笑いした。相棒が不機嫌になるのを目のあたりにするのはこれが初めてではなかった。

「腕を折っていたかもしれないぞ」

「そうだね。いっそ折ってやろうかとも思ったよ。いちばん頭に来たのは、結局何もわからなかったこと」チェスカはこぼした。

「何もってことはない。スサナという女性のことがよくわかったじゃないか。ああいうパーティーを楽しむタイプじゃなかった。いい娘さんだ」


特別長い一日となるその日、二人が次に向かったのはバルキーリョ通りにある特殊分析班本部だった。そこで、ベリー・バッドボーイズでのバチェロレッテパーティーに出席した友人たちが待っていた。シンティアという娘を除いて、全員が学生時代の友人だった。

「スサナとどこで知り合ったの？」チェスカが最初に目をつけたのはシンティアだった。理由はわからない。たぶん刑事の勘というやつだ。

「モデル講座で一緒だったんです」シンティアは内気で、顔をあまり見られたくないのかずっとうつむいているが、とても美人で、典型的なモデル体型だ。背が高く、痩せていて、手足がすらりと長い。「スサナはすぐに辞めてしまいました。講座があまり気に入らなかったのと、背が少し低いこともあって。今はスーパーのチラシだとか、オンラインショップのカタログだとか、そういうところでモデルをしてるだけです。でも辞めたあともずっと友だちでした」

ほかの女性たちに質問は移ったが、チェスカはシンティアの反応に注目し続けた。友人たちの中のリーダーはマルタで、誰より先に答え、すべてを取りまとめ、スサナの死にいちばん動じていない。少なくともそう見えた。

「わたしたち、高校時代にとても仲がよくて、その後もよく会っていたんです。でも、どちらかというと惰性《だせい》で会ってたって感じで。バチェロレッテパーティーとか、毎年夏の女子会とか、その程度です。時とともに人は変わる。わたしたちも今では共通点があまりなくなってしまって」

「スサナに悪意を持っていた人、誰か思い当たらない？」

「婚約者ともう話しました？　わたしはあんまりそう思わないけど、ラウルはいい人だってみんな言います。スサナを愛してはいなかったけど、いい人。あんなにしょっちゅう鼻から白い粉を吸い込んだりしてなければ、映画監督として有名になっていたかも。それにお姉さんのラーラのこともある。スサナはお姉さんのことをほとんど口にしなかったけど、誰もが知っていた。どちらも結婚直前に死んだのは偶然とは思えません。彼女のお父さん、ロマ人でしょう？　ロマ人の結婚式って、普通と違うんですよね？　娘が普通の結婚をするとしたら、気に入らなかったんじゃないかな。まあ、今のはただの勘ぐりですけど」マルタはそう言って話を終えた。

そのあと一人ひとり別々に話を聞いたが、矛盾点はなかった。シンティア以外全員がベリー・バッドボーイズのあとエル・アマンテに向かった。スサナを家の近くでタクシーから降ろし、アロンソ・マルティネス駅近くの店で夜を締めくくったという。シンティアからもう一度話を聞かなければならない。

「あなただけみんなと一緒に行動しなかったんだよね？　どこに行ったの？」

「帰宅しました。もう眠かったので」

「一人で？」

「はい、一人で……。あんな場所、いるのがいやだったんです。女性があんなことをするなんて恥ずかしい。まるで、あの男たちに女性を思いどおりにしていい権利があるみたいだった。消防士や警官に扮《ふん》して、なんだかつらかった……」

チェスカもまったく同意見だった。あんなところ、入りたいとも思わない。オルドゥーニョは傍観者に徹し、相棒が質問し、花嫁の友人が答えるのをただ聞いていた。

「どうしてあのパーティーに行ったの？」

「スサナを一人にしたくなかったんです。一人でさっさと帰ってしまって、後悔しています」

シンティアがわっと泣き出した。ほかの友人たちは誰も泣かなかったのに。チェスカは慰め役は向いていないので、オルドゥーニョに任せた。二人は、近々もう一度話が聞きたいと告げて、シンティアを帰した。

「どう思う？」彼女をタクシーに乗せたあと、チェスカは相棒に尋ねた。

「できてたんだと思う」

「男ってみんな、美人が二人いるとできてるって言うよね」

オルドゥーニョは肩をすくめた。

12

チェスカはサラテがしばらく分析班に留まることが気に入らなかったし、それを隠すつもりもなかったが、命令には従った。エレナが相手ならどんな議論もできるし、多くの場合、説得して意見を変えさせることもできるとわかっていたが、一度命令が出されたら、それに従うしかないということも承知していた。

「被害者のアパートメントにはサラテについてきてもらう。あんたたちには花婿の家に行ってもらいたい。ただしアポなしでお願い。相手の反応が見たい」エレナが命じた。

その日の午後、あらためて会議がおこなわれた。ブエンディアから検死結果を聞かされたが、今のところ新しい情報はなかった。オルドゥーニョとチェスカはシンティアの印象を報告した。中でも興味を示したのはマリアホだった。

「スサナ・マカヤの携帯から発信された最後のメッセージはシンティア宛てだったの。怒らないで、と懇願していた。でも、シンティアは翌日になってやっと返事をして、水を差すような真似をしてごめんなさいと謝っていた。というか、わたしはそう解釈した。この子のメッセージ、文章がひどくて、メッセージの中に母音が一つもないものだから……」

「恋人同士の喧嘩だと思った？　二人は付き合ってたんだと、オルドゥーニョは言い張るんだよ」チェスカは彼を笑った。「そういうのって、男の妄想だと思う」

「シンティアが友人について話す様子からそう思ったんだ。妄想なんかじゃない」オルドゥーニョが弁解する。

「親友同士のただのおしゃべりだと思うわ。もちろん否定はできないけど、おたがいすごく信頼し合ってた感じ。じつは、ほんの数日前にチャットが消されてるの。写真も。SDカードには記録がほとんどなかった。消されたのはほんの一週間前。クラウドにアクセスすればもっと何かわかると思う」

「SNSには何かなかった？」

「あまりそういうのをやるタイプじゃなかったようね。フェイスブックのアカウントは持っているけど、ほとんど使われてなかった。ツイッターやインスタグラム、ほかもまったくやってない」

「婚約者とシンティアのSNSも調べて。彼らのほうはやってたかもしれない。それからブエンディア、昆虫学者が何かヒントをくれないか、話を聞いて。さあ、行動開始。明日朝いちばんにまた集まって、情報を共有しよう」エレナはミーティングをお開きにした。

「この車は?」

サラテは、エレナの赤いラーダ・リーヴァに乗り込んで目を丸くした。ソビエト自動車産業の宝石だ。

「ほかの車は持ったことがないの。クラシックカーだよね。まあ、そのうち乗り換えを考えないといけないんだけど。これをちゃんと整備できる整備士を見つけるのがだんだん難しくなってきていて」

生涯この車しか持ったことがないというのは嘘だ。実際、ディディが管理人を務める自宅地下の駐車場には、旅行用に購入したパールグレーのメルセデスA250、4ドアセダンが置かれているが、一度も動かしたことがない。エレナはラーダが気に入っていて、市内の移動にはいつもこれを使い、今朝早くにキンタ・デ・ビスタ・アレグレ公園に向かったときもこれに乗っていった。

スサナのアパートメントがある、ミニストリレス通り近くのラパピエス地区で駐車スペースを見つけるのは簡単ではない。荷下ろしエリアに停《と》めなければならなかったが、エレナは心配しなかった。もし市警察に駐車違反の切符を切られたとしても、レンテロが処理してくれる。

建物はアンティーク調だった。いや、はっきり言えば、古びていた。エレベーターはなく、スサナの部屋は四階だったから、狭い階段をのぼった。家宅捜索の命令は出ていたが合鍵はなく、管理人もいないし、科学捜査班もまだ到着していない。

「困ったな。鍵職人を呼ぼうか」

「任せてください。プロなんで」サラテが鼻高々で言い、ピッキング道具を取り出してみせた。

合鍵を持っていたとして、それを出して開ける時間さえかからなかった。ものの数秒で、二人はスサナの部屋に入っていた。

「どこにも乱れはない。ここで拉致《らち》されたわけじゃないのは確かね。犯人はスサナを、友人たちの乗ったタクシーを降りてから、部屋に入るまでのあいだに捕まえた」

「帰宅する前に、どこか別の場所に寄ったのかもしれません」

「その可能性はある」

小さなアパートメントだった。カウンターのあるモダンなキッチンのあるリビング、寝室、シャワースペースのある浴室。リビングの壁には絵画のレプリカが飾られている。上半身ヌードの金髪女性の絵で、背景にコンクリートの建物群が見える。近づかなくても、エレナには誰の作品かわかった。

「タマラ・ド・レンピッカね。ポーランド人画家で、バイセクシャル。オルドゥーニョの言っていたとおり、あの親友と恋人同士だったのかもしれない。でも、ただレンピッカの絵が好きだっただけなのかもしれない。わたしは好きだけどね」

「アートに詳しいんですか？」

「まず、かしこまった話し方はやめて。前にも言ったでしょう？　今度同じ注意をさせたら逮捕するよ」そう釘を刺した。「それから、アートにはまったく詳しくない。でも、メキシコのクエルナバカにある自宅美術館に行ったことがあるの。そんなに作品を見たことがなくても、レンピッカの絵はそうとすぐわかる」

死者の私物を捜索するのはひどく気まずいものだ。自分が最初の捜索者であればなおさらだった。所有者を待つ家に土足で入るのだ。その所有者がもしそこにいれば、人に見せたくないものは隠したはずなのに。書類、写真、雑誌、本、はては大人のおもちゃに至るまで。誰だって他人の目にさらせば恥じ入るだろう。ところがこの部屋には、これといって注意を引かれるものはなかった。

「なんだか変ね。まるでホテルの部屋みたい。でも誰にだって秘密はあるものだよ」エレナはじかにさわらないようにしながらあちこち詮索し、サラテはサラテで捜索を続けた。唯一気になったのは被害者によく似た女性の写真だ。姉のラーラらしい。それは抽斗《ひきだし》の中に入っていて、この部屋の借主はその写真を捨てるに捨てられず、けれども目につくところに置くのはつらいと思っていたかのようだ。「捜索が入ることを前提に、誰かが室内を整えたのかもしれない。そうは思わない？」

「それはないでしょう」サラテは答えた。「携帯電話の中の写真も消去されていたとマリアホが言っていた。結婚前に過去をすべて清算して心機一転しようとしていたのかも」

エレナはうなずいた。サラテの言うとおりだ。スサナがここで拉致された可能性はやはり捨てるべきだ。

サラテが寝室から古いラップトップを持って出てきた。マリアホに提供することになるだろう。

「デスクトップもあるけど、オンラインになってない。今じゃ世界じゅう誰もがインターネットとつながっているのに。俺の母でさえね。本当にここに住んでたのかな」

「婚約者の家に行っているチェスカとオルドゥーニョから話を聞いてみよう。もしかすると婚約者と住んでいて、このアパートメントはときどき立ち寄るだけなのかもしれない。科学捜査班がこちらに向かっているから、何か見つかれば報告があるでしょう」

そのうちわかる。まもなくスサナの人生で彼らの知らないことは何もなくなるだろう。

「グラッパが飲みたい。一緒に来る?」

13

ラウルが暮らしている部屋は、スサナの部屋とはあまりにも違っていた。プラド美術館の裏手に当たる、レティーロ公園に続く通りにあり、マドリードの中でもパリを思わせるようなしゃれた地区だ。建物はアルフォンソ十二世通りとの交差点にあり、部屋はその最上階。たぶん公園を眺め渡すすばらしい景色が見え、チェスカが毎朝公園を二周走るあいだに羨望《せんぼう》のまなざしで見上げる塔さえ備えているだろう。金持ちしか住めない場所だ。

「ラウル・ガルセドさんですか？　警察です」

「警察？　いったい何事です？」

「中でお話しさせてもらってもいいですか？」

「今忙しいんです。令状はあるんですか？」

相手が警官を中に入れまいとするので、オルドゥーニョとしても本腰を入れなければならなかった。

「いや、令状はありません。ただ、取ってほしいというなら、あなたが何を隠そうとしているのか確認する必要があります。ここにうかがったのは、婚約者のスサナ・マカヤさんについて話をうかがいたかっただけなので」

「何かあったんですか?」

ラウルは二人の刑事を中に入れた。リビングは予想以上に豪華だった。黒と白を基調にした内装で、家具はどれもエレガントで贅沢なものばかりだった。とくに印象的なのはバング&オルフセンのスピーカー、Ｂｅｏｌａｂ90で、中級車なら余裕で買えるくらい値が張るものだ。音量を最大にすれば、公園を走るランナーとさえ音楽を共有できるかもしれない。なにしろ製品広告によれば、スタジアムのコンサートで使えるほどの音響効果だというのだ。

「話をする前に、それを片づけてもらえる?」チェスカは軽蔑の目で見た。

テーブルの上にはコカインのラインができていた。横にはそれを準備するのに使われたクレジットカードと、おそらく銀製のチューブ。驚いたことに、警官が目の前にいるというのに、ラウルはそれを鼻から吸引し、残りは手の甲でゴミ箱に払い落とした。

「片づけましたよ。ええと……スサナのことですよね。じつは金曜から連絡がないんです。バチェロレッテパーティーに行くと言ってましたけど」

「連絡を取ろうとはしなかったの?」

「昨日携帯に電話をしましたが、出なかった。今日折り返し電話が来ると思ってました」

「二週間もせずに結婚するんだよね？　普通、毎日話をするものじゃないの？」チェスカが尋ねる。

「婚約者に対する態度の良し悪《よしあ》しとか、十分ごとに話をしているかとか、そんなことを確認するために、警察がわざわざうちに来るとは思えない。どういうことか、ちゃんと説明してもらえませんか？」

チェスカはたちまちラウルに反感を持ち、おまえが婚約者を殺したんだろうと言ってやりたい衝動に駆られた。だが単刀直入に告げた。

「今朝、カラバンチェル地区の公園でスサナ・マカヤの遺体が発見された」

「え？」

ラウルの驚く様子は演技には見えなかったが、そんなのは単なる印象だ。気持ちなどいくらでも装える。

「殺されたんだよ。だから協力をお願いしたい」

「もちろんです。何なりと」初めてその顔に不安がよぎった。「まさか僕を疑ってませんよね」

「殺人事件の場合、たいていは配偶者が疑われるの。残念ながら、それで正解ってことが多い。だからご同行願いたい」

「つまり、逮捕されるってことですか？」

「もちろんそんなことはない。あんたに婚約者を殺す動機が見つからないかぎり、逮捕はしない。もし逮捕することになったら、はっきり伝えるよ。弁護士を呼べるようにね。でも今のところはスサナ・マカヤについて話を聞きたいだけ」

二人の刑事はラウルに、マリアホに分析させるためにパソコン――二千ユーロはするＭａｃ――を提供してもらい、特殊分析班《BAC》本部に同行を頼んだ。今夜は帰れないことや、待合室で寝てもらうことを言うつもりはなかった。明日朝になって、ラウルが腹を立て、今吸ったばかりのコカインの効果も消えて、シャワーを浴びるためならバング＆オルフセンのスピーカーと引き換えにしてもかまわないと思うようになったところで、初めてブランコ警部が事情聴取を始めることについても。そうしてようやく、ラウルはこちらの知りたいことをすべて白状するだろう。

14

エレナ・ブランコ警部はアンヘル・サラテをウエルタス通りにある店に連れてきた。一生大事にしたい店の一つ、カラオケスナック〈シェールズ〉だ。

「カラオケスナック？」

「来たことある？」

「十年以上前に、友人たちと……でもそれからは一度も」

中に入ったとたん、店内にいる人々全員が警部と顔見知りだとわかった。ウェイターたちは彼女に挨拶し、まばらな客のうち数人が会釈《えしゃく》し、ステージ上にいる、そのときはモセダーデスの曲を歌っていた者までがウィンクをよこした。

「ずいぶん人気者なんだね」

「日曜から木曜まで、しょっちゅう来てるからね。金曜と土曜は観光客や酔っぱらいしかいないけど、平日は歌のうまい連中が集まる」

サラテは店内を見まわした。この店のどこに魅力があるのかわからなかった。年配の客、マイク、スクリーンには歌詞が出るわけのわからないビデオ、近所の女たちから狂女と呼ばれている女についての歌をうたう役人風の男……。ウェイターがにこにこしながら近づいてきた。

「今日も来るとはね、エレナ。ゆうべ帰ったの、ずいぶん遅かったから」

「今日は閉店まで居座るようなことはしないよ。一時間で帰る」

「いつもの？」

「うん」

「お連れさんは？」

「ビールを。マオウの小瓶を」サラテは言った。

エレナは、飲む酒によって人を判断するのが得意だったが、マオウの小瓶を注文する人物にはまったく心当たりがなかった。せいぜいマドリード人だという程度だ。

「いつものって？　グラッパ？」サラテが尋ねてきた。

「そう。時間帯によって好みのグラッパが変わるんだけどね。夜の帳《とばり》が下りる頃に飲むのはストラヴェッキア。少なくとも二、三年は樽《たる》熟成されてる」

「ソビエト時代のロシア車、グラッパ、カラオケ……。間違いなく変わり者だね、警部」

「勝手に人を判断しないで。それに、ここに来たのは仕事のため。スサナのアパートメントで何がいちばん気になった？」

警部がそばにいるプレッシャーで、きちんと観察しきれなかったとサラテは感じていた。だから、すでに話し合ったこと以外に言えることはあまりなかった。服を除けば、故人の人柄がわかるような私物が驚くほど見当たらなかったこと。それにパソコンがオンラインになっていなかったこと。

「それ以外には？」

「何も。あなたは？」

「あまりないわ。あんたが言うように、思い出の品を全部処分したみたいな印象を受ける。でも、気になったことはいくつかあった」

エレナはまず、意味があるのかないのかわからないが、レンピッカの絵のことを挙げた。それに抽斗にしまってあったラーラの写真。そして、スサナが肩甲骨に入れていたタトゥーと同じ蝶をかたどった磁石が冷蔵庫の扉にあったこと……。

「あまりにも手がかりが少ないね。でも大丈夫、捜し物はいずれ見つかる」

「もし見つからなかったら？」

「うちのチームは必ず見つける。急ぐ必要はないよ。それに忘れないで、こっちは犯人よりつねに優位に立っている。わたしたちは二十回間違えるかもしれないけど、一度正解すれば絶対に犯人を逃さない。相手も二十回はまんまとこちらを出し抜くかもしれないけど、一度失敗すれば、わたしたちはそれを絶対に見逃さない。統計学の問題なの」

サラテとしては警部にそうして話を続けてほしかったが、そのときスピーカーから呼び出しがあった。「エレナ!」

「わたしの番だ」

警部はステージに上がってマイクを持った。客の一部が歓声をあげて迎え、曲が始まった。

サラテが好きなタイプの音楽とは言えない。ミーナ・マッツィーニの曲は一度も聴いたことがないし、イタリア人の女性歌手で聞き覚えのある名前といったら、スペインでも有名なラファエラ・カラぐらいだ。だが、警部の歌がみごとだということは確かだった。それはグラッパやラーダより驚きだった。歌が終わると、盛大な拍手が沸き起こった。すぐにウェイターが選り抜きのグラッパをもう一杯持って現れた。

「店のおごりだよ。日に日にうまくなるな、エレナ」

二人はサラテの経歴について話した。父親も警官だった。生まれはビルバオだが、サラテがまだ子どものときに父が殉職し、それからはマドリードで暮らしている。法律を学んでいたが、結局警官になる試験を受けた。その意味では、遅咲きの警官と言えるだろう……。一方エレナのほうは自分の過去についてごく表面的なことしか話さなかった。

「ちょっと待って、アドリアーノがこれから歌うから」

六十歳近いと思われる男がステージに上がったが、渡されたマイクを拒んだ。

「心して聴いて。アドリアーノがその気になっていたら、パヴァロッティもカレーラスもプラシド・ドミンゴも、地下鉄構内で歌ってその日暮らしをしなきゃならなかったはずよ」

「オーバーに言ってるよね？」サラテは笑った。

「うん、少しね。だけど本当にすごいの」

アドリアーノの声は、マイクがなくても〈シェールズ〉のいちばん奥の隅まで届いた。

「誰も寝てはならぬ！　誰も寝てはならぬ！　お姫様、あなたもです。寒い部屋で星空を見上げ、愛と希望に打ち震えながら！」

店じゅうが熱狂して拍手喝采《かっさい》した。サラテも一緒に拍手したが、自分はまわりに合わせているだけだとわかっていた。みんなはどこか高みに行ってきたようだが、彼は門前払いされた。選ばれた者だけができる経験を自分以外の全員がしたようだった。

「車は持ってる？」アドリアーノとかいう男のパフォーマンスがきっかけになったかのように、エレナが尋ねた。

「いや。バイクしかない」

「じゃあ、うちに来なよ」

15

今朝サラテが、カラバンチェル署の二人の同僚とシェアしているアパートメントで目覚めたときには、マドリードのまさに中心と言っていいマヨール広場に面した、誰もが憧れるような部屋で一日を終えることになるとは思ってもみなかった。

「好きなものを飲んで。わたしはちょっとシャワーを浴びてくる」

廊下の向こうにブランコ警部が姿を消すと、サラテは窓から広場を覗いてみた。子どもの頃、クリスマスのベレン人形（スペインでクリスマスに飾る習慣のある、キリスト誕生の様子を描いた人形）を買いに何度か母に連れてきてもらった場所だ。だが記憶をよく探ってみれば、そんな年はそうなかった。父を亡くしてから、幸せだったクリスマスなどほとんど思い出せない。ベランダの張り出し部分に隠れるようにして、カメラがあった。赤いパイロットランプが灯《とも》っているのが気になった。役所が設置した防犯システムか何かだろうか。あとでこの部屋の主に訊いてみよう。

カラオケスナックを出てから、二人でラーダを駐車した場所を探した。警部が広場地下にある駐車場まで車を運転し、そこでサラテはこれから何が起きようとしているか確信した。警部がいきなり彼の上にまたがってきて、キスを始めたからだ。

「大型のオフロード車を買ってもらわないと困るな」

　そのあと部屋まで上がったが、階段の踊り場のたびに足を止めてキスを続け、今いる広々としたリビングにたどり着いた。今日の午前中の自分が、もし特殊分析班《BAC》の一人と寝るとしたら誰かと考えたら、チェスカに賭けただろう。タイプだったからではなく（それは絶対に違う）、いちばんいけ好かなかったからだ。サラテは難題に挑戦するのが好きだった。だがリーダーなら願ってもない。いや、最高だ。

「何ぐずぐずしてるの？　さっさと脱ぎなよ」

　ブランコ警部は浴室から裸で出てきて、サラテにも服を脱ぐよう要求した。いや、要求ではなく命令だ。でもサラテが従う時間はなかった。彼女じきじきに近づいてきて、寝室に案内しながら服を脱がせていったからだ。

　寝室もとても広く、ベッドは縦横それぞれ二メートルずつありそうだった。この家には場違いなものなど一つもなかった。ベッドのヘッドボードの上部には、裸婦像を描いた巨大な絵が掛かっている。スサナの家にあった例のポーランド人画家のものとは違って、こちらはもっとリアリスティックだ。顔は見えないが、ひょっとして警部自身かもと思う。

「一つだけ念を押しておく。ここであったことは実際にはなかったことよ。朝にはただの警部と、数日だけわたしのチームに手伝いにきた警官に戻る。それだけのことだし、この出来事に意味を持たせないでほしい。それが受け入れられないなら今すぐ出ていって」

「心配ご無用」

それが二人の発した最後の言葉だった。そのあと聞こえたのは喉の鳴る音、うめき声、囁き声だけ……。ふと見ると、彼女の腹部に帝王切開の跡があるのにサラテは気づいた。エレナ・ブランコが母親だなんて想像できなかったし、このマンションにほかに誰か住んでいる気配はまったくなかった。たぶん見間違えたんだ。俺はどうも観察眼に問題がある。被害者のアパートメントでもそうだった。

警部はベッドの中で上品ぶるタイプの女ではなく、奔放《ほんぽう》に振る舞い、すべてがサラテを興奮させた。とはいえサラテはずっと緊張していて、上司相手に下手は踏みたくなかったし、充分満足させたかった。ベッドで喜ばせられなければ、ＢＡＣへの受け入れも不可と判断されそうな気がした。しかし警部はたちまちオルガスムに達し、とはいえそこでやめはせず、行為は延々と続いた。終わったとき、彼女はサラテの横で丸くなった。自分を守ってくれる人を探すかのように。

警部はすぐに眠ってしまったので、サラテは起こさないように注意しながら起き上がった。裸のままリビングに行く。見まわしたが、たとえば写真など、いるかもしれない息子か娘の存在を匂わすものは何もなかった。インテリアはどれも高級そうに見えた。革製のソファー、上質な木製の家具。飾ってある絵画はきっと著名な画家のもので、ショッピングセンターや青空市で買ったたぐいの安物ではなさそうだ。あらためてマヨール広場を覗く。真夜中なのでほとんど人気《ひとけ》はなく、急ぎ足で歩く男が一人いるだけだ。そしてベランダにあるカメラでは、赤いパイロットランプが点滅している。

「眠れないの?」

警部は薄いローブを羽織ってリビングに出てきた。

「ごめん。夜の広場がなんとなく気になって」

「帰ったほうがいいと思う」

「邪魔するつもりはなかったんだ」

「べつに邪魔ではないけど、夜ここを人にうろうろされるのが好きじゃないの。じつは、人を家にあげるのも好きじゃない」ここはわたしの、わたしだけの砦《とりで》。「悪いけど、服を着てもらえる?」

「一つだけ質問させてほしい。ベランダにあるあのカメラは何?」

「べつに何でもない」エレナはそれ以上説明しなかった。

玄関口ではキスの一つもなく、エレナはサラテに握手の手を伸ばした。

「じゃあまた明日」

サラテが立ち去ると、エレナはベッドに戻って眠りたいという思いと、写真の確認という本来やるべき義務のあいだで板挟みになった。日曜に最後に見てから、ベランダに設置したカメラはすでに数えきれないほどの枚数を撮影しているはずだ。

慣れたもので、二十五枚ずつ見ては消し、次に移る。なんとなく気に入って、保存しておくものもときどきある。キスをするカップル、風船を持った子ども、一風変わった顔の女性……。だがエレナが捜しているものは一度も見つからなかった。八年前、ほんの数秒、一度だけ見た、疱瘡《ほうそう》のあばたが残った顔。忘れてしまいそうで怖かった。もしまた見かけてもそうとわからなかったら、と思うとぞっとした。

16

アンヘル・サラテは毎朝、カラバンチェル署のほぼ正面にある〈ラ・レハ〉というバルで相棒のコスタと会う。そこでカフェ・コン・レチェとチュロスという朝食をとり、一日を始める準備をする。

「もう来ないかと思った」

「しばらく来られないと思います。ブランコ警部から、あの若い女性の殺人事件の捜査をするあいだ、特殊分析班《BAC》に加わるよう要請されて、署もそれを認めてくれた」なんでこんな若造が、とコスタが腹を立てるのではないかと思ったが、相手はにっこり笑っておしゃべりを始めた。

「そりゃよかった。これで、連中の見つけたことが全部おまえの耳に入るな。被害者の姉が殺された事件の捜査、誰が担当したか知ってるか？　サルバドール・サントスだぞ」

サラテは師匠の名前を耳にしてうなずいた。サルバドール・サントスが最優秀と言っていいすぐれた警官だったことは確かで、事件の捜査は彼のみごとなリーダーシップのもとでおこなわれ、犯人を刑務所行きにした証拠は決定的なものだったはずだ。サルバドール・サントスはかつてコスタの相棒でもあったが、その昔はサラテの父、エウヘニオの相棒だった。ショーウィンドー荒らしと撃ち合いになって父が死んだ日も、サルバドールがそばにいた。母にそれを知らせる役目を担《にな》ったのも、サルバドールだった。それ以来、サルバドールは父親代わりとなり、いつもサラテのそばにいてくれた。サラテが大学を卒業しても仕事が見つからなかったとき、警官になったらどうだと助言したのも彼だったし、そのためにレールを敷き、いい指導者になってくれた。おかげで無事警官の仲間入りを果たしたのだ。六年前にサルバドールが引退してからは、毎週日曜日に、彼の妻アセンシオンが作る最高のパエリヤをごちそうになりに自宅にうかがっている。そうして日曜日ごとに、自分が誰より尊敬している男の記憶をアルツハイマーが奪っていくのを目の当たりにするのだ。今もサラテの姿を見るとそうとわかり、にっこりほほ笑んでくれるし、日によっては、病気の進行が止まって頭脳明晰《めいせき》に見えることもあるが、たいていは会うたびに会話が成り立たなくなっていく。自分の知っているサルバドールはまもなくいなくなるとサラテにもわかっていた。

「何か心配事でもあるんですか、コスタさん」

「サルバドールが病気だとわかったのは最近のことだが、じつは引退するずっと前から進行していたらしい」コスタは、サラテの心を読んだかのように答えた。「ちょっと不安なんだ、ただそれだけさ。あの人の名を汚すようなこと、誰にも許すなよ、サラテ。サルバドールは優秀な警官だった。映画に登場するようなあの女警部より、はるかにな」

サラテがBAC本部に到着したとき、ブランコ警部は昨日のことなど忘れてしまったかのように、彼の目を見ようともしなかった。すでに全員が会議室にいた。サラテはようやく一人ひとりの名前を覚えつつあった。検死官のブエンディア。情報関係のエキスパート、マリアホ。あらゆる任務をこなす刑事、オルドゥーニョとチェスカ。リーダーのエレナ。小さいが、油をさしてよく手入れをした機械のように円滑に機能するチームだ。

最初に口を開いたのはブエンディアだった。検死の結果がすべて出て、報告書のコピーが一人ひとりに配られた。しかし誰も開かず、全員がブエンディアの説明を待っている。

「第一に、殺害方法は、被害者の姉を殺した手口と同じだと申し上げておく。ラーラ・マカヤの検死報告書をすでに検討したが、特段の違いはなかった」

「同一犯？」エレナの声はいつだって一流歌手のように、人々の注意を一気に集めてしまう。質問に答えるのはチームの別のメンバーだとしても。

「それを調べるのは君たちの仕事だ。だが、わたしはそう考え始めている。被害者の姉の検死結果の概要を一緒に配った。じつに残酷な死だ。死因は蠅蛆症《ようそしょう》。それがどういうものか説明する」ブエンディアはプロジェクターで壁に映像を映し出した。最初は蛆だった。

「紹介するのはラセンウジバエ、学名コクリオミイア・ホミニウォラックスだ。成虫は無害だが、幼虫段階では生きた組織を食べる。被害に遭うのは家畜が主だとはいえ、人間も例外ではない」

ブエンディアは一同に向かって得意げにほほ笑んだ。いつもみごとな仕事ぶりなのだが、その成果が人をどれほど動揺させるかなんて考えもしない。熱のこもったそのしゃべり方は、ゆうべ見つけた最高のレストランを紹介するかのように活《い》き活《い》きしている。

「熱帯産のハエだが、ヨーロッパにも生息している。おそらく家畜の海外輸送が原因だろう。たとえばフランスでは、耳に怪我《けが》をした犬にこのハエの蛆が見つかっている」

「ラーラの遺体で見つかった蛆もそれだったの？」ブランコ警部が尋ねた。

「姉妹どちらも同じ種類の蛆だった」

「殺害の方法は？」

そう尋ねたのはチェスカだった。何かというと百戦錬磨のタフな女として振る舞いたがる彼女だが、さすがに眉をひそめずにはいられないようだった。

「想定できるのは二種類」ブエンディアが説明する。「一つは、雌のハエを被害者の脳内に入れて、卵を産ませる。だがそれには孵化《ふか》するまでに時間がかかる。もう一つは、生きた蛆をじかに埋めてすぐに仕事に取りかからせる。脳組織の損傷の具合からすると、後者ではないかとわたしは思う」

「犯人は被害者の脳に生きた蛆を入れた。わたしの理解、間違ってないわよね？」マリアホが尋ねた。

「そのとおり。この蛆は大喰らいなんだ。〝キクイムシ〟蛆とも呼ばれている。目の前にある組織をすべて食い尽くしながら進んでいく」

「シラミのほうがまだましだ」チェスカが冗談を言った。

「子どもがいないからそんなことを言うんだ」ブエンディアが言い返した。

「この国で蛆を育てられるの？」

「問題ない。湿度と温度の条件さえ整えば」ブエンディアが答えた。「スサナの脳内がその環境だった」

　次の映像は、エレナが解剖室でじかに目にしたものだった。被害者、ロマの花嫁を開頭した様子だ。頭蓋内には、中身を食べ尽くした無数の蛆。

「おいブエンディア、いくら何でも気色悪すぎるぞ」オルドゥーニョがぼやいた。

「気色悪いものを見たくなかったら、インテリアコーディネーターにでも転職するんだな。君は警官だ。社会の汚物を片づけるのがわれわれの仕事じゃないか」ブエンディアが冗談めかして言った。「蛆、あるいはもしかすると卵は、歯科用の電気ドリルであけられた三つの穴から脳内に埋め込まれた」

　ブエンディアは、専門用語を交えながらも、まったくの門外漢にもわかるように説明していく。〝キクイムシ〟蛆は、人間も含めあらゆる哺乳動物に襲いかかる。傷口に入り込むとすぐに生体組織を食い始め、そうしながらどんどん大きくなる。

「何より残酷なのは、寄生主が死んでいる必要がない点だ。数年前に姉がそうだったように、スサナもこの苦痛にさらされるあいだ、ずっと生きていた」

そこにいる全員の顔に痛みと嫌悪感と怒りが浮かんだ。

「犯人を必ず捕まえよう」エレナは誓った。

次は、オルドゥーニョとチェスカが発言する番だった。二人は被害者の婚約者ラウルを分析班本部に連行してきていた。

「待合室にいる。昨日はずいぶん挑戦的な態度だったけど、あの椅子に座ったままひと晩過ごして、だいぶ角が取れて丸くなったはずだよ」チェスカが言った。

「たいへんけっこう。彼について、何か知っておいたほうがいいことは？」

「びっくりするほど金を持っている。レティーロ公園を見渡せる豪邸に住んでいるんだ。あとコカイン常習者。ああ、それにどうしてスサナと結婚するのかわからない。婚約者が亡くなったと伝えられても、一度も涙を見せていない」

「彼のパソコン、ドナルド・トランプのパソコンよりセキュリティが厳重よ。ああ、ちょっと喩《たと》えがよくなかったわね。トランプのは、わたしの孫のパソコンよりお粗末だもの」

「あんたに孫なんていないじゃない、マリアホ」警部が笑った。「開けられそうにない？」

「もちろん開けられるけど、少々時間がかかるわね」

「じゃあ、ラウルから話を聞こうか。サラテ、一緒に来て。何か新しいことがわかったら、報告して。チェスカ、オルドゥーニョ、二人はブエンディアからもらった情報を猛勉強しておいて。スサナの自宅近くに監視カメラはあった？」

「二台ありました。今編集の準備をしています。準備ができしだい画像を検証します」とオルドゥーニョが言った。

「けっこう。何か進展があったら、すぐに連絡して」

チェスカは、警部とともに部屋を出ていくサラテを睨みつけていた。

17

「僕をここに拘束する権利はないはずだ！　職権濫用《らんよう》だ。訴えてやる！」

エレナは参考人の反応には慣れていた。相手が正しいと思えることもあるし、わめき返したり、文句をこぼしたりしたくなり、こっちこそ訴えてやるといっそ脅してやろうかと考えることもある。ラウルに対する仕打ちは、婚約者を殺されたばかりだということを考えればとくに、あまり好ましいものではないが、致し方ない。

「誰もあなたを拘束してはいません。いつでも帰っていただいてよかったんです。ご覧のとおり、ここは警察署ではなく、支部のような場所です。あなたを本気で拘束したかったら、留置所に連れていきますよ。ここのドアに鍵はありません」

「では失礼する」

「もし今出ていくなら、あなたはスサナを殺害した犯人を知りたくないらしいと判断します。捜査の足を引っぱろうとしていると見なされたら、あらぬ疑いをかけられます。おとなしくここでわたしたちの質問に答えることをお勧めしますよ」

サラテは警部の声の調子に驚いた。やわらかいのに容赦がない。こんなふうに言われたら、誰も席を立てないだろう。

「スサナがどうやって死んだのか、誰も話してもくれない」それがラウルの最後の抵抗だった。

「余計なことは言えないんですよ。婚約者の姉、ラーラが亡くなったことはご存じでしたか？」

「殺されたということは聞いてます。でもそれ以上のことは知らない」

「まもなく結婚するというのに、婚約者とあまり親密ではなかったようですね」

「婚約だっていろいろな形がある」

ラウルは抵抗していたものの、警部は巧みに少しずつ彼から情報を引き出していった。婚約者と毎日電話をしていたわけではなかったこと、最後に話をしたのは金曜の午後、友人たちとバチェロレッテパーティーに出かける前だったこと、連絡してこないのは、きっと二日酔いがひどいからだと思っていたこと……。

「最後に会ったのはいつですか？」

「水曜か木曜か、覚えてないな……いやそうだ、木曜です。ホルへ・フアン通りの〈アマソニコ〉で食事をして、そのあと近くで一杯飲まないかと誘ったんですが、彼女は帰ると言った。だから一緒にうちに帰宅したんだ」

「そのままあなたの家に泊まったんですか？」

「いいえ、セックスして、そのあと彼女は帰りました。彼女、泊まっていくのが好きじゃないんです。僕も翌日朝から仕事だったし。ヨーグルトのCMの撮影準備のための会議がありましてね」

「金曜の夜は何をしてましたか？」

ラウルはいよいよ緊張し始めた。

「さあ。まさか僕を疑ったりしないですよね？　そんなの馬鹿げてる――」

エレナは有無を言わせず質問をくり返した。

「金曜の夜、何をしてましたか？」

ラウルが答える暇はなかった。そのときマリアホがドアから顔を覗かせたからだ。

「ごめんね、警部。ちょっと大事な話があるの」

エレナとサラテは廊下に出て、ラウルが一人で部屋に残った。金曜に何をしたか思い出そうとしているのかもしれないし、何か作り話をでっちあげているのかもしれない。

「被害者の婚約者のパソコンを開けたわ。まだ十パーセントも見てないけど、最初に何が飛び出してきたと思う？」

答えを聞く必要はなかった。マリアホがさっそく一連の写真を見せてくれたからだ。昨日エレナとサラテが訪問したミニストリレス通りのアパートメントのベッドにいる、何をしているのか誰が見ても明らかな、全裸のスサナとその友人のシンティアだった。かなり遠いところから撮られた写真だ。おそらく、高性能の望遠レンズを搭載したカメラを使ったのだろう。

「オルドゥーニョが正解だったね。二人はできてた。午前中のうちにシンティアをここに連れてきて。話を聞く」

部屋に入る前に、エレナは少し考えてからサラテとマリアホに言った。

「二人はできていた。ラウルはそのことに気づいて、婚約者を殺した、ってこと？」ありきたりな筋書きだが、そういう単純な話なのかもしれない。

「蛆を使って？　そうは思えないな」サラテが言い返す。

エレナも同感だったが、マリアホの報告にはまだ先があった。

「パソコンには、被害者の姉の事件に関する記事ばかりが集められたフォルダーがあったわ」マリアホはわずか数分そのＭａｃを操っただけで、本人も気づかぬうちにかなりの情報をすでに見つけていた。

「姉の事件の調書をどうにか手に入れて、同じ方法で殺せば自分は疑われないと考えたのかも。いいえ、違う。腹立ちまぎれに婚約者を蛆で殺そうとする人間なんていないわ。こういうことをするには準備に時間がかかる。それに、こうして調べて欲情していた節がある」

「あるいは、犯人はシンティアかもしれない。友人に恋していたのに、別の男と結婚すると知り……結婚を阻止しようとした」サラテが思いきって言った。

「さっきあんたに言われたことをそのままお返しするよ」エレナとしては賛同しかねた。「蛆を使って？　そんな持ってまわったことをする？」

「たしかに。婚約者とシンティアの件について、ラウルを追及するか？」

「いいえ。金曜に何をしたのか本人が打ち明けるのを待つ」

部屋に戻ると、ラウルの反抗的な態度は収まっていた。今では打ちのめされた、不安げな様子だった。

「金曜はとくに何もしませんでした。家にいましたよ」

「それは意外ですね」エレナは皮肉をこめて言った。「夜に家にこもっているタイプには見えないですけど」

「金曜はたまたまそうだったんだ」

「テレビを観《み》た？　ピザを頼んだ？」

「いや、何をしたか、あまり思い出せない。本を読んだり、音楽を聴いたり……」

警部はつねに何かメモを取っていた。ラウルもサラテも彼女が何を書いているかわからなかった。実際には、何を書いているわけでもなく、一種のトリックだった。そうしてメモを取られると、事情聴取されているほうは、自分が話していること以上に相手が何かつかんでいるように思えるものなのだ。本来漏らしてはいけないことをうっかり口にしたのでは、と不安になる。

「婚約者の姉、ラーラの事件に話を戻しましょうか。事件について何を知ってますか？」

「何も。何も知りません」

警部の声が急にきつくなる。

「でもあなたのパソコンに、当時の新聞記事を集めたフォルダーがありましたが」

ラウルは自分の立場がどんどん悪くなっているのに気づいた。そろそろ正直になる潮時だった。

「じつは、スサナはあの事件についてけっして話してくれなかったんです。でも、僕は昔から映画監督になりたかった。だから、この話を使って脚本が書けるかもとふと思って……」

そこでまた邪魔が入った。今度はチェスカだった。

「警部」

再び二人が部屋を出た。チェスカがタブレットで画像をいくつか見せた。

「ティルソ・デ・モリーナ広場の監視カメラの画像なんだけど、スサナの婚約者、ラウル・ガルセドが映ってる。金曜から土曜にかけての夜、午前三時のもの」

間違いなく、ラウルがそこにいた。婚約者が住んでいた、ミニストリレス通りに向かって歩いている。

「へえ、結局あの晩家にはいなかったらしいね。移送の準備をして。ラウル・ガルセドを拘束する」

第二部

あれが愛だったらよかったのに

少年は床に座り、足の傷を見た。ずいぶんひどそうだ。足の甲全体を覆う黒い汚れの真ん中で血が固まっている。向こう脛の噛み傷はずきんずきんと痛んだ。脛に電流が流れては消える、そんな感じだ。そしてまた次の電流が流れる。

日光が差し込むと、倉庫内はまだ居心地がよさそうに見えた。白い洗濯機、ずらっと並んだ箱。その上に長い作業用の棚がある。死んだ犬は舌を出している。まるで少年をからかっているみたいだ。犬の体にシャベルがもたせかけられている。そうだ、シャベルだ。

少年は立ち上がり、シャベルを手に取った。ドアをそれで叩く。シャベルはとても重いので、破城槌《はじようつい》のような使い方をしたほうが簡単だとわかった。木っ端が飛んできて、目に入った。思わずまばたきする。かっとなって、腹立ちまぎれに木のドアを何度も叩く。シャベルが手から滑り落ち、足の甲の傷を余計に痛めた。ずるずるとしゃがみ込み、ドアに背中をもたせかけて体を丸めた。ゴミが入っているのに目をこすり、目の奥が耐えがたいほど熱くなる。少年は泣きだした。

脱出するのに使える道具がないか、箱の中を探そうと思えば探せたが、その気になれなかった。もう疲れた。力が残っていない。今頃、ママがいれば一緒に朝ご飯を食べていたはずだ。コップ一杯の牛乳とビスケット。急にお腹が空いて、ほかに何も考えられなくなった。

左目が完全には開かず、片目しか見えなかった。それでも天井付近にある細長い窓を見つめていた。取っ手がないので換気用ではなく、明かり取りなのだろう。外側に何本か横木が渡してあるけれど、窓ガラスを割れば、助けを呼ぶ声が外に届くかもしれない。足を引きずって洗濯機に近づき、それを壁まで移動させて、上にのぼる。窓には届かない。段ボール箱に入っている分厚い本を取り出し、洗濯機の上に積んで、本の塔によじのぼった。今度は届いた。

周囲を見回し、窓ガラスを壊せそうな道具を探す。靴を片方脱ぎ、まずかかとで、それから爪先で、力いっぱい叩く。そしてついに、粉々になったガラスが頭上に降り注いだ。手に切り傷ができたが、痛くなかった。窓枠に残っていたガラスのかけらを取り除くと、充分な穴があいた。そこから横木をつかみ、腕の力だけで体を引き上げる。

助けてと叫ぶ。誰かいませんか、と声を限りに尋ねる。目の前には畑がどこまでも続いていた。まわりには何もないとわかっていた。

本の塔を下り、慎重に洗濯機から床に足を下ろす。足をついたとき、体重がかかって飛び上がるほど痛かった。片足跳びで、座って待つならここと決めた場所へ移動する。

そこで犬をじっと見つめたまま何時間も過ごす。頭の傷から脳みその大きなかたまりがこぼれ出している。ボクシングのグローブに似てるなと思う。死体を毛布で覆うこともできたが、そんなことは思いつかなかった。あるいは、そうしたくなかったのかもしれない。死んだ犬と少年は仲間になった。

昔から犬が欲しかった。ときどき、夜中に犬が吠えるのが聞こえると、あれは自分の犬だと空想したものだった。

18

　その日二度目のミーティングは、ラウルを警察署の留置所へ移送したあと開かれた。エレナがそう判断すれば、ラウルは留置所から予審判事に引き渡される。

「さて、今日二度目のミーティングを始めよう。ブエンディア、新しい検死結果はまだあがってきてないよね？　被害者の爪にあった皮膚片が誰のものか、わかったの？」

「まだデータ照合ができていない」

「ほかには？」

「何も。それほど重要とは思えない情報ならいくつか分析結果は届いている。スサナの体内から大量のジアゼパムが検出された」

　エレナはすぐに違和感を覚えたらしい。

「ジアゼパム？　つまり鎮静したってこと？　こんなに残忍な殺し方をしておきながらジアゼパムをあたえたなんて、腑《ふ》に落ちない。苦しませながら苦しませないようにしたみたいだ。姉が殺されたときは、ジアゼパムかそれに類するものはあたえられていたの？」

「わたしの知るかぎり、それはない。毒物検査のデータが紛失でもしていなければ、だが。被害者の婚約者はなんて言ってる？　白状させるため、プレッシャーをかけたのか？」

「婚約者はほとんど何も話さなかった。くだらないこと以外は。実際、あの男は無関係だと思う」警部の言葉に全員が驚いた。

「被害者が姿を消した時間近くに、彼女の家付近にいたのに？」チェスカが反論した。

「そう。さらにはずっと家にいたと嘘をつき、ベッドにいる婚約者とシンティアの写真も持っていた。そのうえ、ラーラの事件についての報道も調べていた」

「じゃあどうして彼じゃないとそんなに確信しているんですか、警部？」一連のミーティングでサラテが発言したのは初めてだった。全員の視線がいっせいに自分に注がれ、怖気《おじけ》づく。エレナだけが穏やかに答えた。

「キンタ・デ・ビスタ・アレグレ公園で見つかった足跡だよ。ラウルの足を見た？」

　サラテは見ていないと認めなければならなかった。警部に何か訊かれるたびに、思ったほど自分の観察眼は鋭くないと気づかされる。

「靴のサイズは二十七・五センチ以上ではなかった。でも現場で見つかった足跡はサイズ二十九センチ。大男で、しかも被害者を運んでいたと思われる。スサナは体重五十キロ前後だったから、足跡の深さから推察される重量からスサナの分を引くと、犯人は少なくとも百キロはある。だから捜査はまだ続ける。マリアホ、パソコンからほかにわかったことは？」

「ラウルはレズビアンのビデオや写真が好みだったみたい。婚約者とその親友の写真のほかにも、毎日ポルノサイトにアクセスしていて、そういうジャンルがお気に入りだった」

「男はみんなそういうジャンルがお気に入りなんじゃないの？」

全員がああだこうだと言い合いを始めたが、最終的にブエンディア、オルドゥーニョ、サラテら男性陣は、エレナの言うとおりだという結論に達した。たしかにお気に入りのジャンルの一つだ。

「スサナのパソコンは？」

「まだ入れないセクションがある。彼女、携帯電話同様、パソコンについてもいろいろと消去したみたい。ほんの数日前に」

「自宅もそうだった。全体的に整理されていた。あれほど私物がない部屋は見たことがない」サラテは挽回《ばんかい》したかった。何も気づかないやつだと思われたくない。

「たしかに」エレナが同意する。「ほかには、マリアホ？」

「GPSで携帯電話の移動経路を追跡できたわ。夜中の三時少し過ぎ、正確には土曜の午前三時十七分、スサナは何か乗り物に乗り込んだ。たぶん乗用車だと思う」

「監視カメラがラウルの姿をとらえたのとほぼ同じ時間だね」

「だから、そのチャンスはあったということね。信号は彼女の自宅のある通りからキンタ・デ・ビスタ・アレグレ公園まで、時速六十キロで移動した。自分から乗り込んだのか、無理やり乗せられたのかはわからない。公園に到着してからは動いてないわ」

「つまり凶行がおこなわれたのはそこだってことか。穿頭して蛆を入れるまで、全部」

「そして、そこで少しずつ死へ近づいていった。警備員は、よくホームレスがいたと言っていたけど、誰も何も気づかなかったのかな？　四十八時間以上だから、かなりの時間だ。公園に戻って、何か見逃しはないか確認する必要がありそうね。ありがとう、マリアホ。調査を続けて。わからないことはほかにもある。スサナとシンティアの写真を撮ったのは誰か？」

全員がすでに画像を観ていた。二人の女性がベッドにいて、カメラには気づいていない。セックスの最中だということは間違いなかった。ただの女友だちなら、あんなことは冗談でもしない。場所はスサナの家の寝室で、正面近くにある建物から高性能のカメラで窓越しに撮られたものだ。

「二人は撮影されていることに気づいていない。撮ったのがラウルかどうかはわからないけど、3Pだったって可能性だけは排除できるだろうね」

「私立探偵のようにも思えるが」オルドゥーニョが思いきって言った。

「私立探偵なんて、ずいぶん古典的じゃない？　もっとも、殺人だって古典的な犯罪だけど」チェスカは自己完結してみせた。「科学捜査班をもう一度あの家に送って、写真がどこから撮られたか検討してもらえばいい。詮索好きなご近所さんに聞き込みしてもいいし」

「それは後回し。まずチェスカとオルドゥーニョはシンティアを調べてほしい。カメラのある部屋で事情聴取して。わたしがアシストする」エレナが言う。

「彼女が犯人かもしれない、と?」

「現場で見つかった足跡のことを考えて、オルドゥーニョ。足のサイズ二十九センチの大男だよ。決定的な証拠とは言えないけど、犯人のものである可能性が高い。あれがシンティアのものとは思えないよ」

「殺し屋に頼んだのかも」オルドゥーニョは食い下がった。

「かもしれないけど、人を殺すのに蛆を使う世界初の殺し屋だろうね」エレナは却下した。

「会議はこれにて終了。それぞれ持ち場に戻って」

19

シンティアは今、パソコンにある画像を見ていた。恥じ入り、不安に駆られている。恥じ入っているのは、写真に写っている自分が全裸なのもあるが、嘘をついたこと、友人とそういう関係にあったということもあるだろう。

「スサナとこんなに親密だったとは聞いていなかったな」チェスカが告げた。

「どこからこんなものが？　誰が撮ったんですか？」どうしていいのか、何を言っていいのかわからず、今にも泣き出しそうだ。

「あなたのほうから話してもらわないといけないことでしょう。われわれに話すべきことが山ほどあるんじゃない？　みんなこれを見て、どれだけとまどったか。あなたのことは最初から信用していたんだよ。スサナの友人たちの中でいちばん心を痛めていたから。それが全部嘘だったとわかった」

「わたしは殺してません。そんなことありえない……」

エレナとサラテは、警部のオフィスにあるパソコンから事情聴取の補助をしていた。

「すぐにはプレッシャーをかけないんだね？」サラテが尋ねた。

「どういうリズムで取り調べをするか、いちばんよくわかっているのは取調官自身よ」エレナは説明した。「チェスカとオルドゥーニョは優秀な取調官だよ。そうでなければ、特殊分析班《BAC》にいない。邪魔しないでくれるかな。ひと言も聞き漏らしたくないから」

サラテは叱責を冷静に受け止めた。世の中にはＢＡＣに所属する警官もいれば、地域の警察署に勤務する警官もいる。この事件の捜査が終われば、自分はカラバンチェル署に戻る。一方で、一時的にともに仕事をしたこのチームの連中は相変わらず特別待遇だ。ここにいるあいだにめざましい働きを見せて、この特権的なチームにいるべき人間だと認めてもらわなければ。

「スサナとわたしは、モデルスクールで知り合った三年前からの付き合いなんです。だからバチェロレッテパーティーにも出席したけれど、あんな裸の男たちが彼女にべたべたしているのを見るのが耐えられなくて……」

「それで嫉妬した？」

「嫉妬して彼女を殺したと？　まさか。あんな彼女を見ていたら、胸が悪くなっただけです。女性と付き合うのは、スサナが初めてだったんです。彼女はわたしの前にも関係があったけれど、わたしたち、正反対だった。わたしは二人の関係をすんなり受け入れていたのに、彼女は隠したがった。レズビアンだということを隠すためなら何でもした」

「ほかに誰が知ってる？」

「わたしたちの関係について？　誰も知らないと思います」

　シンティアは泣き続けていた。スサナが死んだこと、二人が一緒にいるところを他人に見られたこと、警察で取り調べを受けていること。理由は数えきれないほどあるが、これだけあれば泣くのも当然だった。

「その写真、どこにあったんですか？　スサナが持っていたとは思えない。彼女ならわたしに見せたはずだもの」

「ラウルのパソコンだよ。彼について話して」

　シンティアが答え始める前に、チェスカはポケットティッシュを渡して涙を拭かせた。

「スサナはラウルを愛していなかったし、それは彼のほうも同じ。おたがい都合がよかったから結婚しようとしたんです。スサナは、彼女に言わせれば、それできちんと結婚式ができる」

「ラウルのほうは？」

「お金です。彼の家を見たら金持ちだと思ったはずです。マドリードでも最高級のエリアに住み、スサナのほうこそ金目当てだろうと……。でも逆なんです。スサナの家は代々裕福だったけど、スサナのお父さんが事業に成功して財産をさらに増やしたんです。この何年かは、お姉さんのこともあって一家にはつらい日々でしたけど」

「お金持ちに見えなかったけどね」

「見かけどおりじゃないことって、たくさんあるわ……スサナのお姉さんが亡くなってから、あの一家はがらりと変わってしまった。そうスサナは言っていました」

サラテは警部を見た。スサナの家の財産の話をどう受け止めたのか知りたかった。警部は驚いたのだとしても、顔には出さなかった。

「でも写真は？　どうしてラウルが持っていたんだろう？」

「わかりません。映画なんかで私立探偵が撮る感じの写真だから、そういう人に依頼したのかも」

「だけどなぜそんなことを？　あなたの話では、彼女を愛していたわけじゃないのに」

「ええ、それは事実です。ラウルがスサナと結婚するのは、天からお金が降ってくるのが楽しみだからだと思ってました。でも、パソコンにそんな写真があったってことは、わたしが間違っていたのかもしれません」

エレナ・ブランコは聞きながらほほ笑んだ。

「容疑者らしき人間が三人。まず姉を殺害した犯人――でも現在刑務所にいるから犯人ではありえない。それと婚約者――足が小さいし、スサナが生きていたほうが得をするから、わたしとしては犯人とは思えない。最後にレズビアンの恋人――やさしい性格だから犯人だとは思いたくない。でも全員絶対に違うとは言いきれない」

「あなたなら誰に賭ける？」

「全員に、あるいは誰にも。三人とも違うように思えるけど、全員にその可能性はある。調べる方向性はまだ無数にあるわ。結婚を目前に控えた、ひょっとすると二人の女性を、穿頭術と蛆を使って殺すには、事前の計画が欠かせない。少なくとも、さまざまな要素を一つひとつ検討してからでなきゃ、誰も第一容疑者リストには入れられないよ」

チェスカはシンティアの信用を勝ち得た。今後何か話すことがあるとすれば、チェスカに話すだろう。

「お姉さんのこと、スサナはあなたに話した？」やがて取調室でチェスカが尋ねた。

「スサナはラーラの死に取り憑《つ》かれていました。写真を見ませんでした？ ラーラを殺したあのカメラマンが彼女を撮影したとき、身に着けていた同じベールをつけて、スサナも写真を撮ったんです」

点と点が結びついた。エレナはマリアホに電話をかけ、こちらに来るよう頼んだ。マリアホはすぐに現れた。警部は彼女に、取調室から聞こえてきた話をすべて伝えた。

「被害者のパソコンであんたがまだ開いていない部分に何があるか、これでわかった。花嫁衣装を着たスサナの写真だよ」

「まもなく開けられると思う。ほんの少し辛抱強く取り組みさえすれば、開けられないパソコンはないわ。それともう一つ報告がある。スサナと父親のチャットアプリでのやり取りが手に入ったの。なかなかの収穫なのよ、これが。ラウルと結婚するなと、ありとあらゆる方法で脅している。そのうえ、一日に四、五回娘に電話をしていて、スサナはスサナでほとんどそれに出ていない」

サラテは首を横に振った。ありえない。姉妹がどんなに残酷な殺され方をしたか、忘れている。もしサルバドール・サントスが一瞬でも正気を取り戻して、姉の殺人の捜査でわかったことを全部話してくれたら、みんなもモイセスを容疑者にしようなどとけっして思わないだろう。サルバドールの頭の中に事件解決の鍵があるのかもしれない。取り出すのは難しいにしても。

「父親がわが子をあんなに残酷な方法で殺すとは思えないな」

「もちろんよ。少なくともわたしはそう思いたくない」エレナが答えた。

「わたしだってそうよ」マリアホも言った。「でも、わたしたちはまさかというような物事を今までも目にしてきた。最初の事件が起きた当時、犯行の細かい手口まではマスコミに発表されなかった。たとえば、頭部に穴が三つあけられていたことはまず漏れていなかったはず。それなら誰が知っている？　捜査資料にアクセスできる者、つまり犠牲者の身近にいる者か、犯人よ。要は家族ね」

「マリアホ、軽率なことは言わないで。父親を容疑者扱いするには、動かぬ証拠が必要よ」エレナが言った。「さて、悪いけどここで失礼する。わたしにも上司がいて、報告が義務付けられてるの。サラテ、聴取が終わるまでここにいて、仲間たちからいろいろと学ぶといいよ」

20

「塩コショウでカリカリに炒《いた》めた四川風の蟹《かに》が最高なんだ。お勧めする。それを頼め」

レンテロは最近ますます警視というより料理評論家みたいになってきた。だが、誤解してはいけない。エレナの上司は一見穏やかで贅沢好きな男に見えるが、実際には彼女と同様に優秀な警察官で、警官であれば誰しもそうだが、自分なりの矜持《きようじ》を持っている。

「わたしはいつだってあなたのアドバイスに従ってる。違う？」

「そして、二皿目には、ショウガやネギと蒸した天然もののスズキを頼むべきだ。北京ダックの気分だというなら別だが」

「べつに何の気分でもない。スズキでいいよ」

「けっこう。アルコールは西洋世界のもので妥協しよう。ペスケラでいいか？」

「どうぞ。デザート代わりにグラッパを頼んでくれさえすれば」

エレナとレンテロはパレス・ホテルの中華料理店〈アジア・ギャラリー〉で会っていた。レンテロがそこを選んだのは、マドリードでも指折りの中華料理が食べられるからだが、エレナとしては特殊分析班《BAC》本部からそう遠くないところが気に入っていた。

「報告しろ」警視が言った。

「あるのは疑問ばかりよ」

「疑問を見つけるために給料を払っているわけじゃないぞ」

「わたしにお金の話をしても効かないよ。警察の給料で暮らしているわけじゃないって知っているでしょう? あってもなくても変わらない。わたしが警察にいるのは生活のためじゃない。人生三回分稼いだとしても、それ以上に財産があるんだから」

「おまえの家の財産についてはおまえより知っている。天職だからだとか、給料以外の理由でここにいるのはおまえだけじゃないんだ。わたしの意見はこのへんにして、さっさと話を先に進めてくれ。人生は一回きりだ」

　エレナは答えなかった。レンテロはすべてお見通しのつもりでいるが、何もわかっていないし、エレナが何に苦しんでいるか、なぜ警察にいるか、これっぽっちも知らない。レンテロも深追いはしなかった。根は思慮深い人間であり、何も知らないとはいえ、エレナが苦しみを抱えていることは察していた。エレナ自身は一度も口にしたことはなかったけれど。

「給料のことを持ち出したのは、単にそれが常套句《じょうとうく》だからだ。捜査の進捗《しんちょく》状況を話せ」

　エレナはかいつまんで報告した。ラウルを拘束したこと、姉妹の殺害方法は類似しているが、妹にジアゼパムがあたえられていた点が異なること、スサナとシンティアの関係と二人のベッドイン写真のこと、父親に対する疑念……。

「あるいは、まだ何もわかっていない、とも言える」

「確実なことは何も」エレナは認めた。「でも、刻々と真相に近づいていると感じてる」

「心配なのは、刑務所にいるのが無実の人間かもしれないという可能性だ」

「最初の事件を担当したのは？」

「サルバドール・サントス、優秀な刑事だ。あれは彼が引退前に手がけた最後の事件だった。少なくとも重要な事件としてはいちばん最後だと言っていい。だが彼と話をするのは難しいと思う。アルツハイマー病なんだ」

「優秀で信用できる刑事なら、無実の人間を罪に陥れたと考える根拠がない」

「優秀な刑事だったが、信用していたとは言いきれない。われわれは最後までわかり合えなかったし、いい関係だったとは言えない。いずれにせよ警察が過ちを犯すわけにはいかないし、冤罪などもってのほかだ。マスコミの格好の餌食《えじき》となる」

なるほど、とエレナは思った。レンテロは事件を解決することより、世論のほうが大事なのだ。刑務所に無実の人間がいることに比べたら、街に殺人鬼がいるほうがまし。冤罪事件ともなれば、マスコミが彼に飛びかかってくる。

「あとどれくらいマスコミを遠ざけておける？」

「確かなことは言えないとわかっているはずだ、エレナ。むしろ、連中がまだ嗅ぎつけていないのが不思議なくらいだ。そういう時間は天からの授かりものだと思って、せいぜい利用しなければならない。犯人を見つけることに、昼夜を問わず集中しろ」

「ずっとそうしてる。昼夜を問わず」

レンテロはエレナの強迫観念をいいように利用しているのだ。そんなに根を詰めるな、たまには休め、有給休暇を最大限使えと口では言いながら。有給休暇なんて、エレナは一度だって申請したことがない。

「新しく一人、人員を申請したんだな」

「アンヘル・サラテのこと？　今回の事件で試験的にね。やる気があるし、チームにとっていい刺激になりそうだから」

食事のあと、レンテロは日本のウイスキー〈山崎〉の十八年ものを、エレナはグラッパを飲んだ。そのホテルのとっておきとも言えるブレッシア・ダル・クオーレという最高級ブランドで、アルゼンチン産の高純度のグラッパだ。

「どうしてそんなにグラッパが好きなのかわからんよ。おまえが飲むグラッパの量の半分をガリシア産オルーホにすれば、倍は飲めるぞ。いや実際、どんなグラッパよりガリシア産オルーホのほうがうまいと思う。つまり、イタリア人のほうがわれわれより商才があるってことだな」

気持ちのいい陽気だった。夏はまだマドリードに足を一歩踏み入れた程度だから、通りをそぞろ歩くにはちょうどいい。もう数週間もすれば、耐えがたい暑さになるはずだった。本部に戻る道すがら、誰でもない自分を楽しむ。すれ違う観光客も、学生も、恋人たちも、エレナがスペイン警察きっての名刑事であり、今しもマドリードでも指折りのレストランで警察ナンバーツーである人物と食事をした帰り道だなんて、知る由もない。露店でアイスクリームさえ買ってみる。さっきは〈アジア・ギャラリー〉でデザートをパスしたというのに。仕事のことを忘れてくつろげる稀有《けう》なひとときだった。

歩きながら次の一手を考える。サラテとオルドゥーニョをキンタ・デ・ビスタ・アレグレ公園に向かわせ、ホームレスを探させる。スサナの両親を訪ね、モイセスからもっと話を聞き出す。ラウルをもう一度取り調べてから、たぶん解放する。ジアゼパムが投与された理由を考える。理由はまだわからないのだが、ブエンディアが考える以上に、そこに何か重要な意味があるような気がしていた。それからラーラ・マカヤの事件を調べ、誰もが犯人と考えた人物、ミゲル・ビスタスを刑務所に訪ねてみる……。やることが山ほどある。しかも、いつものように緊急に。マスコミの邪魔が入る前に犯人を追いつめるのだ。

21

ダミアン・マセゴサは公選弁護人ではなく、無料で弁護を頼めるような相手でもない(しかも実際に頼めばかなりふんだくられる)。メディアへの露出も多く、重要な裁判がおこなわれる際には、解説者としてニュース番組への出演依頼が来るたぐいの弁護士だ。マスコミが彼の名前を出すときには、こんな名弁護士に弁護を引き受けてもらえたとは相当運がいいというような論調だ。家族に多額の弁護費用をかき集められるだけの経済力があるのだから。

「ビスタスさん? こうして面会をお願いするのは、あなたのケースを担当させてほしいからです」マセゴサは前置きもなしにミゲルにそう言った。

「僕の裁判はとうの昔に終わっています。終身刑と決まったんです」

「存じてますよ。裁判記録は全部読みました。ここに収監されて、もう七年が経つ。どうです、出たくはありませんか?」

「もちろんです。出たいですよ、それは。この七年間は悪夢でした。自由はあんまり遠すぎて、夢見ることさえやめてしまった……。どうして今頃になって僕の件を蒸し返そうとするんです？　僕が無実かどうかさえ、知らないでしょう？」

「無実かそうでないかは、どうでもいいことです。あなたは裁かれ、終身刑になった。でも、もしあなたの有罪を疑う要素が出てくれば、あなたをここに拘束した時間は補償されなければならない。国を訴えて、たっぷり賠償金をせしめることができる」

「でも、七年も経った今になって、そんなことができるんですか？」

「ええ、必ず。まもなくとても重要なことが明らかになり、あなたはいともたやすくここから解放される。また公選弁護人に自分を弁護させるような真似をして、ここを出るせっかくのチャンスを逃してはいけません。汚名をすすぎ、大金を手にするチャンスなんです」

「弁護費用がとても払えませんよ」

「あなたの金などあてにしてません。目的は国の金ですよ。賠償金を手に入れたら、半分もらいます。いいですね？」

「半分は多すぎる。七年間ここに閉じ込められていたのは僕だ。あなたと等分に分けるのではあんまりだ。あなたの分け前は四割ってとこでしょう」

「じゃあ今の話はなかったことになって、わたしは鞄を持ってここを立ち去り、二度とお目にかかることはないでしょう。半分です。でなきゃやめだ」

ミゲルは怒りのあまり、両手を拳に握った。一瞬、何も言わずに立ち上がり、さっさと接見室を出ていこうかと思った。だが気を静め、にっこりほほ笑んだ。

「わかりました」

「けっこう。ではあなたの話を聞きましょう。くれぐれも言っておきますが、弁護士と依頼人のあいだで交わされた会話には秘匿特権が適用されます。これは自白より効力が強い」

「何を話せというんです？　まさか自分が終身刑になるなんて思ってもみなかった、哀れな写真家にすぎない、と？　この七年は本当に苦しかった。最初は、何もしていない人間を刑務所に入れるなんて、そんな馬鹿なことができるのかと、怒り狂いました。でも、そういうことを考えなくなって、もうずいぶん経ちます。今は生き延びることしか考えてません。なるべく目立たないようにしてますよ。ほかの囚人に目をつけられて、ただでさえつらい刑務所生活がさらに耐えがたいものになったりしないように」

「判事によると、あなたは写真撮影していた花嫁を殺したことになっている。それも、頭の中に蛆を埋め込んで」

「僕じゃない。犯人はまだ自由に外を歩きまわってますよ。僕が犯人にされたのは、被害者と最後に会ったこと、それだけが理由なんです。もちろん、本当に最後に会ったのは真犯人ですけど」

ミゲル・ビスタスは、被害者の父親、モイセス・マカヤが経営するイベント会社の従業員だった。教会から披露宴までを追う結婚写真を撮るのが仕事である。モイセスは多くの主任司祭に賄賂《わいろ》を渡し、ほかのカメラマンの出入りを禁じさせて、仕事を独占していた。ときにはスタジオで花嫁を撮影して、アルバムを作ることもあった。上司の娘であるラーラにも、このアルバムを贈ることになっていた。

「ラーラが殺される前に僕が撮った写真のことをご存じですか？　あれはすばらしい写真だった。本物の美人でしたよ、マセゴサさん……。あんなに美しい人をほかに知らないくらいだ」

結婚する日に着る予定だったウェディングドレスを身に着けて写真を撮りたいとラーラは言ったのだ。だが、婚約者に贈る目的で、ほかにも写真を撮ってほしいと求められた。

「つまり、二人だけの秘密の写真です」

「で、撮ったんですか？」

「ええ、でも恐ろしくなって、破り捨てようと思いました。モイセス・マカヤはロマ人です。娘のヌード写真を僕が撮ったと知ったら、どんな目に遭わされるか。その手で目をえぐり取られたとしても不思議じゃない。とても嫉妬深い男でした。妻ではなく、娘に関して」

ミゲルは話を続けた。写真を渡せと迫られて、ミゲルはそれを拒み、ラーラと口論になった。手放したら、誰の手に渡るかわからなかったからだ。ラーラは怒ってスタジオを飛び出し、生前の彼女を見たのはそれが最後となった。

「あなたが写真を撮ったこと、ほかにも誰か知っていたんですか？」

「さあ。でもたぶん父親は知ってたんじゃないかな。だから彼はあんなに頑なになり、僕を陥《おとしい》れるような証言をしたんだと思います。だけど僕は彼女を殺してなんかない。あんなにきれいな人を汚すなんて……」ミゲルは姿勢を正した。「とにかく、僕がここでどんなふうに暮らしてきたか、あなたには想像もつかないはずです……。どうか早く出してください。何度も自殺を考えましたが、そのたびに思いとどまったのは、自分は無実だと世間に訴えたかったからです。僕を弁護したアントニオ・ハウレギという男はちっとも仕事をせずに、僕が有罪になるのをただ指をくわえて見ていただけだった」

「その弁護士のことは忘れなさい。これからあなたを弁護するのはわたしだ。わたしの言うとおりに行動すればそれでいい」

「僕をここから出せるとあなたが考えるようになったきっかけは何か、まだ聞いてない」

「すぐにわかりますよ。まだ詳しいことは話せないんです。ただ、警察界隈《かいわい》で、あなたの一件ととてもよく似た事件が起きたと囁かれている、ってことだけは言っておきましょう。まだはっきりしたことはわからないし、どうやら緘口令《かんこうれい》が布《し》かれているらしい」

「どうしてあなたがそれを？」

「あちこちに情報網を張ってるんでね。袖の下の力ですよ。刑務所内でも噂《うわさ》が広まるのは早いから、今の話があなたの耳に入るのもまもなくでしょう。だから先手を打とうと思ったわけです。チャンスをどう活かせばいいかわかってない弁護士がしゃしゃり出てくる前にね」

「さっきも言ったように、今日からあなたが僕の弁護士です」

ダミアン・マセゴサはうなずいた。

「ハウレギに連絡して、事件に関する書類をすべて渡してもらいます。いくつか書類にあなたのサインが必要です。明日、助手の一人をここによこしますので」

22

ラウルは信じられないという表情でチェスカを見た。どんなに恐ろしい悪夢でも、ここまでのことはなかった。自分の顔からわずか数センチしか離れていないところで、女刑事がわめき散らし、執拗《しつよう》にこちらを責め立てている。傍観者を装った、もっと年配で慎みのありそうなもう一人の女刑事が、止めてはくれないかと祈るばかりだった。

「スサナが友だちのシンティアと関係していたことを知って、殺したんだろ！」

「本当ですよ、僕はスサナを殺してなんかいない。彼女は婚約者で、もうすぐ結婚する予定だったんだ」

この特殊分析班《BAC》本部でひと晩過ごし、そのあと警察署の留置所へ移送され、ほんの数時間後にはまたBACに連れ戻された。疲れきり、混乱し、空腹で、体も不潔だった。それにコカインが吸いたくて仕方がなかった。ちゃんと自分をコントロールしていると言い続けてきたが、結局のところ、街でラリっているアメリカ人のヤク中と変わらなかったわけだ。

「婚約者なのにレズビアンだったんだ。そりゃ、あんたみたいな人間にとっては、婚約者が女のほうが好きだったとなれば我慢ならないだろう？」

「ほんとに何もしてない」ラウルは悄然《しようぜん》とし、そう呻《うめ》くことしかできなかった。

「まあ落ち着いて、チェスカ……」

ようやくもう一人の刑事が割って入ってきた。彼女に冷静に事情を説明すれば、それで信じてもらえるだろう。

「信じてください、僕はスサナを殺してなどいない……」

「信じたいけど、残念ながらそれが難しい。金曜はどこにも出かけなかったとあんたは言った。でも、スサナが拉致された頃、彼女の自宅近くの防犯カメラにあんたが映っているのが見つかった。そこで何をしてたの？」エレナが尋ねた。

「もう説明したじゃないですか……スサナとは何の関係もない。いつもドラッグを家に配達してくれる売人がいるんだが、前回のツケをまだ払ってなかったから売れないと言われてしまったんです。でも、彼女の家のあたりを根城にしてる、信用できる別の売人と、何年か前に知り合いになってね」

「そいつを見つけたら、そのことを証言してくれるの？」

「いや、見つかりっこないですよ。それに、ああいう手合いが警官相手に証言なんてするわけがない、事情がどうあれ」

「どうも信用できないね。防犯カメラの件だけじゃない。あんたの婚約者とお友だちの写真のこともある。それに、ラーラの事件について何も知らないと言ってたのに、事件にまつわる新聞記事ばかりが入ったフォルダーがパソコンにあった。まず、シンティアとスサナの写真に話を戻そうか」

「誰かが勝手に送ってきたんですよ。中身を見たとスサナに話してもいない。べつにどうでもいいことだったんだ。彼女と僕はセックスはしない。彼女はレズビアンで、それは僕も知っていた」

「へえ、また嘘だね。木曜はスサナと〈アマソニコ〉で食事をしたあと帰宅して、セックスしたとわたしに言ったじゃないの。ねえラウル、そうして嘘をつき続けていると、あんたの言うことが何一つ信じられなくなるよ」

「写真の送り主が誰か、ほんとに知らないんですよ」ラウルは今にも泣き出しそうだった。

「メールで送られてきたんだが、発信人はXとされていた。映画によく出てくるでしょ、ミスターXって」

「でも、それが誰か気にならなかったの？　婚約者と恋人の写真を撮った人物なのに？」

「もちろん気になりましたよ。でも、きっとスサナの父親だと思ってたんです」

「スサナの父親？」

「モイセス・マカヤはロマ人の慣習にそう厳しくなくて、娘たちにはロマ文化に縛られない人生を送ってほしいと考えていました。そのくせ自分はロマ人というアイデンティティを捨てていない。娘が〈ハンカチの試験〉（結婚初夜に花嫁が処女かどうかを立会人が証明する、ロマ人独特の慣習）をせずに結婚するのはいいとしても、レズビアンだとしたら許せなかった。誰かが私立探偵を雇って僕らをつけまわしていたとすれば、それはモイセスです。モイセスは娘を疑っていて、悪癖を治すために病院へ行けと何度もスサナに迫っていました。治そうと思えば治るとでもいうように……」

エレナは今の情報をメモした。モイセスは、娘に自由をあたえ、ロマ人女性の結婚式の慣習も無視する一見リベラルな父親を装いながら、実際はそうでもなかったのだ。

「モイセスは僕のところに来て、娘と結婚するなと脅しました。娘はやっぱりロマの男と結婚させると言って……。でも僕にはほかに選択肢はなかった。金が必要だったんです。自分はスサナにとってただの隠《かく》れ蓑《みの》だとわかっていました。僕はただ金が欲しかった、本当に」

「あんた、金持ちじゃないか。あたしはあんたの家に行ったんだ。家具も見たし、スピーカーも見た。少なくとも三万五千ユーロはするしろものだった」チェスカはわれを忘れていた。取調官として話すべきなのに、その域を超えている。エレナはチェスカに控えろと命じるしかなかった。

「スピーカー？　ああ、でもあんなものにたいした意味はない。あれは金じゃない。僕の借金はそれどころじゃないんだ。スピーカーを売って返せるような額じゃない」

「スサナの家はそんなに金持ちなの？」

「マカヤ家のこと、まだよく知らないようですね？　彼らが直接どうこうってわけじゃない。だがあなたがヤクの世界と多少なりとも関係していて、支払い猶予が欲しい、少し待ってもらいたい……まだ死にたくないと思ったら、スサナの一家の誰かと話をしなければならない。売人に借りがあって薬を分けてもらえないと、さっき言いましたよね。だが今となっては万策尽きた。どうか信じてください、僕はスサナを殺してなんかいない」

エレナはラウルの言葉を一つひとつ吟味しなければならなかった。そして、チームに活を入れなければ。勝手な思い込みを持って取調室に入ってはならない。意外な事実に不意をつかれるはめになる。誰かがとっくに気づいて、マカヤ家についての報告があってしかるべきだった。チームがきちんと機能していないと感じたのはこれが初めてだ。

「モイセスがあなたに写真を送ったと思ったのはなぜ？」

「モイセスだったのかどうかは知りません。ただ、娘の結婚に反対していたんで、あの写真で僕を怖気づかせようとしたんじゃないかと。実際のところはわかりませんが、そのときはそう思った。モイセスなら、女性とあんなことをする女とは結婚しないでしょうから」

「娘を許したと思う？」

「娘はもう死んでます。許されなかったから死んだのか……それはわからない」ラウルは、義理の父になるはずだった男に疑いを向けようとしているようだった。本気でそう思っているのかもしれないし、そうなれば自分の容疑が晴れるからかもしれない。

「帰ってもらってかまわない。でもマドリードを離れないでほしい。いつまた出頭してもらうことになるか、わからないからね」

「信じてくれたんですか、警部さん」

「わたしは自分の目で見たことしか信じない。スサナが死に、姉のラーラも死んだ。事実はそれだけだよ」

エレナはいらいらしながら部屋を出た。次のミーティングまでに冷静になれればいいのだけれど……。

23

サラテはオルドゥーニョの車に同乗して、このチームに来て初めて自分の同類と、つまり警官と一緒にいると思えた。オルドゥーニョは特殊分析班《BAC》で唯一、警官仲間と認識できる相手だ。私服姿だし、車も普通じゃなかったけれど。一般ナンバーのけちな小型車なんかではなく、ボルボＸＣ90というパワフルなＳＵＶだ。二人はプラサ・デル・レイの地下駐車場から車を出した。同じ車が三台並んでいて、全部チーム用のものと思われた。もっとも、ブランコ警部だけはベルリンの壁時代の例のラーダに乗っているわけだが。

「警部はいつだって部下をかばってくれる。ただし、間違ったときにははっきりそう指摘するし、こちらから交通課に異動を申し出たくなるほどこっぴどく叱りつけることもある」

「でもチェスカは？　自分をキャプテン・アメリカか何かだと思ってるみたいだ」

「チェスカは優秀な刑事だよ。仲間のためなら命だって投げ出す。けっして見くびるな。いつ彼女に助けられるかわからないぞ」

二人はカラバンチェル地区のキンタ・デ・ビスタ・アレグレ公園に向かっていた。そう、サラテのテリトリーだ。いいところを見せなければ。何か目撃したかもしれないホームレスを探し、遺体発見時に見過ごしていた手がかりを見つけるのだ。

公園に到着すると、まず探したのは、遺体の第一発見者である警備員のラモンだった。

「遺体は月曜の早朝に発見されましたが、被害者がここに連れ込まれたのは、金曜から土曜にかけて、だいたい午前三時半頃だと考えているんです」

「週末は来ないんですよ。施設も大部分は閉まってますし。ここに残るのは、公園の反対側にある老人ホームの人間と、ホームレス連中だけですよ」

「ホームレスたちはここ数日姿を見ないと言ってましたよね」

「ええ、今もです。何か怖い目に遭ったのかも。何か見たとか……。〈一つ目《トゥエルト》〉に話を聞いたほうがいい。もし連中が何か見たなら、あいつがきっと知っています。ここに来るホームレス連中のリーダーなんです。たとえ片目が見えなくても、仲間の誰かと喧嘩になれば、はらわたを引っこ抜きかねない男です」

サラテはカラバンチェル地区にかけてはベテランで、たいていの場所は知っている。内戦後、数年してマドリード市に併合されるまでは、カラバンチェル・アルトとカラバンチエル・バホという二つの独立した自治体だった。かつてはナポレオン三世の妻、エウヘニア・デ・モンティホの所有地だったが、現在は人口が二十五万人以上にふくらみ、マドリードで最も住民の多い地区の一つだ。大半は労働者階級で、移民も多い。サラテは、もし特定のホームレスを見つけたいなら、公園やあまり好ましくない地区を捜しまわらなければならないとわかっていた。パン・ベンディート、ロス・アルトス・デ・サン・イシドロ、ビア・カルペターナ、カニョロート、昔はスペイン一有名だった旧カラバンチェル刑務所。

「このあたりに住んでるのか？」片目のホームレスを捜すならここ、とサラテが勧めた場所を歩きながら、オルドゥーニョが尋ねた。サラテとしては、チームリーダーについてもっと話を聞きたかった。彼女に興味をそそられていた。スペイン警察でも指折りのチームを率いる一方で、カラオケでイタリア語の曲を歌い、グラッパを飲み、出会ったその日に新しい同僚をベッドに連れ込む女。

「ああ、そうだ。ここは何でもござれだよ。治安が最悪な地域もあれば、高級住宅街もある。マドリード南部がどんなか、知ってのとおりだ。右派の区長があまりいない」

「じゃあ左派は？」

「それもいない」

旧カラバンチェル刑務所は、モデロ刑務所を引き継ぐ形で内戦終了時に建設された。モデロ刑務所は首相官邸であるモンクロア宮の真正面に位置し、戦場となった場所だ。完全に破壊され、そのまま再建するのは不可能だった。まもなくカラバンチェル刑務所は、高名な囚人ばかりが収容される場所として有名になった。かの悪名高きガローテ（鉄輪で首を固定して、その輪を万力で絞めていくスペイン古来の処刑道具）で処刑された最後の死刑囚ハラボから、反フランコ体制派の人々――フェルナンド・サンチェス・ドラゴのような作家、ミゲル・ヒラのようなコメディアン、ミゲル・ボイエル、マルセリーノ・カマチョ、ラモン・タマメスのような政治家――まで。一九九八年に閉鎖され、その後何年も経ってから解体された。以来、近隣住民と自治体はその用途について議論を続けている。病院、スポーツ施設、公園、集合住宅……。しかし現時点では、高い塀に囲まれた広大な空き地であり、厳しい監視下に置かれてはいるが、ホームレスの中にはそこをねぐらにしている者もいる。

「〈一つ目〉と呼ばれる男を捜しているんだが……」

「悪いな、知らんよ」

ルーマニア系ロマ人の一団が、そのあたりで唯一の日陰でぐだぐだしていた。そこに女の姿はない。女たちは市街に行き、街なかを歩きまわって、テラス席で物乞いをしているのだろう。サラテはバッジを取り出した。

「やつがどこにいるか教えれば、俺たちはさっさとここを立ち去って、おまえたちに手出しはしない。だが口をつぐみ続けるなら、身分証を求め、パトカーを呼んで、おまえたちをそこに押し込まなきゃならない。まあ、夜にはまた解放されるだろうが、午後は最悪の時間を過ごすことになるだろうな」

一人がサラテに目を向けた。避けられるなら厄介ごとはせいぜい避けて、日陰の快適さを楽しんだほうがいいと判断したらしい。

「墓地にいる。そこで墓に供えられた花を盗み、また人に売ってるんだ」

スール墓地は地区の境界にあり、隣はもうオルカシータス地区だ。入口に着いたとたん、二人は目的の人物を見つけた。

「〈一つ目〉！」

〈一つ目〉は二人の到着を待たずに、猛スピードで駆け出した。二人も走り出したが、オルドゥーニョのほうがサラテをはるかにリードし、ぐんぐん〈一つ目〉との距離を縮めた。サラテがやっと追いついたときには、オルドゥーニョはすでに〈一つ目〉を捕まえていて、ほかの二人が息を整えるのを待たなければならなかった。

「もっとトレーニングが必要だな、相棒」オルドゥーニョが笑った。「さて〈一つ目〉、なんで逃げた？」

「お巡りが近づいてきたら逃げるのが決まりだよ。相手が刑事ならなおさらだ」

「こっちの質問に正直に答えてくれれば何もしない。キンタ・デ・ビスタ・アレグレ公園、先週末のことだ」

「俺はいなかった」

「どうして？」

「入口で男に呼び止められて、しばらく宿をとってそこで寝てくれるなら百ユーロやると言われたんだ。それに、仲間もそこに近づかせないように手配すれば、もう百ユーロ出すと」

サラテとオルドゥーニョは顔を見合わせた。手がかりが見つかった。

「いつのことだ？」サラテはようやく人心地ついて尋ねた。

「木曜にまず百ユーロもらって、金曜の夜にもう百もらった。それからあそこには戻ってないから、あとは知らない」

「何事かと気にならなかったのか？」

「宿代を払って、一か月分の垢《あか》を落として、あったかいものを食って、立ちんぼの女たちを品定めして金髪娘に四十ユーロ払って、はいおしまい。あの公園で何があろうと、これっぽっちも気にならなかったね。金さえ手に入ればそれでいい」

「そのあとどうして戻らなかった？」

「月曜に戻ったさ。そしたらお巡りだらけだったから、ずらかった。お巡りとかかわったら、ろくなことにならないからな。あんたらと話すくらいなら、医者に行ったほうがましだ」

「だが、こうなったらもう覚悟を決めるんだな。その男を見つける手伝いをしてもらう。見たらそいつだとわかるか？」

「俺が〈一つ目〉と呼ばれてるのは、目が片方ないからだ。最悪なのは、いいほうの目をなくしたことだ。だからほとんどなんにも見えないんだよ。なんかぼんやりかたまりが見えるぐらいだ」

「じゃあ、どうして俺たちが警官だとわかった?」

「お巡りの臭いを嗅ぎ分けられなかったら、路上で生きてはいけない。あんたらお巡りはぷんぷん臭うんだ」

24

チームはまた会議室に集まっていた。会議ばかりであんまり動かない人たちだなとサラテは思い始めていたが、たぶんそこにこそ、このチームの成功の鍵があるのだろう。師匠のサルバドール・サントスもよく言っていた。頭を使え。俺たちは何かというと悪党を追いかけまわそうとするが、何が起きたのかよく考えることも大事なんだ、と。

新しい同僚たちの習慣もわかってきた。ブエンディアは、自分で焼いたスポンジケーキを持参している。チェスカは手作りのオレンジジュース。オルドゥーニョはみずからコーヒーを淹《い》れ、デンマーク製バタークッキーの缶を開けた。そして警部がこちらを見る目には、やはり何の感情も見えない。まるで、月曜の夜のことに意味などなかったかのように。

「週に一度、一緒に朝食を作るの。来週はマリアホとわたしの担当。あんたも参加してほしい」警部が促した。

水曜日だった。遺体が発見されてから二日が経過し、捜査を集中するべき容疑者がいないという印象を全員が持っていた。ブランコ警部がラウル・ガルセドを釈放してしまったので、なおさらだった。

「ブエンディア、新しい情報があると聞いたけど」いつものように、ブランコ警部がミーティングの幕を切って落とした。

「スサナの殺害方法を再検討して、ラーラのそれと比較してみたんだ。両者のあいだには驚くほど正確な再現性が見て取れる。写真を見せよう」

最初の数枚は、落書きやゴミくず、瓦礫《がれき》にまみれた、ただの半壊した建物だった。現場を調べた警察が描いた印があちこちに見える。次にそれらをさらに拡大した写真が続いた。

「これはラーラの遺体が発見された現場だ。ウセラ地区の廃屋で、かつてランチョ・デル・コルドベスがあったあたりの近くだ。マドリード出身じゃない者のために説明しておくと、ランチョ・デル・コルドベスはいわゆるスラム街で、麻薬取引が頻繁におこなわれ、警官でも重装備のうえ大部隊を編成しないと踏み込めなかった。近年の再開発で、写真の廃屋も今はすでにない」

次の写真には目を閉じた若い女性の遺体が写っていた。ウェディングドレスのベールが血で汚れている。

「これはラーラだ。おわかりのように、ポーズをとっているような格好をしている。床に残された跡をよく見てほしい。右側の跡は写真用の三脚のものだ。おそらく、彼女が苦しむ様子を撮影したと思われる。写真そのものは見つかっていないが、三脚の跡はミゲル・

ビスタスが所有していたものと一致した。左側に四か所見えているのは椅子の跡だ。犯人はそこに座って見物していたらしい。

次の写真はキンタ・デ・ビスタ・アレグレ公園で撮られたもので、スサナが写っている。遺体の姿勢は異なり、地面に三脚などの跡も残っていない」

「最初に遺体に近づいた警官が踏み荒らして消したのかも」チェスカが待ってましたとばかりに言った。現場に最初に到着した警官たちの行動を責める絶好のチャンスだ。

全員がサラテに目を向けた。サラテは弁解しないわけにいかなくなった。

「じつはまだかすかに息があったんだ。だから救命しようとした……」

「へえ、じゃあ失策は二つってことじゃない。彼女を救えず、現場保存もできなかったんだから。さすが！」チェスカはサラテに恥をかかせる機会を逃さなかった。

「三脚があったとしたら、写真を撮ったか、録画したか、どちらかだ。でも、写真も映像も見つかってない。違う？　当時も今もね」警部が言い合いにけりをつけた。

「そのとおりだ」ブエンディアが答えた。

次の写真はラーラの頭部だ。やはり穴が三つあいている。

「すでに違いについていくつか挙げた。遺体の姿勢に、周囲に残った痕跡。それにジアゼパムのことがある。ラーラの遺体にその手の薬物の痕跡はなかった。分析の結果、唯一見つかったのは経口避妊薬の成分だけだった。一方、類似点として、ラーラの頭にもあった穿孔だ」

写真が変わり、同じ切開跡が提示される。

「こちらはスサナのものだが、同じ場所だ。注目してほしいのは、周囲を丸く囲った刃物傷はあとからつけられたということだ。つまり、穿孔そのものとは関係がない」

「何かのサインかな?」

「かもしれない。それを調べるのは君たちだ。前者の穿孔、つまりラーラのものは、くり錐《きり》によるものだ。一方、後者のスサナのものには歯科医用の電気ドリルが使われている。まあ、たいして重要ではないのかもしれない。技術の進歩ってことはあるが」

「それに残酷でもある」警部が指摘した。「もし被害者の意識があるうちにこれだけのことがおこなわれたんだとしたら、電気ドリルのほうがまだ思いやりがある」

「それは言えるな。ラーラの体にいた蛆は、一週間そこに居座っていた。被害者が死ぬまで、一週間ずっと組織を食い続けていたんだ。一方スサナの場合、実験室でおこなわれた蛆の生育実験によれば、わずか二日間だった」ブエンディアはそこでいったん言葉を切り、また続けた。「やはり妹のほうが幸運だったわけだ」

「あるいは、犯人が手加減したのか。同一犯だと思う?」そこにいる全員の喉まで出かかっていた質問を、警部が口にした。

「わからない。そうかもしれないし、違うかもしれない。ラーラの遺体からはミゲル・ビスタスの毛髪が見つかっている。この毛髪と三脚の跡、それに生前のラーラを見た最後の人物だったという事実が、ビスタス有罪の決め手となった」

「三脚は状況証拠だし、毛髪は撮影でついたものかもしれないし、被害者に最後に会ったのは彼ではなく、真犯人かもしれない」警部が指摘した。

「刑務所にいるのは無実の人間だとでも?」サラテは捜査をしたサルバドール・サントスをかばいたかったが、彼との関係をまわりに悟らせるわけにはいかなかった。そうなれば、この事件からはずされるのは間違いない。

「まだ何もわからないし、七年前の事件と今回の事件の両方を調べなければならない、そう言いたいだけ。ほかには何か、ブエンディア?」

「今のところは何も。蛆に食われるにしたがって脳の機能が失われ、それによって被害者二人の味わった苦痛について話そうと思っていたんだが。わたしはその手の話にわくわくするわけだが、君たちにとってはそうでもないとわかっている」

「あなたって、ほんとおめでたい人ね」マリアホがぞっとしながら言った。「あなたのお孫さんたち、いったいどんなお話を聞かされてねんねするのかしら……」

警部は時計をちらりと見た。オルドゥーニョとサラテが〈一つ目〉から聞いた話をする時間はあと数分しかない。

「キンタ公園に近づくなと言って金をくれた男の容貌を聞き出した。平均より背が高く、がっしりした体型だが、猫背で、とても神経質な感じだったそうだ。肌は浅黒く、髪は暗褐色」

「モイセスと一致する。ここに呼んで娘の死について伝えたとき、背中が丸まって見えたよね」

「ええ。問題は、面通しをしても、あいつじゃ役に立たないってことです。片目を失っているうえ、もう一方の目もほとんど視力がない」

あるいは証言だけ使うか、結局利用をあきらめるしかないか。とにかく先に進もう。

「じゃあ次」エレナは言った。「スサナとシンティアのベッドイン写真から何がわかった?」

「撮影されたアングルを調べてみたわ」マリアホが答えた。「同じミニストリレス通りの、スサナの家の正面にある建物の四階のA号室だった」

「家主と話をしてみた」チェスカが続けた。「その部屋を一週間借りた男の名前も聞き出した。六百ユーロ払ったらしい。名前はルイス・ソリア、私立探偵、グラン・ビアに事務所がある」

「ありがとう、チェスカ。モイセスとも話をしなきゃならない」警部が指示を出す。「サラテ、わたしと来て。チェスカ、あんたとオルドゥーニョは写真を撮ったその探偵から話を聞いて。依頼人が誰か聞き出すまで揺さぶり続けること」

25

到着したピオベラ地区は高級住宅街だった。目抜き通りであるアルトゥーロ・ソリア通りにごく近く、コンデ・デ・オルガス地区に隣接している。

「ラウルの言葉を信じなきゃならないようだね。彼女の美しさよりマカヤ家の財産のほうに興味があったのもうなずける。この界隈は尋常じゃない……」

マカヤ家の邸宅はまさに豪邸だった。このあたりの多くの建物が、一九七〇年代に、当時台頭してきた新富裕層のために建てられたもので、マドリード中心部のごみごみした狭苦しさとはきれいに切り離されている。とはいえ、マカヤ邸には隠せない衰えが滲み出ていた。壁の塗装をやり直す必要があったし、鎧戸《よろいど》にも手を入れ、通りと敷地を隔てる生け垣を剪定《せんてい》し、屋根も修理したほうがよさそうな場所がある。夏なのに、プールに水も張られていない。娘たちを失って、家も、そこに住む家族同様、最良の時代が過ぎてしまったのかもしれない。

中に案内されると、居間は暗く、陰気な雰囲気だった。ブラインドもほとんど下ろされ、そうして光を、そして喜びを、中に通すまいとしているかのようだ。モイセスは妻のソニアとともに現れた。ソニアは自力で歩く力さえないようだった。混乱し、ぼんやりしていて、今にも崩れ落ちそうだ。モイセスが彼女を支えて椅子に座らせた。エレナ・ブランコ警部が握手の手を差し出すと、ソニアはその手をぎゅっと握り、離さなかった。

「娘がどんなふうに殺されたか、もうご存じなんですよね？」悲痛な表情で尋ねる。

エレナは胸が押しつぶされそうになり、サラテに目を向けた。スサナもラーラと同じような殺され方をしたなんて、この両親にどう伝えろというのか。どんなふうに言えば、痛みが少しでもやわらぐ？　何か方法はあるのだろうか？

「ラーラと同じでした」単刀直入に話すことにした。「詳しいことをお伝えするまでもないと思います」生々しい描写は省きたかった。「お二人にとってはいっそうつらくなる話なので」

ソニアの表情が凍りついた。エレナの手を握りしめる。まるで、それが自分を救う最後の頼みの綱だとでもいうように。彼女は暴力の圧力に必死に耐え、その爪がエレナの肌に食い込んだ。モイセスはわめき、抗議し、取り乱し、おまえこそが犯人だと言わんばかりにエレナに食ってかかってきた。

「あのくそ野郎が釈放されたのか？　自由の身になったのか？」

「いいえ、ミゲル・ビスタスは今も服役囚として刑務所にいます。外出許可も出ていません。彼が犯人だという可能性はありえない」

「あのくそったれはラーラを殺した……もうすぐ結婚するはずだったのに。すばらしい娘だった。そして今度はスサナまで」

モイセスのような、どんな物事にも動じない、レンガの家のように頑丈な百九十センチ近い大男が、今にも崩れ落ちそうな姿をさらすとは。身も世もなく泣くモイセスを前にして、エレナは肩を抱きたくなる衝動を懸命に抑えた。ええ、あなたの気持ちはわかります、わたしも警官である前に一人の人間であり、心から愛する者を失うつらさはよく知っています、そう言いたかった。だが警察官たるもの、自分を律して捜査を進めなければならなかった。蛆だらけのスサナの頭の中を見たとき、必ず犯人を見つけると誓ったのだ。こんなひどいことをしたやつを必ず捕まえて罰し、ほかの娘が同じ目に遭うのを阻止してみせる。だから胸の痛みに負けたりせず、冷静になって頭を働かせなければ。

「ラーラを殺したのはあの男ではなかったのかもしれないし、犯人は二人いるのかもしれない。わたしたちは犯人逮捕に全力を尽くします。でも、それにはあなたがたの協力が欠かせません。そのあとで、どうか存分にスサナのために泣いてください。みなさんに恨みを持っている人物に心当たりはないですか？」

夫婦は顔を見合わせた。二人の視線には不安が滲み、ソニアのほうには、話すのはあなたお願いという懇願が見て取れた。

「いません。どうしてわれわれがそこまで恨みを買わなきゃならないんです?」モイセスが身を乗り出した。「人に恨まれるようなことをした覚えはない。われわれの事業はささやかなもので、どこにも違法性などない。結婚式や初聖体拝領式、洗礼式みたいなイベントの手配です。憎しみや復讐とは縁遠い世界ですよ」

「ラウルのことはどう思いますか?」

「気に入らなかったともう言いましたよね。要領がいいだけの遊び人だ。だが、娘にあんなことができる人間じゃない」

「ラーラの婚約者については?」

「事件が起きたとき、そちらで調べたでしょう。あの男ではありえなかった。働き者で真面目な、いい若者だった。フラメンコダンスの講師でね。犯行があった日、グラナダで夜公演があったから、マドリードにさえいなかった。長年彼とは連絡を取り合っていたんだ。電話をかけたり、家を訪ねたりしてね。彼はラーラを愛していた。三年前に米国に渡り、今はそこに住んでいる。いや、彼は絶対に関係ない。第一、ラーラを殺した犯人は刑務所にいるじゃないか」

「もし彼が犯人でなかったら?」

「犯人ですよ。裁判中、やつの目を見て、そう確信しました。やつを知ってますか? 人のよさそうな顔をして、見たこともないような冷ややかな目をしていた。やつがやったに決まってる……わたしは今までずっと、なるまいと思っていた人間になってしまわないよう、こらえ続けるので必死だった」

「なるまいと思っていた人間とは？」ここで初めてサラテが口を挟んだ。

モイセスは、そこに彼がいたことを忘れていたかのようにサラテを見た。招かれざる客であるかのように、トランプのゲームを覗き見していた外野が急に口出ししてきたかのように。

「一族のほかの連中は、わたしほど控えめではないのでね。力を貸すぞと何度も言われ、そのたびに断ってきた。ロマ人のやり方で裁くのはやめたほうがいいと思ったからだ。だがそれで娘を二人とも失った」

「お二人は週末、どちらにいらっしゃいました？」

「まさか、われわれを疑っているわけではないですよね、警部さん」モイセスが即座に言い返した。

「ええ、もちろん。ただ、犯人が見つかったとき、われわれがあらゆる人にあらゆる質問をしたおかげだと、あなたも感謝するでしょう。抜かりのないようにやりたいだけです」

「自宅にいました」父親はほっとした様子だった。

「週末ずっと、どこにも出かけなかったんですか？」

「食料の買い出し程度です」ソニアが答えた。「わたしたち、あまり出かけないんです。

ラーラの事件があってからはとくに」

「あなたも?」エレナはモイセスのほうを向いた。

「ええ。わたしは買い物にさえ行ってない」

「そうですか、ありがとうございました。もう一つだけ訊いていいですか、マカヤさん。スサナの友人、シンティアをご存じですか?」

「悪い仲間です。今の世の中、娘を悪い仲間に近づかせないようにするのはとても難しい……」

26

　ソリア探偵事務所所長にして、おそらく唯一の社員であるルイス・ソリアの事務所は、グラン・ビアのオフィス街でもかなり老朽化した一角にあった。落ちぶれる一方の職種という印象だった。今はこれまでになくスパイ活動が活発化しているが、それは経済産業分野であって、コンピューターの中や巨大企業のオフィス内で繰り広げられる。ズボンの中身を嗅ぎまわるような仕事はもう時代遅れなのだ（時代の先端を行っていたことがあるかといえば、それも疑問だが）。建物内は大部分が空き部屋だったが、オルドゥーニョとチエスカは廊下を歩きながら、さまざまなオフィスが並んでいることに気づいた。移民関係の事案を専門に扱う弁護士事務所、体験ツアー系の旅行代理店、たとえ筋肉痛があってもここに来る気にはなれないと二人とも思ったマッサージ店。

「依頼人に対して守秘義務があります。ですからその質問にはお答えできません」

「ソリアさん、あなたが職業倫理をお持ちなのは知っていますし、それを尊重したいというお気持ちも理解できますが、われわれは殺人事件の捜査をしているんです」オルドゥーニョは説明した。「市民としての義務が、依頼人の名前を秘すことより優先されるはずでしょう」

善玉警官と悪玉警官の役割分担はけっして映画の中だけの話ではなく、現実でも機能する。オルドゥーニョとチェスカの場合、どちらがどちらを引き受けるか意見を戦わせる必要はなかった。オルドゥーニョが善玉、チェスカが悪玉とつねに決まっているからだ。

「女同士でベッドに潜り込んでいる写真が殺人事件の解決にどう関係するのか、ちっともわかりませんね」ルイス・ソリアには自信があった。だから警察の質問にはまだ答える気はなかった。

「それについては申し上げられません。われわれの守秘義務はあなたのそれに勝るとご理解ください」

「それなら、ここからお引き取り願いたい」

善玉に協力するチャンスはすでにあたえた。チェスカの出番だった。

「勇者だね、ルイス君」言葉に敬意はこれっぽっちも感じられない。「相棒は礼儀正しくあんたにお願いした。スサナ・マカヤの写真をあんたに依頼したのは誰か、あたしたちは知りたい。一つ言っておく。あんたが答えないかぎり、あたしはここを動かない。必要なら、ファイルにある書類を一つひとつ引っぱり出して……」

「あなたにそんな権利はない……」

「人の話を遮るな。あたしはこっちに必要な情報を必ず持ち帰るつもりだから、手に入るのが遅れれば遅れるほど、機嫌が悪くなってくよ」

「彼女を怒らせると始末が悪いですよ、ソリアさん」オルドゥーニョが言い添える。

「あたしは機嫌が悪くなると、我慢ってものができなくなるんだ。だがそれだけじゃない。本部に戻ったあと、本署にいる友人たちに電話をかける。するとあんたはかなり面倒なことになる。ありとあらゆる許可証の提出を求められ、この建物のオーナーに連絡が入ってあんたが決まりを順守しているかどうか確認され……」

「わたしにだって友人はいますよ」ソリアは反撃を試みた。

「じゃあ、せっかくのそのお友だちもなくすだろうね。そいつら、あんたよりあたしのお友だちになることを選ぶだろうから」

オルドゥーニョはにやりとした。これまでチェスカのやり方は何度も目にしてきたから、いよいよクライマックスだとわかった。やにわにベルトから銃を抜き、デスクの上に置いた。探偵はそれを見て目をむいた。

「頼むよ、勇者のルイス君。あたしとお友だちになったほうがいいと思うよ」

ルイス・ソリアは迷っていた。連中が自分に手出しをするはずがないとわかってはいたが、早計は禁物だ。

「モイセス・マカヤですよ。娘を尾行しろと依頼されたんです」とうとう白状した。

「ほら、そう難しく考えることじゃなかっただろう？　全部話しな」

探偵はファイルの中から、依頼主への請求書まで含め、この件に関するあらゆる書類を出してきた。そこから、モイセスは娘とその友人との関係を完璧に知っていて、いつどこで会っていたかまで報告されていたことがわかった。

「写真が欲しいだけだと言われました」

「全部渡したのか？」

「比較的ソフトなやつをわたしが選びました。相手が怒り出して、殴りかかられでもしたらかなわないので。残りは消しました、ええ、誓って。あの二人、ポルノ女優さえ赤面しそうなことをしてたんでね。お願いですから、わたしがばらしたってこと、誰にも言わないでください。何か別の方法でつきとめたと報告してください。頼みます」

「どうしてそこまで怖がる？」

「モイセス・マカヤのいとこが誰か、ご存じでしょう？」

「〈首領《カピ》〉だろ」チェスカが答えた。警部にどやされたあと、徹底的に調べたのだ。

「そのとおり。〈耳なし《ソルド》〉一味の幹部です。連中はまわりくどいことはしない。もしわたしが仲間の誰かを裏切ったと知られたら、相当まずいことになる」

カピが誰か、ソルド一味がどういう連中か、知らない者はいない。新聞やテレビで取り上げられたこともある。マドリードの麻薬取引はカピが取り仕切っていると言われているし、この町の腕のいい強盗団は彼の配下に集まっているらしいし、スペイン国内で盗まれた宝石の多くが、ラストロ近くのカピの骨董品《こっとうひん》店で取引されているという。

「モイセスも一味なのか？」

「一緒にいるところは見たことがありませんが、なんと言ってもいとこですからね。われわれが思う以上に、ああいう連中にとっては血のつながりが重要なんです……いとこなんて、兄弟みたいなものだ」

27

エレナ・ブランコとしては、またシンティアを呼び出すのは気が引けた。彼女とスサナの関係を最大限尊重したいと思ってはいたが、スサナがロマ人で、家族がけっして認めてくれないという事情があったとしても、どうして二人の関係がここまでたくさんの問題を引き起こしたのかわからなかった。シンティアにはくつろいでもらい、本音を話してほしかったので、取調室にはエレナ一人で入り、カメラのスイッチも切って、そこでの話はよそでは口外しないと約束した。

「シンティア、ぜひ協力してほしいの。時間が経ち、新しい事実が明らかになるにつれて、むしろどんどんわからなくなっていく」

「わたし、スサナを殺した犯人を見つけるためなら何でもします」

「スサナはなぜラウルと結婚することにしたの？　実際の性的指向を隠すためだということはわかるけど、彼女の父親はラウルを毛嫌いしていたし、彼女もラウルが好きだったわけじゃない……お父さんに認めてもらえるような相手を選んだほうがよかったのでは？」

「スサナはとても複雑な子なんです。まったく一筋縄ではいかない。お父さんに恥をかかせないために本当の気持ちを隠そうとしながら、同時にお父さんと対決せずにいられなかった。ご両親がラーラの死で苦しむ姿が頭に焼きついているみたいだった」

「スサナからお姉さんの話を聞いたと言ってたよね」

シンティアは打ち明ける前に迷った。スサナとの秘密の関係を大切にしたいという思いと、彼女を死なせた人間に報いをあたえるため協力しなければという義務感のあいだで揺れていた。

「よく話しました。スサナはその話題に、犯人に、殺害の経緯に取り憑かれていた」

「お姉さんの事件については一度も話そうとしなかったと、ラウルは言っていた」

「彼女にとってラウルは無意味な存在でしたから。本物のスサナは、わたしとベッドにいるときにしかいなかった。ラーラのことや両親のことなど、明け方までいろいろおしゃべりを続けたものでした。刑務所に行ってミゲル・ビスタスに会いたいとまで言っていた」

エレナはつい驚きを顔に出してしまった。なんと言っていいかも、どう質問を返したらいいかもわからない。マリアホがタイミングよくドアをノックして、顔を覗かせた。渡りに船だった。

「お願い、エレナ、あなたに見せなきゃならないものがあるの」

チーム所属のハッカーは、スサナのパソコンの厳重に隠されていた部分をようやくこじ開けることに成功したのだ。あれこれ想像はしていたものの、エレナは自分の目にしているものが信じられなかった。それは、ブエンディアに見せられたラーラの捜査資料にあったのと同じ写真だった。ただし、写真に写っているのはラーラではなくスサナだ。シンティアが言っていたように、ラーラの事件にずっと取り憑かれていたスサナは、何年ものあいだ、現場で発見された姉と同じポーズで写真を撮り続けていたのだ。同じベールをつけ、初期の頃の写真では、姉の遺体が見つかったランチョ・デル・コルドベス近くの廃屋の同じ場所で横たわって。

「今まで何度も闇サイトに潜入して、想像をはるかに超えるような背徳行為をいくつも見てきたけど、これはかなり出来がいい。この子、お姉さんの後追いをしたがっていたみたいに見える」

「そしてみごと願いをかなえた……」

エレナはすぐには取調室に入れなかった。ひと息ついて、今聞いたことを頭の中で整理しなければならなかった。なかば下ろされたブラインドの隙間からシンティアを眺める。沈痛な面持ちで口をつぐみ、ぼんやりとあらぬ方を見ている。自分の仕事は本当に残酷だとときどき思う。生涯最愛の人を失った女性を前にして、慰める代わりに調べ、尋問し、傷をほじくり返さなければならないのだ。少し間を置こうと思い、小さなキッチンに近づいて水を一杯飲み、窓の外に見える街を眺めた。尋問などやめて彼女の肩を抱いてやりたい衝動を抑え込んだところで部屋に戻り、スサナの強迫観念についてシンティアの話を引き出すことにする。

「スサナは犯人と会いたがっていたと言ったよね」

「はい。でも面会の許可が出るわけがないということもわかっていた。だから、週末の外出許可が出る、もしくは釈放される日が来るのを待つと言っていました。そしたら街で声をかけ、知りたかったことを全部訊く、と」

「お姉さんと同じようにして死にたがっていたと思う?」思いきって賭けに出た。

シンティアはたちまち憤慨の表情を浮かべた。どうしてそんな質問ができるのか、神経を疑うと言わんばかりの顔だ。

「まさか! ありえません。あんなふうに死にたい人がどこにいるっていうの?」

それ以上、シンティアから訊き出せることはほとんどなかった。それはシンティアに話す気がなくなったからではなく、何を質問していいかエレナにもわからなくなったからだ。特定の事件にここまで打ちのめされることはめったになかった。スサナが姉を真似た写真を見たとき、演技がすべて現実になったのだと悟り、呆然《ぼうぜん》とするしかなかったのだ。

部屋を出ると、オルドゥーニョとチェスカが戻っており、探偵を雇ったのはモイセスだったことと、モイセス家について報告を受けた。ソルド一味の名前はエレナももちろん知っているが、スサナの死と関係があるとは思っていなかった。こんなことは言いたくないが、時間が経つにつれて事件の全容がわからなくなり、レンテロに呼び出されたことが恨めしくなる。あのままカラバンチェル署の刑事たちにまかせておけばよかったのだ。たとえ殺人事件を解決したことなど一度もないような連中だったとしても。

「明日ミゲル・ビスタスと面会したい。エストレメラ刑務所の所長と話をつけておいて。サラテがどこに行ったか、誰か知らない？」

「病気の親類の見舞いに行くと言ってました」

「病気の親類？ったく、このチームに所属したら最後、親類などいなくなるし、もしいたとしても病気一つしないと誰も教えなかったの？」

まだそう遅い時間ではなかったが、エレナはオフィスから出ていった。同僚たちは何も言わなかった。ときどきあるのだ、そういうことが。長年彼女を知っているブエンディアは、どこを捜せばエレナが見つかるか知っていた。今宵《こよい》は〈シェールズ〉で、ミーナ・マッツィーニを絶唱するというわけだ。

28

サラテはサルバドール・サントス元警部を本当に訪ねたいのかどうか、自分でもわからなかった。血を分けた父親が死んだあとはまさに父親代わりになり、警官として歩み始めてからは親身になって指導してくれた人だ。待ちに待った定年が訪れたばかりの頃は、肩をバンバン叩《たた》いてサラテを家に迎え入れ、ウィスキーと武勇伝とともに夜は過ぎた。ところがまもなくちょっとした失敗をしたり、突然感情的になったりすることが増え、サラテを実際にはいもしない息子と間違えるようになった。サラテをあんなにかわいがってくれたのは、それが理由だったのだろうか？　そうかもしれない。失われた父と結局相まみえることのなかった息子――二人を結びつけていたのがそんなノスタルジックな絆《きずな》だったのだとしてもかまわない。見習い警官だったときに後見役を買って出てくれたことも、ベテランならではの知恵にあふれるアドバイスも、失敗しても辛抱強く見守ってくれたことも、けっして忘れない。もちろん、たくさんの励ましの言葉も。サルバドールは最初の上司であり、最高の上司だった。そして自分はそれに少しでも応えようと頑張る、勤勉な部下だった。サルバドールが父、自分は息子だった。

「サルバドール御大《おんたい》、お元気ですか？　調子はどうです？」

アルツハイマーを発症して五年が経過したが、サルバドールの脳みそも当初は必死に抵抗していた。診断がついてからというもの、二人が会話をするとき、初めのうちはこちらも発話をせっせと促し、相手の言葉に辛抱強く耳を傾けていたが、しまいにはなんともみじめな気持ちになった。サラテはいつも、百年前に建設された集合住宅街、コロニア・デ・ロス・カルテロスにあるサルバドールの家に元気よく入っていっては、二時間後にはしょんぼりして出てきた。上司であり、師匠であり、父代わりでもある人は、日に日に〝らしさ〟をなくしていた。

サルバドールの妻アセンシオンはいつものようにあたたかく客を迎えてくれた。その日のサラテはコスタを伴っており、アセンシオンもこの訪問はただのご機嫌伺いではないとすぐに察した。二人は、サルバドールが七年前に捜査を担当した殺人事件について彼と話したいと説明した。ラーラ・マカヤの事件だ。先日、妹のスサナがとてもよく似た状況で殺害され、最初の事件の犯人として服役中の男が無実である可能性が出てきたとも話した。それが何を意味するか、アセンシオンにはすぐにピンと来た。

「つまり、捜査のやり方がまずかったと夫を非難するということよね？」

「だからこそ、サルバドールと話がしたいんです」サラテは口調をやわらげた。「このことが大々的に取り沙汰されたとき、サルバドールを守るためにも、捜査がどうおこなわれたか知っておくことが鍵になる」

「昔のことで、あの人の気持ちを乱したくないの。あまり調子がよくないのよ。作業療法はちっとも功を奏さないし、薬も効かない。そのうえ記憶が薄れつつあることに自分でも気づいて、ひどく苦しんでいるの」

「サルバドールのためなんです。それにそんなに時間は取らせません。もし動揺が見られたら、すぐにやめます。約束します」

「リラックスできるように音楽をかけるわ。音楽の記憶は最後まで残るとお医者様に言われてるの。にこにこしながら椅子に座っているところを見ると、気に入っているみたい。でも、あの恐ろしい殺人事件について思い出させるのは……やっぱりだめよ、アンヘル。お願い、わかって。あのとき何があったか、あなたは知らないし、あの人も話したくなかったんだと思う。あれほどの邪悪と立ち向かわなければならない職業なんて、誰にも勧められないと言っていたもの」

「本部長のレンテロは、警官としてのサルバドールには敬意を払っていますが、人としては犬猿の仲だった。サルバドールの顔に泥を塗るため、この件を利用するかもしれません。俺はそれを阻止しなきゃならないんですよ、アセンシオン」サラテは引かなかった。「サルバドールは俺のもう一人の父親なんだから」

アセンシオンは大きくため息をついた。これ以上反論できなかった。

「わかったわ。でもあなた一人で部屋に入って。二人で行ったら、取り調べか何かだと思ってしまう」

「俺はここに残りますよ」コスタが言った。

サルバドールは青い椅子に座っていた。部屋の薄暗がりの中にいると、とても穏やかな光景に見える。サラテを見てにっこりほほ笑んだ。顔がぱっと愛情で輝いた。

「わが息子!」

サラテは彼の正面にある椅子に座り、その手を取った。

「アンヘルですよ」

「わかってる。わたしは馬鹿じゃない。それでもおまえを息子と呼ぶ」

サラテはにんまりして、調子はどうかと尋ねた。サルバドールはハエでも追い払うかのように手をさっさと振った。

「体調の話はやめよう。泣きたくなるからな。言葉が出てこないんだ。それに立ち上がることさえおぼつかない。さあ、何の用だね、息子よ。わたしはもう老い先短い。おまえのほうは調子はどうだ?」

「切羽詰まってますよ、いつものことながら。殺人事件を捜査しているんです」

「ラーラの妹のことか」

「ご存じなんですか？」

「わたしだって、まだ死んではいない。ちゃんと情報は耳に入ってくる。検死官のフェンテスから電話をもらったんだ。例の娘を見て、二つの事件には関連性がありそうだと報告があった」

「ラーラの事件のこと、覚えてますか？」

「もちろんだ。ずっとつきまとわれているよ。今でも蛆の夢を見る。だが、犯人はきっと捕まる。それこそよき警官の義務だ」

「でも、殺害方法は同じなのに、ミゲル・ビスタスは刑務所の中です。彼に犯行は無理だ」

サルバドールは何かぶつぶつとつぶやいた。喉の奥がゴロゴロと鳴り、動物のうなり声か何かのようだ。

「ほかに容疑者はいなかったんですか？」サラテは尋ねた。「捜査の初期段階で可能性を捨てたため、報告書に記載されていない容疑者は？」

「大勢の人間から話を聞いたよ。わたしはあの娘のきょうだいが怪しいと思った」

「え？　彼女に男きょうだいはいませんよ、サルバドール」

「いた。歌手だ」

「いませんよ。二人姉妹だ」

「わかってる！」サルバドールが怒鳴った。

急にいらだち始め、弟子の顔を見ようともしなかった。目を合わせるのを拒み、窓のほうに顔を向けた。首の皺《しわ》と、木に実る果実のように顎から垂れ下がった贅肉《ぜいにく》が、あらわになる。最後にゆっくり会ってからずいぶん老け込んでしまったことに、サラテは気づいた。

「猫背の男を捜しているんです。そして足のサイズは二十九センチ」

「猫背か、ああ、一人いたな」

「名前は？」

「そいつの背中に宝くじをこすりつけると、運気が上がるんだ。だが名前を思い出せない……」

サルバドールは物思いに沈んだ。まるで本当に名前を思い出そうとしているかのように。だが、頭が混乱しているのだとサラテにはわかった。彼の手を撫で、失礼する準備をした。

「また来ます、サルバドール。体に気をつけてくださいね」

そして額にキスをした。静かにドアのほうに向かう。夢見る老サルバドールの邪魔をしないように。ドアを開けようとしたとき、サルバドールの声がした。

「おまえは猫背の男を捜しているわけじゃない」

サラテは驚いて振り返った。サルバドールは血走った目でこちらを見ている。

「間違えるなよ、息子。おまえが捜しているのは悪魔だ」

29

ミーナの『アンコーラ・アンコーラ・アンコーラ』はエレナの好きな曲だが、なぜかほとんど歌ったことがなかった。たぶん歌詞のせいだろう。体だけじゃいやなの、抱かれるだけじゃいやなの……。でもエレナのほうはあたえる気はなく、相手にもそれ以上求めようとは思わない。

二時間もシェールズにいるので、グラッパをずいぶん飲んだ。理由はわからないが、グラッパは飲んでも酔わない。ウィスキーならその半分でも泥酔するのに、グラッパは翌朝起きたときに飲んだなと気づく程度だし、飲んだおかげで眠れることもある。店にいるあいだに四曲歌った。『アクア・エ・サーレ』、『マ・チェ・チ・ファッチオ・クイ』、『セ・ミ・アミ・ダヴェーロ』、そして今歌い終えたのが『アンコーラ・アンコーラ・アンコーラ』。名人たちの歌も聴いた。アドリアーノはアリアを歌った。ナティは、バスクのグループ、モセダーデスの曲を完璧に仕上げた。ペリコは舞台に上がると自分はフランク・シナトラだと思い込み、本人よりうまく歌う。でもエレナの歌は誰より感情がこもっていて、常連客の喝采を誰より浴びた。

「ホアキン、もう行くわ。勘定をお願い」

出ていこうとしたとき、カウンターで彼を見つけた。

「ここで何してるのよ」

「あなたの歌を聴きに来た」

気に入らなかった。招き入れてもいないのに、勝手に人生にずかずか踏み込まれるのが嫌いだった。一度招き入れたとしても、それはそのときだけのことだ。

「わたしはもう歌い終わった。もう用はないはずよ、サラテ。帰って」

「一杯付き合ってもらえないかと思ってたんだけど」

「で、そのあとうちでセックスする……」

「うん、まあね」

サラテは冗談めかして答えようとしたが、警部の声の調子に気づいていなかった。それはけっして軽口ではなく、冷ややか極まりないものだったのに。もっと相手の気持ちになって考え、言葉の裏に隠された感情を推し量るべきだった。そんなこともできないのだから、やはり〝よい警官〟失格なのだ。

「それならわたしの答えはノー。また家に招きたいと思う日が来たら、わたしのほうから誘う。じゃ」

「もしお子さんが家にいるなら……都合を考えずに、すまなかった」

謝るくらいなら口答えしたほうがまだましだったようだ。エレナは一瞬怒りにわれを忘れた。

「わたしの子どもの何を知ってるのよ？　いったい誰に聞いたの？」

サラテの顔数センチのところまで顔をぐいっと近づけ、必要以上に声を張り上げた。今にもひっぱたくのではないかと誰もが思っただろう。

「ごめん、何も知らないよ。帝王切開の跡があるのに気づいたから……」

「子どものことは二度と訊かないで。わたしだけの問題だから。今度持ち出したら承知しない」

サラテは一人そこに残り、ブランコ警部が立ち去るのを見送ると、三本目のマオウを頼んだ。そのあと、警部がもう自宅に戻ったと思える頃になって、マヨール広場に向かった。そう遅い時間でもないので、外国人観光客がまだ残っているが、プエルタ・デル・ソル近辺のような活気はない。まるで、宗教裁判による異教徒や改宗者の火あぶりがなくなったと同時に、ここもさして重要な場所ではなくなってしまったかのようだ。本当にそんなことがここでおこなわれていたとすれば、の話だが。今この広場を眺めるかぎり、ただの野菜市場だったとしか思えないだろう。

広場の中央に立ち、ブランコ警部の部屋のベランダを見る。子どものことを訊いたのは、べつに悪気はなかったのだ。ただ子どもはブランコ警部の家と、たぶん父親の家とを、交互に行き来しているのだろうと思っただけだ。

じつは先に警部の家を訪ねていた。そのあと、もしかしてと思ってカラオケスナックに向かった。サルバドール・サントスのことを話したかったのだ。自分との関係は明かさぬまま、彼は優秀な刑事だから、名前を傷つけるようなことはしないでほしいと訴えたかった。たとえラーラの事件における彼の捜査方法について調べて、何かしら見つかったとしても。自分の意見をブランコ警部にも共有してほしかった。たまに間違いは犯すにしても、少しでも町をよくしようと働く、正義感の強い尊敬すべき警官だったのだ。だが今や警部は、ベッドをともにしたときに感じたような近しい女性ではなくなってしまった。そして、その頑なさの原因が何か、サラテにはたぶんわかっていた。子どものことに触れたとたん、なぜあんな反応をしたのか、つきとめなければならない。署にある記録を調べれば、何か見つかりそうな気がした。だが、はたしてそれが賢明なことなのか、あるいは危険なことなのか、わからなかった。

エレナは一人で帰宅し、パソコンを立ち上げた。帰宅後の毎日の習慣どおりに、数えきれないほどの枚数の写真を確認する。気になるものは一枚もなく、次々に消した。アーチをぐって大勢の人々が出入りするが、目当ての顔は見当たらない。ときにはばかばかしくなることもある。あいつは二度とこの場所に戻ってこない。もし戻ってきたとしても、エレナは気づかないだろう。今にも癇癪《かんしゃく》を起こしそうだった。最近はこういうことがよくある。あるときなどカメラを叩き壊してしまい、翌日新しいのを設置し直さなければならなくなった。どうしてすんなり乗り越えられないんだろう？　自分自身、いつもそう言って、愛する者をなくした人たちを慰めるのに。

「くそ、どうしてわたしを捜しになんて来るのよ！」

グラッパを飲んで、夕食を食べ忘れる夜が多すぎる。無理にでも食べないと。冷凍ラザニアを電子レンジに入れ、テレビをつけて、何の苦もなく愛を手に入れる人々が恋愛について語るくだらない番組を見て神経を麻痺《まひ》させるのだ。もうひと口たりとも飲んじゃいけない。どんなにアルコールが欲しくても、こんなふうにむかっ腹を立てたまま飲んだら、間違いなく悪酔いする。

明日はミゲル・ビスタスと会う。また邪悪な目を見ることになるのだろうか？　判事や警察、陪審員たちが考えたように、そんなに残酷な人間なのか？　経験上、相手の顔を見ただけでは犯人かどうか断定できないと知っている。そうと納得するには、反駁《はんばく》できないいくつもの証拠を集める必要があるのだ。

30

化粧をせず、髪もぼさぼさで、ネグリジェ姿のままだが、ソニアは家の玄関のドアを開けた。そこにいたのは思いもよらない人物だった。シンティアだ。娘の親友であり、恋人でもあった女性。母親としては、とても認められないことだ。一度だけ挨拶したことがあった。自宅近くのショッピングセンター〈アルトゥーロ・ソリア・プラザ〉で偶然会ったのだ。ハンドバッグを買おうとしていた二人を、ショーウィンドー越しに見つけた。見ただけで、二人の関係がすぐにわかった。そういうしぐさをしていたわけでも、触れ合っていたわけでもないが、二人の視線に滲み出ていた。昔モイセスと出会ったあの日、自分が夫を見たときのあの同じまなざしを、この女性はスサナに向けていた。二人を通路で待ち構えていたソニアに、スサナはシンティアを友人だと紹介したが、気持ちを隠しきれていなかった。愛はあふれ出してしまうものなのだ。その日、モイセスに気づかれませんようにと心の中で祈った。

「ここで何してるの？　夫に見つかったら、殺されるわ」

シンティアは彼女をハグしようとしたが、ソニアは思わず身を引いた。娘を抱いた女には抱かれたくなかった。同情なんて感じたくない。

「スサナは人生でいちばん大切な人でした。それを伝えたくて。彼女を失った今、その穴は何をもってしても埋められない」

「帰ったほうがいいわ」

「お願いです、お葬式がいつか教えてください。どうしてもお別れをしないと」

「わからないわ。警察からお許しが出てからだから。それに、出席はやめてちょうだい」

「どうしてわたしたちを探偵につけさせたりしたんですか?」

「探偵?」

「ラウルと話をしたんです。彼から聞きました」

「何の話かわからないわ」

ソニアはこのことに関係していない、モイセスだけだとシンティアは気づいた。

「いえ、何でもありません。忘れてください」

それ以上何も言われなくても、ソニアは理解した。わたしは今まで何を考えていたのだろう。ずっと目をつぶって生きてきたのだ。もはやモイセスはかつて愛した男ではなくなったし、娘は二人ともこの世にいないし、この家は崩壊しつつある。美しさをなくしてしまったわたしと同じように。塵《ちり》と消えた、かつて夫と築きあげた家庭と同じように。ふいにいろいろなものが目につきはじめる。壁の染み、色褪《いろあ》せたタペストリー、これまでになくくっきりとした目の下の隈《くま》。

「帰って」

ドアを閉めると、わっと泣き崩れた。あの子を締め出したくはなかったけれど、危険を冒したくもなかった。モイセスが戻ってきてあの子を見たら、何が起きるかわからない。

ひどいことをしてしまったとしばらくしてから後ろめたくなり、外に出てみたけれど、シンティアはもういなかった。そのとき、遠くに白いワゴン車が停まるのが見えた。モイセスが車から降りて、運転手としばらく話をした。ソニアは、車が再び出発するまで、話し込む二人を観察していた。モイセスが振り返り、ソニアを見た。

「ネグリジェ姿で出てきて、いったい何してるんだ?」

「探偵を雇って、わが子を尾行させたの?」

「中に入れ」

「あなたのことがわからない。長年騙《だま》され続けてきたわたしには、もう何が真実で、何が嘘なのかもはっきりしない。結局、すべてが嘘なのかも」

31

レンテロは、その年代の男性ならぶくぶく太り出すのが普通なのに、余計な脂肪が一グラムもついていない。すでに六十四歳で、まもなく年金生活に入るのだろうが、マルベーリャの高級リゾートマンションに隠居してゴルフに熱中する彼の姿など、エレナには想像もつかない。レンテロは陰謀やら企《たくら》みやらが大好きで、周囲の出来事にやたらと首を突っ込まずにはいられない質《たち》なのだ。

「それだけ食べて、どうして体重二百キロにならないのかわからない」

その朝、家を出てバルキーリョ通りの特殊分析班《BAC》本部に行き、ミゲル・ビスタスとの接見の準備をしようと思っていたら、レンテロから電話があり、ホテル・リッツに呼び出されたのだ。エレナはカフェ・コン・レチェに加え、皿にフルーツを少し分けてもらう程度にしたが、レンテロはスクランブルエッグとトマトとハムのサンドイッチをたいらげ、今はマドリード一うまいというクロワッサンを頬張っている。

「エクササイズを欠かさないから太らない。毎朝六時に起きて、ランニングマシンを時速十キロに設定し、CNNを観ながら一時間みっちり走る。わたしの年齢でこれだけできる人間がどれだけいる？　そのあと三十分間ウェートトレーニング。だから何でも好きなものを食べられる」

でもエレナは、朝食をたっぷり食べたり、毎日のエクササイズについて自慢したりするために、レンテロがこんな時間に自分を呼びつけたわけではないと知っていた。何かスサナ・マカヤ事件に関係することを話すためだ。

「これ以上マスコミを抑えつけておけない。まもなく情報が出回る」レンテロが言った。「情報が漏れたらしいんだ。知ってのとおり、おまえのチームの捜査は本来極秘になっている」

「どこから漏れたんだろう」

「チーム内からだ」レンテロは非難した。

「ありえない」

「おまえの一存で新しい人員を加えただろう。身辺調査もせず、何の試験も受けさせず」

サラテが？　昨夜はぎくしゃくしたものの、信用はしている。その考えを変える気はなかった。もう少し様子を見よう。サラテを含め、チームの人間が情報漏洩《ろうえい》をしたはずがない。

「グラッパを頼んでもかまわない？」

「酒を飲むには早すぎるが、今まで頼まなかったのが不思議なくらいだな」

リッツのレストランで朝食を食べるのは気分がよかった。照明や鏡のきらびやかな輝きは、じっと見ていると目がちかちかしてくるとはいえ。どこをとっても贅沢だった。教育の行き届いたウェイター、品のある客たち、その場所をやんわりと包む静寂。エレナの動作がけだるげになる。まわりが豪勢になると動作がゆったりするのは、母譲りだった。母はエレナが警察のがさつな同僚たちといるより、そんなふうに富豪たちに囲まれておしゃべりをするのを好んだ。エレナはグラッパをぐいっと呷《あお》り、〝大奥様〟の記憶を追い払った。

「捜査の進捗はどうだ？」レンテロが尋ねてきた。

「なかなか進まない。被害者の父親、モイセスを疑うべきだと思う？」

「あのロマ男か？」

レンテロは洗練の極みのような人物であり、官僚として話をするときはポリティカルコレクトネスを指導する立場だが、警官同士では、ずっと慣れ親しんできたしゃべり方をすることにまったく躊躇《ちゆうちよ》がなかった。

「ちゃんと名前で呼んだほうがいいと思う」エレナは指摘した。

「どうして父親が事件と関係していると？」

「事件の数日前、現場付近を猫背の男がうろついているのを見たという証言があるの」

「殺人のお膳立てをしていたというのか」

「わからない」

「根拠が薄弱すぎるな。背筋を伸ばして歩く人間などそういない。わたしだっていつも猫背気味なので、姿勢セラピーを受けなければならないと思う」

「歳のせいよ」

「父親を疑う理由はほかにもあるのか」レンテロはエレナの指摘を軽やかに避けた。

「足のサイズが二十九センチなの。そのサイズの足跡が現場で見つかってる。足の大きな人間は大勢いると言いたいかもしれないけど、はっきり言ってそうでもないよ。モイセスのクローゼットを調べてみる。まあ、何も見つからないとは思うけどね。もしあなたが犯人なら靴は処分したはずでしょ？」

「どうかな」

「モイセスの行動はちょっとおかしい」

「娘を二人、無残に殺されたんだ。犯人なら、むしろいつもどおりに振る舞うものだろう」

「モイセスを調べられると困るの？　ロマ人コミュニティから圧力を受けているとか？」

「圧力をかけられて気になるのは、影響力のあるロビイストだけだ。なぜおまえが疑うのか、理解したいだけだ」

「べつに疑っているわけじゃなく、調べたいだけ。わたしだって父親が娘をあんなに恐ろしい方法で殺すとは思えないよ。頭に蛆まで埋め込んで」

「それなら無意味な調査はやめて、さっさと仕事をしろ、エレナ。この事件は時限爆弾だ。急いで犯人を挙げなければならない」

「いつだって急いでるよ」

「今回はとくに、だ。今の状況では、無実の人間を刑務所行きにしたということになりそうだ。そうなれば、警察のイメージダウンは必至だからな」

「今日、本人に面会に行く予定でいる。報告書を送るわ」

「すぐにでも弁護士から釈放要求が出されると思う」

「事件の詳細が表沙汰にならないかぎり、それはまだできないでしょう。だけど、いつまで事件のこと伏せておけるの？」

「さっきも言ったとおり、もう情報は漏れているんだ。庁舎の玄関にいつ記者たちが押しかけてきても不思議じゃない。たぶん、今頃どこぞのネットニュースの編集者が、センセーショナルな見出しをもうキーボードに打ち込んでるよ」レンテロの不安はもはや具体的な形を取りつつあった。「わたしとしては、ミゲル・ビスタスが釈放されるとき、代わりにぶち込む犯人を確保しておきたい。そうすれば多少は騒ぎも静まるだろう」

「そうね。チーム全員、今後とも全力を尽くすよ」

レンテロは相変わらず沈んだ顔をしている。

「まずいことをしてくれたものだ。わかるか？　七年も経ってるんだ」

エレナはグラッパを飲み干した。喉を流れ落ちていく最後のしずくを味わう。

「ラーラの事件の捜査のこと？」

レンテロがうなずいた。

「スキャンダルが発覚したとき、できれば雲隠れでもしたいところだが、わたしが責任を取るほかあるまい。捜査をしくじったんだ。おまえもわたしを助けてくれ」

「どうやって？」

「一刻も早く犯人を捕まえること」

「もう少し時間がいる。あなたが言うように、今はまだ下手な鉄砲を撃ちまくっている段階なの。でもいい方向に向かいつつある」

「マスコミの報道を待つとしよう。だが、いつまでもわたしばかり袋叩きにされるとなったら、さすがにおまえのやり方を黙って見ているわけにはいかなくなるぞ、エレナ」

32

エストレメラ刑務所の所長は所用で留守にしており、代わりに副所長がエレナ・ブランコを迎えた。副所長は、警部が到着する二時間前から、受刑者と接見するうえで必要な情報をサラテに提供していた。

「問題を起こすたぐいの受刑者ではなく、態度もよくて、ずっと模範囚らしい」

エストレメラ刑務所、正式名マドリード第七矯正センターは、スペインでも比較的新しい刑務所で、男女の受刑者合わせて千八百人が収容でき、受刑者が少しでも快適に過ごせるよう最新の設備が整っている。そうは言っても刑務所であることに変わりはなく、最近では内部での暴力行為も増えているという。

「ミゲル・ビスタスも何度か襲撃を受けたことがあるけど、何発か殴られた程度で、大事には至らなかったらしい。看守の話によれば、場合によっては、医務室でひと晩過ごすための自作自演だった可能性もあるみたいで」

「ロマ人からの襲撃?」

「入所当初はそうだったけど、ずいぶん前にそれもやんだようだ」

殺人罪で服役中の受刑者と接見する部屋に向かって廊下を歩きながら、エレナは、サラテから調べたことについて報告を受けていた。個人的な話はいっさいなし。もちろん、昨夜のすれ違いについても。

「ミゲル・ビスタスは人とつるむことを好まず、この七年間、友人は一人いただけで、そいつも一年半前に釈放されて故郷のコロンビアに帰った。ただ最近、カラカスと呼ばれる若い囚人と親しくしていて、ある意味守ってやっているらしい。ビスタスは写真のワークショップで講師を務め、図書館の本を片っ端から読んでいる。でもスポーツにはいっさい参加せず、個人的な話はしないし、人にも尋ねない」

「囚人っぽくないね」エレナは言った。

「ああ。でも、たまたまここにいるってわけではないはずだ。看守たちは、内気で無害な、虫も殺さないようなやつだと口を揃《そろ》えてるけど……」

「だけど、頭の中に蛆を山ほど詰め込んであの娘を殺した……。それとも犯人は別にいるのか？」

ミゲル・ビスタスの横には弁護士のマセゴサが座っていた。テレビにもよく出ているし、エレナもよく知っている。書類には、担当弁護士は、公選弁護人としてあてがわれたアントニオ・ハウレギとかいう人物だとあったので、おかしいなと思った。ミゲル・ビスタスは無料の弁護士から、弁護料が高いことで有名な弁護士に鞍替《くらが》えしたのだ。つまりスサナの遺体が発見されたことがすでに知られていると考えられそうだが、今のところまだ一般には伏せられている。ただし、モイセスがロマ人の親類縁者に伝えたとすれば別だ。その場合、ニュースは刑務所内にあっという間に広まる。

「あなたがミゲル・ビスタスの新しい弁護士？」

「ええ。事前にお伝えしておきますが、担当受刑者の即時釈放を申請する書類を現在準備中です」

「理由をうかがえますか？」

「馬鹿にしないでいただきたいですね、警部さん。理由はおたがいよくわかっているはずです。あらゆる情報が、わが依頼人の無実を証明していると思われます。真犯人は自由の身で、今も人を殺しまわり、あなたがたは無実の人間を牢屋《ろうや》にぶち込んだのだということが、まもなく世間に知れ渡るでしょう」

エレナは慌てなかった。メディア露出の多い弁護士が攻撃的なのは普通で、法を挟んでこちらとは反対側に陣取っているわけだが、必ず利用価値がある。

「そう急がないでください、マセゴサさん。まだ何も明らかになっていないんですから」

エレナは椅子に座り、書類に目を向けたが、実際にはミゲル・ビスタスを観察していた。

想像どおりとは言えなかった。安手のジャージ姿で、無精髭《ひげ》をはやし、ずんぐりした伏し目がちの中年男。この男の中に、女性をあんなふうに苦しめて殺す悪魔が宿っているのかどうか、見極めるのは難しかった。

「ビスタスさん、あなたは無実だと訴えています。なのになぜ有罪に?」

「僕を担当した弁護士は、僕の弁護なんてどうでもいいと考えていたんです。そして被害者の父親、モイセス・マカヤが、犯人は僕だと言い張った。マカヤとあのサルバドール・サントスという警部のあいだで、僕を有罪にする企てが練られたんですよ」

サルバドール・サントスの名前が出たとき、サラテの顔がかすかにこわばったのがエレナにはわかった。ビスタスによる一方的な評価だとは思うが、捜査に当たった刑事の名前が持ち出されたことが、同じ所轄の刑事としてサラテには気に入らなかったのだろう。

「僕は人に危害をあたえたことなど一度もない。ましてラーラを殺すなんて……。僕はラーラをかわいがり、成長を見守ってきたんです。写真を現像するところを見せたり、一緒に靴箱でカメラ・オブスクラを作ったりした……。僕は無実です。単純に、罪をかぶせる相手が必要で、手近に僕がいたからしょっぴいたんだ」

ミゲルは、わかってもらえたかどうか探るように、エレナの目をじっと見つめた。エレナとしても迷っていた。もし彼が嘘をついているのだとしたら、これまで見てきたどんな嘘つきより腕が立つ。

「この世は善と悪、光と影で成り立っていると知っています。七年間、刑務所の壁に囲まれて、悪とともに暮らしてきたんですからなおさらです。でも僕は違う。悪の側の人間じゃない。どうか助けてください」

33

《無実の罪で、七年間刑務所に》

その見出しが、モイセスを激しく殴打した。手に持った新聞が震え、こめかみの血管が怒りで脈打っている。読み進めるうちに、頭が爆発しそうになった。

《二つの事件の類似性から同一犯によるものと考えられ、そうなると、最初の事件の犯人として有罪判決を受けた受刑囚は無実ということになる》

記事の上に涙がぽたぽた落ち、インクが滲む。理解できなかった。自分では気づかなかったが、怒りや憎しみがあふれ出し、いつしか泣き叫んでいた。ソニアが居間に入ってきたとき、新聞はずたずたに裂かれて、床のあちこちに散っていた。モイセスは床で丸くなり、両手で顔を覆って静かに揺れていた。

「新聞がどうかしたの？」

答えは返ってこなかった。新聞紙を集めて重ね、夫の癇癪を引き起こしたと思われる記事を探す。モイセスが顔を上げた。目が濡《ぬ》れていることに気づき、手の甲で拭う。

「警察はすでに仕事を放棄している」

「どういうこと？」

「スサナを殺した犯人を捜そうとしていない。逆に、ラーラの殺害犯を釈放しようとしている」

ソニアは耳を疑った。記事をあらためて探し、そして見つけた。目を通し、やはりその内容に憤然とした。

「ミゲル・ビスタスを釈放する？　でも、確かな証拠があったじゃないの」

「釈放される。間違いない」モイセスはわめいた。「どうしたらいい？　あのくそ野郎が外に出てきたら殺してやる。神に誓って」

「落ち着いて、モイセス。そんなことをしたらめちゃくちゃよ。わからない？」

「今だってもうめちゃくちゃだ。かまうもんか」

そう聞いて、ソニアは口をつぐんだ。面と向かって非難されたようなものだった。おまえはもう、わたしにとってどうでもいい存在だ。娘を失った今、いてもいなくても変わりはない。

「おまえが娘をわたしから遠ざけなかったら……」そう続けた。

もうたくさんだった。夫の機嫌を損ね、癇癪を起こされるのが怖かったが、悪いのは全部おまえだと言わんばかりの言葉には我慢ならない。

「どういうこと？」

モイセスは答えず、急に立ち上がって、いらだたしげに室内をうろうろし始めた。

「悪いのはわたし、そう言いたいの？」

モイセスはさっと振り返った。憔悴《しょうすい》し、鬼気迫る表情だった。

「娘たちをわたしに任せておけば、こうはならなかった」

「娘たちをあなたから取り上げたつもりはない。あなただってずっと二人と一緒にいたじゃない」

「何の話かわかっているはずだ」

「ええ、わかってるわ。ロマ人として躾《しつ》けるべきだった、ってことよね？　あなたがたのしきたりや習慣に沿い、あなたがたの一族として。でもわたしはそんな気にはなれなかった」

「おまえの考えどおりに育てて、どうなった？　おまえはどう言ったっけ？　〝普通の〟女性として育てよう、だったか」

「賛成してたとばかり思ってたわ！」

怒号が響き渡ったあと、沈黙がさざ波のように満ちた。モイセスは哀れみをこめた目でソニアを見たが、それは自分への哀れみでもあっただろう。ソニアは一瞬夫が飛びかかってくるのではないかと思ったが、打ちのめされた彼にそんな力はないとすぐに気づいた。

「おまえのせいで、わたしは一族から遠ざかった」とつぶやく。声が震え、今にも子どものようにわっと泣き出しそうだった。だが泣かなかった。

「わたしとの結婚を誰に無理強いされたわけでもなかったはずよ」

「おまえのために、わたしは一族に背を向けた。おまえと結婚し、子どもを持つために。それでどうなった？　何もかも間違いだった。さんざんだ」

ソニアは悲しみに打ちひしがれ、首を振っている。今口にしてしまった自分のあまりにも不当な物言いを打ち消す言葉が、モイセスには見つからなかった。何もかも間違いだったというのは正しくない。結婚生活がさんざんだったというのも正しくない。モイセスは妻と暮らして幸せだった。一族から、親きょうだいから、おじおばから、ロマ人のべったりした関係から離れてみていかに解放されたか、すぐに気づいた。幸せの絶頂にあるとき、「大好きなロマじゃない女《パーヤ》」と呼んで、ソニアの全身にキスの雨を降らせた。二人で結婚式などのイベント会社を設立し、事業はうまくまわり出して、大成功とさえ言えるくらいに成長した。そう、ラーラが死ぬまでは。あれが転換点だった。それからすべてが変わり始めたのだ。仕事がおろそかになり、経営が悪化した。夫婦生活に小さな亀裂ができた。最初はほとんど見えないくらいだった傷が、時とともに大きく広がった。

あんまりだとソニアは思った。夫に目を向ける。ひどい顔で、髪も乱れている。ソニアは吐き気とめまいを感じた。一人になって静かに考え、一日泣いて過ごしたかった。これ以上夫と口論を続けたくない。でも、つい心の声を吐き出した。

「悪いのはあなたよ、モイセス。あなたは娘たちの愛し方を知らなかった。二人がロマじゃないということを受け入れられなかった。それでいい、そのほうがいい、と言いながら、心の底では自分のやり方で育てられなかったことが不満だった。前時代的なあなたのやり方、ばかばかしい躾……。ラーラがロマではない男性と結婚しようとしたとき、はらわたが煮えくり返った。そうは言わなかったけれど、わたしにはわかった。それはスサナのときも同じだった」

「おまえは頭がどうかしてる」

「気持ちを受け入れて。せめてそれぐらいの勇気は持ちなさいよ。自分と違っていたから、娘たちのことが好きになれなかった、と認めて」

「スサナもフラメンコ教室に通わせたかった。それがそんなに恐ろしいことか？」

「それはいいの。でも、娘が品行方正に暮らしているかこっそり調べさせるのはおかしい。あなたがしていたのはそれよ」

「スサナは道を誤っていた。だがおまえはそれに気づこうとしなかった」

「あの子は姉を殺されて苦しんでたの」

「なるほど。では、横道にそれてしまった娘を正しい道に引き戻そうとする父親の努力はどうなんだ？」

「私立探偵を雇って？」

モイセスは妻を睨みつけた。

「当然だ」

「そう、わかったわ。あなたの言うとおりみたいね。この結婚生活はさんざんだった」

モイセスはうなずいた。こちらにすたすたと近づいてきたので、ソニアは今度こそ殴られると思い、身構えたが、夫はそのまま通り過ぎた。そして数秒後に、ドアを力まかせに叩きつける音が響いた。

34

「どこから漏れたんだ?」チェスカが新聞を手にして尋ねた。

ブエンディアがそれをさっとひったくる。すでに読んではいたが、中でも腹立たしい箇所を読みあげたかった。

「《二つの事件の類似性》とか言ってるくせに、具体的に何かは書かない。新聞の常套手段だ」

「警察の仕事に泥を塗ろうとしてるんだ」オルドゥーニョが指摘した。

エレナだけは落ち着いていた。混迷の度合いが深まったとき、できるだけ冷静になろうとするのが、いかにもエレナらしい。

「おたがい信頼し合うことが大事だよ、チェスカ。わたしが全員の潔白を保証する。情報が漏れた場所はここじゃない。間違いないよ」

「今ここにいる人間については絶対に違う」チェスカが言った。

「どういう意味?」

「サラテについてはわからない」

エレナは首を横に振った。昨日レンテロの口からも同じ指摘を聞いた。

「馬鹿な、サラテじゃない。だけど新聞はどうして七年前の事件をしつこく報道するんだろう？」

「さあ。でも、記事が出たその日にあいつの姿がないのが怪しい。今朝、誰か姿を見た？」

「ここには定時って概念がないからね。わたしも一時間前にはタイムカードを押せとは命じられない」

「そりゃそうだ。風邪でも引いて、家にこもってるんじゃないの。今日にかぎって」チェスカは引かない。「あいつは信用できない」

「わたしは誰のことだって信じる。そいつにその価値はないとわかるまでは」エレナは話にけりをつけた。

メンバーが新聞記事についてあれこれ話をしているのをよそに、一人でパソコンに集中していたマリアホが声をかけた。

「ねえみんな、新しい情報よ」そして、画面をメンバーたちのほうに向けた。「モイセスの住む地区にある監視カメラの映像。これは交通監視カメラのもの」

「一メートルさえ死角はないんだな」オルドゥーニョが言った。「そうやって罰金を科しまくる」

「あんたこそ交通違反して、罰金を取られたりしないでよ」エレナは釘を刺した。「画像を見せて、マリアホ」

「周辺を映した週末の映像を送ってと、交通課に頼んでみたの。何時間も延々と観続けることになるんだろうなと思ってたら、なんといきなりよ」全員がモニターを見守る中、マリアホが説明する。

画像はあまりはっきりしなかったが、大柄な男が通りを渡り、かなりガタの来た白いワゴン車に乗り込むのが見て取れた。日時はスサナが失踪した頃と一致している。

「本当にモイセスなのか?」ブエンディアが尋ねた。

「間違いない」エレナが答えた。「先週末、何をしていたかと尋ねたら、ずっと家にいたと答えたのに」

「もし本当にモイセスなら、嘘をついたってことだな。そして、人はこういうとき、好ましい目的で嘘をつくことはない。確認のため、画像を拡大してくれ」

拡大した画像はいっそう粗くなった。とはいえ、ブエンディアの疑いは払拭《ふっしょく》された。

マリアホは情報の補足を続けた。

「ワゴン車はかなり古いフィアット・フィオリーノで、九六年型だと思う。ナンバープレートはあまりよく見えないわね。最初が九で、次はたぶん四みたい」

「ナンバープレートからおんぼろ車の所有者を特定できないの?」チェスカが尋ねる。

「もう交通課に登録との照合を依頼してある。わかりしだい報告すると約束してくれたわ。あとは辛抱強く待つしかない」

「〝辛抱〟って言葉はもうたくさん」エレナが言った。「レンテロはこのときが来るのを恐れていた。でも、わたしたちはもう群がるマスコミの渦中に放り込まれてるのよ」

そのときブエンディアの電話が鳴り、本人が出た。全員が期待をこめて耳を澄ます。その表情から、何か展開があったことがわかったからだ。

「わかった」ブエンディアが言った。「草稿段階でいいから報告書をよこしてくれ。もう送った？　ありがとう」

電話を切って立ち上がり、物思いにふけりながら歩き出す。何か気がかりな様子だ。

「どうしたの、ブエンディア？」エレナが促す。

「検査室のクララからだ」

「ＤＮＡが検出されたの？」

「そうなんだ。遺体の爪に皮膚片があったことは話したな。体を引っ掻いたときの自分自身の皮膚という可能性もあった。時間がかかったが、やっと回答が返ってきた。結局、本人のものではなかった。拡大するためにメールで送ってくれてる。パソコンを貸してもらえるか、マリアホ？」

「それで、誰のなの？」チェスカが尋ねる。

「本人のじゃないってことが最大のニュースだ」ブエンディアは回答を避け、メールソフトを開けてメッセージを探した。「つまり、スサナは襲撃者から身を守ろうとしたってことだ。相手を引っ掻いたときに皮膚が剝がれた」

「遺体を見た当初の仮説では、防御創はなさそうだってことだったけど」エレナが記憶を掘り起こした。

「検査の結果、身を守ろうとしたことがわかったわけだ。あったぞ」ブエンディアは悲痛な表情で一同を見た。これから自分の言うことをみんながどう受け止めるか、意識しているからだ。「すでに照合も済んでいる。スサナの爪から見つかった皮膚片のDNAは、父親のモイセス・マカヤのものと一致した」

一瞬、室内がしんとなった。今の知らせに全員がショックを受けていた。

「モイセスが……」マリアホがつぶやいた。「信じられない」

「あの晩、家を出るところを見たばかりじゃないか」チェスカが言い返す。

「公園での目撃証言とモイセスは姿形が一致する」オルドゥーニョも加勢した。

「それに動機もはっきりしている」ブエンディアが続けた。

「あら、どんな動機よ?」マリアホは疑いを捨てたくなくて、なんとか理論の欠陥を探そうとした。

「娘たちはどちらもロマ人ではない男と結婚しようとしていた」チェスカが答えた。ブエンディアは答えを横取りされた形だったが、べつに腹を立てるでもなく、肩をすくめてうなずいた。

「でも、頭に蛆を埋め込んで殺す？　殴って殺したならまだわかるけど、そんな残酷なやり方は……やっぱり納得できないわ」

「父親がそんなことをするなんて誰も信じたくないが、できるものだ」オルドゥーニョが結論した。

何か彼自身に家族の秘密でもあるかのような話し方だったが、誰も詮索はしなかった。室内は緊張に包まれていた。犯人逮捕に踏み切れる証拠が手に入ろうとしていた。

全員の視線がエレナに注がれた。ただ一人無言だったが、意見を述べ、みんなに方針を示さなければならない役目だ。

「捕まえる？」チェスカがうずうずした様子で尋ねた。

エレナはどう考えていいかわからなかった。父親が娘をあんなに恐ろしい方法で殺すとは信じがたかったが、たしかにオルドゥーニョの言うとおり、できるものなのだ。警官をしていると、身の毛のよだつような事件に何度も遭遇する。それに犯人を逮捕すれば、レンテロも胸を撫で下ろすにちがいない。マスコミがわっと飛びつくようなおいしい骨を提供することになるのだから。

第三部

グランデ・グランデ・グランデ

洗面台に水はなかった。

少年は喉が渇いていた。

箱の中を探して、缶詰を二つ見つけた。一つは肉のソース煮で、もう一つは桃のシロップ漬け。でも缶切りがなかった。シャベルで開けるしかない。先端のとがり具合を確かめる。桃の缶詰を両膝のあいだに置き、両手でシャベルの金属部分を持って、缶の縁にあてがい、力いっぱい押した。缶は床に転がった。同じ作業を何度かくり返したが、うまくいかなかった。

今度は缶を足先で押さえ、シャベルの柄の部分を持って、蓋部分を殴りつけた。だめだった。そのあと連続でガンガン打つうちに缶が転がって、怪我しているほうの足を叩いてしまった。あんまり痛くて大声で吠え、脚を引きずってドアのところまで行くと、腰を下ろして泣いた。

頭に来て、もう一度缶を拾い、再挑戦する。だめだ、開かない。力まかせに床に叩きつける。すると缶がへこんだ。歯を使って開けようとしてみたが、口が痛くなり、また泣いた。犬は、青くなった舌をこちらに突き出し、少年の無駄な努力をあざ笑っているかのようだった。

もう一度シャベルを持って、缶の蓋を先端でぐいっと押してみた。小さな切り込みができて、シロップが一滴滲み出た。思わず吸いつく。口に押し当てて缶を引っくり返してみる。シロップが二滴落ちてきたが、それでおしまい。切り込みにシャベルの先端をねじ込み、なんとか一センチくらいに広げることができた。洞窟で生き延びようとしている遭難者のように、すすれるだけすすする。缶の中に空気を入れるため、蓋をへこませてから穴に指を突っ込み、蓋を引き上げた。指を切ってしまったけれど、蓋がうまく持ち上がったので、シロップを飲み干すことができ、そのあと桃を一つひとつ取り出した。

食べたあと、壁に背中をもたせかけ、床に座って少し休んだ。足の傷からまた出血が始まった。まだ空腹だったけれど、肉の缶詰と格闘するのは今は無理そうだ。それでもやるしかなかった。何度も押したり叩いたりして、なんとかこじ開けた。缶の中に手を突っ込み、内臓みたいにべたべたした肉のかけらを取り出して口に入れる。三十秒もかからずに、たいらげてしまった。

犬をぼんやり見ていると、こちらをじろりと睨まれたような気がした。瞳が動いている。背筋がぞっとした。近づいてみると、目から蛆が這い出している。それに、耳からこぼれ出している脳みそにもいる。

　少年は吐き気がして、犬の上に嘔吐した。そこから遠ざかり、部屋のいちばん遠い端に座った。頭がくらくらした。床にうずくまり、少しずつ、何かゲームでもしているかのように、犬の死体のポーズを真似し始める。二つの体が同じ姿勢を描いた。

　やがて少年の口からすすり泣きが漏れ出した。少年は、死んだ獣の悲しみまで真似し始めていた。

35

いとこのカピの骨董品《こっとう》店には家具が所狭しと並び、店が今にもはち切れそうだった。外の空気を吸いたくて自分の脚で逃げ出したかのように、リベラ・デ・クルティドーレス通りにはみ出しているものも多い。モイセスが中を覗くと、いとこは飾り棚にニスを塗っているところだった。中に入ったとき、カピはいつもの癖で舌をチッチと鳴らしていた。

「よう、来たのか、きょうだい」

立ち上がって挨拶もしない。モイセスはごくりと唾を飲み込んだ。店にいると息苦しい。

「ちょっと話せるか?」

カピはテーブルに刷毛《はけ》を置き、ニスの効果を確かめた。上出来だった。立ち上がり、モイセスをハグする。心のこもったハグで、そうしながら背中を力いっぱいドンドンと叩き、それから頬にキスもした。

「中に入ろう、きょうだい」

モイセスはカピに続いて奥の部屋に入った。そこにも家具や雑貨が積まれていた。椅子、テーブル、ロッキングチェアー、絵画、盆、枝付き燭台《しょくだい》。

「新聞を読んだか?」

カピはうなずいた。

「人が持ってきてくれた。それで来たんだろう」

「娘を殺した犯人が釈放される」

「非ロマ人《パーヨ》たちの正義とやらを信じすぎたんだ。いつもそう言っているだろう」

モイセスはその話はしたくなかった。家族から離れたのは、一族のそれまで歩んできた道のりが好ましく思えなかったからだ。ラストロでアンティークの家具を売るのはかまわないし、まっとうな生き方だと思う。だがソルド一味と関係するのは、一線を越えて危険地帯に足を踏み入れることになる。そもそもロマ人は、それ以外の人々以上に法律に注意を払う必要があるとモイセスは思っていた。そうして初めて、いつか本当の意味で社会の一員になれるだろう。だが、世の中に幻滅している皮肉屋のカピは、法律よりロマ人のほうを信じている。社会の一員になることに興味はなく、パーヨたちなど眼中にないし、しこたま酒を飲んだときには軽蔑をあらわにする。だが今のモイセスには、カピが必要だった。

「おまえはいつもそう言っていたが、馬鹿なわたしは耳を貸さなかった」

カピは満足げにうなずいた。煙草を出し、火をつける。真鍮《しんちゅう》の灰皿を椅子の上に置いた。

こちらにも差し出したが、モイセスは手を振って断った。

「ソニアは元気か？」

「元気じゃない」

「元気なためしがないように俺には見える」

「娘を殺されたんだぞ、カピ。元気になりようがない」

カピはいとこがロマ人以外の女と付き合うのをけっして認めず、結婚式にさえ来なかった。あんまりうるさく咎《とが》めるので、二十年以上連絡を絶っていた。だがイベント会社の経営が行き詰まったとき、とうとうモイセスも頼るしかなくなった。あのとき、カピの家の玄関の呼び鈴を押すのに、どれだけ躊躇したか。尻尾を巻いて、すごすご戻ってきたも同然だった。悲劇にとことん打ちのめされていた。だがいとこは彼に手を差し伸べ、悪事の仲間入りをさせてくれた。そうしてモイセスは、骨董品の売買は見せかけにすぎず、絵画の額縁に隠して麻薬の取引がおこなわれているのだと知った。全部ソニアに隠れてやっていることだったし、ソニアも金の出どころについて尋ねなかった。突然の不幸に見舞われてぼんやりしていたのかもしれないし、心の闇より現実的な理性の光が勝ったのかもしれない。ソニアは何も訊いてこなかったが、だからといって妻を裏切っているというモイセスの気持ちは拭えなかった。

「なぜ俺たちと縁を切った？」カピがいきなり核心を突いてきた。

七年前、ラーラが死んで追いつめられた挙句、カピにすがったときにも訊かれたことだった。同じ質問をくり返すのはどこか残酷だ。サッカーゲームで負けたらゲーム台の下をくぐらなければならない、スペインならではのルールがあるが、それに似た辱《はずかし》めの儀式だ。また手を貸してもらうのと引き換えに渡すペナルティ料とも言える。

「わからない。とにかく、今は何もかもうまくいかなくなったんだ、カピ」

「きょうだいと呼べよ」

「ああ、きょうだい。何もかもだめだ。娘を守ることさえできなかった。わたしの人生最大の失敗だ」

「おまえの失敗は、娘たちをロマとして躾けなかったことだ。もっと早く俺の言葉に耳を傾けておけばよかったのに。だがおまえはあのパーヤと種豚みたいに番《つが》った」

「恋に落ちたんだよ、きょうだい。仕方がないだろう?」

「わかってるさ、俺だって恋に狂うことはある。ああ、誰だってな。ローレンがモンカダ家の娘にどれだけ夢中になったか知ってるだろう? だが惚《ほ》れちまってはだめだ。長いこと惚れちまうのはな。あの女とは何年一緒にいる? 三十年か?」

「おまえの言うとおりだよ」

「娘を躾ける権利を、ロマ人の誇りを譲り渡すのはまずい」

「二人ともわたしに反抗した。そのうえ、二人のそばにいてやれなかった」モイセスは嘆いた。

「おまえはあのパーヤのしたいようにさせちまったんだ。俺はそれが情けない。だが俺たちは家族だ。血でつながってるんだ、きょうだい。だから絶対に一人にはしない。絶対にな、わかるか？」

「ありがとう。どんなに感謝しているか」

「おまえも、そしてソニアも、けっして見捨てない。あの女のことは知らないとは言いたくない。おまえの女房で、二人のロマ人娘の母親だ。娘たちはもう死んじまったがな、どうか神のご加護を。だが、あの女がおまえに二人のロマ人娘を授けたことは確かだから、それは尊重する」

　カピは中指にはめた指輪にキスをした。

「で、釈放されようとしているその犯人を、俺にどうしてほしいって？」

「わからない」

「お利口ぶるなよ。俺のところに来たってことは、何か頼みたいんだろ？」

「頭が混乱して、考えがまとまらないんだ」

「助けてほしい、イエスかノーか？」

　カピがこちらに身を乗り出した。モイセスは怯えた目で彼を見た。部屋がひどく暑い。滝のように汗が流れていた。

「口に出して頼め。それが条件だ」

「助けてくれ、カピ」

カピは太腿をポンと一つ叩くと立ち上がり、すたすたと店の外に出ていった。モイセスが通りに出たとき、カピはほかのロマ人たちと話をしていた。一人がこちらを哀れむように見たが、見下されているようにモイセスには思えた。男たちはガタの来た白いワゴン車に乗り込んだ。九六年型のフィアット・フィオリーノだった。

36

エレナ・ブランコ警部はソニアに付き添って検死解剖所に来ていた。遺体について警察の仕事はすでに終わっており、あとは家族に引き渡すだけだ。つらい瞬間だということはエレナもわかっていた。悲しむ家族に付き添い、引き渡しに立ち会う理由はないのだが、そうしたかった。話を聞き出したかったのは確かだが、それにとどまらない、個人的な衝動に突き動かされてのことだ。ソニアに、七年の時を隔てて二人の娘を失った母親に、同情していた。ソニアは長い廊下を夢遊病者のように歩いていく。すでに母親ではないのだ──その悲しい事実をまだ認めたわけではなかったが。

「モイセスを見つけようとしているんですが、電話に応答しないんです」警部は告げた。

「わたしも連絡がつきません。いったいどこにいるのか」

分岐路にさしかかり、エレナはソニアの腕を取って右方に誘導した。ソニアはまったく抵抗せず、マリオネットさながら促されるままに移動した。

「こんなふうに急にいなくなるのは普通のことなんですか?」

ソニアは立ち止まって考え込んだ。質問の答えが、手の届かない、はるか遠くにあるかのように。

「この数日のあいだに起きたことは何一つ普通じゃありません」

二人はまた歩き出した。エレナは頭の中で、真実への扉を開く方法を手探りした。

「あの人、スサナの遺体を早く引き取りたくて、待ちきれない様子でした。なのにいざその段になったら、何度電話してもちっとも出ない」

ソニアは唇を結び、今にも泣き出しそうな顔をしていたが、こらえていた。

「わたしたち、言い争いをしたんです。おたがいひどい言葉を投げつけ合った」

「ひどい言葉？　何があったんですか？」

「二人とも不安なんです。こんな非人間的な仕打ち、誰にも耐えられない」

「でも、彼がいそうな場所、どこか思い当たらない？」

エレナはとっさにくだけた話し方をした。できれば近づいておきたかった。間近に迫った大爆発の影響を、たとえ気休めだとしても弱めたかった。

「こんなこと、わたしが一人で対処したがってると思います？」ソニアははっきりさせようとした。「ここにいる当事者はわたしだけなんですよ？　あの人はいない。姿を消してしまった。問題が起きるといつだってそう。どこかで酔いつぶれてるんじゃないですか？　知ったことじゃないわ」

話をするのはもうあきらめようかとエレナは思った。あと数歩も進めば遺体安置室だ。そこでソニアは娘の遺体にすがって泣き崩れ、二種類の書類に署名し、つらい手続きのお力添えをいたしますと、どこかの葬儀社の社員に電話番号を渡されるだろう。彼女は呆然自失とするにちがいない。いやな役目だが、このタイミングを利用するしかない。

「ソニア、事件の夜、外出するモイセスの姿が監視カメラに映っていたの」

「まさか」ソニアは即座に否定した。「あの人、家にいました」

「一緒にいた？　ひと晩じゅう家から出なかったと証言できる？」

ソニアは沈んだ。断言はできないのだ。夫婦の暮らしというのは不思議なもので、相手を避けるいろいろな方法があり、時とともにその戦略は洗練されていく。

「いいえ」ソニアは認めた。「証言はできません」

「交通監視カメラに、モイセスが白いワゴン車に乗り込むところが録画されていた。誰の車か知らない？」

「いとこのものかも」

「いとこ？」

「カピよ。ラストロで骨董屋をしている」

エレナはゆっくりうなずいた。その情報を書き留めたが、ショックでぼんやりしている遺族に付き添うという役割を忘れなかった。

「娘はどこ？　会いたい」ソニアが求めた。

もう猶予はなかった。爆弾を落とし、そのあとこのかわいそうな女性がばらばらになった破片を拾い集めなければならない。エレナはソニアに近づいてその腕を取り、安置室の一歩手前でまた彼女を止めた。

「ソニア、スサナの遺体からモイセスのＤＮＡが見つかったの」

しばらく何も起きなかった。まるで時間が止まったかのようだった。ソニアの顔が真っ青になった。顔の血の巡りが急に悪くなったかのように。血流は脚にもまわらなくなったようで、ふいにソニアの体がぐらついた。エレナが支える。

「娘の遺体にモイセスのＤＮＡが？　意味がわからない……」

「わたしにもわからないのよ、ソニア。だから力を貸してほしい。事件の夜、モイセスがスサナと会ったということは？」

「ありえない。だとしたら、わたしに話していたはず」

「モイセスとスサナの間柄はどんなだった？」

「普通よ。普通の父と娘」ソニアは茫然としていた。自分が何を言っているかも、何を言われているかもわかっていなかった。

「そうではなかったはずよ、ソニア。何かがあったはず。スサナの爪からモイセスのＤＮＡが見つかったの。二人が争って、スサナが父親を引っ掻いた」

　ソニアは身を震わすようにして、首を激しく横に振った。

「もちろんやり取りはあった……ときには喧嘩もしていた。娘は反抗的で、モイセスはすごくワンマンだった。でも……何が起きているのかわからないわ、警部さん。どうして今すぐ娘に会わせてもらえないの？」

「つらい思いをさせることになるから、その前に話をしておきたかったのよ、ソニア」

「いったい何の話？　娘と会わせて、わたしを一人にして、お願いよ」

「スサナの事件について、モイセスはわたしたちにまだ話していないことがある、そう思っているの」

「どうして？　モイセスはかっとなることもあるけど、口先だけだわ。けっして手は上げない」

「話を聞くため、彼を連行しなければ」

「なんですって？」

「ただ供述を取るためよ。不明点を明確にしてもらうの」

「夫を連行したりしないで」ソニアは懇願した。「わたしを独りぼっちにする気？　この悪夢は永遠に終わらない、そういうことよ？」

「事情聴取によって、疑いが晴れることもある。あなたに余計な心配をさせたくないの、ソニア。こんなことになってあなたがどんなに苦しんでいるか、わたしにはよくわかる」

「いいえ、あなたにはわからない。子どもを亡くすつらさをあなたは知らない」

エレナは無言でソニアを見た。唾をごくりと飲み込み、舌を噛《か》む。目の前にいるこの女性を慰めたいという心の奥の衝動に気づいていたからだ。だがこらえた。今は仕事中だ。モイセスへの容疑が事実かどうか、はっきりさせなければならない。モイセスを連行したくはなかった。だが、今のソニアとの会話では、誤解かもしれない疑念を払拭することはできなかった。

「モイセスを連行するしかないの、ソニア。でも心配しないで。何もかもいいほうに転がるはず。旦那さんはすぐにあなたのもとに戻ってくる」

ソニアは答えなかった。答えられなかったのだ。すでに泣き崩れていた。すすり泣き、しゃくりあげる合間に、もう一度だけ抵抗を試みた。

「モイセスは娘たちを殺してなんかない。そんなことありえない……」

エレナは彼女をぎゅっと抱きしめたかったが、こらえ、うなずくだけにとどめた。ソニアをスサナの遺体が置かれた安置室へ案内した。清潔にされ、きれいに化粧も施されて、母親と、その後の埋葬を待っている。

「娘たちは、わたしがきちんと面倒を見てやれなかったせいで死んだの」

奇跡的に泣き止《な》《や》んだときにソニアはそう言った。だがすぐにまたわっと泣き出し、崩れ落ちた。エレナは係員に水を一杯持ってきてほしいと頼んだ。ソニアは少しずつ落ち着きを取り戻し、いよいよ娘と対面する覚悟もできた。

エレナは廊下に残り、ソニアの最後の言葉について考えていた。娘たちは、わたしがきちんと面倒を見てやれなかったせいで死んだ。母親はどこまで責任を持たなければならないのだろう。いつ子どもに自由をあたえ、独り立ちさせればいいのだろう。見守り、しつこくくっついてまわるのを、いつやめたらいいのか。気の休まる暇などない、と思う。一緒にいないときでさえ、つねに子どもの心配をし続けなければならない。銀の糸をけっして離さず、もし危険が垣間見《かいまみ》えたり、体の奥で警報が鳴ったりしたら、すぐにぐいっと引っぱるのだ。もし糸が切れたら、子どもは永遠に帰ってこなくなる。注意を怠《おこた》った母親が許されることはない。

37

ミゲルはトレーに液体を注ぎ入れながら、たった一人の生徒であるうっかり者のカラカスに、現像の仕方を説明した。今朝はほかに生徒が誰もいない。こんなにみんなが欠席するのはおかしなことだが、どうしてだろう？　だが感覚がだいぶ鈍っていたミゲルは、あまり気に留めなかった。

「その刑事、何が目的なんだろう？」

二枚の黒いカーテンが場所を仕切り、暗室代わりになっていた。二人は画像が浮かび上がるのを待っていた。ミゲルとしては自分の仕事について、写真一枚一枚に職人としてどれだけ注意を払うかについて話したかったのに、カラカスは警察の話ばかりしたがった。

「僕の事件を再捜査しようとしてるんじゃないか」ミゲルは言った。

「あんたが釈放されたら、写真教室は誰がやるんだよ」

「もしよければ君を推薦するよ」

「僕なんかなんにもできないよ」

カラカスはそれがどんなに馬鹿げた提案か示そうとして、手を振り回した。無意識に手がトレーにぶつかり、現像液がこぼれた。それはテーブルに滴り落ち、ミゲルは流れていく液が上履きを濡らすのをぼんやり眺めていた。

「ほらね」カラカスは言った。「僕はぶきっちょなんだ」

ミゲルはいきなりカラカスの首を鷲《わし》づかみにし、ごめんごめんと理由もなくつぶやく彼の気管を絞め上げた。そしてカラカスを暗幕に押しつけた。カーテンが相手の顔を包むようにたわみ、グロテスクな修道女のように見せる。

「放してくれ、頼む」カラカスが喉からしわがれ声を絞り出した。

ミゲルは手を離した。怒りに任せてやってしまったことに気づき、しばし呆然とする。刑務所に入る前は癇癪を起こしたことなどなかった。今はいらだちをどう抑えればいいのかわからなかった。トレーをつかみ、指についた現像液を振り払って、ズボンで拭う。こんな形でいらだちを発散すべきじゃない。それも、カラカスのようなうぶな男を相手に。

カラカスはバッグに人のドラッグが入っていて、知らないうちに運び屋にされたというまぬけな理由で刑務所にぶち込まれ、おかげで見下されているが、いつしか刑務所にいることすら気にならなくなったらしい。就職した会社に提出した履歴書の嘘と同じように、いつのまにか忘れて、どうでもよくなってしまう。

「悪かった。自分の事件が再捜査されるかと思うと、どうにかなりそうなんだ」

カラカスは首に触れ、深呼吸した。びくびくしながらもテーブルに近づき、写真をあらためて現像液に浸すミゲルを手伝った。

「その刑事、いいやつみたいだから、とうとうあんたの訴えが認められたのかもな」

ミゲルは曖昧な笑みを浮かべた。皮肉っぽい笑いと言ってもいい。だが、皮肉をこめても無駄だった。カラカスには皮肉が通じないからだ。

「だが、あんたが釈放されるには本当の犯人が捕まらないとだめだろう」

「その必要はないと思う」ミゲルは否定した。「僕だって証拠もないのに有罪になったんだ」

「僕ならそいつを指さして責めるな」カラカスは意味もなく笑った。「煮え湯を飲ませてやりたい」

「真犯人がわかっていれば、僕だってそうするさ。だが、誰だか見当もつかない」

「婚約者だろう。女が浮気したに決まってる。僕だったら、殴り殺すな」

「だめだ、カラカス。こらえなきゃ。さもないと、すぐにここに戻ってくることになる」

カラカスは肩をすくめた。どうやら、せっかくの教訓を活かして生きるたぐいの人間ではなさそうだ。

「ここじゃ、本当にあんたがやったんだとみんなが言ってる」

「わかってる。僕なりにそう振る舞ってきたからね」

カラカスはこちらをじっと見ている。あまりにも長いあいだ見つめるので、ミゲルは落ち着かなくなった。

「何だよ」

「一つ訊きたいことがある」

「自分がやったわけでもないのにどうしてそう言ってまわるのか、だろう？」

「違う。その娘のヌード写真を撮ったのかどうか知りたい。写真の撮影と現像の仕方を知ってるなら、僕なら片っ端から女を素っ裸にして写真を撮るけどな」カラカスは笑った。

ドアを二度ノックする音がした。講座の時間は終わりだということを示す、看守の合図だった。カラカスはミゲルに別れを告げ、うつむいて自分の監房があるユニットのほうへ立ち去った。ミゲルは最初の回廊を渡った。そこは密売人が集う場所なので、人と目が合わないように気をつけた。こうしておけば、身を守ることができる。刑務所内ではなるべく人の注意を引かないほうがいい。食堂ではなおさらだ。そこには、存在感を消そうとしている者が粗相《そそう》をすると、敵意をむきだしにするやつが必ずいる。最初のうちはそれでずいぶんいやな目に遭った。だが今ではすっかりベテランだ。横柄すぎず、弱気すぎず、適度な態度を心得ている。

さっきの会話であれこれ記憶がよみがえってきた。モイセスのこと、ソニアのこと、長年成長を見守ってきた二人の娘のことを考えた。モイセスは不愛想だったが、いつもミゲルを家族の一員のように扱ってくれた。助手として仕事を始めたが、まもなく、会社の企画するイベントの大多数でメインのカメラマンを務めるようになった。ミゲルとしても誇らしかった。

あの頃が懐かしい。

前を歩いていた看守が鉄格子を開けて、その前で立ち止まった。ミゲルのユニットに到着したのだ。ミゲルはのろのろと進んだ。そろそろ食事の時間なので、食堂の前をあまり通りたくなかった。人気のない廊下に自分の足音が響き、ふと、お腹《なか》が痛いと言い訳して食事をスキップしようと思い立った。今はベッドに横たわり、ラーラのことを考えたかった。あのきれいなラーラのことを……。そうとも、カラカスに訊かれたように、彼女のヌード写真を撮ったのだ。

ミゲルの監房から誰かが出てきた。浅黒い肌の若い囚人で、こちらに颯爽《さっそう》と近づいてくる。なんで僕の監房にこの男が、とミゲルは首を傾《かし》げたが、答えを考える暇はなかった。男は袖からすばやく千枚通しを取り出し、ミゲルの腹にずぶりと埋めた。そのままねじでも締めるかのように、右に左に動かす。傷口から内臓がこぼれ落ちるのをミゲルは見たが、それはただの錯覚だった。見えたのは、腹から抜かれた青っぽい色の千枚通しだった。傷を両手で押さえたが、たちまち血まみれになった。よろめき、壁にもたれかかろうとして、倒れた。若者は逃げていったが、ミゲルにはその足音も聞こえなかった。

38

エレナ・ブランコとアンヘル・サラテは刑務所の医務室に続く通路を走った。だが入口で看守に阻まれた。ミゲル・ビスタスはかなり危険な状態で、今は面会できないという。ブランコ警部の激しい抗議の途中でドアが開き、目の下に濃い隈ができた白髪の男が現れて、マドリード第七矯正センターの所長ですと自己紹介した。前置きも丁重さもなく、医学的報告をする。

「深さ数センチの刺創が見られ、出血が多い」

手術室から出てきたばかりの外科医のような言い方だった。いったいどれだけハプニングが続くんだ、とサラテは思った。

「何が起きたか説明願えますか？」エレナが尋ねた。

「彼のユニットの廊下で、自分の監房に入ろうとしたところで刺された。そのあたりには監視役はいなかったんだ」

「監視カメラも？」

「死角で襲われたんだよ。犯人は計画的に行動した。われわれには阻止できない、おそらく発見にも時間がかかりそうな、襲撃に最適の場所だった」

「犯人の目星はついているんですか？」

普段は、取り調べとなると歌うような声を使うエレナが質問を担当するが、待ちきれずにサラテが先取りし続けた。

「犯人はロマ人の受刑者で、ソルド一味とつながっている。懲戒処分の手続きを始めたところだ」

「今どこに？」サラテの質問は相手を非難しているように聞こえた。

「〝閉め切り《チャバード》〟だ」

二人の刑事には意味がわからず、顔を見合わせた。刑務所独特の言い回しでは通じないことに所長は気づいた。

「懲戒房のことだ」

「話をさせてほしいんですが」

「お好きにどうぞ。ただ、何も聞き出せないと思うがね。ロマ人ってやつはけっして口を割らない」

廊下を進み、ロマ人たちが収容されているユニットを通って中庭に出ると、回廊に入り、階段を下りた。懲戒房は暗い地下にあった。所長の姿を見ると監視役がすぐに立ち上がり、制服の裾を伸ばした。

「ドアを開けろ」所長が命じた。

ロマの男は部屋の隅で膝を抱えていた。誰が入ってきたのかと目を上げもしない。

「この二人の刑事さんが話を聞きたいそうだ」

今度は男も二人を見た。井戸の底に光が映り込んだかのように、闇の中で瞳が輝いたのがエレナにもわかった。

「誰に指示された?」サラテが尋ねた。

男は答えない。

「誰がやれとおまえに命じた?」サラテも食い下がる。

「俺は何もやってねえ」

サラテが男の脚を蹴った。

「わたしに任せて」エレナが割って入った。

所長が咳《せき》をした。

「二人は外に出て」

サラテと所長はドアを少し開けたまま部屋を出た。エレナは囚人に近づき、説得を試みた。

「あんただってことはわかってるし、話せばただではすまないってことも承知してる。でもし協力してくれれば、ご褒美がもらえるよ」

「ご褒美？」

「内容は交渉しだい。部屋の外には刑務所長がいる」

「わかった、取引成立だ。何が知りたい？」

エレナはサラテのほうを勝ち誇ったようにちらりと見ずにいられなかった。わたしのやり方のほうが効果ありだ。

「ミゲル・ビスタスを刺せとあんたに頼んだのは誰？」

「やったのは俺じゃない。だが何が起きたのかならたぶんわかる」

「じゃあ、あんたの考えを聞こうじゃないの」

「あいつが一人でやったんだ」囚人はエレナをからかっていた。

「一人で？　自分で自分を刺したってこと？」

「そうなのかは知らないが、とにかくあいつは一人だったし、そういうのはしょっちゅうあることだ。あいつだけじゃない。ああいう弱虫はムショ生活に耐えられず、医務室に逃げ込むしかなくなる」

サラテのほうを振り向かなくても、こちらを見下すような目で見ているのがわかった。

この男は二人の刑事を馬鹿にしているのだ。

「協力したくないんだね？　この洞穴《ほらあな》で朽ち果てたいの？」

「知っていることはもう話した。で、引き換えに何をくれる？」

サラテが近づいてきて、囚人に耳打ちした。

「ソルド一味の連中にこう言え。これから一生、毎日警察が家に押しかける、とな」

「もし連中の耳が不自由だったら、俺が何を言っても聞こえないだろうがな」男はそう言い返してきた。この男からは何も引き出せないと認めるほかなかった。

所長は二人を出口まで見送った。廊下で彼らを引き止めたのは、レンテロ本部長だった。額に汗の玉が浮かび、ストレスのせいだろう、唇が割れていた。

「いったい何があった？　やつは生きてるのか？」と怒鳴る。

答えたのは所長だった。

「命に別状はない。まだ予断は許さないが、医師によれば心配はないだろうとのことだ。知ってのとおり、ここでは刃傷《にんじょう》沙汰が絶えないのでね」

「だといいんだがな、ラウレアノ、まったく」

所長とレンテロがずいぶん親しそうなので、サラテは驚いていた。しかしエレナ・ブランコは、レンテロはそういう男だとよく知っていた。世の中を知り尽くし、たがいに融通を利かせ合っているのだ。

「もし何か必要なら、いつでも連絡してくれ」

レンテロは所長が遠ざかるのを待ちきれず、ブランコ警部の腕をつかむと、相棒から引き離した。

「もしミゲル・ビスタスが死んだらどうなるかわかるだろう？　すでに事件については報道されている。誰もがあいつの釈放を今か今かと待っているんだ。棺に入れてここから運び出すわけにはいかない」

「わかってる。さあ、仕事を始めさせてくれない？」

「もちろんだ」レンテロは落ち着こうとした。「始めてくれ。玄関まで送ろう」

彼らは出口へ向かった。金属探知機のアーチの下で、一人の男が渋滞を発生させている。男が通ろうとするたびに警報が鳴り、後ろにはすでに二人が待っている。男は大柄で肩幅が広く、実際より老けて見えた。背中に人生を背負っているかのようだ。

「おやおや」

レンテロは男を見て呻いた。

「知ってる人？」エレナが尋ねた。

「アントニオ・ハウレギ、裁判でミゲル・ビスタスの代理人を務めた弁護士だ」

「でも、ここで何してるんだろう？」サラテは本当にわからないらしい。「弁護士は交代したんじゃないんですか？」

レンテロは馬鹿じゃないのかと言いたげな目でサラテを見た。

「あの事件の関係書類を新しい弁護士に渡しに来たに決まってるだろう？　今度の弁護士

は誰だ？」

「ダミアン・マセゴサよ」

「くそっ」レンテロは悪態をついた。「あいつが食いついてきたとたん、大ごとになるんだ。ミゲル・ビスタスがテレビの有名人にならなかったら、われわれはラッキーだ」

ハウレギはポケットの中身を全部トレーに出したが、三度目の挑戦でもまたブザーが鳴った。あえぎながら後ろに下がり、ベルトまではずそうとする。見ていた警官が近づいて、そこまでしなくていいですよと告げた。レンテロは深い諦念《ていねん》とともに言った。

「ビスタスの事件の再審請求はもう動き出したらしい。真犯人を大至急、挙げろ」

39

ソニアは自宅で一人、人生最悪の夜を過ごしていた。遺体安置室での午後は長く、ただつらかった。数少ない友人のうち何人かが来てお悔やみを述べ、悲しみに付き添ってくれた。本来ならそこにいるべき人の代わりにだ。そう、モイセスの代わり。夫とはいまだに連絡がつかなかった。少なくとも十五回は携帯に電話したが、応答はなかった。娘の遺体のそばで寝ずの番をすべきだったけれど、とても無理だった。自宅で寝ることにしたが、空が明るみ、ついに緊張がわずかに緩んだ頃にようやく眠気が訪れるとわかってはいた。夫が姿を現すまではスサナを埋葬したくなかった。自分だけだったら、娘を火葬にするだろう。でも夫には逆らえないので、そうはしない。けれど、娘の埋葬方法を決めるのに、夫にどうこう言う権利があるだろうか？　警察が夫を疑い始めていることを考えれば、そして、ソニアがいちばん必要としていたときに姿を消したことを思えば、そんな権利はまったくない。それでも、娘を埋葬するのにどうするのがいちばんなのかと考えるにつけ、モイセスの非難がましい視線を感じた。すると何もうまく考えられなくなってしまうのだ、うなじに吹きかけられるねっとりした息のように。

今日はきつい予定がびっしり詰まっているから、抗不安剤とアルコールのカクテルはやめておかなければとわかっている。本当は前後不覚になってしまいたかったけれど、何を飲んでもこの苦しみはなくならない。目をしっかりと開けておかなければ。この先何時間も、全力で誘惑に抵抗するのだ。テレビをつけてみる。ちょうど娘の事件が報じられていた。警察の失態について、さらには、ある情報筋によると娘の父親が二つの事件の容疑者と目されていることについて。話を聞いてみたい気もしたが、結局消すことにした。

モイセスが娘たちを殺したとは思えなかった。少なくとも、あんなやり方では。結局ウィスキーと安定剤を一緒に飲み、頭が混乱して、考えが危険な迷走を始めたことに気づいていた。蛆なんか使われていなかったら、たしかに夫を疑ったかもしれない。さっき消したテレビのように思考も消してしまいたかったが、そう簡単ではなかった。

玄関ホールから音が聞こえた。一人でいると、誰かが家に侵入しようとしているという妄想がふくらむことがある。でも今回は現実だった。鍵が鍵穴に差し込まれ、乱暴に回されている。ドアがバタンと壁にぶつかる音が響き、ついに侵入者が中に入ってきたのがわかった。まもなくモイセスが居間に現れた。明らかに酔っぱらっていた。

「こんな日に酒場に行くなんて」ソニアはなじった。「娘の遺体は安置室なのに」

「スサナのためにわたしなりにできることをやっていた」モイセスは言い返した。

どういう意味かわからなかったが、追及する気にはなれなかった。夫に肩を抱いてほしいと一日じゅう思っていたのに、今は非難しか出てこない。開戦だった。

「あの夜、どこに行ってたのよ」

「あの夜？　いったい何の話だ？」

「あの子が拉致された日の話。どこに行ってたの？」

「どこにも行ってない」

「嘘つかないで。嘘はもうたくさん。警察は、あの夜あなたがいとこのワゴン車で出かけたのを知ってるわ」

モイセスはキッチンに行った。また酒を注いでいるのではないかとソニアは思ったが、蛇口をひねる音が聞こえてきた。水を飲もうとしていただけらしい。こちらから行くべきだろうか。でも、夫が落ち着くのを待ったほうがいいと自分に言い聞かせた。夫はまもなく戻ってきた。威厳を保とうとしていたが、軽くよろめいた。

「ちょっと用事があったんだ。おまえに心配をかけたくなかった」

「わたしが心配なのは、あなたがわたしに隠し事をすることよ」

「悪かった。隠すのは、必要以上におまえを巻き込みたくないからだ」

「何言ってるの？　わたしは妻よ？　何でも話せるはずよ」

「わたしは、そうは思わない」

偉そうなことを酔っぱらいらしく、しゃっくりしながら言う。

「今日、警察と話をしたの。スサナの遺体からあなたのＤＮＡが発見されたそうよ」

モイセスが反応するのにつかのま間があいた。立っているのがやっとのようで、それにも苦労している。

「あの子の爪からあなたの皮膚片が見つかったって、どういうこと？　説明して」

「あの日の午後、会いに行ったんだ。全部知りたいというから話すが、会いに行って口論になった」

「どうして会いに行ったの？」

「叱るためだ。母親が躾けないから、わたしが言わなければならなかった」

ソニアは立ち上がり、夫に近づいた。自分でもどうして手が出たかわからなかったが、夫の頬を平手打ちしていた。モイセスは呆気にとられ、何もできずにいた。

「娘に何を言いに行ったの？　全部白状して。さもないとこの場で殺してやる」

モイセスはとっさに後ずさりした。酔っぱらっているせいで感覚が麻痺し、反射的に反撃もできない。こっちは何もできずにいるのに、妻のほうは自分を今にも丸呑《まるの》みしかねない猛獣と化していた。

「なぜわたしに嘘をついていたのか、訊きたかっただけだ」

「あなたに？　どんな嘘を？」

「フラメンコ教室に通っていると言っていたのに、嘘だった」

「フラメンコ教室？」

「フラメンコを習ってロマ式の結婚式をするとわたしに言ったんだ。だが大嘘だった」

ソニアは自分の耳が信じられなかった。

「ロマ式の結婚式？　どうかしてるわ。夢でも見てたんじゃない？　スサナはそんなことい
っさい考えてなかった」

「いや、計画してたんだ」

「嘘よ！」

「それにあのシンティアという娘のことも……」

「それよ。あなたが心配してたのはそのことだけ」

「スサナに騙されていたと知って、話をつけに行った。それで喧嘩になった。あの子はおまえの気性の荒さを受け継いだんだ。わたしは引っ掻かれて、今も痕が残ってる」

モイセスは腕を見せた。治りかけたミミズ腫《ば》れがあった。

「わたしの知らないところで娘を洗脳しようとしてたってこと？」

「違う。あの日の午後スサナに会った、そう言っているだけだ。そして夜には、おまえが寝ているあいだに、用事があっていとこと出かけた」

「憎むわ、あなたを」ソニアは言った。

モイセスはソニアを指さし、何か言い返そうとしたが、言葉が出てこなかった。玄関で呼び鈴が鳴った。モイセスは無視したが、ソニアは反応した。時計を見る。真夜中だ。ソニアはドアを開けた。

「警察です。ご主人はご在宅ですか?」

オルドゥーニョとチェスカがバッジを見せ、ソニアをほとんど押しのけるようにして、中に入ってきた。今日一日、ソニアはこの瞬間が来るのを待っていたような気がした。たしかに今朝、ブランコ警部から夫の連行について聞かされていたのだ。

刑事たちは居間に入っていった。

「ご主人はどこですか?」オルドゥーニョが尋ねた。

どういうことかソニアにはわからなかった。夫は居間にいた。無防備に酔っぱらって、まともに反応もできない状態だった。決まり文句を言い渡して手錠を掛けることなど造作もないはず。ところが二人の刑事は、夫はどこかと言う。ソニアが居間に入ると、庭に面した掃き出し窓が開いていた。カーテンがゆっくりと波打ち、身ごもった二人の大女のお腹のようになっている。庭の向こうからエンジンをかける音が響いた。オルドゥーニョとチェスカは通りに走り出て、パトカーに乗り込み、最初の角を曲がった。右にハンドルを切るワゴン車が一瞬見えた。オルドゥーニョがハンドルを握り、チェスカが無線をつかむ。容疑者が車で南の方角へ逃走中と報告した。

40

男が子どもと手をつないでマヨール広場から出ていく。見えているのは後ろ姿だ。エレナ・ブランコは慎重に画像を調べた。拡大し、前後の画像を探す。一度だけこちらに顔を向けた少年の表情を確認する。不安や恐怖が浮かんでいないか確かめるには、角度が不充分だ。今度はつないだ手に注目する。余計な力が入っているように見える。男の大きな手が少年の小さな手を握っている。過保護な父親なのか？　そうやって、父さんといれば絶対に危険は寄せつけないと息子に伝えようとしているのか？　かもしれない。

それでもエレナは疑いを捨てきれなかった。写真をしばらく見つめる。少年が、まるで逃げようとでもするように、手を引いたように思えたのだ。でもあとで見るとわからなかった。スチルカメラではなくビデオカメラを置かなきゃだめだ。なんだか頭がどうかし始めている。胸がむかついてきた。

いつものように、夜はなかなか眠れなかった。目を閉じると、広場をぞろぞろと歩く人々が目に浮かぶ。こんなにいろんな人がいるなんて。笑い顔、汗まみれの顔、年老いた顔、歯のない顔。人々は永遠に止まらない回転木馬に乗り、歌い、踊り、笑う。やっと眠りが訪れたそのとき、夢の中で広場を歩いていた誰かに突然顔を軽く叩かれた。やさしい、でも忌々しい邪魔。眠りは遠のいていった。

グラッパが役立つこともあるが、今日は違って、むしろ集めた情報にもう少し没頭したくなった。テーブルの上には七年前の事件の供述書や現場写真がある。ラーラ・マカヤ、二十三歳、目は黒、髪は暗褐色。とても美人だ。遺体が発見されたのは、ランチョ・デル・コルドベス近くの廃屋。ランチョ・デル・コルドベスは長年、マドリードの麻薬売買やスラム街、非情な暴力の象徴だった場所だ。麻薬世界を仕切るファミリーに接触したいなら、警察がまず向かう場所だった。

遺体には頭蓋骨に三つの穿孔があり、どれも円形で、蛆がいっぱいに詰まっていた。銃創や刃物傷はなく、頭部に鈍器で殴られた跡があったが致命傷ではなかった。ラーラの命を奪ったのは、何者かによって頭部に挿入された食欲旺盛な蛆たちだった。事件は世間にセンセーションを巻き起こし、新聞紙上は四週間その話題で持ちきりだったが、やがてミゲル・ビスタスが逮捕された。エレナは事件について覚えていなかった。七年前はまだ自分自身の問題で頭がいっぱいだったのだ。

その七月に、ラーラはファン・ロペス・カベーリョという男と結婚する予定だった。彼女を指導していたフラメンコ教師で、十五歳も年上だった。事情聴取では、これといって重要な情報は聞き出せなかった。事件発生当夜は、同僚とともにスペイン南部をまわっていた。

被害者の元恋人も容疑者の一人だった。アマニエル通りにある専門学校の同級生で、ラーラはその学校で音楽とダンスを学んでいた。最終的にミゲル・ビスタスの事情聴取がおこなわれた。事件のあった日の午後、彼はラーラをスタジオに迎え、花嫁姿の写真撮影をおこなったのだ。エレナは供述書をつぶさに読んだ。ミゲルはラーラと一緒だったことを認め、彼女が悲しげな様子だったことに気づいたが、あまり気に留めなかったと話した。人が悲しそうにしているのは普通のことだと彼は述べていた。それに、その家族経営の会社において、個人的な事情には干渉しないことが彼には求められていた。ミゲルはただのカメラマンであり、あくまで黒子だった。

警察は、ミゲルのもとにウェディングドレスがあるのを発見していた。撮影のあと、ラーラは衣装を脱いで着替え、立ち去ったとミゲルは供述していた。白い特大の痰《たん》か何かのようにドレスをぞんざいに床に脱ぎ捨てたまま帰ったので、ミゲルとしても驚いた。でも、しょせん使用人としか見なされていないのだと認め、拾って保管したという。検察官は、花嫁の行動としてはいささか妙だと感じたようだ。普通なら、少なくとも結婚式の日までは、この世でいちばん大事なものとして大切に扱うだろう。

ラーラの遺体は全裸で発見され、ウェディングドレスのベールで覆われていた。服はいったいどこに行ったのか？　犯人はなぜ彼女を裸にしたのか？　性的暴行が加えられた形跡はなかった。ミゲルがウェディングドレス姿の彼女を撮影するうちに愛《いと》おしさが募り、狂気に駆られたと想像するのは難しくなかった。衝動的にラーラを殺して服を剝ぎ取り、世界の果てのような場所にある廃屋に運び込んで、蛆を使った恐怖の儀式を執り行う。

陪審員は事件当夜のミゲルのアリバイをきわめて脆弱《ぜいじゃく》と判断した。自宅でテレビを観ていたというのは、第一容疑者の主張としては最悪だ。そのうえラーラの指のあいだにミゲルの毛髪があったのである。ミゲルは、撮影の最中に、ドレスのふくらみを直すため、彼女に近づいたときがあったと説明した。するとラーラは媚《こび》でも売るように、ふざけて彼の髪をくしゃっとまぜ返したのだという。ところが検察官は、襲撃シーンを熱心に描写してみせた。ミゲルはラーラの美しさにぼうっとなって襲いかかり、哀れな犠牲者は必死に抵抗して、相手の髪を引き抜いた、というわけだ。

エレナはモイセスの調書のコピーを探したが、見つからなかった。ラーラの父親から話を聞いた形跡がどこにもない。ありえない。モイセスのDNA検査がおこなわれたことはわかっており（今回のDNA照合に記録が使われた）、それはつまり、遺体か現場のどこかにあった残留物との照合が必要だったということだ。おそらくラーラの指のあいだにあった毛髪とだろう。だが、なぜ父親が疑われたのか。暴行死が起きた場合、家族関係者からの聞き取りは鉄則だ。だから関係書類の中にマカヤ家の人々の供述書がないはずがなかった。

なぜ書類が欠けているのか、気になった。スサナの事件で見つかった証拠からモイセスを連行せざるをえなくなったわけだが、すでに充分すぎるほど苦しんでいるこの家族をこれ以上責めるのは酷だとも思えた。それに、父親が娘を殺したとして、あんな異常なやり方を好んでするものだろうか。こうしてラーラの事件の捜査書類を家に持ち帰りまでしたのは、モイセスを無罪放免できるような証拠を見つけたかったからだ。手探り状態で写真を眺め、さまざまな供述書を読んだが、何も見つからなかった。だが、情報が消されているとしたら話は別だ。そこにある捜査書類を見るかぎりモイセスにつながるものは何もない。なのに彼は疑われていたのだ。もしかすると人種差別によるもの？　単にロマ人だというだけで、ああいう怪物みたいな所業におよぶ可能性があると思われたということか？

この線を最後までたどる必要がある、とエレナは心に決めた。逮捕を命じて、マカヤ家にわずかなりとも残っている最後のよすがまでこなごなに叩き壊してしまう前に。

電話の呼び出し音で、物思いは断ち切られた。チェスカだった。容疑者が逃亡したということ。数ブロックは追跡したが、姿を見失ったらしい。逮捕命令は、指名手配命令に変わることになりそうだ。

41

ラストロの骨董品店に警察が踏み込んできたとき、カピは夫婦連れの観光客に大櫃《おおびつ》を売ろうとしていたところだった。エレナ・ブランコ警部は冷静だったが、サラテのほうはいきり立っていた。令状を手に、一戦交えたくてうずうずしている様子に見えた。

「警察だ。この店の捜索を命じる令状がある」

「すぐにお相手しますから少々お待ちを」カピは憮然《ぶぜん》として言った。

客とのやり取りを終わらせようとしたのだろうが、サラテがそれをさせなかった。

「今すぐ店を閉めろ。さもなければ警察に同行してもらう」

観光客は取引の途中で店から追い出された。カピが不機嫌になったのは、せっかくまとまりかけた商売を台無しにされたからかもしれないが、警察に対する強烈なアレルギーのせいでもあった。さっそく予防線を張り、眉をひそめ、怒りを秘めた目でこちらを見ている。もともと血色の悪い肌がさらにどす黒くなっていた。

「警察に商売の邪魔をされたのはこれで三度目だ。また許可証を見せろって言うつもりじゃないだろうな」

「もしそう言ったら？」

「便所を探してもらうしかないな。さっき尻を拭くのに使ったから」

サラテが拳を握るのがわかった。あえて控えにまわっていたエレナだが、割って入らないわけにいかなくなった。

「何も見せてもらう必要はないよ。少し話を聞かせてもらいたいだけ」

「どうして？　俺が何をしたっていうんだ？」

「ミゲル・ビスタスって名前に聞き覚えは？」

サラテが発したその言葉は、質問の形をとった脅しだった。カピはまぶたの震えをこらえようとした。はたして不安のせいか、それとも怒りのせいか。

「何の用か言え。さもなきゃさっさとうせろ。俺は暇じゃないんだ」

「刑務所内でミゲル・ビスタスを刺せと指示を出したのは、あんたのいとこじゃないかとわたしたちは思ってる」また口を開いたのはエレナで、取りなすような調子で言った。相手はつっけんどんだったから、こちらが鷹揚《おうよう》に構えれば、態度も軟化するかもしれないと考えたのだ。だがそうはいかなかった。カピは相変わらずエレナと目を合わせず、高飛車なサラテのほうだけを向いて、対応した。

「あのクズ野郎が刺されたのが本当なら、心底嬉しいね。だが、俺は何も知らないし、ここでうろうろしても時間の無駄だ」

「いとこはどこにいる？」

エレナはもう一度カピと目を合わせようとした。しかし相手はそれを無視し、床に目を落とした。

「さあね。だが、あいつは忙しいはずだ。たとえば娘の葬儀の準備とか」

「いとこはもう指名手配されてるんだ」

「じゃあ、せいぜい鬼ごっこを楽しむんだな。さっさとやつを見つけて、人に絡むのはおしまいにしてくれ。俺は警察とは無縁な人間だ」

サラテは、一緒に来た二人の警官のほうを向いた。

「仕事だ。店内の捜索をしろ。必要なら全部ひっくり返せ。ヤクでも、盗品でも、何でもいいから探せ。さあ始めるぞ」

警官たちは家具を動かし始めた。

「ここには何もない。俺はクスリも盗品も扱ってない。探すならスラム街に行けよ」

「目録作りを止めたいなら、協力することだ」サラテが言った。

「その机は丁寧に扱ってくれ、壊れやすいんだ」カピは心配そうに警官たちに近づいた。

「俺が抽斗を開ける。留め具がついてないから、飛び出しちまうんだ。ほら」

カピはごくごく慎重に抽斗を開けた。エレナは彼に近づいた。

「いとこに最後に会ったのはいつ？」

「覚えてない。最近はあまり付き合いがないんだ」

カピはまたサラテのほうを見て答えた。まるで、質問したのはサラテだったかのように。

だがエレナもさすがに堪忍袋の緒が切れた。カピの腕をつかんで、相手がこちらを向くまでぐいっと引く。

「なんでわたしの目を見ない？　わたしが女だから？　それとも、わたしの色気にあてられたから？」

「腕を引っぱるな。答えねえぞ」カピは怒りをこめた目でエレナを睨みつけた。

「金曜の夜、あんたと一緒だったとモイセスは打ち明けた」

「覚えてねえな」カピはエレナの視線を避けるために顔をそむけた。

「それは残念ね。モイセスの唯一のアリバイなのに。そして、それを裏づけられるのはあんただけなんだよ」

「アリバイ？　モイセスは聖人だ。いい意味でまぬけなんだ。ハエだって殺せねえよ」

「警察はそうは思ってないよ」エレナは言った。「ラーラの事件のときもモイセスのことを調べてる」

「犯人は檻の中だろう？　いざシャバに出てきたら、相当不運な目に遭うはずさ」

「おまえがすでに不運な目に遭わせただろう？」サラテが言った。

「金曜の夜、モイセスと一緒だったの、違うの？」エレナはしつこく尋ねた。

「覚えてない、って言ってるだろ？　俺と一緒だったとあいつが言ってるなら、そうなんじゃないか」

「何してたの？」

「知るか。酒を飲んだか、カードゲームでもしたか」

「ワゴン車に乗ってあんたの仕事を手伝ったと言ってたよ」

エレナはそう嘘をつき、相手の表情をうかがおうとした。でもそれは難しかった。今度はカピのほうがこちらを睨んでいたからだ。カピの目には憎悪が滲んでいた。その背景にあるのは、警察への積年の怒りと、男は女の上に立つというくだらない優越感だ。

「家具の移送を手伝ってもらった」急に声が妙にしわがれた。

「どこに？」

「覚えてない」

「覚えてないはずがない。あの晩家具をどこに運んだの？　言いなさい」

「さあねえ。あっちこっちに運んだ。予定表をなくしちまってね」カピははぐらかした。

「そのとき、モイセスに変わったところはなかった？」

「モイセスは、あのパーヤ女と知り合ってから、ずっと変だ。もう三十年になるよ」

「動揺してるような様子がなかったか、そういう意味で訊いてるの」

「あのパーヤ女のせいで人生をめちゃくちゃにされた。パーヤ娘たちのせいでもある。こっちの陣地を好き勝手にさせたらそういうことになるって、もう何度も言ったんだ」

「そっちの陣地を誰が好き勝手にしたの？　奥さん？　娘たちをパーヤとして教育したことがあんたには気に入らなかったわけ？」

「気に入らなかったのはあいつだよ。俺はあいつの娘がどうなろうと関係ない」

エレナはカピを見て、ありがとうと言いたいくらいだった。ぶっきらぼうな応対だったし、人の顔に唾を飛ばすような話し方だったが、情報をくれたことは間違いない。

「モイセスはどこにいると思う？」

「考えもつかないね。だがここにはいない。俺の家具にさわるなと連中に言ってくれ」

サラテは許可を求めるようにエレナのほうを見た。エレナはうなずいた。

「おまえたち、もう充分だ。ありがとう」

警官たちは捜索をやめた。エレナはまだ食い下がる。

「事件当夜、家具をどこに運んだの？　大事なことだよ」

カピは無言で彼女を見た。顔に皺を寄せ、哀れみと蔑みをこちらに伝える。

「質問に答えろ」サラテが迫った。

「もういいよ」エレナは言った。「行こう」

店を出たとたん、エレナは玄関口に駐車してあるフィアット・フィオリーノをじっと見た。買おうかどうしようか迷っている客が品定めをするように、車体を撫でる。

「どうしてもう一押しさせてくれなかったんだよ？」サラテが言った。

「あんたはまだ若いし、学ぶことがたくさんある。連中は警察には協力しないよ」

「だからって放っておくのか？　あいつがミゲル・ビスタス殺害の指令を出したのかもしれないのに。それに、モイセスをどこかに匿《かくま》っている可能性だってある」

「モイセスは犯人じゃない」

「今になってまだそんなことを言うのか？　娘の遺体にあったDNAは？」

「さあね。でもモイセスは犯人じゃないよ。DNAは重要だけど、万能じゃない」

「潔白なら、どうして警察から逃げる？」サラテも引き下がらない。

「このワゴン車を見張らせたい」エレナはサラテを無視した。

「どうして答えない？」

エレナは通りを遠ざかっていく。

「どこに行くんだ？」

「ほかに用事がある。見張りの許可を取っておいて」エレナはサラテに命じた。

サラテはフィアット・フィオリーノを眺めた。ナンバープレートを確かめる。ナンバーは九四で始まっていた。

42

刑事がサルバドールと会いたいだなんて、アセンシオンとしては気に入らなかったけれど、ブランコ警部はとても重要なことなのだと説明した。

「それはあなたにとって、よね」アセンシオンは言った。「わたしにとっては、夫が穏やかに過ごすことが重要なの」

「今わたしたちは、実の娘を殺害した容疑で、ある男性を逮捕しようとしています。でも無実ではないかとわたしは思っているんです」

「夫がそれについて何を知っているというの？」

「たぶん、いろいろと。ラーラ・マカヤの事件を捜査なさったご主人なら、捜査資料にないこともご存じだと思うんです。どうかご主人と話をさせてください。ほんの一分でかまいません」

サルバドール・サントスは庭の出入口近くの椅子に座っていた。過ごしやすい日陰をこしらえてくれているレモンの樹をじっと見つめている。アセンシオンは音をたてないようひどく神経を使って居間に入った。まるで、わずかな音でも夫の気持ちを乱すとでもいうように。

「サルバドール？」そっと声をかける。

サルバドールは振り返りもしなかったので、アセンシオンは近づいて夫の手を取った。

「その刑事さんをここに通せ」

アセンシオンは驚いて、夫をまじまじと見た。彼女としては噛んで含めるように説明しようと思っていたのに、夫はこの一件にさっさとけりをつけることにしたらしい。

「それから、二人きりにしてくれ」

有無を言わせぬ口調だった。老刑事のなごりだ。エレナはつかのま戸口でたたずんでいたが、意を決して部屋に入った。

「こんにちは、サルバドールさん」

「短時間でお願いします」アセンシオンが立ち去る前に念を押した。

エレナは居間を見まわし、サルバドールと向かい合って話ができる椅子を探した。ピアノのスツールがいちばんよさそうに見えた。すばやくそれを抱えて、サルバドールの正面に座った。

「エレナ・ブランコと申します。スサナ・マカヤが殺害された事件を捜査しています」

「ロマの花嫁」

「何ですって？」警部は訊き返した。

サルバドールは彼女の反応を見てほほ笑んだ。

「彼女の姉さんのことをわれわれはそう呼んでいた。やはり結婚間近だったそうだね」

「ええ。まったく同じ殺害方法と言っていいと思います」

「やはり蛆が使われたから？」

「ニュースを追いかけていらっしゃるようですね」

「新聞を読むこともだんだん少なくなっているよ。ひどく疲れるのでね。だが、想像力は維持している」

「あの件は、あなたが最後に担当した大事件だと理解しています」

「その後もいくつか担当したとは思う。だが、だんだん体調が悪化して、身を引くようになった。あなたはまだお若い。人生をせいぜい謳歌《おうか》してほしい」

「毎日そうしているつもりです」

「それならけっこう。だが、殺人犯が市中をのうのうと歩いているかと思うと、何も楽しめないし、誰だって眠れなくなる。あなたもそうなのでは？」

「ええ、ひどい不眠症です」

「それならあなたは優秀な刑事ということだ」

「あなたと呼ぶのはやめてください。警官仲間なんですから」

「では君もかしこまった物言いはやめてくれ」

エレナは思わず笑みを漏らした。もどかしさを隠そうとしていた。老人がつかのまのおしゃべりに解放感を味わっているのがわかったからだ。夫を籠《かご》の鳥にして、ようやく思いどおりにできるようになったことを妻が楽しんでいる、そんな印象を受けていた。

「サルバドール、ラーラの事件はあなたが担当していたんですよね」

「わたし一人ではない。警察の仕事はチームでおこなうものだ」

「それはわかってます。でもわたしが今そうであるように、あなたはリーダーだった。あなたを訪ねたのは、大事なことが知りたいからなんです」

「君の力になれるかどうか。記憶は勝手に浮かんでは消え、思い出の墓地に何が花咲くか、誰にもわからんのだ」

今の暗喩に満足して、サルバドールはほほ笑んだ。エレナは身を乗り出した。けっして急《せ》かそうとしているわけではなく、親愛の情を示す態度だと受け取られることを願った。

「父親を疑った理由は？」

「父親を？　いや、わたしが容疑をかけたのは同族会社のカメラマンだった。やつが犯人だと確信していた」

「でも父親のＤＮＡを調べたでしょう？　事件と何かしら関係があるという根本的な疑いがないかぎり、検査はしないはずよ」

「うーむ……」

サルバドールは記憶を頭の奥から引きずり出す糸を探すかのように、顎をこすった。

「遺体から何か見つかったんだ」ふいに言った。

「毛髪のこと？」

「かもしれない。だが、犯人はカメラマンだった、それは間違いない。あの男が娘を殺した」

「でも、スサナを殺害したのは同一犯だと、あらゆる状況が示しているんです。そしてミゲル・ビスタスは刑務所にいる」

「わたしが話しているのはラーラの事件のことだ。あの娘を殺したのはミゲル・ビスタスだった。スサナのことは知らない。だが、きっと模倣犯の仕業だろう」

「その線も調べているけれど、事件の状況から考えて、まずないと思う」

「まあ、わたしも模倣犯というのは一度も出会ったことがない、正直に言うと」

「なぜ父親のDNAを採取する裁判所命令を要求したの？」

「疑念を排除するためだったと思う」

「ラーラ事件の捜査資料の中に父親の供述書がないの。事情聴取をしなかったんですか？」

「したと思う」

「でも資料にはない」

「なくなったんだろう。警察の重要書類が毎年どれだけ消えるか知ったら、君も驚くはずだ」

「サルバドール、モイセス・マカヤは指名手配になっているの。でもわたしには彼が犯人だとは思えない」

「なぜだ？」

「父親が娘をあんなに残酷なやり方で殺すはずがないからよ」

「普通の父親ならそうだろう。だが、われわれは殺人犯を相手にしている。殺人犯は普通の人間じゃない。それにモイセス・マカヤはロマだ」

「何ですって？」

信じられなかった。口調に出てしまったその気持ちは、心の底からのものだった。サルバドールがちらりとこちらに目を向けた。エレナはその瞳にぎゅっと濃縮された不安を見た。それはほんの一瞬のことで、老刑事はすぐに目をそらし、レモンの樹やライラック、ジャスミンをぼんやりと眺め始めた。半開きになったドアから、かぐわしい香りが漂ってくる。

「ロマ人だという、ただそれだけの理由でモイセスを疑ったの？」

エレナは語気を強めたが、やさしい表情を作って印象をやわらげようとした。だが無駄だった。サルバドールは急に緊張して、今やひどくそわそわしていた。二個の小さな扁桃《へんとう》腺《せん》のように、二つの山に分かれた二重顎が細かく震えていて、気になった。

「警察に人種差別はないよ、お嬢さん。一度としてね」

「あなたは？　個人的には差別主義者なのではないですか？」

「なるほど、相手を追いつめるときは、口調を丁寧にするわけか」

「どうしてモイセス・マカヤを疑ったんですか？」

「捜査の初期段階では、自分の影にさえ疑いをかけたよ。容疑者の数を減らすためにDNA検査を頼んだんだ」

「捜査資料の中にモイセスの調書がないのはなぜ？」

「覚えていない」

「都合が悪いと記憶が欠けたせいにするんですね」

「帰ってくれ」

「事情聴取で何があったんですか？　モイセスとやり合った？　ロマ人だから侮辱した？」

「答えがわかっているのに、なぜわざわざ訊く？」

「自分が差別主義者みたいに見えるとまずいので、調書を紛失させたんですか？」

「アセンシオン！」サルバドールはわめき始めた。「アセンシオン！」

発作か何かのように両手を動かす。エレナには、人を呼ぶ呼び鈴を探しているように見えた。驚いてアセンシオンが姿を現した。

「どうしたの？　大丈夫、あなた？」

「気分が悪い。この女性がわたしを質問攻めにする」

エレナはスツールを抱えて元の場所に戻した。アセンシオンの詮索の目を見ないようにした。

「主人に何をしたんですか？　デリケートな状態だと言いましたよね？」

「とてもデリケートに質問しました。それは誓います」

エレナはサルバドールに挨拶もせずに立ち去った。玄関口まで見送りに来る者はいなかった。おかげで玄関ホールで立ち止まり、気になったものを確認する時間が取れた。棚の上に額入りの写真がいくつか飾られていて、その一つで、にこにこ笑うサルバドール・サントスが、一緒にポーズを取っている若い警官の胸を指さしていた。その警官はアンヘル・サラテだった。

43

このあと食事を一緒にどうかね、とサルバドールに誘われたら受けようか、などと想像していた。それが現実であったら、今頃は警官時代の逸話を聞いたり警察署の噂話をしたりしながら、リラックスしていたかもしれない。だが彼との面会は最悪の結末に終わり、エレナはいつものバルでサンドイッチ《ボカディージョ》を食べながら、ファニートを相手にすることでお茶を濁さなければならなかった。ルーマニア人ウェイターはいつだってサッカーのことしか頭になかった。

「ずいぶんぼんやりしてますね、刑事さん」

エレナは、バルご自慢のイカフライのボカディージョをのろのろと咀嚼《そしやく》しながらうなずいた。マヨール広場にあるこの人気のバルは、観光客と地元の常連客でいっぱいだ。

「いつもは言葉のキャッチボールってやつがもう少しあるのに、今日はだんまりだ。何かありましたか？　チームで問題でも？」

「チームはいつも問題だらけだよ、ファニート」

「ロッカールームで結束していても、いざ試合が始まるとね、ほんと……」

「契約したての新入りがいるととくにね」

　ファニートは彼女を指さし、にんまりした。エレナがサッカー絡みの譬えを使うとご機嫌なのだ。

「試合に招集をかけないで、鼻を折ってやることですよ。ええ、そういう話なら任せてください」

「じゃあ、哲学者のあんたに答えを教えてもらいたいんだけど、気の進まないことをしなくちゃならなくて、それを先延ばしにする口実を見つけようとするとき、どうする？」

「それは子どもじみた間違いですよ、刑事さん。いやなことを先延ばしにすれば、それだけ不安が続く」

「だからさっさと片づけろってわけね」

「大事な試合前の一週間、選手たちはずっと不安です。でも、いざ開始の笛が吹かれればそんなものは全部吹っ飛び、プレーにぐっと集中する。それと同じですよ。いやなことだって始めてしまえば、とたんにすっきりするものです。牛の角をつかめ、って言葉もあるでしょ。勇気を持って立ち向かうことです」

「闘牛とサッカーの譬えをまぜこぜにしないで。角をつかめるような闘牛士、今どきいないよ。第一、ルーマニア人に闘牛の何がわかるのよ」

「だけど、言いたいことはわかったでしょう?」

たしかによくわかった。フアニートは、あまりスマートなやり方とは言えないものの、よくこんなふうに問題点をはっきりさせてくれる。大衆の知恵は、問題をシンプルにして、ぴったりの切り口を示してくれるものなのだ。アドバイスをもらったエレナは、マカヤ家の自宅があるピオベラ地区にさっそく向かった。

エレナを迎えたソニアの顔は憔悴していた。肌は青ざめ、髪もぼさぼさで、死体みたいに痩せていた。でも、戸口に立つ警部を見たとき、表情を歪《ゆが》めたりはしなかった。そこに嫌悪感はなく、むしろ訪問を歓迎しているようにさえ見えた。

「何かわかったの?」客を中に通すために脇にどきながら、ソニアは尋ねた。

「残念ながら、何も。でも、同じ質問をわたしもしなくちゃね、ソニア。モイセスから何か連絡は?」

「ないわ」

「ご主人が身を隠している場所に、心当たりは?」

「わからない。本当なのよ。夫には別の顔があったみたい。だからどこにいても不思議じゃない。ごく身近にいた人のことさえこんなに知らなかったなんて、本当にショックで」

「モイセスはなぜ警察から逃げているのかな?」

　ソニアは肩をすくめた。その質問は自分の守備範囲にないとでもいうように。

「何か隠し事があったと思う？」

「いとこやソルド一味の仕事とかかわっていたとしたら、隠すことはいくらでもあったでしょうね」

「いとこと何か犯罪に手を染めていたってこと？」

「カピのことは話したくないの。あとで自分の身が危なくなるようなことは言いたくない。ごめんなさい、でもこれ以上無理。立っていることさえ」

　ソニアは、玄関口の、固定電話の置かれた小テーブルのそばにある肘掛椅子に腰を下ろした。携帯電話のなかった時代、遠方の親戚と二時間みっちり話し込むのにぴったりの場所に見えた。エレナはしばらくソニアを見守り、下唇を噛んだ。

「ソニア、できればある場所まで一緒に来てもらいたいんだけど」

「警察署へ？　わたしからも事情聴取をするつもり？」

「捜査とは関係ない。あなたの力になりたいだけ」

「じゃあどこへ？」

「わたしを信じて、とにかくついてきて」

　ソニアは、あんまり泣きすぎてもう涙さえ乾いてしまった目でエレナを見た。そしてこの人を信じていいのかしら、と心の中で自分に問いかけた。

グリーフケア・センターはチャンベリ地区にある建物の二階にあった。モンクロア宮殿の目と鼻の先だ。とても地味な内装で、白い壁には簡素な絵が飾られている。木々が描かれた海辺の風景画、花の版画。大窓は、その区画の中央部にある広場に面している。ソニアには、そのどれにも気づく元気はないとエレナにはわかっていたが、この場所の持つ人の心を弛緩《しかん》させる力を信じていた。

もう六十歳近い、陽気な受付係が、二人を見てほほ笑んだ。

「久しぶりね、エレナ！　会えて嬉しいわ」

「こんにちは、マイテ。みんなも元気？」

「ええ、とっても。わたしたちのこと、忘れちゃってた？　それとも、このところ調子がいいのかしら？」

「うん、調子がいいの、いつもながら。今日は友だちを連れてきたんだよ」

受付係はソニアにやさしく挨拶したが、それに応える声はまわりにほとんど聞こえないくらい小さかった。でも、ソニアも少しずつその場所の様子に気づき始め、自分の中に好奇心のようなものが生まれたのがわかった。警部はどうしてこの気さくな女性と親しげに言葉を交わしていたんだろう？

太鼓腹の男が、湯気のたつコーヒーの入ったプラスチックのカップを手に、廊下から現れた。

「会えて嬉しいよ、エレナ。セッションが始まるよ。申し込んだ？」

「今日は参加しないの、ラモン。また今度」

「最近あんまり来ないじゃないか」

「うん、だいぶよくなったからね。でもみんなに会いたいし、いつかまた参加するよ」

「きっとだぞ、エレナ」

　ラモンは大教室に入っていったが、ドアは開けっ放しにした。ソニアがそっと覗き込むと、十二人の人が輪になって座っている。参加者はみな大切な人を亡くし、同じ苦しみを味わう者同士悲しみを分かち合っているのだとエレナは説明した。自分は一人じゃないと感じられるようになるためのグループセラピーのようなものだ。

「だけど、あなたはどうしてここに来てたの？」ソニアが尋ねた。

「話すと長いの。でも、わたしはもう大丈夫だから、心配しないで」

　エレナとしても本当は嘘などつきたくなかった。だが、どうしようもない。その勇気さえあれば、輪の真ん中に躍り出て、実状を告白するだろう。帰宅してもベッドには入らず、マヨール広場のアーチを通過する人々の写真を眺め、こんなふうに捜し続けても終わりはないと意識しては一人で泣く毎日だ、と。そのことを考えただけで肩にずっしりと重荷を感じ、いたたまれなくなる。受付のマイテに、ソニアをよろしくねと声をかけ、誰か面倒見のいい人に託してほしいと約束を取りつけると、階段を一段飛ばしで駆け下りて、通りに出た。

すぐに大きく深呼吸をする。あてもなく歩き出し、今にも街が自分を食い尽くそうとしているように感じる。通行人の中に、靴屋のショーウィンドーのそばにたたずむ五歳の少年の姿が浮かぶ。でもまばたきをしたら消えた。エレナは涙をこらえ、オエステ公園まで歩くことにする。到着すると木々の中で寝転がり、マドリードの空を見た。そうやって微動だにせず、夕方まで横になっていた。

44

サラテがコロニア・デ・ロス・カルテロスに到着したとき、アセンシオンはサルバドールの起こした癇癪を静められずに困り果てていた。床にはガラスの破片や割れた皿、奇跡的に原形をとどめている壺《つぼ》、クッションが散らばっていた。

「女の刑事が来て、あの人を質問攻めにしたの。午後じゅうずっと落ち着かなくて、薬も飲もうとしなかった。そしたらまもなく物を投げ始めて」

「僕に話をさせてください」

サラテは居間に入っていった。口を開く猶予もあたえず、サルバドールがよたよたと近づいてきた。

「わたしを逮捕しに来たのか」

「誰もあなたを逮捕したりしませんよ、何も心配はいりませんよ」相手をなんとか落ち着かせようとする。

「うちから出ていけ。警察は嫌いだ。警察にはうんざりなんだ……」

自分が床に投げたクッションにつまずき、ドスンと大きな音をたてて転ぶ。

「サルバドール！」アセンシオンが慌てて駆け寄る。「怪我はない？」

「さわるな。こいつに出ていけと言え」

「あなたを助けに来てくれたのよ。少し落ち着かなきゃ。さあ起きて」

「起きたくない」

アセンシオンはクッションを枕のように夫のうなじにあてがった。サラテはサルバドールの横に座り込んだ。

「何があったのか話してください」

「アンヘル、嫌なことを思い出させないで、お願い」アセンシオンが止めようとした。

「ブランコ警部が何を質問したのか確かめないと」そんなことをするのは彼女に決まっていた。

「やつらが来る、わたしにはもうわかってる」サルバドールが言った。

「やつらって誰です？」

「レンテロだよ。あいつはわたしを嫌っていた。ずっとわたしの足をすくおうとしていたんだ。そして今、ロマ娘の事件のおかげで天に這いのぼる穴をこじ開け、活路を見出した」

サラテはアセンシオンと目を見交わした。アセンシオンは十字を切ってから口を開けた。

「あの事件の捜査を再開するなんてだめよ、アンヘル。この人には耐えられない」

「ラーラ・マカヤの事件は解決した」サルバドールが怒鳴った。「犯人は刑務所の中だ」

「ラーラの事件の再捜査なんて誰もしませんよ。それは保証します」

「ではなぜわたしにあんなに質問した？」

「二つの殺人事件に関係があって、最初の事件を捜査したのがあなただからです。べつに特別なことじゃない。だから心配しないでください」

「わたしは年寄りで、記憶は薄れ、脚もまともに動かないかもしれないが、直感は働く。レンテロとあの女刑事はわたしを捕まえに来る。わかるんだ」

「聞いてください、サルバドール。俺もスサナ・マカヤの事件の捜査に加わっているんです。ラーラの事件の捜査再開など絶対にさせませんよ」

「あなたにそれができるの？」アセンシオンが期待をこめて尋ねた。

「無理だ」サルバドールが大声で言った。「まだ若いんだ。そんな権限はない」

「あなたの捜査を調べ直したりさせませんよ、絶対に。体を張ってでもね」

サラテは虚勢を張ったが、サルバドールの言うとおりだとわかっていた。あのチームでは、自分には何の権限もない。

「ありがとう、息子よ」サルバドールは態度を軟化させた。「手を貸してくれ。もう力が残ってない」

「さあ起き上がって。ソファーに行きましょう。アセンシオンが冷たい飲み物を持ってきてくれるはずです」

「わたしも手を貸すわ。立ち上がらせるのにも注意が必要だから」

「いいんですよ、アセンシオン。少しだけ二人きりにしてください」

アセンシオンとしては夫の世話を人に任せるのは気が進まなかったが、ここは折れることにして、台所に向かった。サラテがサルバドールに手を貸し、どうにかこうにか立ち上がらせるあいだ、台所から氷がぶつかる音が聞こえていた。二人は短い距離とはいえソファーまで一緒に歩き、腰を下ろした。

「俺が警察で働き始めたとき、あなたになんて言われたか覚えてますか？」

「頭に浮かんだくだらないことを何でもかんでも口にしたものだったよ」

「警官は動かなきゃだめだ、とあなたは言った。考えるのは大事だが、やはり座りっぱなしでいちゃいけない、動け、と。だからあなたもそこでぼんやりしてるばかりじゃだめなんです。少しは動かないと」

「わたしはもうそうそう動けん」

「俺は動かずにいられないんです。どうしてかわかりますか？　今もあなたからもらったアドバイスに忠実に従ってるからです」

「ほかにどんなことを言った？　もう忘れてしまったよ」

「警察内の人間は誰も信用するな、と言いました。それぞれ勝手なことを考えてるから、ありとあらゆる場所からナイフが飛んでくると」

「歯のあいだに隠し持っているやつもいる」

「それに、まずはなんとしても殺人犯を檻の中に入れなきゃならないとも言った。正義は警察の仕事のあとでおこなわれるものだ、と」

「誰もわれわれの言うことに耳を貸さない今では、それはまさに真実だ」

「俺が最初にかかわった事件のことを覚えてますか？　ウセラ地区のあるアパートメントでの麻薬取引です。中に踏み込むための令状を待ってたのに、判事がなかなか出してくれなかった。やっと首謀者の部屋に踏み込んだときには、そこはまるで修道女の庵《いおり》みたいになっていた。悪党どもはとっくに、そこにあったものを全部片づけてたってわけです。同僚たちはその後二か月間、俺を笑い続けた」

「令状なしで踏み込むべきだったな」

「当時もあなたにそう言われました。まずは中に入れ。で、もし何か面白いものがあったら、令状を取れ。そうすれば失敗はない、と」

「本当にそんなこと言ったのか？　とんだ教育係だな」

「ほかにもこんなことがあったな。ある日、俺を馬鹿にしたろくでなしと殴り合いの喧嘩をしたんです。あなたはその日の夜、エスパーニャ広場のシーフードレストランで俺に夕食を奢ったあと、ビリヤードに誘ってくれた。俺がシーフードとビリヤードが好きだって誰に聞いたのか知らないけど、人生最悪の夜になりそうだったのに、幸せな気分で眠れたんです」

サルバドールは室内に視線をさまよわせた。

「覚えてないなんて言わないでくださいよ」

「覚えているのは、おまえがビリヤード好きな不運続きの男だったってことだ。どうやら情報が間違っていたようだがな」

「あの頃からたいして変わってませんよ」

「警官としても？」

「俺がこの仕事で覚えたことは、みんなあなたから教わった。最初にあなたが手を差し伸べてくれたときから。何もかも」

二人がそれからもあれこれ話をしていると、アセンシオンが、お盆に飲み物を二つとオリーブを盛ったボウルをのせて部屋に入ってきた。夫が落ち着きを取り戻し、機嫌がよくなったようにさえ見えたので、ほっとした。そして、サラテに感謝をこめた視線を送った。

45

カラオケスナック〈シェールズ〉の店員がマイクでエレナの名を呼び、エレナは舞台に上がった。『月影のナポリ』のメロディーが流れ出す。ミーナの曲の中ではこれがいちばん有名かもしれない。

　歌に集中しようとしたとき、少々酔っていることに気づいたが、最高の歌声を提供できないほどではなかった。飲んだのはたった二杯で、三杯目は二、三度口をつけただけだ。もっとひどい状態で歌ったことだってある。

　歌うときは感情をこめ、語尾を延ばし、声帯にビールが染み込んでいるかのように熱いビブラートを利かせるのが好みだった。外国人のように見える、三十絡みのブロンドの若者がこちらをうっとりと見ていた。それに気づいたエレナはリフレインを彼のために歌い、抑揚をつけたあとににっこり笑って、挑発するような表情をしてみせた。歌い終わるとブラボーと声がかかり、店じゅうで拍手喝采が沸き起こったが、その外国人風の若者だけは押し黙っていた。エレナは彼に近づいた。

「拍手してくれないのね」

「言葉をなくしてしまって」

「拍手するのに言葉はいらないよ」

「動くことさえできなかったんだ」

「乗ってる車、大型車？」

「SUVだけど、どうして？」

その男は外国人ではなく、カラオケをしに来たただの金髪のスペイン人だった。一人らしく、友人も、誘いをかけようとしている女に気づいて慌てて戻ってくる恋人もいないようだ。マイクの金属的な音がして、店員がルイスという名前を呼んだ。金髪の若者が舞台に立ち、スペインの人気歌手ロサーナの曲を歌った。エレナに曲を捧《ささ》げるかのように、終始彼女から視線をそらさなかった。最初はちびちび飲んでいたエレナだが、曲が進むにつれ、しだいにグラスを傾ける時間が長くなった。曲が終わったらすぐに、男をディディの駐車場に連れ込むことになるとわかっていたからだ。またしても拍手喝采とブラボーの声が響いた。なかなかの歌いっぷりだった。若者は得意げにお辞儀をすると、エレナに近づいた。

「どうだった？」

「言葉をなくしたわ」と褒める。

それから唇にキスをすると、手を取って通りに引っぱり出した。そこでサラテと出くわした。

「もう行くの？」サラテが尋ねる。

エレナは顔をしかめて相手を見ると、ふざけて言った。

「どうかしらね」

「あなたがいるかと思って来てみたんだ。一緒に一杯飲みたくて」

「あら残念、十分遅かったね。でも中に入って、わたしのボトルから一杯どうぞ。ミーナって名前で預けてあるから。それから一曲歌うといいよ。今日はいい観客が揃ってる」

サラテはうなずき、カラオケスナックに入った。自分でもあっぱれだったとサラテは思った。恋人を盗《と》られたかのように尻尾を巻いて立ち去るような真似をせず、堂々と振る舞ったのだから。舞台では二人の女性が、アルゼンチンのデュオ、ピンピネラの歌をがなりたてていた。店内は混雑していた。カウンターに近づき、マオウの小瓶を頼む。一人で飲むのは味気なかったが、すぐに帰る気にもなれなかった。ビールを二口も飲まないうちに、横にエレナが立っているのに気づいた。

「行こうよ」

「三人で？」

「三人って？」

エレナは、何言ってるのというように両手を広げてみせた。金髪男は店内にも、通りにもいなかった。エレナは、今夜はサラテと過ごそうと決めて、金髪男はお払い箱にしたのだ。堂々と振る舞いたくても、サラテにはそれがなかなかできなかった。警部の自宅に向かうあいだもずっとびくびくしていた。エレナが何かきつい冗談かいたずらでも用意しているのではないか、そんな気がして仕方がなかった。だが考えすぎだった。彼女はただセックスがしたかっただけで、積極的に誘ってきたし、サラテはただそれに乗った。二人はしばらく抱き合っていたが、サラテは思いきって沈黙を破った。

「なぜそんなに酒を飲むの?」

「わたしの酒量がどうしてわかるのよ」

「見てればわかるさ。大事件を抱えてるんだから、捜査に全エネルギーを集中するべきだろう?」

エレナは答えなかった。彼女と一緒にいたいなら、そういう沈黙に慣れなければならないとわかっていた。薄暗がりの中でまた目に入った帝王切開の傷痕について、子どもはどこにいるのか、何かあったのか、尋ねたかったが、それは危険な一線を越えることだと本能が告げていた。過去について、ミーナの曲に異常なほど執着する理由について、知りたかった。街なかではまず見ない、ラーダなんて骨董品並みの車をなぜ運転するのか。エレナはペニスを撫で、勃起したことがわかると、上にまたがり、二人は二度目のセックスをした。そして、終わるとエレナはそのまま眠ってしまった。

サラテは起き上がった。リビングのテーブルに広げてあったラーラ・マカヤの捜査資料に気づく。封筒の中には、師匠のサルバドール・サントスに関する添付資料もあった。エレナを起こさないように、息をひそめて急いで読む。ラーラの指で見つかった毛髪のDNA検査の結果を見つけた。科学捜査班の捜査官による確認のサインがある。

サラテは寝室に戻り、こっそり服を着た。ズボンやシャツを身に着けるときはどうしても音がしてしまうが、なるべくエレナの呼吸音に合わせるようにした。彼女はぐっすり眠っている。唇にキスしたかったが、しなかった。忍び足で寝室を出る。ポケットにDNA検査の結果報告を一枚忍ばせたまま、サラテは立ち去った。

46

　翌朝、エレナは非の打ちどころのない様子で現れた。紺色の絹のスラックスと白いシャツ姿で、自信に満ちあふれ、颯爽とチームの会議室を闊歩《かっぽ》している。シャワーと数杯のコーヒーの効果に、サラテも舌を巻いた。この女性は昨夜アルコールとセックス三昧だったと言っても、誰も信じないだろう。

「レンテロと話をした。彼の懸念をみんなに伝えておきたい」

「レンテロに懸念がなかったことが一度でもあったかしらね」マリアホが皮肉った。

「わたしたちは仕事をちゃんとやってない、手がかりがあってもほったらかしにしている、これではモイセス・マカヤを発見できないのではないか、と」

　我慢の限界を示すかのように、チェスカが座ったままもぞもぞし始めたので、チェスカという人間をよくわかっているオルドゥーニョが先に説明を始めた。

「午後も夜もフィアット・フィオリーノの尾行をしていました。はっきり言って、あまり楽しい仕事ではありません。トレドまで行き、家具店の大安売りまで見学しました。連中は飾り棚、サイドボード、揺り椅子を買っていた」

　もちろん、モイセスの姿はなかった。

「昨夜の話をしてよ」チェスカが頼んだ。「あのワゴン車は休みなく走り続けるんだ。コンテナの中に放置された古い家具を探して、町じゅうを走りまわる。マドリード一さもしいくず拾いだって見向きもしないような椅子を積み込んでる」

「そういう家具を店に運んで、修理するんです。あっちに鋲《びょう》を打ち、こっちを板で補強し、ニスを塗ってショーウィンドーに並べる。そして客たちは掘り出し物を見つけたと思い込んでいる」

「応援と交代で、見張りを続けて」エレナは命じた。「モイセスの行き先を見つける唯一の手がかりだから。ほかには何かない？」

　ブエンディアがメモを見た。

「土曜は、姉妹の検死報告を比較して過ごした。いくつか微妙な違いがある」

「どんな？」

「ラーラは、穿頭される前に頭髪を完全に剃られていて、耳のあたりの髪が一部残されているだけだった。一方スサナは、剃られていたのは穴の周囲だけだ」

「年月とともに技術が上達したのかもしれない」オルドゥーニョが言った。

「あるいは無精になったのかも」チェスカが続ける。

「あるいは情け深くなったのか」

全員が説明を求めるようにブエンディアのほうを見た。

「すっかり剃ってしまってはかわいそうだと思ったのかもしれない。危害を加えるのは最小限にしたかった、そんなふうにも見える」

「頭にドリルで三つも穴をあけて、大食漢の蛆を埋め込むのは、情け深いとは言えないんじゃない？」マリアホが言った。

「残酷だってことはわかっている。だが、殺害方法に細かいところで違いがあるのは事実だ。ラーラは全裸で発見されたが、スサナはパーティーのドレスを身に着けていた。ラーラにはジアゼパムを使用した痕跡はないが、スサナにはある。それにビニール袋のことも一つだ。スサナを殺した犯人は、彼女が苦しむ顔が見たくないから、顔に袋をかぶせたのだとわたしは思う」

「ラーラにはなぜそうしなかったのかしら」

「ウエディングドレスのベールで隠したのか、あるいは現場には残されていなかったビニール袋を実際には使ったのか。あるいは、最初の事件では、科学捜査班が証拠品を見落としたのかも」

サラテはどきっとした。

「なんでそんなふうに考えるんですか？」思わず尋ねる。「あなただって科学捜査官だ。

同僚を非難するのは褒められることじゃないと思いますけどね」

サラテの言い方には敵意が滲み、事件の担当者をかばおうとしていることが見て取れた。そう自覚していたし、うまく隠せない自分が情けなかったが、いちばん心配していることが話題になっているのだから仕方がなかった。そう、サルバドール・サントスの捜査が怠慢だった可能性について。

「落ち着いて、サラテ」ブランコ警部が割って入った。「今はまさに正念場の段階なんだ。レンテロも注視している」

「正念場の段階？」チェスカが口を挟んだ。「あんたがそんなこと言うなんて驚きだよ。あたしに言わせれば、振り出しから一歩も進んでない。最初からどん詰まりだ」

「レンテロはそうは考えてない。ＤＮＡ検査の結果から、モイセスがスサナ殺害の犯人だと彼は見ている。そして、ラーラを殺したこともいずれ白状すると確信している」

「レンテロはなぜ彼だと信じてるんだろう？」サラテが尋ねた。

「信じているわけじゃない。そう信じたいんだ。ミゲル・ビスタスを釈放し、代わりに真犯人を引き渡したがっている」

「モイセスが二人の娘をあんなやり方で殺したなんて、ありえない」

エレナは、サラテも自分と同意見なのだと思いたかったが、彼がそう主張するのはまったく別の動機からだとうすうすわかっていた。

「なぜそう言える?」エレナは訊いた。

「ラーラ・マカヤの捜査資料を再検討したからだよ。ミゲル・ビスタスを有罪とする証拠が圧倒的に多かった。犯人は絶対にミゲルだ」

「わたしも再検討したけれど、違う意見よ」

全員がマリアホのほうを見た。彼女の言葉からは強い自信が感じられた。

「あんたも再検討した?」エレナは不思議に思い、尋ねた。「なんでまた?」

「携帯のメッセージやSNSを追跡するのに飽き飽きしたのよ。スサナの婚約者、その愛人であるシンティア、そうした人たちの生活についてはすべて把握した。言っておくけれど、彼らの毎日は、こんなにつまらないことがあるかってくらいつまらない毎日よ。だからミゲル・ビスタスの裁判記録のコピーを取り寄せたの」

「どうしてわざわざ?」サラテが尋ねた。その声には隠しきれない驚きが表れていた。

「〝普通〟であることに感謝するために、何か普通でない事態を見たくなってね」

「で、何か普通でないことが起きてたか?」ブエンディアが尋ねた。

「わたしに言わせれば、起きてたわね」

マリアホはしばらく口をつぐんだ。やけに芝居がかった沈黙だった。

「何を見つけたの、マリアホ?」エレナも興味を示した。

「ミゲルが有罪になった根拠は状況証拠ばかりだった。独り身であること、ラーラの知り合いだったこと、殺された日に彼のスタジオでラーラが写真撮影をおこなったこと、アリバイがなかったこと」

「そして、遺体から彼の毛髪が発見された」サラテは念を押した。「さらには、遺体のそばで見つかった三脚の跡が、ミゲル・ビスタスが所有していたものと一致した」

彼の声には軽い非難がうかがえたが、マリアホは動じなかった。

「わたしが変だと思ったのはそこじゃない。その日の午後に写真撮影をしたなら、被害者の体からカメラマンの毛髪が見つかったとしても、説明はつくと思うわ」

「陪審員はそうは思わなかった」

「でも、いちばんおかしいのは、ミゲルの弁護人がモイセスに反対尋問をしなかったことよ。モイセスは検察側の証人として出廷して、写真撮影について検事から質問され、娘を眺めるカメラマンの目つきが気に入らなかったと証言している。ところが弁護側の番が来たとき、弁護人はこの証人に対しては反対尋問はないと言ったの」

「たいして重要な証言だとは思わなかったんじゃないんですか」サラテは指摘した。

「そこがわからないのよ。捜査の段階では、父親も疑われていたの。遺体で見つかった毛髪のものと照合するため、モイセスのDNA検査がおこなわれているんだから」

「検査の結果は符合しなかった」

「でも、何らかの事情聴取はしたはずよ。弁護士なら被告の容疑を別の人間に向けようとするべきだし、父親はその標的として最適だった。どうして尋問しなかったのか？」

「マリアホ、あんたの推理は？」ブエンディアが尋ねた。

「見当もつかないわ」

「ラーラの事件の捜査資料にモイセスの調書がないことも説明がつかない。その点はわたしもおかしいと思うよ」エレナが言った。

「偶然の一致が多すぎるな」オルドゥーニョも訝《いぶか》しんだ。

「あるいは怠慢が多すぎる」

脚をテーブルの上に投げ出しながらそう言ったのはチェスカだった。

「ミゲル・ビスタスの弁護士、ハウレギから話を聞くときが来たようね」エレナが言った。

「この裁判にはわからないことが多すぎる」

突然サラテが立ち上がり、物思いに沈んだ様子で室内を歩き出した。あまりにも唐突な行動だったので、彼が何を言い出すかと全員が注目した。

「どうした、サラテ？」エレナが尋ねた。

「何もかもわからない」

「こいつにはゆっくり丁寧に説明してやらないと、理解が追いつかないらしい」

サラテはチェスカの挑発には乗らず、エレナに目を向けた。

「どうしてラーラの捜査にかまけているのか、わからないってことだよ。七年前に解決した事件なのに」

「この事件の解決に役立つかもしれない不明点があるからだよ」

「いや、スサナのことに、彼女の周囲のことにもっと集中すべきだ。彼女の婚約者、シンティア、ロマ人たち、ソルド一味。過去の事件に時間を無駄にはできない」

「弁護士から話を聞くだけよ。ほかに何をするわけでもない。たいして時間は取らない」

サラテはもっと悪あがきしたかった。反論の余地のない確かな根拠を今こそ示すのだ。だが、何も思い浮かばなかった。包囲網はしだいにサルバドールに迫り、自分に師匠を守れるのかどうか、もはやサラテにもわからなかった。

47

ブランコ警部とサラテはクアトロ・カミーノス地区のロータリー近くにチーム所有の車を停めた。ブラボ・ムリーリョ通りを歩きながら、ハウレギの事務所の住所を探す。質素な住居が並ぶ街区と、せいぜい三階建てぐらいの建設中の建物の街区が交互に現れる。そこはコントラストの強い一帯だった。さまざまな国籍の人、とくに南米人が共存し、スペインの昔ながらのバルもあれば、中国人が経営する最新のネイルサロンもある。

インターホンを押すと、しわがれ声が応答した。警察です、ミゲル・ビスタスの件でうかがいたいことがあるのですが、とブランコ警部が告げると、すぐにドアを開けるブザーの音が響いた。四階まで階段を上がる。壁はあちこちが剝げ落ち、キャベツを煮込む匂いがあたりに漂っていた。ハウレギは戸口で待っていた。愛想よく笑う、でっぷりと太った男で、滝のように汗をかいている。中に通された二人は、部屋に足を踏み入れたとたん、ハウレギの汗の理由がわかった。エアコンがなく、扇風機さえ見当たらないため、ひどい暑さだった。裏庭に面した窓が開いていたが、風はほとんど入らなかった。

「ここまで上がってどうでした？　わたしはいつもへとへとです。何年も前に住民組合でエレベーターをつけるとオーナーは約束したくせに、なしのつぶてです。何のためにあれこれ決めてきたのか」

ハウレギは、脚の不自由なカバみたいに動きがのろく、おたおたしていた。ときどき腰に手をあててはさすっている。室内の散らかりように気づかない者はいないだろう。リビングから見えている台所には、汚れた皿が山になっている。机の上は書類であふれ、一部は床にこぼれていた。皿を下げたときに落ちたと思われる、トマトソースで汚れたナプキンもある。書棚にはありとあらゆる本が詰め込まれ、もはや一冊も加える隙間がない。実際、その足元に本の柱が二つできていた。エレナが観察したところ、法律関係の本が多いが、自己啓発本もある。それに歴史書も。小説も多く、必ずしも大衆的なものばかりではない。ハウレギはダメ人間の典型という感じだが、フロベールやカルヴィーノを読んで自分を慰める夜もあるらしい。

「わたしたちはラーラの妹、スサナ・マカヤの殺害事件を捜査しています。あなたがミゲル・ビスタスの弁護士だったそうですね」

「ええ、残念なことに、彼はわたしとともに戦うことになりました。人生は運に左右されるものですが、彼にはその運がなかった」

「なぜそうおっしゃるんですか？」

「あの頃のわたしはひどい仕事ぶりでした。個人的にあまりよくない時期だったんです。言い訳にはならないとわかっていますが、アルコールの問題を抱えていました」

本棚にも、玄関ホールの棚にも、厳しい表情をした年配の女性の写真が何枚も飾ってあった。おそらく母親だろう。

「いい弁護士とは言えなかったと、本当に認めるんですか?」サラテが尋ねた。

「長いキャリアのあいだで、輝いていた頃もあるにはありましたよ」

「自分の失敗を認める弁護士というのも珍しい」

「そういう虚栄心は若い弁護士に譲りますよ。わたしはもう化石みたいなものだ」

「どこで失敗したとお思いですか?」エレナは尋ねた。

「何もかもです」

「何もかも間違う人はいません。裁判のどの時点がよくなかったと思うんですか?」

「いいですか、ミゲルは仕事を愛する孤独なカメラマンでした。ただそれだけです。有罪を決定づけるような証拠は何もなかった。みんな状況証拠です。ラーラは事件発生当日、彼のスタジオで写真撮影をし、ウエディングドレスを持ち帰らずに、そこに置いていった。検察側に言わせれば、それこそが動かぬ証拠でした。そしてわたしには、彼らのシナリオを切り崩せなかった。ミゲルは、かのロマ人娘の美しさに劣情を抱いた、頭のおかしい病気の男に仕立てあげられた。たしかに彼女はとても美しかった。それは否定できません」

「被害者の父親にも容疑がかけられていたようですが」

「ばかばかしい。父親はロマ人だった。単純に人種差別から疑われたんです。警察はすぐに容疑を引っ込めて、別の容疑者を選んだ。ミゲルを疑わしく見せる証言をさせるため、父親にあれこれ教え込んだのは間違いありません」

「ハウレギさん、あなた今、とても重要なことを示唆《しさ》しようとしていますよ？」

「サラテ、彼に自由にしゃべらせて。どうして父親が警察から証言を教え込まれたなんて言うんです？」

「警察での事情聴取のあと、モイセスは言動を変え、娘たちに対するミゲルの態度は妙だったと言い始めたからです。とくにラーラに対して。だがそんなのは嘘だ。ミゲルが内気だったことは確かですが、そういう人間はべつに珍しくない。それに自分の仕事を愛していた。モイセスの会社での仕事に満足していたんです。しかも、それは経営者のほうも同じだった。モイセスは彼との契約を更新したばかりだった」

「つまり、警察がモイセスと司法取引をしたと言いたいのか？」サラテが怒りを爆発させた。「疑いをかけられたくなかったら、ミゲルを陥れろと？」

「そのとおりです」

「そういう強要があった証拠はあるのか？」

「いいえ」ハウレギはさらりと言った。

サラテははらわたが煮えくり返っていた。びっしょり汗をかき、ひと言言うたびに息をつかなければならないかのように息切れしている、この弁護士のグロテスクな雰囲気が気に入らなかった。エレナは落ち着けというように同僚に合図を送った。話は自分が主導したほうがよさそうだった。

「一つわからないことがあります。モイセスはミゲルとの契約を更新したと言いましたよね。この点を突けば、ミゲルに反感が向かうように検察側が話をでっちあげたということが明らかになったのでは？」

「でしょうね」

「どうして法廷でモイセスにきちんと反対尋問しなかったんですか？」

「無意味だからですよ」

「無意味？　相手の思惑を叩く絶好のチャンスに思えますが」

「さっきも言いましたが、あのときわたしはひどく参っていて、反対尋問をしても失敗するおそれがあるとわかっていました。でも、操られている証人にはさすがに我慢がなりません。あのときは、娘の父親が相手方の尋問に答えるたびに依頼人を非難しようとするのがわかっても、うまく阻止できなかった。だから、反論のチャンスを相手にあたえるのをやめようと思ったんです。こっちが尋問をやめることで、相手が信頼できる証人ではないとわたしが考えていることを示そうとした」

サラテには、そんなのは卑怯《ひきょう》だし、不当なやり方だと思えた。証拠もなしに、警察が証人の協力を取りつけたと非難するのはおかしいし、その疑念があったなら、それを訴えることができる唯一の環境で、つまり法廷で正々堂々と訴えないのはもっとおかしい。だが、何も言わなかった。自分でもいらいらしているのがわかり、警部の前で冷静さを失いたくなかったからだ。不快だった。暑いし、部屋はまったく片づいていないし、嫌な臭いがする。顔のまわりをハエが飛びまわっているが、さっさと追い払いたかった。

「スサナ・マカヤの事件のニュースは耳に入ってきてますか？」エレナが尋ねた。

「ええ、まあ。関心は持っています。でも、あんまり入れ込まないようにしているんです。心臓の調子がよくないので」

「この二つ目の事件がミゲルの無罪を証明するとは思いませんか？」

「そうですね。新しい弁護士が即時の釈放を申請してくれるものと願っていますよ」

「被告の代理人という立場を離れたとして、ミゲルの有罪の決め手は何だったと思いますか？　毛髪のＤＮＡ？」

「普通じゃなかったせいです。社会が彼を受け入れなかった。内向的で、孤独で、友人もいない男。人とつながるのはカメラを通してだけでした。彼はあの娘さんたちを本気で美しいと思っていたと、わたしにはわかります。あの日ラーラの写真を撮ったから、遺体に毛髪が付着していた、それだけのことです。検察官は三脚の跡のことも指摘した。でも店で普通に買えるものだし、写真好きなら誰でも一つは持っている。ラーラは生きてスタジオを出たはずです」

「なぜそんなに確信が?」

「ミゲルと何度も話をしたからです」

「でもとても内気な人なんですよね。本心を聞き出すのは難しかったのでは?」

「彼は無実だと思います。当時もそう信じてましたが、こんな事件が起きている今はいよいよその思いが強い。犯人が自由の身なのは確かだ」

「先日エストレメラ刑務所にいたのはどうしてですか?」

「ミゲルに会って、激励してきました。そのついでに、彼の新しい弁護士に事件の書類を一式渡してきた。弁護士同士であれば当然の礼儀です」

エレナも汗をかき始めていた。そろそろ引き上げる頃合いだった。立ち去る前に書棚をもう少し観察し、若かりしハウレギの写真にも気づいた。もっと痩せていて、若い女性と一緒に写っている。どこか郊外にピクニックか何かに出かけたときのものらしい。つかのま、それが彼の人生の最良の日々だったのかもしれないと思った。

48

ミゲル・ビスタスの新しい弁護士、ダミアン・マセゴサが、ハウレギから預かった書類を手に接見室に現れた。ミゲルは消耗し、力が出なかった。傷が急所をそれたのは運がよかったと医師は言う。だが、こうしてベッドを離れることはできたとしても、気分がすぐれなかった。ずっと抗生剤と鎮痛剤を処方されていて、そのせいで眠くて仕方がなかった。夜になると熱が上がり、食欲もいっこうに戻らない。傷の回復も思わしくなかった。姿勢を変えたり、深呼吸したり、咳をしたりしただけで、傷口が開くような気がした。

「刑務所事案を扱う判事とさっきまで一緒にいたんだが、うまくいきそうだよ」マセゴサが言った。

「いつここから出してもらえるんですか?」

「まもなくだ。だが、辛抱が必要だ。娘たちの父親が指名手配になっている。一刻も早くその父親を見つけ、締め上げて、二人の娘を殺したことを白状させる、それがわれわれにとっては最良のシナリオだ」

「でも、もしそれがだめだったら？」

「ほかにも手段はある。心配するな。二つの事件が同一犯による犯行だということは誰の目にも明らかだ。再審を却下する判事などいないよ」

ミゲルはしぶしぶ弁護士のほうを見た。この男のことは何度もテレビで見ていた。ミゲルの一件が話題になればなるほどいいとわかっているのだ。髪をやけに念入りに梳《と》かした中年男で、いけ好かない気取ったしゃべり方をする。

「裁判記録を全部再検討したが、正直、みごとな弁護とはとても言えないものだった」

「それはわかってます。僕の弁護士は最悪でした」

「わたしも同意見だ。同業者の悪口を言うのは気持ちのいいものではないがね」

「具体的にはどこがいけなかったんですか？」

「本来、法的根拠のあった君の推定無罪が、中身のない証拠によって揺るがされてしまったことだ。そのせいで、君の弁護士は冷静さを失った。証人尋問のときの彼の態度は説明がつかない。重要証人への反対尋問をあっさり放棄し、手続き上の不備で無効にできたはずの毛髪のＤＮＡという証拠を受け入れた」

「手続き上の不備？」

「この毛髪の証拠品はあとになって突然現れたんだ。まるで魔法みたいに。もちろん、検察側にとってじつに好都合なタイミングでね。そんなもの信じる者はいない。君の弁護士は証拠の無効を申請すべきだったのに、そうしなかった」

「そんなにはっきりしていることなら、彼はどうしてそうしなかったんです？」

「本人に訊いてほしいよ。わたしには見当もつかない。たぶんこの件にあまり関心がなかったか、あるいは君が有罪だと信じていたか。日程がゴルフのトーナメントとかぶってしまったりすると、準備を怠る弁護士を知ってるよ」

ミゲルは不安げに手を掻いた。

「今手元にあるこの記録だけでも、法廷での弁護側への不当な制限を主張でき、判事は再審を命じることになるだろうね」

「じゃあどうしてそうしないんですか？」

マセゴサはよこしまな笑みを浮かべた。

「国を訴えたほうがいいからさ」

「僕はここを出たいんです。できるだけ手っ取り早い手段を取ってください。これ以上耐えられそうにない」

「もうそういうわけにはいかないんだよ、ミゲル」弁護士はそう言って人差し指を突き立てた。「今ではもっといろいろな要素が絡んできている」

「もう無理だ」

「大丈夫、すぐに元気になるさ。もし国が無実の人間を刑務所送りにしたとしたら、賠償金をたんまり支払うことになる。金額を試算する表があるんだが、それはその人が刑務所に収容されていた時間に左右される。君は七年もここにいたんだ、ミゲル。一生働かなくても暮らしていけるよ」

「金なんか、僕にはどうでもいいことだ」

「五十パーセントはわたしに、ということで合意している。それを忘れないでほしいね。金はどうでもいいことじゃない。われわれが今ここにいる唯一の理由だ。君が有罪だろうと無罪だろうと、ロマ人娘の遺体がさらに見つかろうと、わたしには関係ない。わたしに五十パーセントの金が入る、関心があるのはそれだけだ」

　ミゲルは腹がずきんと痛むのを感じた。襲われて以来、何度も同じ痛みを感じる。体の内側が少しずつ裂けているかのようだ。弱みを見せたくはなかったが、つい顔が歪む。何か言うたびに、この弁護士がいかに正義を軽視しているかが露呈していく。

「国に責任を取らせなければならない。それがわれわれの切り札だ。それも絶好のタイミングで手に入った。だが、くれぐれも注意してほしい。国は間違いをなかなか認めたがらない。だから模範的な行動をし、厄介ごとには首を突っ込まず、挑発に乗らないこと。とにかく行動は慎重に」

　弁護士は、調子はどうか、つらそうだが大丈夫か、とひと言だって訊かなかった。考えてみれば、傷はどうだとか、どんな薬をもらっているのかとか、リハビリは進んでいるのかとか、そんな質問もされたことがなかった。この男は懐に入る利益のことしか頭にない。

「ご覧のとおりですよ」ミゲルは逆らわない。

「今度来るときには、何か進展があるはずだ。だからもう少し我慢してくれ。わたしを信じてほしい」

看守から接見の終了を告げられると、ミゲルはほっとした。床に目を落とし、うつむいて監房まで戻る。やすやすと餌食にならないよう、血の気の多い連中を全力で避けるコツとして、カラカスに教えたとおりに。

49

フィアット・フィオリーノはリベラ・デ・クルティドーレス通りの店の近くに駐車してあった。チェスカのような行動派の刑事にとっては、張り込みほど退屈なものはなかった。チェスカはエクストリームスポーツが好きだった。ベースジャンピングをするのは鳥が飛ぶ気持ちを味わうためであり、ウルトラマラソンをするのは人間の耐久力の限界を試すのが目的だった。警察官になったのは、アドレナリンを放出させたいからだ。いちばん好きな仕事は悪党を追いかけたり、奇襲をかけたり、銃を握りしめて何かのアジトに踏み込んだりすることだ。一日じゅう車の中でワゴン車が動くのを待つのは拷問に近かった。

ロマ人が一人、キーをチャラチャラ鳴らしながら店から出てきた。車のドアを開け、力まかせに閉める。ワゴン車のエンジンがかかった。動きがあったとはいえ、チェスカの心は少しも躍らなかった。アルセンタレス通りを走り、ある建物の玄関先で停まると、さっきのロマ人が台車の助けを借りて、一人でどうにか机と椅子を運び出した。ただの家具の配達だ。

車はさらにいくつかの場所をまわった。やはり家具の宅配だ。そのあとリベラ・デ・クルティドーレス通りに戻った。すでに正午だから、店は三時間閉まり、ロマ人たちは食事に出るか、中には店内に残って昼寝《シエスタ》をする者もいるだろう。

オルドゥーニョと交代で少しうとうとできそうだった。二人のどちらかが見張りを続け、そのあいだもう一方が休憩する。でもチェスカはシエスタなどしない。シエスタは時間の無駄だと思っていた。あれは怠惰《たいだ》を三乗にしたようなものだ。人間がゴミ箱に捨てることにした、一日のうちの特定の時間。

張り込みを我慢させたら、オルドゥーニョのほうが上だ。少年時代から十代にかけてエリート体操選手だった彼は、親元を離れ、優秀な選手ばかりを集めたクラブで厳しいコーチたちの指導を受けながら、汗を流す毎日を送っていた。だがある日ふとプロスポーツはやめようと決意し、警官になった。そうした過去の経験が、彼の我慢強さを養ったのだ。オルドゥーニョは静けさを好み、何も求めず、何も強いられずに暮らすこと、そして目の前にいる人と穏やかに話をすることを好んだ。だがチェスカは、いらいらしているときはとくに、静かな会話をするにはあまりふさわしい相手ではなかった。今は機嫌が悪く、皮肉と怒りが言葉の端々に滴っている。ロマ人たちの張り込みに嫌気がさしていて、それがはっきり表に出ていた。

午後六時、フィアット・フィオリーノが動き出した。プエルタ・デ・トレドからM30号線へ向かい、そのあと高速道路四号線を通って、パルラ近くの工業地帯に入った。廃車置き場、巨大な中国系市場、家具店などが並んでいる。ワゴン車は何の看板もない倉庫の前で停まった。ロマ人が一人、車から降り、倉庫の金属製のシャッターを開けると、家具を運び出してワゴン車に積み始めた。かなり重そうなサイドボードで苦戦している者がいた。男は額の汗を拭い、なんとかしてその大物を台車に載せようとしている。倉庫から背の高いがっしりした男が一人出てきて、それに手を貸した。

最初に気づいたのはチェスカだった。相棒を肘でつつくと、オルドゥーニョはすぐに目覚めて警戒態勢を取った。

「いたよ」チェスカが注意を促した。

よく見るために、オルドゥーニョは目を細めた。たしかにあいつだ。モイセス・マカヤ、殺害された二人のロマ人娘の父親にして、今やマドリード一のお尋ね者。すぐにでも飛び出したがっているチェスカをなため、携帯電話を取り出した。

折しもブランコ警部は特殊分析班《BAC》本部でマリアホと話をしていた。オルドゥーニョは、今すぐモイセスを捕まえるべきかどうか、確認を取ろうとしていた。

「モイセスで間違いない？」

「ええ、間違いありません」

「もし逃げようとしたら拘束して。その気配がないなら、わたしの到着を待って。モイセスと話したいから」

そう言いながら、警部はすでに車のキーをつかみ、通りに飛び出していた。マリアホは話の途中だったが、電話の会話を聞いて、狩りが終わりを迎えようとしているのだとわかった。モイセスと対面したとき、エレナはどうするのだろうと考える。今二人は彼のことを話していたのだ。マリアホは、頭に蛆を埋め込むロマ人の古い儀式や呪いがあるのではないかと思い、調べていた。しかし見つからなかった。マカヤ姉妹殺人事件は、少なくとも犯行の手口という点では、ロマ人文化とのつながりはなかった。犯人は彼じゃない。電話を受ける前にエレナが口にしたその言葉がマリアホの頭の中で反響していた。犯人は彼じゃない。二人の娘を殺害したのはモイセス・マカヤではない。だが、指名手配されているからには、エレナは車に飛び乗り、彼を捕らえて、司法の手にゆだねなければならなかった。

エレナが到着すると、オルドゥーニョとチェスカはさっそくモイセスとの対決に向かった。フィアット・フィオリーノは家具を積んですでに走り去っていた。倉庫のシャッターはもう閉まっている。建物の周囲を調べたところ、ひと蹴りでドアを壊せそうな裏口があった。

エレナはドアを叩いてモイセスを呼び、話がしたいと訴えるほうを選んだ。だが思ったようにはいかなかった。向こう側で足音は聞こえず、声もしない。もう一度ドアを叩いてみたが結果は同じだった。エレナはあきらめの表情でため息をつき、突入の合図を待っているチェスカに目を向けた。ただの薄板らしきドアは見た目より強度があり、三度目の蹴りでやっと降参して、銃を抜いたオルドゥーニョとチェスカが中に踏み込んだ。

「警察だ！」

この警告で、モイセスが投降するか、あるいは自暴自棄になって逃げ出すかするものと思った。ところが内部では何の反応もない。中は湿っぽく、暗かった。小さな採光窓からその日最後の陽の光が差し込んでいる。エレナは懐中電灯を取り出し、倉庫内の隅々を照らした。家具や道具類、がらくたばかりだ。シーツで覆われているものもあれば、ただ放り出されているものもある。誰かが掃除道具を動かしているような金属音が、ここだと知らせた。箱を積み上げた二つの柱のあいだにモイセスはいて、飛び出しナイフの刃を出したり引っ込めたりしていた。チェスカとオルドゥーニョに緊張が走った。エレナは手ぶりで落ち着けと命じた。

「モイセス……話がしたい」

カチャッという音をたてて柄から刃が飛び出す。薄闇の中、刃がぎらりと光る。モイセスはその輝きに、スイッチ一つで凶器に早変わりするその道具に、うっとりと見とれているように見える。

「あなたが何も悪いことはしてないとわかってる。だから助けたいの」

「何も悪いことはしてない？」

　モイセスは喉から絞り出すような苦しげな声で言った。

「何も悪くない。あなたは悪いと思っているとしても、そうじゃない。娘との喧嘩なんて普通のことよ。親は誰だって子どもと喧嘩する」

「でも、親が探偵を雇ったりするか？」

「あなたが思うよりそういう親はいる、本当だよ」

「どこの親が娘の結婚をやめさせようとする？」

「大げさに考えないで、モイセス。逃げまわるほどのことじゃない」

「娘の顔を平手打ちした。バチェロレッテパーティーの日、わたしは娘に会いに行き、顔をひっぱたいた。女といちゃつくような、馬鹿なことはもうやめろ、おまえほど生意気な娘はいないと怒鳴りつけ、叩いたんだ。娘は怒った猫みたいにわたしを引っ掻いた。そして大嫌いだと言った」

　ふいにナイフのスイッチの音がやんだ。喧嘩のことを思い出して気力を失ったか、急に落ち込んだかしたように。

「思ってもないことが口をついて出ただけよ。気に病むことはない」エレナは取りなそうとした。

「二人とも、わたしのせいで死んだんだ。そう思えてならない」

モイセスの浅黒い頰にきらりと光る何かが見える。たぶん二粒の涙だ。

「なぜ警察から逃げたの？」

「もう耐えられなかった。妻の前で捕まりたくなかったんだ。いい恥さらしだ。妻には、わたしが娘を殺していないという確信さえないんだから」

「ソニアはあなたを疑ってなどいないわ、モイセス。一度だって」

「妻の非難のまなざしをあんたは見ていない。わたしがいとことかかわっていたと気づいて、軽蔑の目を向けてきた。妻にあんな目で見られたくないんだ」

「ソニアはあなたにそばにいてほしがってる。わたしは殺人罪で刑務所行きだ」

「ソニアはわたしのそばにいられないさ。わたしは殺人罪で刑務所行きだ」

「そんなことはないわ。あなたを有罪にする証拠なんて、爪に残ってたDNA以外に一つもない。それについても今、事件の日に娘に引っ搔かれたと説明してくれたじゃない」

「心から愛している、頭がどうかなりそうなほど愛していたと妻に伝えてほしい」

「自分で伝えて」

「だめな父親だった。それはわかっている。ロマ系マフィアとはかかわらないようにしようとずっと思っていたのに、結局カピにすがってしまった……。たぶんそれがわたしの最大の過ちだ。連中と手を切れなかったことが」

「さあモイセス、立って。一緒に警察に行って、事情聴取を受けて。そうすればきっと明日には自宅でゆっくり眠れる」

「だが、わたしのいちばんの過ちは、娘たちの面倒をきちんと見てやれなかったことだ。それが事実だよ」

「わたしが助けるわ。ソニアのことも、あなたのことも、絶対に一人にはしない。そしてスサナを殺した犯人を必ず見つける」

「見つけるまでけっしてあきらめないと約束してくれ」

「約束する」

「ありがとう。必ず捕まえてくれ。そしてわたしの代わりに額を撃ち抜いてやってくれ」

「必ず捕まえると約束する。さあ、ナイフを渡して。もう行こう」

モイセスは答えなかった。ナイフがカチッと鳴ったあと、すぐに何かが湧き出す音がして、ぞっとするような音が続いた。粘り気のあるものでごぼごぼと喉が詰まり、怪物がうめく。それまで相手を刺激しないようにしていたエレナは、初めてモイセスの顔を懐中電灯で照らした。すでに首をナイフで突き、出血で窒息しかけている。

「救急車、早く！」

エレナはポケットから急いでハンカチを取り出し、モイセスの首の傷に押し当てて出血を止めようとした。ハンカチはたちまちぐっしょりと濡れ、無駄だと教えた。チェスカは助けを呼びに倉庫を飛び出した。オルドゥーニョはがらくたの中から汚れた布切れを見つけ、エレナに差し出した。警部はそのままずっとモイセスの首に布を押しつけていたが、オルドゥーニョはもう布を探そうとはしなかった。モイセスはすでに死んでいるとわかったからだ。だが、エレナがそれを受け入れるにはもう少し時間が必要だと理解していた。だから彼女がそうしてモイセスの命を救おうとあがき続けるのを静かに見守っていた。

50

ピオベラ地区では人の声一つ聞こえなかった。ひそやかに喪を告げる声が家から家へとすでに広まっていたかのように。少なくとも警察車輛《しゃりょう》の青い光は窓から見えているにちがいないのに、外を覗く者もいない。マカヤ家の邸宅のキッチンに弱々しい光が灯っている。遅い時間だが、ソニアは目が冴えて、眠るのにウィスキーが必要なのかもしれない。その日の夜も、テレビ番組でスサナの事件が話題になっていた。出演者の中には、娘を殺すなんてとモイセスを非難する者もいた。ソニアはその番組を観ただろうか？　あるいはテレビなどとうに物置きにしまい込んだのか？

エレナは助手席でぼんやりしていた。なかなか車を降りられずにいる。

「俺がソニアと話しましょうか？」オルドゥーニョが言った。

エレナは答えなかった。ソニアには自分から話さなければならない、そうわかっていた。ドアを開け、外に出た。チェスカも同様に降りた。外で待っていたかったからだ。車に寄りかかり、警部がソニアの家へのろのろと向かうのを目で追った。

空には星が輝いている。夏の夜は暑く、人を酔わせる。マカヤ家を襲った悲劇をよそに、日々は続いていく。テレビのあの番組の出演者たちも何事もなかったように帰宅するだろう。自分の言葉は無害で、現実のものではなく、人々の先行きに何の影響も持たないかのように。だが、埋葬を待つ遺体がそこにはある。そして、この街のどこかに、たしかに殺人者がひそんでいる。

第四部

うつろな街

少年は野を駆け、木に登り、高みにある枝から地平線を眺望した。そのあと気持ちのいい草原を探し、しばらく寝転がって雲を眺めた。そうして午後のさわやかな風に吹かれ、眠りに落ちた。

目を開けたとき、倉庫の天井を横切る導管に気づいた。継ぎ目のどこかから水が漏れているかもしれない。夢遊病者のように起き上がり、洗濯機の上にあがると、本の塔によじのぼり、導管を舐めてみた。錆の味が喉を下りていった。ふいに、床に下りたくても下りられないような気がした。そんな力はなかった。ここ数日、口にしたのは自分が吐いたものだけだ。今の錆味のしずくでもう少しはもつかもしれない。

最初の何日かは手の力だけで窓までよじ登り、大声で助けを求めた。でももうそんなことはしない。シャベルで殴ってドアをこじ開ける努力もしない。ただ待つだけだった。

倉庫内をくまなく探したが、もう食べ物の缶詰はなかった。そこで何かを食べているのは蛆たちだけだった。犬の死体はすでに蛆で覆われていた。

初めのうちは気持ちが悪かったが、今では催眠術にでもかかったように、死体が解体されていく様子を観察してしまう。犬の背肉、耳、舌が徐々に消えていった。

足先にくすぐったさを感じて、びくっとする。傷口に潜り込んでいる蛆がいた。蛆を食べてみてはどうだろうと少し考える。傷に指をしばらく置いておき、それからその指を顔に近づける。指先で四、五匹の蛆がまごまごしている。少年はその様子を観察し、それからふっと息を吹きかけて散らした。

少年は力なく壁に寄りかかっていた。足先の蛆たちには好きにさせることにした。何かするのは、膝まで這い上がってきてからだ。子どもの知恵ながら、こいつらは、栄養を取るのに缶詰なんか探さなくてもいい、進化した種だと思った。それから犬の死体に目をやり、窓に近づいて、床に落ちているガラスの破片を手に取った。

それをナイフ代わりにして、犬の足の肉を切り取り、口に運んでみた。顔をしかめながら噛む。むかむかして吐き出した。続いて、もう少しよさそうな部分の肉を薄く剝ぐ。ゆっくりと咀嚼する。そうして、口の中の腐肉に少しでも肉汁を探す作業に没頭した。

51

カステリャーナ通りの四棟のタワービルは、赤いラーダが街を遠ざかるにつれて小さくなっていった。車の中ではミーナの『うつろな街』が流れている。エレナは、疲れに負けじと歌おうかと思ったが、その元気が湧かなかった。悲しみを肌に貼りつけたまま、最後まで黙って運転することになるだろう。バリャドリードの村、ウルエニャに到着するまでにかかるその二時間の幕間《まくあい》とつかのまの休息は、むしろありがたい。数年前、元夫アベルはそこに引っ越した。

家は村郊外にあるが、たどり着くまでに村の石畳、城壁、古い立派なお屋敷を見せつけられることになった。エレナは、アベルが新たな生活を始めるためにこういう美しい場所を選んだことが腹立たしかった。二人の身に起きたことを考えれば、美しいものに囲まれて暮らすなんて冒瀆《ぼうとく》だと思えた。だが考えてみれば、マドリードのマヨール広場も美しい場所だ。ただそこは、人生に深い傷を残す出来事が起きた現場であり、エレナにはとても美しくは見えないだけだ。夫には何も言わないつもりだった。たがいを責め合った日々はすでに遠い昔だ。

訪ねるという連絡もしていなかったが、アベルはまるで彼女を待っていたかのように迎えてくれた。彼は元妻の性格をよく知っていた。エレナは思いつきでどこへでも行き、当たり前の礼儀作法になど従わない。アベルは驚いてドアを開けたが、そこに浮かんでいた嬉しそうな表情は偽りではないように見えた。そして、こんな田舎にどうしてまた、と言った。

「なんだか会いたくなって」エレナは答えた。

アベルはその答えをさらりと受け入れた。エレナはそういう人間だと知っていた。行動にこれといって目的はなく、衝動や気まぐれで動く。彼女のそんな無分別なところが昔から好きだった。

「さあ入って、入って。ガブリエラは今食事の準備をしてる。何か飲むかい？」

ガブリエラはアベルのブラジル人の恋人で、十五歳も年下だ。エレナに挨拶しにこにこしながら現れて、やさしくハグをしてくれた。黒髪がとても美しく、いい香りがする。背が低く、筋肉質で、裸足《はだし》で歩きまわっている。村に数多い書店で働いている。

「フリカッセは好き？」強い訛《なま》りのあるスペイン語で尋ねる。

アベルは料理の中身を説明した。生クリームで煮た鶏肉《とりにく》、米、ヤシの芽《パルミート》。とてもいい匂いがする。エレナは派手に感心してみせることまではしなかったが、歓迎には感謝した。

そもそも、そのために来たのだ。たとえ数時間のあいだでも、誰かに少しやさしくしてもらい、失態を犯して落ち込む心につかのまの安らぎを得る。そういうとき、元夫ほど適役はいない。

食事はおいしく、会話も楽しかった。日常のあれこれを話し、ガブリエラの笑い声が鈴の音のように響いた。アベルが手がけたワインも飲んだ。ブドウ畑をいくつか手に入れて作り始めた自慢のワインだ。正直、エレナには、雑味が多くてあまりおいしいとは思えなかった。勝手にプロの世界に飛び込んだ素人のワインという気がした。でも、文句一つ言わずに四杯も飲んだ。

食事のあと、ガブリエラはエレナにさよなら、またねと言った。仕事に行かなければならないという。それは嘘で、二人の邪魔をしないように席をはずそうと思ったのかもしれない。泊まっていくのかと訊かれたが、まだわからないとエレナは答えた。

ブドウ畑を二人で散歩し、アベルはエレナにワイン貯蔵庫を見せた。今夢中になっていることについて熱心に話す彼を見て、何事もなかったかのように日々を送るこういうやり方は、どこか不自然だとあらためて思った。

「あの子のこと、覚えてる？」

あまりに唐突な質問だったので、アベルは立ち止まり、エレナを見た。

「もちろんだよ」勢い込んで答える。

「そうかな。すごく幸せそうだから、もう忘れたのかと思った」

「いつでも考えてるよ。だけど、あの子がいなくなった日にずっと立ちすくんでいるわけにはいかないんだ」

「〝いなくなった〟なんて言わないで。あの子が誘拐された日、あの子がわたしたちから奪われた日だよ」

「あの子がいなくなった日だ、エレナ。僕らのもとから消えてしまった日。だが人生は続いて……」

　まただ。また始まった。この人はわたしと言い争いたくないのだ。だから皮肉や挑発に乗らないよう予防線を張っている。彼は幸せで、そういう自分を、ポジティブな一面を活かして前に進めたことを、誇りに思っている。でもエレナは未来に目を向けることなどできなかった。幸福など夢物語となった。気が休まることも、休戦することも、ごまかすこともできなかった。息子のルーカスが誘拐されてから、人生は藻屑《もくず》と消えた。あれからもう八年になる。

「じゃあわたしは？　立ちすくんでる？」

　クリスマスだった。三人で、自宅の下のマヨール広場でツリーの飾りを選んでいたのだ。ルーカスがエレナの手を放し、一方エレナは木彫りのサンタクロースをもっとよく吟味しようと近づいた。ほんの数秒のことだ。ふと振り返ると、もういなかった。人ごみの中、息子の姿を捜した。広場はひどく混雑していた。息子があばた面の男とアーチから出ていくのが一瞬見えたような気がしたのだ。でもそれさえ確信はない。何一つはっきりしなかった。今でも何が起きたのかよくわからない。わずか五歳の子どもが抵抗もせずに母親から離れ、知らない人に連れていかれるものだろうか？　誰かよくわからない人と手をつないで立ち去り、母親の前から永遠に消えてしまうなんてことがあるのか？　脚をばたつかせたり、泣きわめいたり、何の騒ぎも起こさずに？

「僕はときどきそう思うよ。君は立ちすくんでいるんだと」

アベルがそう言うのは不当だと思えた。自分は仕事を続けている。でもアベルは新聞記者を辞めて新たな生活を始め、小さな村でちんけなブドウ畑の世話をし、最低のワインを作っている。

「わたしはあんたみたいに隠遁《いんとん》生活もしていなければ、五十歳で引退もしていない」

「べつに引退したわけじゃない。暮らしを変えただけだ」

「どんなに暮らしを変えても、どんなに遠くに逃げても、あの子は誘拐されたままだよ」

「それだってわからない」

「わたしにはわかる。あの子は生きてる。わたしたちに見つけてもらうのを待ってるの」

「もう八年も経ったんだよ。八年だ！」

それが二人のあいだを裂いた大きな溝だった。夫は一年もすると息子の捜索をやめた。

一方エレナは捜し続けた。でもそれはほとんど悪あがきだと、同僚たちからさえ何度か言われた。あの日エレナは警察の作法にも逆らった。ルーカスの姿が見えなくなってわずか五分しか経っていないのに通報したのだ。警察はあまり耳を貸さなかった。子どもはどこからひょっこり現れるかわかりませんよ。毎日ショッピングセンターや遊園地で迷子が出るんだから。それにマヨール広場周辺に非常線を張ってくれと十回以上電話で訴えた。クリスマスで、マヨール通りやアレナル通りのような人出の多い界隈を立ち入り禁止にするなど、ありえなかった。さらには、見かけた男のモンタージュ写真を作った。中背で、がっしりした体格、髪は暗褐色で肌も浅黒い。あばた面で、眉は太く、子羊の革の襟がついたスエードのジャンパーを着ていた。その写真をありとあらゆる地域に送った。でも必要な捜査体制が組織されていないと知り、怒りを爆発させた。まわりは彼女に同情の目を向け、誘拐として事件化したし、できるだけのことをしていると告げた。そして、いらだつエレナに、自宅で少し休めと勧めた。彼女は激怒した。

警官と新聞記者の夫婦の息子が行方不明となり、発見できないというのは前代未聞だった。アベルは一年半耐えたのち新聞社を辞め、二年後にエレナのもとを去った。翌年、ウルエニャで家を見つけ、ガブリエラと出会い、暮らしを一新した。エレナは一日たりともルーカスの捜索をやめなかった。部屋のベランダにカメラを設置し、マヨール広場のアーチの下を行き来する人の写真を撮った。あばた面の男は、また子どもをさらうために必ずそこに戻ってくる、とエレナは確信していた。それしか息子につながりそうな手がかりはないのだ。

「容疑者がいる」エレナは嘘をついた。

アベルは言い返したいところをなんとかこらえてエレナを見た。家にカメラを設置し、寝る間も惜しんで写真にあの顔を捜し続ける彼女を見るのがつらかった。そうやって自分を痛めつけ続けているのだとわかっていた。彼のように新しいページをめくって人生をやり直し、傷にかさぶたを作って、まだ出血はするがたまにという程度になるのを恐れている。エレナは苦しむことを選んだのだ。息子を見つけるまでは、幸せに結びつくような妥協はけっしてしない、と。

「それなら捜査を続けろよ。そして何かわかったら知らせてくれ。いいね?」

「わかった」

これでいい、とエレナは思った。これで気持ちが落ち着いた。アベルはわたしが捜査を続けることを非難していない。わたしの執着をむげに否定もしない。二人ともしばらく黙り込んでいた。エレナは、吹き抜けていく午後の風をすがすがしく感じている自分に気づいた。ここにいるのはやはりよくない。一泊するのはやめにしよう。やりかけの仕事がまだたくさんある。アベルからワインを一本贈られ、それをラーダのグローブボックスにしまった。さよならのハグから身を引くのに少し時間がかかった。

　マドリードに向かって車を運転しながら、ウルエニャでの一日について考える。どうしてときどき元夫に会わずにいられないのだろう？　なじみのある肌の匂いや、いつもの人見知りな雰囲気に気づくとほっとするが、もう愛してはいない。たぶん、悲劇を乗り越えた男の姿を自分の目で確認する必要があるのだろう。喧騒《けんそう》から離れた気ままな暮らしに、この世のあらゆる悲劇をよそに穏やかに暮らす男に憧れる、そんな気持ちがあるのかもしれない。アベルが幸せそうに見えるのは事実だ。でもエレナにはそんな暮らしは無理だった。元夫に会いに来るたび、いつも同じ。最初は羨ましく思うのに、帰る頃には、やはり間違っているのは彼だと確信する。こんなのは意気地なしのすることだ。アベルはあきらめが早すぎた。さいわい、自分はまだタオルを投げていない。今もガードを固め、緊張を緩めていない。ルーカスは、父親は失ったかもしれないが、母親はまだここにいる。

52

マカヤ家の葬儀には大勢の参列者がいたが、全員が死者たちを個人的に知っているとは思えなかった。マスコミは活気づき、スキャンダルに吸い寄せられた野次馬《やじうま》たちが、せめて一、二時間でも悲劇をじかに味わってみようと、その朝墓地に集まっていた。暑ささえ彼らを追い払えなかった。

実際のところ、とくに見るべきものなどなかった。ほとんど立ってさえいられない、嘆き悲しむ母にして未亡人。男が一人彼女を抱きかかえ、もう一人が一歩一歩に注意を払っている。エレナはどちらも知らなかった。たぶんソニアの親類か、つらいときに必ず支えてくれる親友か何かだろう。エレナはサラテとともに、目立たないところに立っていた。サラテは黒いシャツと黒いジャケット姿で、中は汗びっしょりになっていることだろう。エレナの目にはなかなか颯爽として見えた。

チェスカとオルドゥーニョはもう少し離れた場所に控えていた。二人は、葬儀のいちばん外縁に近いところにいるモイセスの一族から目を離さないようにしていた。カピの姿があった。指にいくつも指輪をはめた男と話し込んでいる。ソルドだ。やけに気さくな態度で、居酒屋で話してでもいるような感じだった。

エレナもときどき二人を気にしていた。それにしてもソルドの厚かましさには驚かされる。刑務所内でミゲル・ビスタスを襲わせた証拠を見つけるべく、警察はソルドの周辺を捜査した。しかし何も出てこなかった。ロマ人たちは目を見張るほど固い忠誠心でたがいを守っている。仲間を売る密告者を見つけるのはほぼ不可能だった。そして今、こうして首領が姿を見せた。馬鹿みたいに襟の大きな紺のジャケットを身に着けている。自分が目をつけられていることは承知しているが、誰も手は出せまい、とばかりに、わざわざ警察の前に身をさらしているわけだ。

参列者の中にはシンティアやマルタなど、スサナの友人たちもいた。人ごみに身を隠すようにしているラウルに気づいたとき、エレナは儀式というものの強い力に感嘆せずにいられなかった。ソルド一味とのあいだに懸案事項がまだあるというのに、元婚約者に最後の別れだけはしなければと思ったのだろう。

司祭が所定の位置に立ち、威厳を示す大きな咳払いをすると、祈禱《きとう》を淡々と唱えた。数人の係員が棺を下ろす。何人かの男たちがモイセスの棺の上にシャベルで何杯か土をかけ、一緒に紙幣や小銭をそこに投げると、墓の中で棺にぶつかる音がした。同じことをスサナの墓にもおこなう段になったとき、ソニアが現れて彼らを追い払った。やめて、娘にそんな儀式はいらない、と言うのが聞こえた。つかのま緊張が走る。男たちはソルドのほうをうかがうように見て、彼はカピに何か耳打ちした。カピはうなずき、しばらく動かずにいたが、やがてゆっくりとソニアに近づいた。彼女は抵抗しようとし、少なくとも敵意をあらわに迎えたが、身も心もあまりに弱っていたので試みは一瞬で終わり、なだめようとする相手の腕にたやすく抱きかかえられた。カピが耳元で何か囁くと、ソニアは泣き出した。

「なんて言ったのかな？」サラテが尋ねる。

「たぶん、われわれが面倒を見るとでも言ったのよ」エレナは鼻を鳴らした。「経済的な問題は何も心配しなくていい、と」

決めつけるようなその言葉に、サラテは目を丸くした。スサナの棺には土がかけられただけで、誰も金銭を投げなかった。遺体は埋葬され、参列者はのろのろと墓地の出口に向かった。墓石とともにたくさんの花や花束が残され、そこに小さな花畑ができたかのようだった。

レンテロから携帯電話に連絡が入ったのを見て、エレナは列から離れた。

「埋葬は終わったのか？」挨拶もなしにそう尋ねてきた。

「ちょうど今」

「わたしも参列したかったが、忙しかった。新聞は読んだか？」

「こちらもすごく忙しくて、新聞を読む暇さえないのよ」

「読まないほうがいいぞ。われわれを釜ゆでにしようとしている。警察の捜査は間違いだらけで、無実の人間を刑務所に入れ、自白もさせずに犯人を自殺に追い込んだ……」

「犯人？」

「連中はそう書いている。新聞は父親を犯人だとしている。そして、われわれもそうしなければならない」

「わたしたちは二人とも、モイセスが犯人ではないとわかってる」

「おまえはわかっていても、わたしはわかってない。二人の娘を殺した良心の呵責《かしゃく》に耐えかねて自殺した」レンテロは勝手に状況をまとめた。「筋が通っている」

「ほんとにそうだったらいいのにね、レンテロ。事件は解決、しばらくはゆっくり読書ができる。でも、解決はまだまだ先だとわたしは思う」

「刑務所担当の判事と話をした。ミゲル・ビスタスの釈放命令を出すそうだ」

「待ってました、でしょ？」エレナは皮肉まじりに言った。「無実の市民が刑務所にいることだけは、どうしても許せなかったわけだから」

「そうだな。だが、新聞の見出しにそれが載るのは不愉快だ」

「予審に誤りがあったなら、受刑者を釈放しなければならない。それはわかっているはずよ」

「元気づけてくれてありがとう。刑務所長のラウレアノと話をするつもりだ。彼や看守たちの意見を聞きたい」

挨拶抜きで話し始めたときと同様、レンテロはやはり挨拶なしで切った。レンテロでさえプレッシャーを感じているのだ。埋葬係もすでに立ち去っていた。エレナはあたりを見まわした。じっくり考え事ができるので、墓地は好きだった。サラテがそこで待っていなければ、墓を一つひとつ眺めて、墓碑銘を読んでいただろう。

「ミゲル・ビスタスが釈放されるらしいよ」サラテに告げる。

「俺たちにできることはもう何もないのか」

「事件を解決すること、それがわたしたちの仕事」

53

ミゲル・ビスタスは自分の監房の小さな鏡を覗き込んだ。見るたびに痩せていくような気がする。昔からずっと小太りだったのに。顎のカミソリ傷や肌の青白さを隠すため髭を伸ばすなんてこともしなかった。腹部のガーゼをのろのろと持ち上げ、傷の様子を確かめる。もう瘢痕《はんこん》ができていたが、歩いたり、かがんだり、寝返りを打ったりするとまだ痛んだ。つまりほとんど一日じゅう痛むということだ。

看守が勢いよく扉を開けた。

「房内検査だ。出ろ」

ミゲルはガーゼを戻したが、あまりに動作がのろいので、看守はいらだった。

「それは外でもできる。出ろ」

看守はミゲルをそっと、だが確実に外に押し出した。ミゲルはガーゼを元に戻し終わった。看守に見られていなければ、手早くできるのだ。ミゲルは廊下で、看守が房内の捜索をする様子を眺めていた。つかのま、ついに判事が釈放命令を出し、止まっていた人生の車輪がようやく動き出す日が来たのかと思った。そう考えたとたん、めまいに襲われた。塀の外に出るのは不安だった。決まりきった毎日や、永遠に続く怠惰な生活、自分ではなにも決めなくていい気楽さを失う不安。でも外に出たかったし、希望で血が沸き立つのがわかった。

いつもの房内検査。最初は警戒したが、自由になれるかと思うと高揚した。

ないものを感じる。すでに看守は、ドラッグを隠すような裂け目はないかとマットレスを手探りしだしていた。それからタイルの目地に指を走らせ、欠けているところを探した。今は本や絵をためつすがめつし、壁に貼った写真を剝がして裏側を確認している。

普通の房内検査ではない。受刑者を陥れるために、房内にドラッグの小袋を隠す看守の話を聞いたことがある。一種の懲らしめなのだ。ちょっとしたいざこざは、そういう策略で解決される。とくに看守に気をつけろと、明らかにこういうことを念頭に置いて弁護士からも注意された。君は、重箱の隅をつつくようにして、監視される。まもなく釈放されようとしている今、おこないを正すことだ。みんな君の足をすくおうとしている。国としては、司法の誤りを認めたくないはずだからね。

だが、自分に何ができる？　もし司法制度が自分を檻の中に入れておこうと策を弄《ろう》したら、一介の囚人がそれに抗《あらが》えるわけがない。できるだけ愛想よくして、面接では礼儀正しく振る舞い、社会に貢献したいと考えている教養ある人物を演じなければならない。心の中では、くだらない質問ばかりするこのセラピストの顔を殴ってやりたいと思っていても。だがとにかく、審理の歯車がぱたっと止まってしまわないことを祈るだけだった。

看守は今や、二段ベッドの上の段を調べている。最後に同房だったコロンビア人が出ていってから、ずっと空だというのに。新しい相棒が来るのを毎日心待ちにしていたが、誰も来なかった。監房がいっぱいにならないのはおかしくないか？　自分一人で監房を独り占めできるほど、犯罪率が落ちたのか？

疑問ばかりで不安がふくらむ一方なのは、もうたくさんだった。この房に誰も相棒が来ないのは普通じゃない。房内のどこかでドラッグが見つかったとき、疑問をさしはさむ余地がないように、ミゲルを一人にしているのだ。そうに決まっている。コカインを少々どこかに隠し、見つかって審議が始まっても、ミゲルはみんながいつも使う言い訳が使えない——それは僕のじゃない、同房のあいつのだ。だから一人にされてるんだ。そうとしか考えられなくなり、つい房内に足を踏み入れた。

「外で待ってろと言っただろう」看守が言った。

「検査のときには立ち会う権利がある」

看守は警棒に手を置いた。

「出ろ」

ミゲルはしばらく相手を見ていた。弁護士にははっきりそう言われたから、権利があるのはわかっていた。だが、言い合いはしたくなかった。騒ぎは起こしたくない。だから従うことにした。もうひと言言っておこうと思って振り返ったとき、鼻先で扉を閉められた。もはや中で何がおこなわれているのかわからなかった。物音が、看守が荒い息を吐くのが、「いてっ」という声が聞こえた。ベッドの脚につまずいたのだろう。ざまあみろだ。

とうとう扉が開いたとき、看守は段ボール箱を持って出てきた。中にはミゲルの本、ワークショップで現像した写真、そして、この七年で唯一受け取った手紙が入っていた。

看守は廊下を遠ざかっていき、ミゲルは房内に入った。壁や机の上に何もなくなって、ひどく味気ない。ベッドに腰を下ろしながら、これはただの房内検査じゃないと確信していた。

54

エレナ・ブランコ警部は殺人・行方不明者捜査部の廊下を大股で進んでいった。この建物に入るのは好きではない。事件を横取りしていくやつと見なされて、敵視されているからだ。だが、今は怒りのほうが勝っていた。レンテロ本部長は来客中ですと誰かに言われたが無視し、オフィスのドアを勢いよく開けた。

事実、レンテロは身なりのいい白髪の男と話をしていた。どう見ても省庁の要人だと思われた。

「ブランコ警部、今は都合が悪い」レンテロは厳しい口調で言った。

「ミゲル・ビスタスの監房の検査は誰の指示?」

本部長は大きく息をつき、邪魔が入ったことを謝罪するように白髪の男に目を向けた。

男は立ち上がった。

「あとでまた話そう」男はレンテロに別れを告げた。「一時までオフィスにいる」

彼は立ち去った。レンテロはそれまでの寛容な態度を捨て、エレナに指を突きつけた。

「今のが誰かわかっているのか？」

「ビスタスの弁護士のマセゴサから電話があった。ひどく憤慨していて、なぜミゲル・ビスタスを刑務所に引き止めるのか、なぜ房内の捜索をしたのか、知りたがっている。聞かせてもらうよ、レンテロ。彼を釈放したいんじゃないの？」

「まあ落ち着け」

「ものすごく落ち着いてる」

「今わたしのオフィスからおまえが追い出したのは、国家安全保障局の次期局長だぞ」

「そのポストには少々年配すぎるように見えたけど？」

「そこまでだ、エレナ。やめておけ。何かというと人を怒らせて、敵を作ってばかりじゃ生きていけないぞ」

「ミゲルの監房の検査を命じたのは誰？」

レンテロは椅子の背もたれに体を預けた。エレナを眺める目にはどこか同情めいたものが見える。

「この世のありとあらゆる監房で、折々に検査がおこなわれる」

「まもなく釈放されるミゲル・ビスタスに対してそれがおこなわれるのは、やけにタイミングがよすぎると思う」

「かもしれない。だが、見つかったものを考えると、結局無駄ではなかった」

勝ち誇ったような半笑いを浮かべ、意味ありげにこちらを見る。エレナの自信が一瞬揺らいだ。レンテロはキャビネットを開け、箱を取り出してデスクに置いた。

「それ、ミゲルの私物？　どうしてあなたが持ってるの？」

「ラウレアノ所長から送られてきた。自分の部下に渡すか、特殊分析班《BAC》に送るか、まだ迷っている」

「わたしたちを信用してないってこと？」

「その質問にはおまえが答えるべきだ。おまえたちを信用できるのか？」

　エレナは唇を嚙み、怒りを呑み込んだ。爆発させるのは、もっと大事な喧嘩のときのためにとっておこう。たとえば、箱の中身を確認しながらとか。

「この中にドラッグの小袋が見つかったら、大笑いするよ、レンテロ。おたがい、刑務所の看守が検査のときに何をするか、よく知ってるんだから」

「ドラッグの小袋はない」

　エレナは黙り込み、箱の中身について相手が明かすのを待った。自分で詮索するのを怖がっているかのように。レンテロが身振りでそれを促した。エレナは箱に手を突っ込み、写真を取り出した。何の写真かわからなかった。円のまわりで後光が光っている。説明してくれたのはレンテロだった。

「二年前、ミゲル・ビスタスは日食の写真を撮りたいと許可を求めた。連中はそれを許した。まあおまえなら、刑務所の社会復帰訓練方針は甘いと異を唱えるだろうがね」

エレナはまた別の写真を取り出した。それは一連の写真をひとまとめにしたものだった。花や植物がモチーフになっている。

「写真のワークショップで撮られたものだ。花や麦の穂みたいなものでオリンピックの五つの輪を形作っている。なかなかよくできていて、感動する」

エレナはさらに箱の中を探した。さまざまな手段で撮られた写真がある。本を何冊か取り出してみる。モンゴルの覇者、チンギス・カンの伝記。アレクサンドロス大王に関する書籍もある。どれも古い本で、ページは黄ばみ、皺が寄っていた。

「熱心な読書家だ」レンテロが皮肉った。

「今回の検査のどこに大発見があったのか、まだわからない」

「もっと探せ」

エレナは手紙を取り出した。

「これ、読んだほうがいい？」

レンテロはまばたき一つしなかった。そうしろと勧める彼なりのやり方だ。エレナは腰を下ろし、手紙を読み始めた。カミロ・カルドナとかいう人物から送られたものだ。二段落目を読み終わるところで、エレナは喉が締めつけられるのを感じた。

「カミロ・カルドナ、ミゲル・ビスタスと長年同房だった男だ。ミゲルの模倣犯としては最有力候補だが、おまえたちはこの男から話すら聞いていない」

「コロンビアに帰国したと聞かされてた」

「確認もせずにそう信じたのか？　おまえのチームは本当に機能しているのか、エレナ？」

55

マリアホはデジタル版『エル・パイス』紙にフェイクニュースを掲載させることに成功して、ご満悦だった。《醜さゆえに、劇場からつまみ出された男》という見出しで、彼女はツイッターのアカウントの一つから話を広めた。内容に信憑性《しんぴょうせい》を持たせるために、マリアホみずから作った記事のサーバーにリンクも張った。その記事によれば、先天的な奇形で額がひどくへこんだ観客が最前列に座っていたが、あの人がいると演技ができないと言って一人の女優が途中で演技をやめてしまったという。舞台上でひと騒動あったあと、劇場の支配人は男に出ていくよう勧めた、とマリアホは嘘の記事に書いた。ツイートはウイルスさながらみるみる拡散され、これに『エル・パイス』紙が飛びついた。

「もっと面白いのは、芝居の題名さえわたしが作ったってこと。『マクベス夫人のまがまがしき昇天』なんてお芝居、存在しない。わたしの創作だもの。記者連中はそんなことも確かめないのよ」

ブエンディアは眼鏡の縁越しにマリアホを睨んだ。エレナの指示で今は写真の確認に集中しているから、邪魔をしてほしくなかった。第一、同僚がなぜデマをネットに広めることにこんなに熱中しているのか理解できない。

「全国紙に記事が掲載されたのはこれが初めてだから、お祝いしなきゃ」

マリアホは新聞が発信する情報のくだらなさに常々腹を立てていた。彼女はそれを告発するのに、自分がでっちあげたフェイクニュースで、新聞がどれだけ正確さを欠くようになったか証明する、という方法を取ったのだ。

「情報の正確さを軽視する傾向は、思った以上に広がっているようだ」ブエンディアは写真から目を離さずに言った。

マリアホは無言でブエンディアのほうを見て、どういう意味でそう言ったのか彼が説明するのを待った。

「これらはラーラ・マカヤの遺体写真だ。遺体が発見された日に現場で撮られた」

「もう千回は見てるから、説明の必要はないわ」

「気になるのは、写真に見えているものじゃなく、見えていないものなんだ」

今度こそブエンディアは顔を上げ、眼鏡を眉間に押し上げた。

「髪の毛だよ。見当たらないんだ。どの写真にも」

「ミゲル・ビスタスの毛髪?」

「そのとおり」ブエンディアが認めた。「決定的な証拠となった、あの毛髪だ。ラーラの指のあいだにあったことになっているけど、どこにも見当たらない」

「一本の髪の毛だから、画像の解像度の問題じゃない？」

ブエンディアは封筒から五枚の写真を取り出し、デスクに並べた。

「わたしもそう思ったんだ。それで、遺体で毛髪が発見されたほかの事件の写真を取り寄せようと思いついたんだよ。砂漠で氷を見つけるようなものかと思ったんだが、結局この三年で五件あった」

「抜け毛は国家的な健康問題だと証明しているわね」

「この写真を見てくれ。遺体の胸で毛髪が発見された。わかるか？」

マリアホは写真の上にかがみ込んだ。

「ええ。金髪ね。ここにある」

「明るい茶色のシャツの上に落ちた金髪。完璧に見えている。ほかの写真も見てくれ。毛髪が見つかる？」

「ここにある。遺体の頬の上に」マリアホは写真の一枚を指さして言った。

「残るはあと三枚」

マリアホはゲームが楽しくなってきた。まもなくほかの毛髪も、それぞれ遺体の別々の場所で見つかった。

「大当たり。さあ、次のステージに進出だ。じゃあ訊くよ。ミゲル・ビスタスの毛髪はどこか？」

　デスクの上にラーラ・マカヤの写真を置く。マリアホは必死に探した。でも見つからなかった。

「性能のよくないカメラで撮られたんじゃないの？」

「全部同じカメラが使われている。それはちゃんと確認した」

「警察が証拠をでっちあげた、そう言いたいの？」

「わかってるだろ、マリアホ。ニュースをでっちあげる者もいれば、証拠をでっちあげる者もいる」

「比較にならないわ、ブエンディア」マリアホは弁解した。「わたしがやってることは無害だもの」

「とにかく、なんだか胡散臭《うさんくさ》い感じがするんだ。この事件の証拠品の一連の保管手続きを調べてみた。そしたら、何がわかったと思う？」

「手続きにあちこち抜けがあった？」

「逆だよ。やりすぎなくらい几帳面《きちようめん》におこなわれてた。調書を読んでみてくれ。こんなに模範的な捜査は過去にないほどだ。遺体で発見された毛髪は被害者のウェディングドレスとは一度も接触していないということまで指摘してある」

「その精密さには意味があるわ。ミゲル・ビスタスはウェディングドレスに触れているし、

DNAは証拠品から別の証拠品へ転移する可能性がある」

「そのとおり。だが、ミゲルがまだ容疑者でもなかったときには、そこまで細かく調べる必要はなかったはずだ」

「彼は生きている被害者と最後に会った人物でしょう？　最初から疑われていたと思うけど」

「正式には容疑者ではなかった」

「あとから調書が改竄《かいざん》されたと暗に言いたいわけ？」

「暗に言うなんてしち面倒臭いことをする代わりに、疑問を解決しよう」

ブエンディアは携帯電話を取り出し、手帳を見つけて番号を押した。

「誰に電話してるの？」

「リベロ捜査官だ。当時もう科学捜査班にいたが、ラーラの事件の捜査にかかわっていたかどうかは知らない。担当がわからないのでね」

「かかわってなかったと祈りたいわ。隠してあった秘密を誰かが暴こうとしたら、ただではすまないはずよ」

ブエンディアは唇に指を押し当て、静かにと伝えた。

「イスマエルか？　どうだい、調子は？　ブエンディアだよ」

立ち上がり、曖昧なしぐさで、これから相手にこんなことを言うのは自分としても残念なんだとマリアホに訴えようとした。

「じつは今マカヤ家の事件を捜査しているんだが、姉の事件の捜査資料を調べていたら、ちょっと疑問が出てきたんだ。君、この捜査にかかわってたか？」

ブエンディアが驚いて携帯電話を耳から離し、マリアホを見た。

「切られた」

「何を期待してたの？　赤い絨毯《じゅうたん》を敷いて迎えてくれるとでも？」

「あいつ、電話を勝手に切りやがった！」ブエンディアが憤慨する。

「うーん、毛髪の証拠品をでっちあげたの、彼かもね」

部屋の入口に、青い顔をしたサラテが立っていた。

「何やってる？」サラテが言った。

「ラーラの事件の捜査に不正があった形跡がある」

ブエンディアは言葉に威厳を持たせるため、専門家らしいしゃべり方をした。

「形跡……」

「証拠と言ったほうがいいかもしれない。捜査に問題があったようだ」

「証拠だと？」

マリアホとブエンディアは驚いて目を見合わせた。サラテがなぜそんな乱暴な口の利き方をするのかわからなかったからだ。

「ミゲルのＤＮＡを抽出《ちゆうしゆつ》した毛髪は、もともと遺体にはなかった。この写真を見てくれ」

「科学捜査班じきじきの仕事より、写真のほうを信用するのか？」

「まず写真を見てみろよ、サラテ。本当に毛髪が見当たらないんだ」

「その必要はないね。科学捜査班の報告書を読めば充分だ。彼らは仲間だし、絶対に信用している」

「わたしもそう言えればよかったんだがね」

「虫唾《むしず》が走るぞ、ブエンディア」サラテは吐き捨てるように言った。

「ちょっと待て、今なんて言った？」

「あんたは検死官だ。長年科学捜査班で仕事をしてきたのに、ずっと自分を食わせてくれた部署に、今度はクソを撒《ま》くのか」

「言葉に気をつけろ」

「探偵ごっこはやめるんだな。痛い目に遭いたくなければ」サラテが脅す。

「殴る気か」ブエンディアは笑って挑発した。

「あんたが警察の仕事を貶めたことについて、レンテロに報告書を提出する」

ブエンディアは相手を見据えながら、つかつかと近づいた。

「おまえ、字が書けるのか？」

サラテはブエンディアの胸倉をつかんだ。ブエンディアのシャツがサラテの拳で皺くちやになった。

「放しなさい！」マリアホが怒鳴った。

サラテは同僚を解放した。ブエンディアはシャツの皺を伸ばすと、上着を手に取り、出口に向かった。

「イスマエル・リベロとじかに話をする。そして、おまえの言うようにすべての警察官がそんなふうに信用できるのかどうか、はっきりさせてやる」

ブエンディアは部屋を出ていき、そのあとドアが閉まる大きな音が響いた。サラテは怒りで息を荒くしながら、呆然と立ち尽くしていた。

56

エレナがエストレメラ刑務所に到着したとき、マセゴサは玄関で待ち構えていた。手紙の中身については話をせず、冷ややかに挨拶を交わしただけだった。マセゴサは彼女を仲間に引き入れたがっているようだったが、エレナとしては、ここまでくると、どういう立場を取るべきかわからなかった。

金属探知機のアーチをくぐり、身体検査所を通過したあと、さらに十五分待たされて、ようやくミゲルと対面できた。エレナは手紙を持ってきていなかった。レンテロがここに持参することを許可してくれなかったからだ。だが何度も読み返したので、すでに暗記していた。最も気になったのは、カミロ・カルドナが封筒に同封していた新聞の切り抜きだ。それはスサナ・マカヤの殺害を報じた記事だった。

「ミゲル、これはとても重要なことなので、きちんと説明してもらわないと困る。なぜこの元受刑者があなたにこの切り抜きを送ってきたのか」

エレナは重々しい口調で言った。きわめてデリケートな状況だということを最初からはっきりさせておきたかったからだ。だから、接見に弁護士が同席することにも反対しなかった。

「それは彼に訊いてもらわないと」

「今はあなたに質問しているの」

「彼は僕がなぜここにいるのか知っていました。ラーラ・マカヤの件で有罪になったからだと。とてもよく似た手口で女性が殺されたというこのニュースに、僕が興味を持つと思ったんじゃないでしょうか」

マセゴサが咳払いをした。

「すみません、警部、質問の目的は何ですか？」

「カミロ・カルドナが、敬愛する殺人犯の真似をしてラーラの妹を殺した可能性はないか、確認したいんです」

「推定上の殺人犯です、申し上げておきますが」弁護士は指摘した。

「確定判決の出た殺人犯です」エレナは引かなかった。

「警部さん、僕はラーラ・マカヤを殺してなんかいません」

「じゃあ、はっきり尋ねるよ、ミゲル。カミロ・カルドナが、あなたに追随したい、ただそれだけのために、ラーラの妹を殺した可能性はある？」

ミゲルは座ったまま体をもぞもぞさせた。マセゴサのほうを探るように見る。マセゴサは、そのとおりだと答えろと促すように、うなずいてみせた。しかしミゲルはそれを無視した。弁護士が彼を操っているつもりになっているのはただの幻想ということだ。

「僕はそこまで彼を知りません」

「三年間も同房だったのに？」エレナは言った。

「同房の受刑者は友だちじゃない」

「話はしなかったの？　ここではあまりすることがないから、何らかのやりとりはあるはずよ」

「何というか、カミロはあまり頭のいい男じゃなかったんです。僕が刑務所にぶち込まれた理由を話したら、興奮した様子だった」

「ラーラの頭に蛆を詰め込んだことも話した？」

「全部話しました。もしかすると僕のせいって部分もあったのかも……いや、わからない」

「続けて。何を言おうとしたの？」

「説明が難しいんです。僕はラーラ・マカヤを殺してません。でも、一度刑が確定して、ここに入ったら、実際の犯人のように振る舞ったほうがいいと気づいたんです」

「なぜ？」

「そういうタイプの殺人犯は崇拝されるから。あなたにはくだらないことだと思えるでしょうが、刑務所内の暮らしは外とはまったく違う。ここだけのルールや、外とは別のステータスがある」

「だから、同房だった彼は、あなたがラーラを殺したと思っていた」

「かもしれません」

「そしてそれが二人の友情を培《つちか》った」

「さっきも言いましたが、僕らは友人同士じゃなかった。彼のほうは僕を友だちだと思っていたかもしれないけど」

「そうらしいね。元受刑者がかつて同房だった仲間に手紙を書くのはよくあることなの？」

「さあ」

「わたしも知らなかったから、訊いてみたの」エレナが言った。「知ってのとおり、刑務所に届く手紙は受刑者に渡される前に管理される」

「〝検閲される〟、ですよ、警部さん」マセゴサが言った。「正しい用語を使いましょう」

「なるほど、検閲される、ね。とにかくそのおかげで、誰が誰にどれくらいの頻度で手紙を書いたか、正確な数値がわかる。その結果、いざ釈放されると、人は刑務所内の仲間のことをだいたい忘れてしまうらしい」

「カミロは変わった男だったんです。それに、ちょっと頭がどうかしてた」

「あんまり好きじゃなかったみたいね。なのに、送られてきた手紙を保管していた」

ミゲルは、しまったというようにうつむいた。マセゴサが意を決したように、そこで口を挟んだ。

「手紙を保管することが犯罪ですか？」

「理由を知りたいだけよ、弁護士さん」

「切り抜きに関心を持ったんです。僕はこの姉妹を昔から知っていて、二人とも好きだった。美人で、感じがよかった。それに妹まで遺体で見つかったと知り、これでここから出られるかもしれないと思ったんです。だからカミロから送られた記事を大事にした」

「完全に筋が通っていると思いますよ、警部さん。疑う余地はない」マセゴサが言った。

「関心を持ったのはわかる。でも保管するのは筋が通らない」エレナは言い返した。

「どうして筋が通らないのか、説明してもらえますか？」

エレナはマセゴサのほうを向き、説明を始めようとした。この弁護士はどうも虫が好かない。

「なぜなら、あなたの依頼人は釈放を目前にしているからだよ。スサナ・マカヤ殺害事件の新聞記事を持っているところなんて、人に見つかりたくないはずでしょう」

「無実だからこそそういう行動をする。無実だという証拠です」

「七年間も刑務所にいれば、房内検査がおこなわれるとよくわかっているはずよ。どうしてその手紙をすぐに捨てなかったの、ミゲル？」

　彼はエレナを見て、両手を開いてみせた。この空っぽな場所を、納得できる説明で満たしてくれと言わんばかりに。

「ただ保管していただけです。理由はわからない。ここにはほんとに何もないからか、人からもらった唯一の手紙だからか。価値なんかなくても、持ち物って増えていくものでしょう？　理由はわかりませんよ、警部さん。本当にわからないんです」

　エレナはゆっくりうなずいた。どうやら何も出てきそうにない。

「カミロ・カルドナに、スサナ・マカヤを殺すことができたと思う？」

「思いません。カミロは宝石店のショーウィンドーに車で突っ込んで、三年の刑期をここで過ごした。ショーウィンドー荒らしではあっても、殺人犯じゃない」

「彼の居場所を知らない？」

「正直言って、釈放されたあとコロンビアに帰ったんだと思ってたんです。でも手紙の消印を見て、まだスペインにいるとわかった」

「住所不定らしいの」

「相変わらず悪党連中とつるんでるんじゃないかな。でも、もし彼と話がしたいなら、ヒントは出せるかもしれません。彼はカーレースが好きでした。違法だけど。腕が片方ないのに運転できるなんて、信じられませんよね」

そう言ってふっと笑った。

玄関の身体検査所で携帯電話を取り戻したエレナは、何件か電話が入っていたことを知った。ブエンディアは、サラテと揉《も》めたとメッセージを残していた。サラテはブエンディアと揉めたと話していた。そしてマリアホの留守電メッセージには、サラテとブエンディアが揉めたとあった。

エレナはブエンディアと話して何があったかすべて把握し、そのあとマリアホに電話してちょっとした頼みごとをした。ラーラ・マカヤの事件を担当した科学捜査班の捜査官、イスマエル・リベロと必ず話をしなければならない。そのあと特殊分析班《BAC》本部に連絡し、オルドゥーニョに元受刑者カミロ・カルドナを捜すよう命じた。その実働部隊にサラテを含めてほしいと伝え、車内から全情報を送ることにした。

57

運転席に座るチェスカは、M30号線を全速力で飛ばしていた。左を走るほかの車を抜き、右側の車にほとんど接触しそうなくらい接近して、カーブでも速度を落とさず、車がスリップすると歓喜の雄たけびをあげた。アドレナリン全開だった。隣に座るオルドゥーニョは彼女のしたいようにさせていたが、気分があまりよくなさそうなのがわかった。後部座席にいるサラテは、なぜチェスカのハンドルさばきを見せつけられなければならないのか理解できなかった。

「もっとゆっくり運転できないのか?」

「ビビってんの?」チェスカが笑う。

「思ったより、ずっと子どもだな」

それに応えてチェスカはさらにアクセルを踏み、もう一度歓声をあげた。

「止めてくれよ、オルドゥーニョ」

オルドゥーニョはサラテのほうを振り向いた。

「無駄だ。だが悪い面だけじゃなく、良い面も見ることだ。次の出口でもう高速を下りる」

「よければもう一周しようか」チェスカが自慢げに言った。

「これは任務だ。馬鹿なことはやめろ」サラテが言い返した。

チェスカはエンサンチェ・デ・バリェカスという出口で高速道路を下り、交差点で車を停めた。

「ここで違法なカーレースがおこなわれる。一時間以内に始まるはずだよ。その元囚人を知ってるやつがいるかもしれない」

「今日ここで違法レースがあるって、どうやって知ったんだ？」オルドゥーニョが尋ねた。

「あたしなりの情報源があるの。それに、捜してる片腕の男、知ってるんだ。切断したところに鉤《かぎ》の手をつけてハンドルを操り、動く方の手でギアを動かす。見たらあっと驚くよ」

チェスカは誰かを捜すように通りを見まわした。サラテはじれったかった。

「ここで突っ立ったまま何してるんだよ？　警察だと大声で怒鳴ればいいだろう？」

紫色に塗った後部に火の玉が描かれた改造車が横に停まった。サングラスをかけた黒シャツの男がチェスカに挨拶した。男は助手席に座っている。

「おい、どうした？　最近見かけないじゃないか」

「忙しいんだよ」チェスカが親しげな口調で答えた。「どう、うまくいってる？」

「まあな。今日は走らないのか？」

「うん。仕事中だからね」

「ひょっとして、摘発しようってんじゃないだろうな」

「まさか。カミロ・カルドナを捜してる」

「カミロ・カルドナ……」

「片腕のコロンビア人だよ。一年ちょっと前にムショから出てきた」

「最近は日がな一日、仲間とシエテ・テタスの公園にいるよ。そこに行けば会えるはずだ」運転手が答えた。

「ありがとう。今夜の幸運を祈るよ」

「シエテ・テタスの公園？」サラテが尋ねた。

「夕陽《ゆうひ》がきれいな場所なんだ。急げば間に合う」

タイヤから土煙を巻き上げてチェスカは急発進し、公園へ向かう。チェスカにほとほとむかついていたサラテは、口をつぐんでおくことにした。それでも一つだけ訊きたかった。

「違法レースに参加してるのか？」

「まあね。でも人に言うなよ。秘密だから」

チェスカは冗談めかして答えた。自分の行動がどんな結果を招こうと、気にしていないように見える。質問はここまでだ。チェスカとはまともな会話は望めないから、黙っておいたほうがいいと思い知った。そもそも、話したいとも思わなかった。自分がここで何をしているのかわからなかった。この任務には加わるべきではなかったのだ。

シエテ・テタスの公園は街を見下ろす眺望がすばらしかった。ちょうど陽が沈もうとしていて、空はまさに極彩色だ。美しい夕焼けを見に来た大勢の人が圧巻の景色を楽しんでいる。ランナーやサイクリングをする人、草原のあちこちに散る恋人たちの姿も見える。

三人の警官は車を降り、あたりを見まわした。木陰でビールを飲んでいる南米人のグループがいた。

オルドゥーニョがカミロ・カルドナを知らないかと彼らに尋ねた。知らないと彼らは答えた。わりと最近刑務所から戻ってきたコロンビア人の男だ、と説明する。それでもピンと来ないようなので、片腕がないと言うと、とたんに全員が同じ方向に目を向けた。横にいた若者グループから、一人の男が駆け出した。追いかけ始めたのはオルドゥーニョだった。すぐに追いつき、二人は勢い余って坂道を転がった。

「カミロだな？　そんなに急いでどこへ行く？」

「俺は何もしてねえ」

「じゃあどうして逃げた？」

カミロにも答えられなかった。日頃から悪さばかりしている連中は、警官を見るととりあえず逃げるのが習慣になっているのだ。こうして捕らえてみると、痩せて背の低い、タトゥーだらけの男だとわかった。だが左腕は肘のあたりから下がない。この状態で、違法レースで車を運転するとしたら大いに褒められていい。一方で、スサナ・マカヤがされたようなやり方で人を殺せるかと言えば、疑問だった。尋問はサラテに任せた。

「ミゲル・ビスタスを知ってるな？」

「ああ、刑務所に入ってたときに。同房だった」

「どうして新聞の切り抜きを送った？」

「興味があるんじゃないかと思ったからだよ。マカヤ家の事件だ。俺の言う意味、わかるか？」

「どうしてあの事件がラーラ・マカヤの事件と関係があるとわかった？」

「記事を読んだからだよ」

「どこで？　おまえが手紙を出したとき、詳しいことはまだ記事に載っていなかったはずだ」

「頭に蛆がいたって記事を読んだよ。それで同じだと思ったんだ。放してくれよ、頼むから。痛《いて》えよ」

「放してやれ」オルドゥーニョが告げた。

「知りたいことは全部聞いたよ」チェスカも加勢する。

サラテにはわからなかった。わざわざ捜しに来た男を本部に連行もせずになぜ解放するのか？　また話を聞く必要があるかもしれないので、今住んでいるところを尋ね、自由にした。

「なんで連行しないんだ？」どうしても解せずに尋ねる。

「腕が片方しかないんだぞ。どうやってスサナ・マカヤを殺す？　今日の仕事はこれまでだ」

「このためにわざわざここまで来たのか？」サラテは尋ねた。

「この夕陽、見る価値がないとでも？」チェスカが言い返す。

サラテは驚いて彼女をまじまじと見た。ようやくわかった。これは策略だ。この任務に動員されたのは、自分を特殊分析班本部から遠ざけるためだったのだ。

「ブランコ警部は今どこだ？」と尋ねる。

オルドゥーニョとチェスカは肩をすくめた。

58

イスマエル・リベロは背が高く、堂々たる体格の男だ。部屋に向かって歩くあいだ、バルキーリョ通りのオフィスの一室一室を観察していた。

「なるほど、ここがかの有名な特殊分析班《BAC》の本部か。都市伝説かと思っていたが、本当にあったんだな」

「わたしたち、実物ですよ、リベロさん」エレナがきっぱり言った。

それから椅子を勧めた。マリアホはパソコンの前に座って会話に耳をそばだてているが、話に加わろうとはしない。もちろんブエンディアは合流し、エレナとリベロが腰を下ろしたところで、リベロに手を差し出した。先般の無礼な態度のことが気まずいのか、リベロはごく緩く手を押しつけただけだった。

「殺人捜査部はどんな様子ですか？」エレナが尋ねた。「検査室は仕事が詰まっているんでしょうね」

「単刀直入にお願いしますよ、警部。まだ仕事があるんですから。レンテロがどういう人間かご存じでしょう？　結果が間に合わないと、とたんにいらいらしだす」

「そっちが切らなきゃ全部電話ですますことだってできたんだ」ブエンディアが言った。

「悪かったよ。だが、ああいう尋問口調に慣れてないもんでね。あれじゃまるで、一斉検挙されたばかりの犯罪者扱いだ」

「それならそうと言えばいい。だがこっちだって事件の捜査中で、時間がだんだんなくなってきてるんだ」

「わかったからさっさとしてくれ、頼むから」

エレナはラーラの遺体写真を取り出した。

「これは現場写真です。被害者の遺体が見つかった日の」

リベロは、細かいところには注意を向けず、投げやりに見た。

「知っています。この事件を担当していたので」

「ラーラ・マカヤの遺体から毛髪を採取したのを覚えていますか？」

「覚えてません」

「ほかの誰かが採取した？」

「採取した人を見てはいませんが、毛髪はありました」

「DNAのサンプルが抽出され、ミゲル・ビスタスを有罪にした毛髪ですよ」

「そのとおりです」

「この写真のどれかに毛髪が存在しているはずでは？」

「わたしにはわかりません。光の加減や画像の解像度の関係で目に見えないこともあります」

「さまざまな角度から撮られた多数の写真があります。これらのどれにも毛髪が写っていないというのは普通なんですか？」

「わたしは写真の専門家ではありませんよ、警部」

「協力したくないようですね」

「質問されたことすべてに答えている」尊大な物言いだった。

ブエンディアが写真をまとめ、一枚一枚リベロに渡していった。

「イスマエル、あんたのことは何年も前から知っている。現場で何度も会っている。あんたは几帳面だし、きちんと仕事をする。最も優秀な科学捜査官の一人だと思う」

「ありがとう」

「この遺体に毛髪があったが、あんたには見えないなんてことは、ありえないんじゃないか？」

「翌日現場に別のチームがあらためて向かった。彼らが採取したんだと思う」

「それじゃ、遺体にはなかったってことじゃないか」

「遺体を動かしたときに落ちたのかもしれない」

「それなのに報告書には、毛髪が遺体の指で発見されたと書かれている」

「報告書は少々大げさだったのかもしれない」

「この報告書、誰が書いたんですか？」エレナが尋ねた。

「知りません」

「普通は必ずサインが入っているものなのに、ラーラ・マカヤの検死報告書には部署のスタンプしかない。なぜ報告書の作成者を部署のスタンプでごまかしたんでしょう？」

「わたしにはさっぱり」リベロは額の汗をハンカチで拭った。「ほかに質問は？」

「ねえマリアホ……」

情報分析官がお待ちかね、というエレナの合図だった。今マリアホはノートパソコンを手にデスクの前に座っている。そしてUSBをそこに差し込み、中身を見せた。

「ちょっと暇だったので、SNSをあちこち眺めていたの。いつもやっていることだから、気を悪くしないでね。わたし、ビョーキなのよ。で、これを見つけたの」

画面には、いわゆる出会い系サイトのさまざまなスクリーンショットが並んでいた。リベロがいろいろな女性とチャットしている。会話の中には、あまりにあからさまなやり取りなので、ごまかしようのないものもある。

「これは何だ？　脅迫か？」

「わたしたちなら〝交渉〟と呼ぶわね」マリアホが言った。「協力しなさい。そうすれば、奥さんを激怒させかねないこの爆弾を持ち帰れる」

リベロはうなずき、ブエンディアを見た。

「こんなことまでするのか、ブエンディア。このチームに来て、誇りと信用を捨てたんだな」

「われわれは殺人犯を追っている。遊びじゃないんだ、イスマエル」

「ミゲル・ビスタスの毛髪について、どうして調書に載ることになったんですか？」やりとりを無視して、エレナが割って入った。

「知りませんよ。わたしはサンプルをあたえられて、DNAの照合をしただけです」

「誰にあたえられたの？」

「そちらの捜査にそれがどう関係するのかわかりませんね」

「さっきはわたしたちを非難したけれど、あなたのほうは不正警官の隠蔽に加担してるんですよ？」

「いいですか、わたしは下っ端だ。検査室で調べろと頼まれれば、そのとおりにする」

「でも、見たこともなかった毛髪が現れたら、おかしいと思ったはずです」

「もちろん思いましたよ。だがわたしは科学捜査官だ。客観的なデータを提供し、余計な質問はせず、変な憶測もしない。そんなことをしても仕事を遅らせるだけで、何の役にも立ちませんから」

「毛髪のＤＮＡ検査をあなたに頼んだのは誰ですか？」

イスマエルは深呼吸をした。頭を振って怒りを態度で示そうとしたが、結局答えた。

「サルバドール・サントスですよ。相手は病人だ。残り少ない彼の人生を台無しにするつもりですか？」

「このＤＮＡが証拠となって、七年間も刑務所で過ごすはめになった男性のことはどうでもいいんですか？」

「もう一度言いますが、わたしは自分の仕事をするだけです。有罪かどうか決めるのは、ほかの人間の仕事だ」

「でも、あなたにだって意見はあるでしょう？　それとも、科学捜査官はただのロボットなんですか？」

「わたしの意見が聞きたい？　じゃあ話しましょう。サルバドールは最初から父親を疑っていたが、差別的だと非難されて、意見を引っ込めるしかなかった。ほかの容疑者を引き渡す必要に迫られ、ええ、もしかすると一線を踏み越えて証拠をでっちあげたのかもしれません。だがあなたの事件もすでに解決し、犯人は見つかった。あのロマ人の父親に指名手配が出され、彼はみずから命を絶った。完璧に筋が通る。娘たちを手にかけ、いよいよ追いつめられて自殺したんです。一件落着。自分の尻尾を追いかけ続ける犬みたいな堂々巡りはやめたほうがいい。カメラマンを釈放し、老刑事はそっとしておくことだ。さあ、爆弾を渡してもらえますか？」

マリアホはＵＳＢを差し出した。リベロはそれをポケットに入れて立ち上がると、上着の皺を伸ばし、挨拶もなしに部屋を出ていった。

59

エレナ・ブランコが、二人の警官が待っている別の警察車輛のそばに車を停めたとき、コロニア・デ・ロス・カルテロス一帯はすでに宵闇に沈んでいた。エレナのポケットには、サルバドール・サントスの逮捕状が入っていた。家に入ろうとしたところで、サラテが近づいてきた。彼がそこにいたとしても、べつに不思議ではなかった。

「これがあんたの目的か」非難の口調で言う。疲労困憊《ひろうこんぱい》し、ぐったりしているように見える。「俺をのけ者にして、思いどおりに行動しようとしたんだな」

「サラテ、誰だって好んでこんなことはしたくない。あんたは彼と親しかったと、最初に打ち明けるべきだったのよ」

「サルバドールは病人だ。せめて朝まで待ってくれたらいいのに」

「それで何が変わる？　一分だって待てない。彼の供述を取らなきゃならない。それも警察署で。これ以上甘やかすわけにいかないよ」

「だけど、彼は頭が混乱してる。いったい何を聞き出せるっていうんだ？」

「それはやってみなきゃわからない。今は事を先に進めるしかないの。通して」

「長年、レンテロがサルバドールに敵意を持っていたことはよく知っているはずだ」

「わたしは内輪揉めに首を突っ込むつもりはない。そういうのにはうんざりなの」

「レンテロが政界に進出しようとしていることは誰もが知っている。失敗に終わった捜査の尻拭いをさせるスケープゴートが必要なんだ」

「失敗に終わった？」警部はにやりと笑っただけだった。

エレナは警官たちに合図し、家の呼び鈴を押させた。アセンシオンが現れた。ガウン姿で、突然の事態に顔がこわばっている。

「アンヘル、あの人を連れていかせないで、お願いよ」

「俺にももう何もできないんだ。信じてほしい、俺は俺で、全力で止めようとしたんだよ」

「情状酌量してもらえない？」アセンシオンはエレナのほうを向いた。「あの人は病気なの」

「残念です」エレナが言った。「彼の供述が必要なんです。できるだけ早く真実が明らかになるといいんですが」

「残念だなんて思ってもないくせに。偽善者ぶるのはやめて」アセンシオンはすすり泣いた。「初めて会ったときから虫が好かなかった。誰の下で働いているかすぐにわかったわ」

エレナの合図で、警官たちが家の中に入っていった。アセンシオンがあとに続く。哀願する大きな声、揉み合う中で椅子が倒れた音。エレナとサラテは無言で顔を見合わせた。二人の視線には悲しみが滲んでいた。

顔は痩せ細り、視線は泳ぎ、サルバドール・サントスは、最後にエレナと話をしたときより病気がずいぶん悪化したように見えた。本当にそうなのか、それとも演技なのか、とエレナは心の中で問う。マリアホがパソコンの前に座り、供述を記録しようと待っている。

「気分はどうですか、サルバドールさん？　何か飲みますか？」

「薬。そうだ、薬だ」

「水を一杯差し上げましょうか」

サルバドールはマリアホのほうを向いた。

「アセンシオン、わたしは薬を飲んだかね？」

「わたしはアセンシオンではありませんけど、お水をお持ちしましょう」

マリアホは立ち上がり、サルバドールの前に水を置いた。サルバドールは落ち着きなく周囲をきょろきょろ見まわしている。エレナは無言でその様子を見ていた。

「ここがどこかわかりますか？」

「オルゴールの中かな。だが、音が鳴らない。きっと電池が切れてるんだろう」

エレナとマリアホは目を見合わせた。マリアホは眉を片方吊り上げた。エレナがよく知っている、疑いを示すしぐさだ。

「ラーラ・マカヤのことを覚えてますか？」

「ラーラ・マカヤ……聞き覚えがあるな。アセンシオン、しばらく家に来ていた家政婦がそんな名前だったかな？」

サルバドールはまたマリアホのほうを向いて尋ねた。

「違うわ。あの人はスベトラーナという名前だった。ロシア人よ」マリアホが答える。

「ああ……」

サルバドールがうなずく。

「サルバドール、あなたの職業は？」エレナが会話を再開した。

「警官だ。ずっとそうだ」

言わずもがなだとばかりに答える。

「ロマ人の娘が殺された事件を覚えていますか？」

「ロマの花嫁。もちろん覚えている。そう簡単には忘れられない事件だ」

「よかった。犯人は誰だったか覚えてますか？」

「父親だ。最初からはっきりしていた」

「父親？」

「いや、ちょっと待て。父親じゃない。カメラマンだ。家族経営の会社で写真を撮っていた男だった。娘を殺したのはそいつだ」

「でも、何か証拠はあったんですか？」

「たくさんあった。山ほどな。教科書のような事件だった。昨日のことのように覚えている」

エレナは無言でうなずいた。目の前にいる男の振る舞いを観察する。わずか数日で病気がこんなに進行するわけがないとは思うが、有害なストレスが認知症患者を不安定にするということはどこかで読んだ。

「遺体から毛髪が発見されたことは覚えていますか？」

「毛髪？　いや、そんなものは……ああそうだ……あの毛髪はわたしが仕込ませたんだ。容疑をもっとはっきりさせるために置いた。警察はそういう仕掛けをするものだ」

罪のない悪ふざけか何かのような言いぐさだった。いたずらを白状してご満悦というようににっこり笑う。

「わたしも警官ですが、そういう仕掛けはしません」

「しない？　けっこう、あなたはまだ若い。そのうち覚えるさ」

マリアホはサルバドールの供述をパソコンに打ち込んでいく。キーボードを叩く音は囁き声程度にしか聞こえなかった。

「つまり、カメラマンの有罪を証明する確かな証拠はなかったということですね？　あなたが毛髪を加えなければならなかったくらいですから」

「判事というのは、動かぬ証拠がないと被告を自由の身にしてしまうものだ。だから加えた」

「サルバドール、そうすることで、無実の人間を刑務所に送ることになったかもしれない、そうわかっていますか？」

「無実の人間？　それは絶対にない。犯人はあの男だ、間違いなく。要するに、それを証明しなきゃならなかったんだ。確信があるだけじゃだめだ。それは陪審員相手でもまったく同じだ」

「ミゲル・ビスタスが犯人だという確信があったんですか？」

「もちろん。完全な確信だ」

「こんなことをうかがうのは失礼ですが、サルバドール、なぜそこまで自信があったんですか？」

「本人がそう言ったからだよ」

エレナは目を丸くした。会話はスムーズに進み、記憶の欠落など嘘のように、サルバドールはぺらぺらとしゃべっている。だが、どうも辻褄《つじつま》が合わない。

「どんなふうに？」

「本当だ」彼は請け合う。「あの娘を殺したのは自分だとわたしに言った」

「罪を認めた？」

「そうだ。あんまりぬけぬけとそう言ったので、顔に一発お見舞いしてやりたくなった」

「どうして供述書にその記述がないんですか？」

「ああ、あいつは抜け目のない男だから、わたしがカメラをオフにして、二人きりになったときに白状したからさ」

「なぜカメラをオフにしたんですか？」

「わかるだろう？　一種の戦略さ。取り調べは長引くことがある。どうしても白状させられないときには、カメラも立会人もなしに、容疑者と二人きりになって少々怖い思いをさせるのがいい」

「なるほど、あるいはこういうことですね。取り調べの最中、突然カメラを切り、記録を取っていた警官に席をはずせと言って、容疑者と二人きりになる。そして、相手をこれから痛い目に遭わせようとするかのように、腕まくりをする」

「そんなようなことだ」老サルバドールはうなずいた。

「それでどうなったんですか？」

「態度ががらりと変わった。子羊が悪魔に変わったんだ。そして、娘を殺したのは自分だと言った」

「そのとおりの言葉で？」

「だいたいは」なんとか思い出そうとしていたが、何かひらめいたようだった。「いや、とても妙な言い方をしたんだ」

「彼が使った言葉を思い出せますか？」

サルバドールは前かがみになった。瞳が小刻みに震え、ふいに止まった。サルバドールは顎を上げ、劇場でモノローグを発する役者のように唱えた。

「〝殺したんじゃない。生まれ変わらせたんだ〟」

「生まれ変わらせた？」

「そう言った」

「救世主か、新興宗教の教祖みたいな言い回しですね」

「あるいは悪魔の」とくり返す。「あの男は悪魔だった。わたしはカメラのスイッチを入れ、今の言葉を再現しろと命じた。ところが悪魔はいなくなってしまった。また、生まれてこのかた一度も悪事に手を染めたことがないような天使になった」

「サルバドールさん、今話してくれたこと、本当なんですね？」

「もちろんだ。たしかにそう言った。それであいつが犯人だとわかったんだ。だから毛髪を加えた。あいつを取り逃がしたくなかったからだ。あれは何だ？」

サルバドールが天井を指さした。モールディングは石膏《せっこう》製で、壁は必要以上に汚れている。

「何もないですよ。ただの壁です」

「壁のことを言ってるんじゃない、あそこを歩いている小人たちのことだ」

「マリアホ、壁に小人が見える？」

「見えないわ」

「小人なんていませんよ、サルバドールさん」

「アセンシオン！　アセンシオン！」

「奥さんはご自宅です。落ち着いて」

「妻はわが家にいる。ここに来させてほしい」

「明日には奥さんと話ができます。それでいいですか？」

サルバドールはいかにも不安げにドアのほうを見たが、やがて落ち着いた。

「わかった」

「ミゲル・ビスタスの取り調べについて思い出してくださって、とても助かりました。彼はたぶん釈放されます。ご存じですか？」

「何だって？　ミゲル・ビスタス？　違う、今わたしが話したのはあのロマ人のことだ。父親のことだよ」

「ロマ人？　ラーラを生まれ変わらせたと言ったのはモイセスだったんですか？」

「そうだ。ロマ人だ。あいつがそう言った。だからあいつが犯人だと確信したんだ」

「いいですか、サルバドールさん。今あなたは、犯人はミゲル・ビスタスで、それには確信があったとおっしゃったんですよ」

「ミゲル・ビスタス？　どうかな、そうかもしれない。もう覚えてない。そのどちらかがわたしにそう言ったんだ。だが、自分の覚え書を見せてもらえれば……」

「どうかご心配なく」エレナはがっかりした。「少し休憩してください。今のところはこれで充分です」

60

グラッパのボトルはもうほとんど空だった。マヨール広場のアーチを行き来する人々が、エレナの頭の中でぐるぐる回り始める。疲れ果てていた。ベッドに入りたかったが、自分の脚で寝室までたどり着けないような気がした。写真をこのまま眺め続ければ、あばた面の男が現れるかもしれない。見るのをやめるたび、次の歩行者が彼かもしれないという思いに襲われる。それでもう少しだけ見ようと心に決める。こうして無限ループができあがる。

うとうとしているときに見る顔のパレードにはもう慣れていた。サルバドールが特殊分析班の取調室で見た小人たち。病で幻覚に煩わされなくても、もう何年も前からエレナの頭の中には小人たちが住んでいる。アルコールの後味を味わいながら眺める、毎晩頭の中で回る回転木馬には、最近はお馴染《なじ》みの顔が並ぶようになった。虚《うつ》ろな目で宙を見ているサルバドール・サントス。とても幸せそうでどこか現実離れしている、ウルエニャにいる元夫の笑顔。自尊心を傷つけられたイスマエル・リベロ。刑務所にいるミゲル・ビスタスの期待に満ちた待ち遠しそうな顔。そして何より頭にこびりついて離れなくなりつつある、師匠を守れなかったサラテの打ちのめされた顔。

玄関の呼び鈴が聞こえた。エレナはなんとか立ち上がり、どうにかして腕を持ち上げて表の鍵を解除し、廊下を急いだ。こんな時間に訪ねてくるのはサラテにちがいないと思い、こういうだらしない姿で彼を出迎えるのもそう悪くないとどこかで感じていた。きっと口論になるだろうが、この格好のおかげで立場が対等になるだろう。ところが現れたのはレンテロだった。

「訪ねるには遅すぎたかな？」挨拶代わりに言った。

エレナは脇にどいて彼を中に通した。当然なことをわざわざ答える気にもなれない。こんな夜中に人を訪ねるのは間違いなく非常識だ。

「サントスの取り調べについて何も報告がないので、こうして個人的に訪ねなければならなくなった」

「何か飲む？」

「わたしはけっこう。おまえはもう充分飲んだように見える」

「そのとおりね」

「サントスはどうだった？　罪を告白したのか？」

「混乱していたけど、うん、告白した」

「どうしてわたしが酔っぱらってるかわかる？　あの人が哀れだからよ。これ以上彼をどうしようっていうの？」

「証拠品の捏造《ねつぞう》は犯罪だが、心配しなくていい。おまえがそこまで哀れむその病こそがあの男を守ってくれる。サントスが刑務所に行くことはない」

「だとしても、あの状態では出廷なんてできない」

「おまえの取り調べに耐えられたなら、何にでも耐えられる。それは確かだ」

「からかうのはやめて」

「おまえが酔っぱらいだからだよ」

エレナはソファーに座り込んだ。レンテロはソファーの目の前にある椅子に座った。

「刑務所担当の判事と話をした。明日ミゲル・ビスタスは釈放される」

「もう阻止しようとはしないよね？」エレナはほとんど嘆願するかのように言った。「土壇場になってまた何か策を講じるとか」

「取引に合意して、妥協したよ。だが監視はする。模倣犯がいるとすれば、やっと接触がないかどうか確認するのにちょうどいい」

「その取引について、ＢＡＣに先に相談するべきだったとは思わない？」

「思わんね。だが、知らせておくべきだとは思ったから、こうして来た」

「ほかには何か？」

「あなたは自分の天敵が宣誓供述書にサインしたかどうか知りたくて来た。スケープゴートが欲しいだけなんだよ」

「わたしのことをそんなふうに思っているのか」

「質問にいびきまじりで答えるようになったとしても、悪く思わないで。こんなに遅い時間だからね」いびきをかいてみせる。

「失礼する。明日また話そう」

レンテロは立ち上がったが、絨毯に放り出されてあったグラスにつまずいた。

「おまえがまだここに住んでいること、母上は知っているのか？」

エレナは鼻を鳴らした。

「いつ口がきけなくなったんだ、エレナ？　こんなふうに暮らし続けるわけにはいかないぞ。先に進まないまま」

またいびきが聞こえ、レンテロは質問を続ける気をなくした。ドアが閉まる音がしたとき、エレナはようやく目を開け、そのまま天井を見つめていた。

61

ピオベラ地区のソニア・マカヤの邸宅の前に、エレナは赤いラーダを停めた。ミゲル・ビスタスがまもなく釈放されることについて、マスコミが嗅ぎつける前に、ソニアに直接伝えておきたかった。二日酔いと体に張りついた悲しみのせいで、気力が湧かなかった。きっと、あまり気持ちのいい会話にはならないだろう。

呼び鈴を押したとき、いつも以上に喉が渇いていることに気づいた。水が飲みたい。ミントキャンディが欲しい。ベッドに潜り込んで、そのままずっと眠りこけたかった。誰もドアを開けてくれなかった。ソニアはソファーでぐったりしているか、薬を飲んでまだベッドから起き上がれずにいるのだろう。何もできない状態でいることは容易に想像できた。

もう一度呼び鈴を鳴らして待っていると、ドアの向こう側で足音がして、続いて鍵を開ける音が聞こえた。意外にもそこに現れたのは、頬がこけ、目の下に隈を作ったソニアの顔ではなかった。ドアを開けたのはカピで、黒い瞳が重々しくこちらを見ている。沈黙が、どんな不愛想な挨拶より敵意を伝えていた。

「ソニアと話したいんだけど。少しだけ中に入れてもらえる？」

「ソニアはいない」

言葉の意味がわからず、エレナは相手を見返した。ソニアが用事で出かけたり、一週間分の買い物を抱えて帰ってきたりする姿など、想像できなかった。この家で足を引きずって廊下を歩き、お茶を用意するためにのろのろとカップを持ち上げて、ソファーに寄りかかって絨毯の上で丸くなり、あらぬ方を眺めているはずだった。

「どこにいるの？」

「どうして知りたがる？」

「話があるのよ。大事な話が」

「そっとしておいてやってくれ、頼むから」

「どこにいるか言いなさい」エレナは命令口調で言った。

カピの瞳にちらりといらだちが覗いた。彼の吐く息がつんと臭うことにエレナは気づいた。

「モンクロアだ。今朝そこに送り届けた。一時間もすれば、迎えに行く。もう少ししてから来てくれ」

カピはドアを閉めた。エレナはモンクロア地区へ車で向かった。ソニアはそこのグリーフケア・センターにいるはずだ。ソニアの家にカピがいたせいで、ますます気分が悪くなった。あそこでいったい何をしているのか？　あんなに嫌っていたロマではない女の家で、主人面をして。

　エレナがセンターに到着したとき、ソニアはグループセラピーで参加者たちと話をしていた。近づいてきたエレナに気づくと、不快そうに顔をしかめた。

「警部さん……」

　今はけだるい笑みを浮かべているが、顔がとても青白く、隠しきれない悲嘆の空気に包まれている。

「話があって来たのよ、ソニア。二人きりで話せるかな？」

　二人で空いている部屋に入った。複数の椅子が丸く並べられている。

「何か進展でも？」ソニアが尋ねる。

　エレナは一瞬、よくアドバイスをくれるルーマニア人ウェイターのファニートのことを思い出した。悪いニュースを知らせるときは、単刀直入に話したほうがいい。ソニアはこちらを悲しげな目で見た。

「ミゲル・ビスタスがまもなく釈放される」

「でも、どうして？」

「彼の有罪の決め手となった証拠品が捏造だったと判明したの。今日釈放されるけど、記事が出る前に知らせたかった」

ソニアは無言だった。

「釈放されても、再審が始まるまでは監視下に置かれる」

「また裁判が？　耐えられるかどうか、わたしにはわからない」

「受け入れるのは難しいかもしれないけど、受刑者は無実だと司法が判断したら、釈放せざるをえないの」

「あなたは彼が無実だと思う？」

「確かな証拠がないのに有罪になったとは思う」エレナは認めた。

「でもそうなったら、犯人はモイセスだと誰もが思うわ」

「ソニア、わたしはあなたの夫の無実を信じてる。モイセスはわが子を手にかけるような人じゃない、そう知ってるよ」

「お願い、助けて」ソニアは懇願した。「モイセスが犯人だと責められることにならないように」

「真犯人を見つけるため全力を尽くすと約束する」

ソニアはゆっくりとうなずいた。

「戻らないと。セッションが始まるから。知らせてくれてありがとう」

ソニアは立ち上がった。ここでかしこまって別れを告げ、この哀れな女性とはかかわりを絶たなければならないとわかっていた。でもエレナは、もうひと言言わずにはいられなかった。

「ソニア……あなたを捜そうと思って、まずあなたの家に行ったの。そしたら、カピがドアを開けた」

「そうなの。すごく助けてもらってる」

「でも、あの人たちのこと、ひどく嫌ってたじゃない？　急に状況が変わったみたいで驚いたよ」

「わたしが間違ってたの。モイセスをあの人たちから遠ざけるべきじゃなかった。わたしの人生で最大級の過ちだったと思う」

「じゃあ、大丈夫なのね？」

「ええ、何もかも。カピはわたしを見捨てたりしない。ちゃんと面倒を見てくれてる。第一、わたしに何ができる？　ほかに頼れる家族もいないのよ」

エレナは特殊《BAC》分析班本部へ向けて車を運転しながら、ソニアについて、カピに対して抱いていたはずの彼女の根深い憎しみについて考えた。今こそ、夫の一族に後ろ指を差されることなく、新しい人生を始めるチャンスなのに。この一連の悲劇を、彼女一人のせいにするのは間違っている。なのに、なぜ逃げ出さないのか？　しがらみからきれいさっぱり自由になればいいのに。わからない。人間は、複雑で弱いものなのだ、と思う。前に進むためにまえが必要だったソニアは、それをカピに求めたのだ。

62

午前十時は散歩の時間だ。中庭を四十分間ぐるぐると歩く。ミゲルは刑務所に来てからほとんどずっとそうしてきた。日夜ウェートを上げ下げしているほかの囚人連中とは違って、ミゲルがする運動はそれだけだ。ここの暮らしは退屈だ。本来誰もが毎日の運動メニューをこなし、ワークショップに参加し、午後はしばらく読書をしたり、図書室で新しい学問分野について勉強したりするべきだ。ところが、ほとんど誰もそうしない。囚人にとって最大の敵は無関心だ。無気力はどんどん広がって、しまいにはすべてを覆い尽くす。

ミゲル・ビスタスは模範囚だ。刑務所暮らしもついにあと数時間で終わる。判事がようやく釈放命令を出したと、いつ看守が知らせに来ても不思議ではない。中庭の散歩は好きだったが、ナイフがあちこちから突き出されるから、おとなしくしていなければならない。今も感じている不安は、こうしてじっとしていると余計に大きくなる。運動する代わりに瞑想《めいそう》しようとする。

瞑想の仕方はわかっていた。七年間ずっと、毎日三十分は瞑想にあててきたのだ。最初はかなり難しかった。思考を自由に飛ばすたび、木々のあっちの枝、こっちの枝に引っかかった。今は違う。心を真っ白にして、エネルギーや動き、重力からも解き放つことができる。ミゲルはその軽やかさを楽しんだ。周囲にある特定の何かを選んで、それに完全に集中することもできる。たとえば壁の剝げた部分とか、床のリノリウムに規則的に落ちるしずくの音とか。

だが今日が刑務所生活最後の日だと思うと、何にも集中できない。心を真っ白にするなんて到底無理だ。ヨガの先生がここにいたら、教えたことをこんなにすぐに忘れてしまうなんて、と叱られていただろう。七年間瞑想を続けるうちに、人生の本質が少しずつ明らかになっていった。ミゲルには、釈放後すぐに人生の計画を再開するため、新たな方針ができていた。でも、具体的に実行するのは、抽象的な思考とはわけが違うと今になってわかった。まさか、二度目のチャンスがあたえられるとは思ってもみなかった。しかし今それを手にして、恐怖に近いめまいを感じていた。

たぶんこの最後の日のために、もっと軽い瞑想の練習をしなければならなかったのだろう。いわば七年間の振り返りだ。たくさんのことと決別し、神の摂理があたえてくれた、自分を生かしてくれたものすべてに感謝をしなければならない。人はいろいろなものに別れを告げながら生き、時代や人、もう興味が持てなくなった趣味を葬っていく。ミゲルは、ここでの体験一つひとつを、ここで会った人の顔一つひとつを思い出して、すべてに別れの挨拶をし、感謝したかった。

刑務所の中できちんとじかに別れを告げておきたい相手はカラカスだけだった。瞑想を終えると、写真工房に向かった。囚人たちは二つの柱に黒幕を垂らし、その奥で現像をしている。そのワークショップから聞こえてくる朗々とした声が、いつも積極性に欠けるように見えたカラカスのものだと知って、ミゲルは胸を打たれた。はたしてうまく仕切れているのだろうか？

「挨拶に来たよ。僕は今日釈放される」

カラカスはうなずき、つかのま笑みを浮かべたが、すぐに二人の生徒たちのほうに向き直り、指示をあたえ始めた。まるで、いきなり入ってきたミゲルが、とても大事な仕事か何かを邪魔したかのように。

「司法を、あるいは時間を、信じることだ。どちらでも君の好きなほうを。いずれはわかってもらえる」

「おい、幕を踏んでるぞ。暗幕が落ちちまう」カラカスはミゲルを無視して生徒の一人を怒鳴った。

ミゲルは、ここでは自分は邪魔ものだとわかった。感動的な別れを想像していたが、カラカスのほうはもうミゲルを忘れ、これからもここで生きていかなければならない純粋な生存本能から、新たな仲間を見つけたのだ。もうミゲルの言うことなど彼にはどうでもいいし、ミゲルは彼のロールモデルでもなければ、海に沈まないためのブイでもなくなった。今までになく自信にあふれ、別人になったようにさえ見えた。

「今日外に出られるとしたら、それは君のおかげだ。そう知っておいてほしい」ミゲルは打ち明けた。

カラカスが驚いたように一瞬ミゲルを見た。

「君がいつも支えだった」

「オビエド、おまえは写真を撮れ。エンクアドラ、像を中央に置くな。前もって考えろ」またただ。カラカスはもうワークショップの生徒たちのほうを向いていた。ミゲルがそこにいることが煩わしいのだ。見るからに、別れの時を早く終わらせたがっている。

「一緒に写真を撮らないか」ミゲルは頼み、暗幕に近づいた。「君はどいていてくれ」ポーズを取るのにいちばんいい場所を探していた生徒に言う。

生徒は暗幕の外に出た。ミゲルは、とまどっているカラカスを呼んだ。

「ミゲルという親友がいた記念に写真を持っておいてほしい。さあ、来いよ」

カラカスはミゲルの横に並び、カメラマンに撮るように指示した。ミゲルはカラカスの肩に腕をまわした。フラッシュが光り、二人は一瞬目がくらんだ。

さあ、これで別れの儀式はおしまいだ。ミゲルは監房に戻ると腹部のガーゼを取り、ゴミ箱に放った。傷は治りかけている。

夜十時になると、判事に忘れられてしまったのだろうかと思い始めた。マセゴサは今日命令書が出ると確約したが、じつはあの弁護士のこともあまり信用していない。彼の関心はミゲルの釈放ではなく、そのあとの賠償金請求にある。あるいは、問題は判事なのか。こうやってミゲルをいじめているのかもしれない。人の心に眠るサディスティックな欲求は、思いがけないときに顔を出す。十二時十五分前に、近づいてくる足音が聞こえた。ひどく不愛想な看守がドアを開け、厳しい表情でこちらを見た。

「くそ釈放だ。私物をまとめろ」

下品な言い回しだった。面白おかしく釈放を告げる決まり文句なのかもしれないが、本人はにこりともしていなかった。

ミゲルにはまとめるものなどなかった。荷造りをするのに十時間はあったのだ。外で待っていたマセゴサは、泊まるところはあるのかと尋ねてきた。

「はい。アパートメントがあるので。でも、その前に中心街に連れていってください」ミゲルは言った。「普通の人が見たい」

63

「スナックに行ったけど、いなかったから」サラテが言った。

「今日は歌う気になれない」

エレナは玄関の戸口から離れ、リビングに引き返した。入ってとは言われなかったが、ドアを目の前で閉められもしなかった。入ってよしということだと、サラテは解釈した。

エレナに続いてリビングに向かう。テーブルの上は事件関連の写真でいっぱいだった。ロマ人姉妹の遺体写真、ミゲル・ビスタスの監房で没収された写真、容疑者の供述書、証拠写真。開けたばかりのグラッパのボトルが一本、それに空のボトルが床に一本。

エレナはテーブルの前に座り、まずラーラの、そのあとスサナの写真を集めて、両者を比較した。サラテなどいないかのように振る舞っていた。彼女の手の中で写真が震えているのにサラテは気づいた。今は、エレナと話をするのにふさわしくないのかもしれない。だが、タイミングをいつも選べるとはかぎらない。

「俺の顔を見られないのか?」挑むように言う。

エレナは写真をテーブルに置き、ノートに何か書いた。

「さすがに良心の呵責を感じているようだな」サラテは引き下がらない。

今度はエレナもサラテのほうを見た。

「この話、今本当にしたいの？」

「どうしてレンテロの思惑どおりに動いた？」

「そんなことはしてない」

「じゃあ、どうしてサルバドール・サントスにそこまでこだわる？　年老いたただの病人の顔に泥を塗るような真似をして」

「仕事のやり方がまずかったから。証拠品を捏造したから。警察の捜査は、きちんとやらないとシステムが機能しなくなるから」

「サルバドールが間違いを犯したことを証明して、どうしたいんだ？　今も事件の証拠を再確認していたんだろうから、説明できるだろう。目的は？　捜査が何か進展したのか？」

「どうして彼をかばうの、サラテ？」

「俺にとっては父親同然だからだ。俺は彼からすべてを教わった」

「不正行為までね」

「どういう意味だ」

「ラーラの事件の捜査書類から封筒を一つ盗んだことだよ。気づかなかったとでも思った？」

サラテは顔色を失った。　勢い込んでサルバドールをめぐる聖戦に臨んでいたものの、そこで一瞬ひるんだ。

「封筒自体はすぐに戻したはずだ」

「あんたの行動がヒントになった。ララの事件の捜査には何か不正があるとわかっていたけれど、その不正が何かはわからなかった。あんたが科学捜査班の情報を持っていったと知ったとき、問題はそこにあるとわかった。だから科学捜査の周辺に目星をつけたの」

「俺を罠《わな》にかけたのか」

「あんたは思ったよりお人よしだよね。でも何も仕組んでないし、わたしはそんなに利口じゃない。あれはただの偶然」

「でもあの晩俺を誘ったのはシナリオの一部だったんだろう？　俺と寝たあと眠ったふりをして、俺を泳がせた。そうだろう？」

エレナは冷ややかにこちらを見た。

「少しは俺を気に入ってくれていると思ってた」サラテは苦々しくつぶやいた。

「それは自虐がすぎるね。ベッドでのあんたはよかったよ。関係ない話を結びつけるのはおかしい」

サラテは苦笑した。エレナという人を知るにつけ、この関係を続ける気はないのだとわかった。だが自虐的な気分はそれでは収まらず、逆に傷口に塩をすり込みたくなった。

「せめて俺をもう少し信用してくれてもよかったのに」

「それじゃあ、捜査の小さなほころびを見つけられなかったはずだよ」

「サルバドールを疑っていることは話してくれてもよかっただろ。もっといい解決策を一緒に考えられた」

「わたしに言わせれば、あんたはサントスをかばうことしか考えてなかった」

「少なくとも、本部から遠ざけるためだけに、カミロの馬鹿げた捜索に俺を参加させたのは事実だ」

「馬鹿げた捜索なんてどこにもない」

「あれが馬鹿げてないっていうのか？」

サラテはテーブルにあった、刑務所にいたときのカミロ・カルドナの写真を手に取り、切断された左腕を指し示した。

「腕が片方使えないじゃないか。あんな方法でスサナを殺すことがこいつにできるとでも？」

エレナは全身タトゥーだらけのカミロの写真を見据えた。胸のタトゥーがことのほか目立つ。

「カーレースに出られるなら、人を殺すことだってできる」

「頭蓋骨に穴をあけて？　片腕でそれは無理だ」

「いずれにせよ、あんたにはもうどうでもいいことよ。この捜査からははずれてもらうから」

「何だって？」

「聞こえたとおりだよ」エレナは頑なな態度を崩さない。「カラバンチェル署にもう戻っていい。みんなあんたを恋しがってるはずよ」

「俺がいるとあんたがやりにくい、ただそれだけの理由で俺を捜査からはずすことなんてできない」

　弾かれたようにエレナが立ち上がり、その勢いで跳ねた髪が顔を打った。

「出てって。この家にも本部にも、二度と立ち入らないで」

「俺をはずす理由を説明してもらわないかぎり、ここを動かない」

「不正行為をした警官をかばうために捜査書類を盗んだ。これは重大な過失だよ」

「個人的な理由でしただけだ。説明したじゃないか」

「八年前、息子が誘拐された。警察は手順どおりの捜査にすぐには取りかからず、わたしが提供した容疑者のモンタージュ写真も拡散させなかったし、登録されていた少年を好む性犯罪者を洗いもしなかった。すべて不注意と怠慢とプロ意識の欠如が原因よ。以来、自分の仕事には絶対に完全を期すと心に決めた。だから、不正を見て見ぬふりをするとか、たいしたことじゃないと鼻で笑ったりするとか、そういうことはできない。なぜなら、警察の捜査に間違いがあってはならないから」

サラテはエレナを無言で眺めた。彼女は怒りであえぎ、髪がゆっくりと揺れている。サラテは何も言わずにエレナに背を向け、立ち去った。

エレナはグラッパをグラスに注ぎ、ひと息で飲み干した。腰を下ろし、カミロの写真を眺める。ふと、胸のタトゥーに目が吸い寄せられた。自分の尾に食らいつくヘビ。

今度は検死写真を手に取って、頭の刃物傷を見る。タトゥーと形がよく似ている。どちらも円形で、ほかにとくに特徴はない。円がたがいに似ているのは当然だ。あるいは、似ていることに何か意味があるのか。

ミゲルの監房で没収された写真を手に取り、一つひとつ置いていく。すぐに、さっきまでは見えなかったものが見えた。円だ。ありとあらゆる場所に環《わ》がある。ミゲルは日食を、花や木の枝で形作ったオリンピックの五輪を、テーブルの上のコーヒーカップの輪染みを、環になったヘビが描かれたカミロの胸を撮影していた。

ロマ人姉妹の頭部の刃物傷をあらためて見る。

環だ。

64

カミロ・カルドナは、低所得者層が多く住むバリェカス地区のアパートで、二人の同国人と一緒に暮らしていた。壁にはコロンビアとスポーツカーのポスターがべたべたと貼られている。不審そうな顔でエレナを迎えたが、彼女がポスターの車のモデルを次々に口にしてみせると、緊張を解いた。エレナは彼を窓辺に手招きし、通りに駐車したラーダ・リーヴァを指さした。このマドリードの街で彼女が移動手段として使っている、コレクター・アイテムのソ連製の車。

「あんな車、知らねえな」カミロは言った。「走りはあんまりよくなさそうに見える」

「べつに走りがよくなくてもいいのよ。違法レースにエントリーするわけじゃないから」

カミロのまなざしにまた不信感が舞い戻った。呼び鈴が鳴り、相手が刑事だと名乗ったとき、やはり違法カーレースのことで捕まえに来たのだと思った。でもその刑事が車のポスターを熱心に眺め始めたのを見て、ほっとした。ところがまた相手は彼のスピード狂ぶりに触れた。俺をからかってるのか？ 目的は何だ？

エレナは相手の態度が冷ややかになったのに気づき、取りなそうとした。

「ところで、胸のタトゥーだけど、どうして入れたの？」

「ヘビのやつか？　刑務所の中でやったんだ。同房の男に勧められて。だが後悔し始めてる。取りたいくらいだよ」

「どうして？」

「友だちがみんな、いやがってる。おまえは洗脳されてると言って」

「どうしてそんなにいやがるのかな？　かっこいいじゃない」

カミロはしばらくもの思わしげにエレナを見た。

「見せたいものがある」

カミロの案内で狭い廊下を進み、主寝室に入る。シングルベッドが二つあり、そのあいだにマリア像がいくつも並ぶ小さな祭壇が置かれていた。カラフルな彫像、聖書のさまざまな場面を描いた絵、キリスト磔刑《たっけい》像などがヘッドボードの上に飾られている。

「ここで同郷の仲間、二人が寝てる。見ればわかると思うが、すごく信心深い連中なんだ」

「それで、あんたはどこで寝てるの？」

廊下の曲がり角にある部屋のドアを開けた。エレナは衝撃をなんとか隠した。室内には、円形が描かれた絵や彫像が所狭しと飾られていた。額に入った絵には、杭《くい》に縛りつけられた男の腹からネズミが出てくるさまが描かれている。

「俺は改宗したんだ。友だちはそれが気に入らないらしい」

「何の宗教？」

「ミトラス教だ。知らないか？」

「知らない」

「キリスト教が生まれる前の宗教だ」

そのとき、脚に何かが触れたような気がした。ヘビがふくらはぎに巻きついているのを目にしたとき、エレナは恐怖で体が凍りついた。

「心配しなくていい。何もしないから。毒は抜いてある」

「こんなヘビをアパートで飼っても罪にはならないの？」

「さあ」カミロは身をかがめてヘビを片方しかない手でつかみ、部屋の隅にある水槽に入れた。「棲《す》み処《か》を掃除するあいだ、こうしてときどき放し飼いにするんだ」

エレナは恐怖を押し殺そうとした。

「ヘビはその宗教と関係があるの？」

「ミトラス教の象徴なんだ。あいつらがマリア像を持つように、俺はヘビを飼う」

「でも、それならなぜタトゥーを入れたことを後悔してるの？」

「連中が俺と話もしなくなったからだ。頭がどうかしてると言うんだ。で、このくそったれヘビと友だちを比べたら、やっぱり友だちを取る」

「なら、あんたはまともってことだね。だけど、その宗教について、誰から聞いたの？」

「刑務所の同房のやつさ。熱狂的な信者だった」

「ミゲル・ビスタス？」

「そう。毎日あぐらをかいて瞑想して、経文を唱えてた。まじで鳥肌が立ったよ」

「親友として、尊敬してるんだと思ってた」

「たしかに、刑務所にいたときはそうだった。出た直後も。だが、シャバで違う暮らしをするうちにだんだんどうでもよくなってきた。まあ手紙は送ったけどさ。あの頃はミゲル・ビスタスを崇《あが》めてた。俺にいろいろ教えてくれたし。あいつがいなかったら、刑務所でやっていけなかったかもしれない。だが、あの変な経文を唱え始めると……」

「どんなことを言ってたの？」

「俺にはさっぱりわからなかった。外国語だったから」

「ミゲルはあんたにその宗教について説明したわけ？」

「ずっと話してた。この世に必要な宗教はそれだけだ、ってね。たとえばヘビみたいなシンボルのこととか、ほかにもいろいろと。全部はわからなかったけど、すっかり説得されちまって」

「それで、ヘビのタトゥーを入れろと言われたんだね」

「あいつが彫ったんだ。どこで針と染料を手に入れたのか知らないし、訊かなかった」

エレナは室内を見てまわった。ヘビが発するシューッという音にびくっとしたが、今はガラスケースに閉じ込められている。ミトラス教の戒律が書かれた紙に注目する。死ぬのではない、生まれ変わるのだ。無駄な努力はない。どんな犠牲も報われる。生き物の死は他の生き物の糧《かて》となる。闇は光、光は闇。

男の腹から出てくるネズミの絵に目を移す。エレナはむかむかしながらも、しばらく眺めていた。

「その絵も気に入ってたな。古代の拷問らしい」

「つまり拷問も好きだったってことか」エレナは独り言のようにつぶやいた。

「あいつの話を思い出して、今でも悪夢を見る」

エレナは絵を見ながらうなずいた。

「もう行かないと。すごく助かったよ」

エレナは廊下を歩きながら携帯電話を取り出し、番号を押した。マリアホが応答した。

「マリアホ、ミトラス教っていう古代の宗教について至急調べてほしい。それがシンボルとするヘビについても」

「どうしたの?」電話の向こうからマリアホが言う。「ずいぶん慌ててるみたいだけど」

「当然だよ。もしかすると真犯人を釈放してしまったかもしれない」

65

「ミトラス教はペルシア起源とされる宗教で、太陽神を崇拝する」とマリアホは説明した。

「キリスト教より古く、キリスト教がミトラス教から拝借した要素もいくつかある」

「たとえば？」

「救済だとか、イエスの誕生を十二月二十五日に祝うこととか。聖書には、日付の言及はどこにもないの。でも、ミトラ神はその日に生まれたと書かれている」

「書かれてはいないぞ、マリアホ。正確に説明しないと」

　そう訂正したのはブエンディアだ。エレナから急な電話がかかってきたとき、特殊分析班《BAC》本部には彼もいて、その日の午前中はやはりネット検索にいそしんでいたのだ。

「この宗教について書かれた古代の文献は一つもなく、彫刻や考古学的遺物しか残っていないんだ。百年ほど前、トルコで石板がいくつか発見された」

「紀元前五世紀頃の話だからね」マリアホが特定する。

「この宗教に、ロマ人姉妹の殺人と関係がありそうな点は何かある？」

「そこにそんなつながりを見出せるのは、頭のおかしい人だけでしょうね。牡牛《おうし》を聖なる獣としているんだけど、ミトラ神はそれを捕らえて、命を生むために生贄《いけにえ》にする」

「牡牛？　ヘビを崇めてるんだと思ってた」

「違うのよ。でも、カミロの胸に描かれてた尻尾に嚙みつくヘビは、この宗教の本質を象徴していると言える。生きるために自分自身を食らうヘビは、命を破壊してそれを再生するという意味になる」

「殺したんじゃない、生まれ変わらせたんだ」エレナが独り言を言った。

マリアホはエレナの独り言の意味を認め、うなずいた。ブエンディアだけはきょとんとして二人を見ている。

「サルバドール・サントスが口にした言葉だよ。ラーラの事件の容疑者が彼にそう言った、と」

「容疑者というと？」

「ミゲルかモイセスか、彼には思い出せなかったの」

「ミゲルにちがいないよ。ミゲルがミトラス教に入れ込んでいるとしたら、今の言葉はその教えとぴったり一致する」ブエンディアが言った。

「わからないのは、十五世紀以上前に消えた宗教をなぜ今さらってことよ」マリアホは信じられないという表情だった。

「待って、紀元前って言ってなかった？」

「古代ローマ帝国には広まったの。テオドシウス帝が、キリスト教以外の宗教を禁じるまでは、信者もいたのよ」

「失われた宗教にのめり込むことは誰にだってできるさ」ブエンディアが言った。「頭が完全におかしくなってさえいれば」

「ミゲル・ビスタスと最後に同房だったカミロは、彼は頭がおかしかったと言っていた」

「でも、あんたはミゲルと何度か話をしただろう？　なのに気づかなかったのか？」ブエンディアが指摘する。

「気づかなかった。だけど、狂っていても、頭の切れる人間はいるよ」

「もう一つわからないのは、ミトラス教と蛆の関係よ」

「蛆は死体を食べる。それは、あんたたちが話してくれたこととつながる」エレナは言った。

「一つ可能性がある」ブエンディアが続け、検索エンジンであるページを開いた。「〝スカフィズム〟。ペルシアで用いられていた、古い拷問方法の一つだ。五つの穴のある箱というのを聞いたことがあるか？」

マリアホとエレナは顔をしかめて首を横に振った。これから虫唾の走るような話を聞かされる予感がしたからだ。

「囚人をその箱に入れ、穴から頭と手足を出させて傷をつけるんだ。そこに蜜を塗りたくり、ハエを呼び寄せる。傷口にハエがたかり始め、卵を産み、蛆が哀れな囚人を生きたまま食らう」

「最高ね」マリアホが皮肉をこめて言った。

「でも、今回の殺人犯はそのとおりのことをやったんだよ」エレナは指摘した。

「だから、犯人はスカフィズムを知ってたんじゃないかとわたしは思う」ブエンディアが言う。

「もっと早く教えてくれればよかったのに」

「あんたからミトラス教について調べろと言われて、今朝初めて見つけたんだ。調べるうちにペルシアやスカフィズムにたどり着いた。犯人の思考過程について、こんなふうに推理してみた。犯人は、あちこちサイトを見ているうちに、自分なりの宗教を構築した。そこに拷問や、再生としての死、自分の尻尾に嚙みつくヘビも組み込んでいった」

「どうしてそんなことをするようになったんだろう？」

「わからない。だが、円形が好きなんだろう？　ウロボロスとか」エレナがぽかんとしているのに、ブエンディアは気づいた。「例の、尻尾に嚙みつく環をかたどったヘビさ。とても古いシンボルで、〝ウロボロス〟と呼ばれている」

ブエンディアはパソコンの画面に画像を出した。エレナの目の前に、二色で描かれた、ずっしりした環が現れた。よくよく見ると、環になったヘビだとわかった。

「これ、どこかで見たことがある」

「カミロのタトゥーでしょ」マリアホが指摘する。

「ハウレギの家だ」エレナは思い出した。「背表紙にこれが描かれた本があった。そのときは何かわからなかったから、見過ごしていたけど」

「ビスタスの弁護士がどうしてそんな本を？」

「さあ。被疑者がこの宗教に取り憑かれていたから、裁判で突つかれたときのために資料集めをしたとか」

「だが、あんたはこのシンボルをほかの場所でも見ている」ブエンディアが言った。

「どこで？」マリアホが尋ねた。

「遺体だよ。脳みそに蛆を入れるだけなら、小さな穴を一つ開ければそれでいいはずだ」

「わざわざ環をかたどるように線でつなげた。ウロボロスだ」エレナは結論した。「犯人のサインだよ」

66

クアトロ・カミーノス地区に最初に到着したのはチェスカとオルドゥーニョだった。エレナ・ブランコ警部から知らせを受け、今は入口を見張るだけに留めている。二十分後、エレナがブエンディアとともに現れた。

「二人はここで見張りを続けて。弁護士が逃げようとするかもしれない。ブエンディアとわたしで部屋に上がる」

三階分の階段を上がったとき、ブエンディアの息が切れていることにエレナは気づいた。思ったより体力維持ができていないようだ。呼び鈴を押して待つ。誰もドアを開けない。向こう側から音も聞こえない。サラテのことは考えまいとした。彼なら、令状がなくても部屋に踏み込む方法を考え出し、捜索で何か面白いものが見つかったら、あとでそれをなんとかして手に入れるだろう。だがエレナはそうしたい衝動に抗った。

あきらめかけたとき、ハウレギがドアを開けた。びっしょりと汗をかき、ひどい姿だった。無精髭がはえ、服は食べ物の染みだらけで、シャツの裾の片方がだらしなくズボンから飛び出ている。

「警部さん」ハウレギが挨拶代わりにそう言って、不安げな笑みを浮かべた。エレナは用心した。こういう精神状態のとき、人はいつ感情を爆発させてもおかしくない。

「大丈夫ですか？」

「ええ、何も問題ありません。どうぞ中へ」

室内は、前回訪問したときよりさらに散らかっていた。リビングの床は書類や本、服、ハンガー、クッションであふれ返っている。物干し紐にはパンツが二枚、干してあった。

「まさか人が来るとは思っていなかったので」ハウレギはそう言い訳しながら、裸足の足を引きずって、二人に続いて部屋に入ってきた。片足が悪くて、普通に歩けないかのように見える。

エレナは例の本を見つけた。やはり背表紙にウロボロスが描かれている。

「ミゲル・ビスタスが釈放されたこと、ご存じですか？」

「そうですか、それはよかった。とても嬉しい知らせです」

「この本、少し見せてもらってもいいですか？」

「どの本です？」

エレナは指し示した。引き抜いて差し出したのはブエンディアだった。『古代秘儀宗教』著者はヴァルター・ブルケルト。

「こういうテーマに興味が？」

「古代宗教全般に」弁護士が言った。「興味深いので」

「ミゲル・ビスタスも関心があったようですね」

「ええ、一度、話をしたことがあります」

ブエンディアは本をぱらぱらとめくった。そして、尻尾に噛みついているヘビのイラストのところで手を止めた。

「この絵はすごく見覚えがあるな」

「ウロボロスです」ハウレギが説明する。「三千年前からある、神秘的なシンボルです」

ハエが三、四匹、室内を飛びまわっていた。一匹がハウレギの顔に留まったが、彼は平気な顔をしている。

「すみませんが、靴を履いてきます」

ハウレギは廊下に姿を消し、私室に入った。エレナとブエンディアは目を見合わせ、ごくりと唾を飲み込んだ。エレナがジョーゼフ・キャンベル著『神の仮面』という別の本を手に取った。牡牛を生贄にするミトラ神のイラストを二人で眺める。牡牛の首の傷からは小麦の種子がこぼれ落ちている。ブエンディアはまた別の本を見つけた。西洋の異教についてのエッセイだ。

「あの弁護士は古代宗教の専門家らしい。そう簡単には手に入らない本も多い。血眼になって探したようだな」

「あるいは誰かの本を預かっているのか」エレナは推理する。

　ハウレギがリビングに戻ってきた。スポーツサンダルをつっかけている。靴箱にある最初に目に入った靴を履いたにちがいない。

「用事があって、出かけなければならないんです。もしよければここに残って、あれこれ見てもらってかまいませんよ」

　エレナはハウレギの提案に驚いたが、なんとかごまかした。

「ハウレギさん、出かけるなら、その前にいくつかお訊きしたいことがあるんですが。ほんの二、三分で終わります」

「話すのはまた今度にしてください。でも、部屋に残って中を見てもらってかまいません し、キッチンにいろいろあります」

　ブエンディアは何か考え込んでいる。

「キッチンにいろいろありますって、どういうこと?」エレナは尋ねた。

「何でも好きなものをどうぞ」

　ハウレギは玄関に向かった。エレナは追いかけようとしたが、ブエンディアに手首をつかまれた。ハウレギが行ってしまったあと、エレナは同僚に向き直った。

「どういうつもり?　令状もないのにここに残るわけにはいかない」

「許可はもらったんだ」

「そんなこと言っても、誰も信じない」

「あいつはヒントをくれたんだよ、エレナ。キッチンを見ろって」

エレナは携帯電話を出して、電話帳を探しながら、リビングの窓に近づいた。

「オルドゥーニョ、容疑者が今部屋を出ていった。見失わないようにして。どこに行くか知りたい」

電話を切ると、ブエンディアがキッチンで何やら探しまわる物音がした。

「何してるの？」

「疑問の答えを見つけようとしてる」

ブエンディアは棚や抽斗を次々に開けていく。やがてお目当てのものを見つけた。ガラス製の蓋つきの丸い容器だ。中を覗くと、金属の台座の上に、齧《かじ》られた跡のある卵や肉片がある。

「あったぞ、エレナ」

「それ、何？」

「シャーレだ。実験器具の一種で、菌類やバクテリアなんかの微生物を培養したり、その観察をしたりする」

「たとえば蛆とか？」

「たとえば蛆とか。見てくれ」

　ブエンディアは、温度調節装置つきの小型冷蔵庫みたいなものを指し示した。

「孵化装置だよ。温度三十五度、相対湿度七十パーセントに設定してある。〝キクイムシ〟蛆の孵化にまさに必要な環境だ」

「遺体で発見された蛆ってこと？　それは確か？」

「そのとおり。そして、あちこち飛びまわっているこのハエは、その蛆の成虫だよ」

「くそ……」

　エレナはキッチンを出て、電話をかけた。

「今電話をしようとしてたんですよ、エレナ」

「計画変更よ、オルドゥーニョ。やつを捕まえて。ハウレギを今すぐ」

「それはできません」

「やつなのよ、オルドゥーニョ。蛆の孵化器を見つけた。すぐに捕まえて」

「もう捕まりました」

「どうやって？」

「自分で警察署に出向いたんです」

「捕まったって、どうしてわかる？」

「チェスカが中にいます。待ってください……」

エレナは待った。数秒が何時間にも思える。じりじりしていた。

「オルドゥーニョ?」

誰も応答しない。

「どうなってるの?」と怒鳴る。

携帯電話を壁に投げつけたくなるが、こらえた。エレナのわめき声に驚いて、ブエンディアがキッチンから出てきた。

「エレナ?」

「報告して、オルドゥーニョ」

「すみません、チェスカと話をしていたので。確認できました。ハウレギはテトゥアン署に出頭しました。マカヤ姉妹を殺したと話しています」

第五部

もしも明日

少年は死にかけていた。体はもう蛆だらけだった。唇のそばに一匹いるのに気づき、舌で捕らえて口に含んでみる。ときどき、足にたかっている蛆を払って、解体作業の進捗状況を確認した。親指のすぐ手前のくぼみのあたりまで来ている。数日もすれば骨にたどりつくだろう。

犬には興味がなくなった。ちょうど、幼なじみに急に嫌気がさしたかのように。耳を澄ますと、犬の死体に没頭している蛆たちの囁きが聞こえるような気がする。でも今ではどうでもいいことだった。自分自身の足でやはりせっせと仕事をしている蛆のほうが楽しめる。連中を眺めることぐらいしか、もう暇つぶしの材料がなかった。

頭がぼんやりして、夢と現実の境界がわからなくなっていた。朝、草原を散歩したと思ったのに、やはりただの夢だった。楽しかった思い出が次々によみがえる。たとえば、両親と海辺で過ごした四日間のこと。気づくと倉庫内をうろうろして、水平線を、海と空がまざりあうその境界線を探していた。

段ボール箱の中で、緑色のヘビが描かれたしぼんだ浮き輪を見つけた。ときどきこのヘビの夢を見た。ヘビは、今自分の体でうごめいているすべての蛆たちの母になった。慈愛に満ちたその母親は、病気の少年を慰めるため、くすぐってやりなさいと子どもたちに頼んだ。

少年は死にかけていたが、自分ではそうとは知らなかった。今もまだ幸せだったときのことを思い出したり、両親のことを考えたりして、うっすらと笑みを浮かべることができた。でも、そんな記憶も刻々と薄れつつある。

呼吸は弱く、しだいにゆっくりになっていく。まぶたもいつしか閉じていた。筋肉が緩み、わずかに残っていた体力も毛穴から抜けていく。少年は気を失った。

もう充分だ。できることは全部やった。犬の屍肉《しにく》を食べ、自分の嘔吐物を食べ、蛆を食べた。水を求めて配管を舐めた。

少年はまだほんの子どもなのだ。

かろうじて残っていた力で命にしがみつき、失っていた意識をわずかに取り戻したとき、誰かが扉を開け、足音が倉庫内に響いた。無理やり目を開ける。光が差し込み、人影がかすかに見えた。がっしりした男のシルエットだ。

だが顔を見る前に、少年は意識をなくした。

ビクトリアはどこ？　ビクトリアはどこ？

そう言いたかったけれど、言葉が出てこなかった。丸一日、意識を失っていた。水、お茶、牛乳をあたえられた。人々は少年に水分を摂取させ、傷の消毒をした。

ビクトリアはどこ？

昏は動くけれど、話せない。衰弱しきっていた。中年の男女のシルエットが見えた。男は司祭服を着ていた。

ビクトリアはどこ？

もうすぐ救急車が来るわ、と女は言い、少年の手を取るとキスの雨を降らせて、必ずよくなるからねと告げた。少年は言いたかった。傷はきれいにしないで、蛆が動きまわるあのくすぐったさがきっと恋しくなるから。

67

アントニオ・ハウレギから供述を引き出すのはそう難しくなかった。エレナ・ブランコ警部としては、彼が早く全部打ち明けたがっているような印象を受けた。そうしてべらべらしゃべって、罪を認めるというよりは、罪の意識から解放されることが目的のように思えた。取り調べはエレナ一人でおこなっていたが、カメラがハウレギの話も動作もすべて録画していた。同僚たちも画面越しに尋問の様子を見守っている。ハウレギの話す内容はもちろん、表情やためらい、正面を見たかと思うと自分の手に視線を落とす様子まで。彼らはすべてを分析する。しかもその分析能力は並外れているのだ。たとえエレナが気づかなかったことがあったとしても、終わったときに必ず指摘してもらえる。

「わたしが二人を殺しました。ラーラもです。アントン・マルティン市場近くの教室でフラメンコを踊っているのを見てから、ずっと彼女に執着していました。ほんとにきれいだったんですよ。初めて見たときから夢中でした。ずっと尾行し、覗き、日ごとに距離を詰め、あと少しで触れそうなときさえありました。でも話しかけようとはしなかった。ただ見るだけです。何度か自宅付近をうろついて、玄関正面の歩道に立ち、寝室の窓越しに、服を脱ぐ彼女のシルエットを眺めたこともありました。でも、それもミゲル・ビスタスのスタジオからラーラが出てくるまでのことでした……ウェディングドレスのベールを手に持っていたんです。まさか結婚したのか！　彼女がよその男のものになるなんて、とても耐えられなかった……」

「じゃあスサナは？　同じ理由で殺したの？」

エレナはなんとなく落ち着かなかった。たしかにハウレギはすらすらと供述を続け、起訴資料を作成するには問題ないだろうし、特殊分析班《BAC》はまた一つ勝利のメダルを増やすことになるだろう。だが、ハウレギの言葉はどうも信用できなかった。ハウレギがスサナ殺害の犯人であることは確かだ。データも充分に揃っている。サイズ二十九センチの靴の足跡、大柄で猫背な男だったという〈一つ目〉の話、自宅にあったさまざまな器具、そして何より、この供述。すべてがハウレギを指さしているのだが、ラーラとスサナの殺害状況にはさまざまな違いがあり、同一犯ではない可能性を考えるに至ったことを忘れるわけにはいかなかった。なぜ違和感があるのか、その根拠を探し、今まで嘘をついていた理由や、二人のロマの花嫁たちを殺した動機をはっきりさせなければならない。

「成長して姉に似てくるのを待っていたんです。スサナはラーラと同じではなかったけれど、愛したラーラをわたしに思い出させてくれるたった一人の存在でした。結婚すると知ったとき、今がラーラのあとを追わせるそのタイミングだと思いました。バチェロレッテパーティーに参加している彼女を監視し、あとをつけ、友人たちと別れたところでわたしのワゴン車に連れ込んだ。そのあとキンタ・デ・ビスタ・アレグレ公園に向かい、その後のことはご存じのとおりですよ」

　エレナは何も言わず、目の前にある、同僚たちが集めてきたあらゆる情報を眺めていた。ハウレギにプレッシャーをかけ続け、これまでの足跡を一つひとつたどり直す。相手がミスを犯すまで、執拗に。

「もちろんすべてわかってる。でも、あんたに裏づけをしてもらいたい。頭蓋骨の穿孔だけど……三か所だったよね？」

「はい、三か所です。ウロボロス、自分の尻尾に嚙みつくヘビのシンボルです」ハウレギはそう答えたが、まるで練習したみたいだとエレナは思った。

「三つの点を結ぶと単純な三角形とも考えられる。見方によるよね」エレナは突き放した。

「死と再生の象徴、ウロボロスです。死と再生はミトラス教の理念です」

「ミトラス教についてはあまり知らないから、その話はあとでしよう。説明を聞けば、わたしにもそう見えるかもしれない。でも、とりあえず穿孔に話を戻そう。歯科用ドリルを使ったんだよね、ラーラのときと同じように」

「いや、ラーラの時は回転ドリルです。あのときはドリルを持っていなかった」

ハウレギは、エレナが仕掛けた最初の罠には引っかからなかった。辛抱強く仕掛け続けなければ。

「もう一つ気になったことがある。どうして二人にジアゼパムをあたえたの？　まるで痛みを感じさせないようにしたみたいに見える。でもそうなると不思議だった。わざわざ痛みを取ってやるなら、あんな残酷な殺し方をする理由がわからない」

「痛みを取るためではなく、暴れさせないようにすることが目的でした」

蛆に脳を食われている人は暴れるのだろうか？　答えは誰も知らないだろう。死にかけながら、話もする？　自分が今どんな目に遭っているのか、意識できるのだろうか。エレナはつらつらと考えた。

「言っておくけど、姉妹にジアゼパムをあたえたことは犯人しか知らない情報だからね」

「ラーラのときにわかったことなんです。ひどく暴れるから、おとなしくさせるために……」

「とても重要なことなんだよ、じつは。あんたが本当のことを言っているかどうか、これでわかるかもしれない」

ハウレギは黙り込み、うつむいた。娘たちを殺したことを恥じているようにも見える。エレナは無言でカメラを見たが、同僚たちは、彼女が求めていたものを見つけたのだとわかった。

「ラーラはジアゼパムをあたえられてなかった」すぐにブエンディアは気づいた。

全員がうなずいた。ハウレギは、ドリルに関する最初の罠は回避したが、ジアゼパムについての二番目の罠には引っかかった。

「警部のおかげで尻尾をつかめた。あいつが殺したのは妹だけで、姉のほうは殺してないんだ。ラーラ殺害の細部については誰かに聞かされて知っているだけだ」チェスカが嬉しそうに言った。

「だが、裁判で出た話は全部知っているだろう。当時はジアゼパムについて話題にならなかったのか？」オルドゥーニョが不思議そうに言う。

「裁判では、見つからなかったものについて話題になることはない。とりあえず、口をつぐめ。エレナのことだ、きっとビニール袋のことを訊くぞ」ブエンディアはまた画面に集中した。

エレナは表情を変えなかった。とにかく話をさせて、ほころびを一つひとつ見つけていくつもりだった。

「どちらの事件でも、あんたは被害者の頭にビニール袋をかぶせたよね」エレナは、ブエンディアの口にした予測が聞こえたかのように、ハウレギにはったりをかけた。「これも犯人しか知り得ない事実だよ。わたしたち自身、今まで知らなかったんだから。スサナの事件の現場でビニール袋を見つけたとき、これは重要な手がかりだと思った。二つの事件の手口の違いであり、やはり犯人は別人だと考えるようになったきっかけだったんだ。でも、その後ラーラの殺害現場の写真を調べたら、隅のほうに半分隠れるようにして袋があるのが見つかった。当時の捜査員たちはそれをとくに重要視せず、証拠品として採取もしなかったんだよ。だがそれこそ、同一犯だという証拠だった」

ハウレギはどう答えていいかわからず、途方に暮れて黙り込んでいる。カメラの向こう側にいる同僚たちは、この嘘でエレナが何をするつもりか、もう察しているはずだった。

「なぜ被害者の顔をビニール袋で覆ったのか、話してもらえる？」

「二人の表情が苦痛で歪むのを見たくなかったんです。美しいまま記憶しておきたかった」弁護士は、スサナを殺害したときの事実を二人に当てはめて白状していた。これもまた、ラーラ殺害の犯人ではない証拠だった。

もう充分だ。あとはミゲル・ビスタスがラーラの殺害犯だという確かな証拠を手に入れればそれでいい。

「ミゲル・ビスタスをどうやってまんまと刑務所に送り込んだの？」

「たまたまだったんです。わたしは公選弁護士のリストに入っていて、別の同僚が彼を担当することになっていたんだが、譲ってもらったんですよ。彼が有罪になるように万事お膳立てしました。検察のほうもあの件をさっさと厄介払いしたがっていた。とくに決定的な証拠もなかったのにね。まっとうな弁護士なら彼を有罪になんかさせなかったでしょう」

「気の毒に」

「たしかに褒められた話じゃないけど、わたしにとってはそれが最善策でした。刑務所に接見に行くたびに、彼は弱っていきました。ロマ人の連中にひどい目に遭わされて」

「じゃあ、ラーラ殺害容疑で逮捕されて起訴される前から、ビスタスを知ってたの?」

「はい。ただ、初めて顔を見たのは、ラーラの花嫁姿の写真を撮った日ですけど。その前にもすれ違ったりしていたのかもしれません。わたしがラーラをつけまわしていたとき、ビスタスは彼女の父親の下で働いていたんですから。でも記憶にはありません」

「さしつかえなければ、ミトラス教に話を戻していいかな。ビスタスにミトラス教を紹介したのはあんたなんだね?」

「刑務所暮らしが少しでも楽になればいいと思って。彼は無実だとわたしにはわかっていたから、罪悪感に苛《さいな》まれていました。信じてもらえないかもしれませんが、彼には申し訳なく思ってたんです。本当なら刑務所に入る人間じゃなかった」

「あんたにも人の情があるってわけね。でも、そんなことではほだされない。ミトラス教について説明して」

「古代の宗教ですよ」

たとえば「それはわかってる。あんたならもっと具体的なことを教えられるでしょう？　たとえば……信仰の対象は何？」

「ええと、ミトラ神は光の神で、正義が悪を打ち負かすのを助けます」ハウレギの言葉には迷いがあった。きっと、ミトラス教を説明するはめになるとは思ってもみなかったのだ。

「彼、わたしがクリケットについて知っている程度にしか、ミトラス教について知らないみたい」マリアホは評価をくだした。「本はたくさん持っているかもしれないけど、半分も読んでないわね」

ハウレギがしどろもどろになる様子を全員が観察していた。出来合いの言葉をただ並べるだけで、心もこもっていないし、興味もないことがありありとわかる。チェスカもマリアホと同意見だった。

「たしかに。ミトラス教については、ミゲル・ビスタスほど知らないみたいだ。ミトラス教をビスタスに紹介したのは彼じゃないと思う。逆だろう」

「ビスタスがサルバドール・サントスに言ったフレーズ、何だったかな？」オルドゥーニョが尋ねた。「生まれ変わるとかなんとか」

「殺したんじゃない、生まれ変わらせたんだ、だよ。だがエレナによれば、カメラのスイッチを切ったとたんにしゃべり出したから、調書には正確な言葉が記載されていないらしい」ブエンディアは記憶をたどった。

「サントスは迷っていた。その言葉を口にしたのが、モイセス・マカヤかミゲル・ビスタスかわからなくなっていたんだ。はたして、サントスの記憶を信用していいのか」

「ビスタスでしかありえない。赦《ゆる》しを得て、他者になるために生まれ変わる、というのはミトラス教の教義だ。だがサルバドール・サントスの取り調べ中にビスタスがその台詞を口にしたときには、やつはまだハウレギを知らなかったはずだ。弁護士が割り当てられたのはそのあとだからな」ブエンディアが説明する。「つまり誰が誰にミトラス教を教えたと考えるのが順当か？　ハウレギは嘘をついている」

「そうすると振り出しに戻るわね。姉を殺したのはミゲル・ビスタスで、妹を殺したのはその弁護士」マリアホがまとめた。

「問題は動機だ。見ろ、警部が部屋を出た」

全員が画面から目を上げ、こちらの部屋に入ってきたエレナを見た。

「見てわかったと思うけど、この男はラーラを殺してない。今すぐミゲル・ビスタス再逮捕の令状を取らないと。容疑者逮捕ですでに監視を解かれたけど、二時間後には再審請求のため裁判所に姿を見せるはずだから、そこから外には出られないことになる」

68

ミゲル・ビスタスはエストレメラ刑務所での接見でエレナのことを知っている。もし彼女が裁判所のあるカスティーリャ広場に現れたのを見たら、自分の計画に赤信号が灯ったことに気づき、捕らえられる前に姿を消すかもしれない。だからエレナはブラボ・ムリーリョ通りの端に二重駐車した車にとどまり、手に携帯電話を握りしめて、ラーラ殺害犯逮捕の知らせを待っていた。真犯人を釈放してしまった失敗は、これで訂正されるだろう。

二人の制服警官とともに裁判所にいるのはチェスカだった。エレナのいる車内には、オルドゥーニョが一緒に待機している。彼が相手なら、素直に不安を口にできた。

「あんたはミゲル・ビスタスが無実だと思ってた？　正直なところを話してくれない、オルドゥーニョ？」

促すように彼の目を見たが、相手はいつまでだって平気で黙り込む男だ。質問されたら、必ずよく考えてから答える。

「誰もが彼は無罪だと思っていましたよ」ようやくそう答える。「ラーラのときとまったはおおやけにく同じ状況で起きた、スサナの事件……模倣犯の仕業とは考えられなかった。おおやけにはなっていなかったディテールがあまりにも一致していた」

「サラテは反対意見だった」エレナはかつての部下を擁護した。「彼だけは、ビスタスがラーラ殺害の犯人だと考えていた」

「違いますよ。彼はサルバドール・サントスの体面を守りたいだけだった。それとこれとはまったく別だ。自分を責めないでください、エレナ」

「彼を捜査からはずすべきじゃなかったね」と後悔する。「厳しくしすぎたよ」

「警部から話を聞いたかぎり、そして俺の知る範囲では、サラテはラーラ・マカヤの捜査資料を盗んだ。それも、自分の師匠が犯した重大な過失をなんとか隠蔽するためだ。罰するのは当然ですよ」

「かもしれない」エレナは同意した。「でも今、サルバドール・サントスが正しかったことがわかった。彼はミゲル・ビスタスがラーラを殺した犯人だと知っていたのよ」

「だからといって、証拠を捏造するのは許されない。法の範囲を超えた行為だ」

エレナはうなずいた。捜査においてあくまでルールは順守すべきというオルドゥーニョの考えには同感だった。それでも、サルバドール・サントスは、ミゲル・ビスタスのような残虐な殺人犯を投獄したおかげで、犠牲になったかもしれない命をいくつか救ったのではないか、と考えずにいられなかった。正しいのはどちらなのか？　善悪を分ける境界線は、思ったほどくっきりしたものではないのだ。

「サルバドールは、ビスタスが犯人だと確信していた。でも、裁判で有罪に持ち込めるだけの証拠がなかった。もし同じ状況に置かれたら、あんたは遺体に毛髪を置いていた？」

今回オルドゥーニョは間髪を入れずに答えた。

「いや、置きません。証拠品の捏造は裁判を無効にして、むしろ犯人を自由の身にするおそれがあるし、自分のキャリアをも台無しにしかねない。自分の疑いを正当化するために証拠を偽装するなんて、絶対にありえません」

「そう。わたしはときどき迷うよ。ルールがつねに正解とはかぎらない。すぐれた警官は、ときにはそれを逸脱しなければならない」

「たとえばどんなとき？」

「たとえば、犯人を刑務所送りにするとか、無実の人を釈放するとか」

二人は物思いに沈んだ。オルドゥーニョはすぐれた警官で、よく訓練され、ぶれがなく、何事にも容赦がない。少々規律に厳しすぎるとはいえ。だからエレナがルールを破るとすれば、許せないだろう。

「この近くに住んでるんだよね？」

「以前は。半年前に引っ越しました。今はモラタラスに住んでいます」

エレナは軽くうなずいたが、内心では気が咎めていた。部下が引っ越したことさえ知らなかったなんて。自分の問題や暮らしのことしか頭にない、最低の上司だ。

「ついにアナと住むマンションを買ったの？」ミスを挽回するつもりだった。

「いいえ、アナとは別れたんです。彼女の名前で借りた部屋だったので、今もあそこには彼女が住んでいます。俺が出ていかなきゃならなかった」

引っ越したことはおろか、恋人と別れたことも知らなかったのだ。

「ごめん、知らなかった」

「気にしないでください」オルドゥーニョは軽くいなした。「警部が手いっぱいだってことは承知しています。俺たちのことはご心配なく。俺は平気ですから」

そのとき電話が鳴った。エレナは慌てて応答した。

「どうした、チェスカ？　すべて予定どおりにいってる？」

「準備は万全だよ。ただし、ミゲル・ビスタスを除いて。まだ姿を見せないんだ」

「あと三十分ね。弁護士は？」

「マセゴサのこと？　うん、うろうろしながら電話でしゃべりっぱなし。法服を着てるよ。助手まで自前のガウンを着るって、知ってた？」

「リッチな有名弁護士はそういうものよ。だけど法服がひどく臭うはず。連中は本物のハゲタカだからね。ビスタスが現れたらすぐに電話して」

エレナは電話を切った。何も進展がないことはオルドゥーニョにもわかったはずだ。

「サラテのこと、どう思う?」

「いいやつだと俺は思いますが、馬が合わないのはチェスカですよ。だが、チェスカはもともと部外者を受け入れたがらない。あいつに従ってたら、チーム内に変化が起きない」

「わたしたちは何かにしがみついて、進化を止めるわけにはいかない。もしかするとサラテをきちんとチームに加えるべきかもしれない」

「俺はかまいません。あなたの命令どおりに動くだけですよ、警部。だけどあいつ、一見すると善玉刑事に見えるってところも、一筋縄ではいかないやつだよな」オルドゥーニョは考え込むように、ちょっぴり皮肉を利かせて言った。

二人は黙り込んだ。たいして話すこともなかったから、今にも飛び込んでくるにちがいない知らせをぴりぴりしながら待っていた。これまで何度となく裁判所に足を運んでいるエレナだが、外で待つのは初めてだったので、仕事でしか来たことのないこのエリアの発展の様子をじっくり観察するのもこれが初めてだった。カスティーリャ広場にどっかりと腰を据えている裁判所こそが、規模の割には役割が不充分とはいえ、この地区のシンボルだった。近辺はがらりと変わってしまった。カステリャーナ通りを行けば、レアル・マドリードのホームスタジアムや高級マンションが林立する一帯にたどり着く。だが、ブラボ・ムリーリョ通りからクアトロ・カミーノス地区に向かえば、かつての工場や低層住宅が今はカリブ海地域に変貌したエリアに到着する。ドミニカ人が多く暮らし、ロクトリオ

（公衆電話やパソコンが利用できる店）があふれ、ストレートパーマができる美容院や、フリホーレスやチチャローネスを出すレストランが並び、ディスコではサルサやらメレンゲやらしか流れない……。

「ビスタスの滞在先と言われている住所、わかってるんだよね?」ふいにエレナが言った。

「ええ、プチェーナ通りです。マノテラス駅のあたり。ここからそう遠くありません」

「行こう」

「まだ二十分ありますよ」オルドゥーニョが訝った。

「あいつは来ないよ。姿を消す前に捕まえたって、要は同じことだ」

釈放されたビスタスが一時的に滞在している住所に到着したとき、電話がまた鳴った。

「チェスカ、ビスタスが現れたの?」

相手の話を聞くうちに、警部の表情が変わった。オルドゥーニョは、何が起きたのかとうずうずした様子でこちらを見ている。

「まだ現れていないし、もう現れない。マセゴサはビスタスの弁護人を降りたそうだ」エレナがまとめた。「行くよ」

　その建物は質素で、フランコ政権時代に住宅省が建設したことを示す、ファランへ党のシンボル〈くびきと矢〉がいまだに玄関に掲げられている。エレベーターはなく、狭い階段があるだけだった。二人は気づかなかったが、建物正面の歩道に、サッカースペイン代表の帽子を目深にかぶり、つばで顔を隠した男がいて、二人が建物に入っていくのを見ていた。ミゲル・ビスタスだった。まだ余裕があると思っていたのだ。こんなに早く連中が自分を捜しに来るとは思っていなかった。約束の時間にはまだ間があるのだ。

手には穴のあいた箱を持っていた。子どもがカイコの幼虫を飼うのに使うような箱だ。クワの葉をあたえてはみるが、成虫になる前に飽きてしまうのが常だが。

「ドアを開けて、オルドゥーニョ」

「令状がないですよ、警部」

「いいから、やって」

壁や柱もそうだが、ドアも貧相なものだったから、オルドゥーニョが鍵穴のあたりをひと蹴りするだけで事足りた。中には誰もおらず、書類が数枚、床に落ちているだけだ。

「くそ、遅すぎた。逃げられたあとだ」

エレナはあるものを見つけ、背筋に悪寒が走った。アントニオ・ハウレギの部屋で見たのと似たような容器だった。「蛆だ。くそっ……」

携帯電話を取り出す。

「チェスカ、ハウレギを本部に連れてきて。わたしがもう一度取り調べをする。それから、今いる場所の住所を言うから、代わりにこっちに来て。オルドゥーニョと二人でこの部屋を徹底的に洗ってほしい」

69

「ハウレギは取調室にいる。何かやらかしたりしないように、机に手錠でつないである。自殺して真実を自分もろとも葬ろうとする、典型的なタイプだからな」ブエンディアが言った。

「さすがだね。始めようか」

エレナ・ブランコ警部は厳粛な顔をしていた。特殊分析班《BAC》本部に飛び込んでくると、急ぎ足で取調室の前までやってきた。今はマリアホに目を向けている。

「カメラのスイッチを切ってもいい？」

「何をするつもり？」

　法というものの向こう側を散歩することにした、今日こそ思いきり境界線を越えてみようと思う。あっさりそう答えたかった。ルールを守っていたら、思わしくない結果ばかり招いた。ミゲル・ビスタスは自由の身となり、サラテはこの事件の捜査からはずされ、サルバドール・サントスは逮捕されて懲罰委員会にかけられ、もしかすると予審判事とも相対するはめになるかもしれない。だが、心の声は黙らせることにした。

「べつに」とマリアホを安心させる。「そうしたいなら、取り調べの内容を録音してもらってもかまわない。でも、録画はやめてほしい」

マリアホはブエンディアの許可を取ろうとするかのように彼をちらりと見た。ブエンディアもOKという視線をすばやく返す。

エレナは取調室に入り、ハウレギを観察した。ひどく怯えているように見える。両手は、机の一部である横棒に手錠でつながれている。取り調べをする相手が暴力的な場合にのみ使われる措置だが、今回はブエンディアが言うように、他人に対してではなく、みずからに危害を加えるおそれがあった。エレナは何も言わず、ただ相手を見つめていた。

「どうしてまたわたしをここに?」ハウレギが言った。「もう全部話しましたよね? 二人を殺したのはわたしです」

「スサナについてはそのようだけど、ラーラを殺したのはあんたではないと思う」

「どうしてわざわざそんな嘘をつかなきゃならないんですか?」

「そのためにわたしはここにいる。理由を調べるためにね」

エレナは上着を脱いで、銃を納めた肩掛けホルスターをあえて見せつけ、ハウレギの手錠がしっかり掛かっているか確認し、最後にカメラを指し示した。

「カメラが見える? 普通はこの部屋で起きることを全部録画するの。でも、パイロットランプがついてないのも見えるよね？　つまり電源が切れてるってこと。だからここでのことは、あんたとわたし以外には漏れない」

「あんたにわたしを脅す権利はない」

「じゃああんたには、結婚を間近に控えた娘を殺す権利があったの？　彼女の頭に蛆を埋める権利が？　ふざけるな！　あんたの言うことを真に受ける人間なんていないよ」

「わたしは弁護士だ」

「あんたはもうおしまいよ。あきらめるんだね。もう誰もあんたを弁護士とは認めない」

ハウレギは黙り込んだ。自分のしたことを恥じ、自己嫌悪に陥っていると、エレナは思いたかった。

「これからあんたをどうするか、教えてあげる。ちょっと調べてみたんだ。スペイン国内の刑務所で、ロマ人受刑者がいちばん多いのはどこか。書類上の手続きがいろいろ面倒だとは思うけど、必ずそこの管轄で裁判をしてもらうように手をまわす。あんたが何の罪でその刑務所に入ったか、誰も気づかないと思ったら大間違いだよ。あんたが嫁入り前のきれいなロマ人娘を殺したこと、その方法について、わたしが受刑者みんなに教えてまわる。あんたは死ぬまで毎晩ロマ人たちの夢にうなされ続けるだろうね」

ガラスの仕切りの向こう側で、ブエンディアとマリアホは取り調べの様子を逐一追っていた。エレナに何があったのだろう、と二人は考えていた。被疑者にこんなふうに接するのは彼女らしくない。声を張り上げ、まるでチェスカのように振る舞っている。おたがい自分の持った印象について話したかったが、とにかく見守ることにした。驚いたのは、ハウレギがうめき声を漏らし始めたことだ。取り調べは難航し、さらにプレッシャーをかけなければならないだろうと二人は予想していた。

「あの娘を殺したくなんかなかった」

「じゃあなぜやった？」

「どうしようもなかったんですよ。あの娘が死ななかったら、わたしの息子が死んでいた」

「あんたの息子？　息子って誰？」エレナは驚きを隠せなかった。

それ以上質問しなくても、ハウレギは堰《せき》を切ったように話し出した。

「息子の苗字はわたしのじゃなく、母親のそれなんです。調べてもわからないはずですよ。記録には父親は不明とあるはずだ。だけどわたしの息子なんです。名前はカルロス・ロドリゲス・バラスコ、刑務所ではカラカスと呼ばれてる」

「ビスタスの囚人仲間だった？」

「はい」ハウレギはうなずいた。「息子は昔からわたしを軽蔑していた。だけど一度だけ連絡してきたんです。バラハスで麻薬所持容疑で捕まり、代理人を務めてほしい、と。鞄にあったコカインは身に覚えのないものだ、カラカスの空港……そこからあの子のあだ名がついたわけですが、その空港で誰かが鞄に入れたんだ、と息子は訴えた。わたしは弁護を引き受けましたが、全然うまくいかず、挙句の果てには酔って法廷に出るような真似までしてしまい、結局息子は有罪になりました。あの子がわたしを憎んでいるとしても、不思議じゃありません。初めて助けを求めてきたのに、期待に応えられなかった……。だが、エストレメラ刑務所に送られたと聞いて、そこならミゲル・ビスタスがいる、中であの子を守ってもらえるかもしれないと思ったんです。わたしは彼に接見を申し込み、息子のことを頼んだ」

「それで拒絶されたのか」

「もっと悪い」ハウレギは言った。「せいぜいかわいがってやる、と脅された。自分が殺す必要さえない、ここでの暮らしにとても耐えられず、みずから命を絶つだろう、とまで言われたんです。わたしにはなすすべがなかった」

「だからビスタスはあんたに条件を出したわけ」

「お察しのとおり、スサナをラーラと同じ方法で殺し、自首することです。ラーラの事件について疑念をかきたて、捜査を再開させ、自由の身になるために。全部準備するのに半年かかりました。自分が罪に問われても、わたしに復讐しようとするロマ人だらけの刑務所に送られても、いっこうにかまいません。いっそ電気椅子送りにでもしてくれたら、と思います。そうされて当然ですから。わたしは親としてするべきことをした。息子より大事なものなどないんです。親の義務なんだ、子どもを助け、守り、迷子になったら見つけてやることが……」

エレナがなぜそこで黙り込み、ハウレギに最後のプレッシャーをかけて一気に落とさなかったのか、マリアホにもブエンディアにも最初はわからなかった。エレナは顔面蒼白《そうはく》になり、脚が震えていた。それでようやく二人も少しずつ事情を理解したのだ。マリアホはブエンディアの耳に囁いた。そのひと言に、ブエンディアもうなずいた。

「ルーカス……」

見るからに動揺していたが、それでもエレナはなんとかもう一つ質問した。

「ミゲル・ビスタスは今どこ？」

「わかりません。本当です。彼のために借りた部屋の住所はそちらに渡してある。そこにいないなら、どこに行ったのか見当もつきません」

70

特殊《B》分析《A》班《C》のメンバー会議は、もっと明るい雰囲気になってもよさそうなものだった。ついに事件の真相が明らかになり、姉妹を殺した二人の犯人とその名前も確認されたのだ。上司から命じられたことはすべて遂行した。だが、まだ終わったとは思えなかった。頭に蛆を埋め込まれた被害者を今後一人も出さずに、ミゲル・ビスタスをまた刑務所にぶち込むまでは。

　エレナ・ブランコは、ハウレギから聞き出せるかぎりあらゆる情報を聞き出し——だがミゲル・ビスタスの潜伏先については何もわからなかった——、チェスカとオルドゥーニョは、ロマ人の姉を殺し妹殺害を指示したビスタスが釈放後に滞在していたと思われるマノテラスの部屋を徹底的に調べた。

「アントニオ・ハウレギ弁護士があの部屋を借りたのは三か月前です。この数日、隣人が物音がするのを聞いていますが、とくに気にならなかったそうです。昨日も誰かいたと、その隣人が証言しています」

「裁判所に自分が出頭しないことがはっきりするまで、われわれが捜しに来ることはないとビスタスはわかってたんだ。わたしたちはとんだお人よしだったってことね。あいつを自由の身にしたうえ、姿も見失ったんだから。それで、何か見つかった？」

「重要なのは、蛆を育てていたってことです。弁護士の家にあったのと同じような容器が複数見つかりました。だが、空っぽだった」

「何のためのものか、わたしたちにはもうわかってる。もし蛆を育てていたのだとしたら、また誰か殺すつもりだということだ。頭の中を蛆でいっぱいにした死体がまた発見される前に、やつを捕まえる。でも、どこにいるのか？　何かヒントはないの？」

オルドゥーニョが古い写真を取り出し、一同に見せた。七、八歳の男の子を連れた夫婦と若い女性が写っている。携帯電話で写真が撮れるようになる前の、フィルムを現像しなければならなかった時代のもので、たぶん一九八〇年代だと思われた。背景には教会が見える。

「あの部屋で見つかった私物はこれだけでした。たぶん、思ったより早くわれわれが現れたので、慌てて出ていかなければならず、それで忘れていったんでしょう。これが幼少時のミゲル・ビスタスかどうかはわかりません」

ブエンディアは写真をしげしげと見た。古い教会が背景にあるが、鐘を収めた開口部が二つある大きな鐘塔《しょうとう》しか見えない。開口部の片側にコウノトリの大きな巣がある。

「状態のよくない写真だが、これから何かわかるかな?」ブエンディアがマリアホに言った。

「やってみるわ」

マリアホは写真をスキャンし、顔認識プログラムにかけたが、一致するものはなかった。次に環境認識ソフトを使ってみた。さいわい、鐘が収まった一対の開口部がある高い鐘塔を持つのは、教会の中でもかなり特殊だ。すぐに七件のヒットがあった。それからミゲル・ビスタスの個人データと照合してみる。ビスタスの両親はすでに亡くなっているが、シエラ・ノルテ地方のラ・セルナ・デル・モンテ村の出身だった。七件の検索結果の一つにその村が挙がっていた。


ラ・セルナ・デル・モンテ村はマドリードから八十キロしか離れていないが、街を出発してから、ブルゴス街道を通ってシエラ・ノルテ地方独特の最初の美しい村に到着するまでのあいだに、五十年の時を隔てているかのように思える。シエラ・ノルテ地方は、今でも〈貧しき山岳地方《シエラ・ポブレ》〉と呼ばれているほどで、人口は百人にも満たない。かつては農業や牧畜を生業としていたが、近頃では観光が重要産業となり、あちこちに建つ風情のある農家が観光資源だった。

「いたって平穏な土地なんです」サン・アンドレス教会の主任司祭が言った。「ですから、大昔の出来事でもよく覚えています」

司祭はしゃべるとき、エレナがリーダーだとわかっていたかのように、彼女のほうしか見ず、チェスカとオルドゥーニョは相手にされていないも同然だった。

「ミゲル・ビスタスをご存じなんですか？」

「子どものときのあの子は知ってます。だが、あの事件が起きてから、一度も戻ってきていない。もしよければ、一家が住んでいた家にお連れしますよ。今もまだあるんです。まあ、いつ倒れるかわかりませんが。こういう小さな村がどんなところかご存じかと思いますが、夜になると物音がするとか言う村人がいましてね。幽霊がいるとかなんとか。馬鹿げた話です」

村の周縁部に向かって歩きながら、ビスタス一家が村にいられなくなった有名な事件について、司祭が話してくれた。

「八月のことでした。その時期、この一帯の村々では祭りが催されるんです。ミゲル・ビスタスの父親は気難しい男で、酒は飲むし、喧嘩っ早くてね。この近辺では仕事がもらえず、仕方なく夫婦でフランスに行き、農場で日雇い仕事をして金を貯めては、こちらに戻って冬を越すという暮らしをしていました。子どもは足手まといになるからと村に残し、父親の従妹《いとこ》が手伝いに来て、子どもの世話をしていたんです」

「その従妹の名前は覚えてますか？」

「あまりはっきりとは。ただ、ビクトリアとかビルヒニアとか、Vで始まる名前だったはずです……。美人だったから、村の若者がみんな恋焦がれましてね。そう、彼女をバイクで連れ出したのは、ヘナロという若者でした。マドリードの住民だが、夏になるとこのあたりにバカンスに来ていた一家の息子だった。たしかシグエンサの町のサン・ロケの祭りに出かけたんじゃなかったかな、うろ覚えだが。問題は、娘が子どもを、家の前にあった物置き小屋に閉じ込めていったってことなんです。ビスタス一家がいらないがらくたや何かを置いていた、廃屋同然の倉庫でした。子どもは、最初はゲームだと思っていたようですが、それが悪夢のような事態となりました。従妹は、ひと晩留守にするだけで、早朝には戻って子どもを出してやろうと考えていたようです」

「でも、戻ってこなかったんですね」

「村から遠く離れた場所で、バイク事故を起こしたんです。若者は死亡し、従妹はグアダラハラの病院に運ばれました。意識不明の重体で、目覚めたのは一週間後。ヘナロが死んだことはわれわれも知っていたのですが、従妹の娘はこのあたりの人間ではなかったので、入院していることが誰にも知らされなかった。意識を取り戻したとき初めて、連絡があったんです。子どもを運び出すために、ビスタス一家の倉庫に行ったのは、このわたしです。まさか生きているとは思ってもみなかった。あんなに恐ろしい光景を見たことはいまだかつてありません」

「思い出すのはおつらいと思いますが、話していただく必要があります」すでに家の前に着いていたが、エレナは司祭の話を中断させたくなかった。これでやっとミゲル・ビスタスという人物を理解できる、今初めてそんな気がしていた。

「蛆だらけの犬の死体がありました。子どもは足に怪我をしていて、そこにも蛆がたかっていた。たぶん、親指を失ったと思います……本当に悲惨でした。あの子は、自分を食っていたその蛆を食べていたんです。こんなことを言って申し訳ありませんが、あの子を見たとき、死んでいたほうがましだったのではと思いました。幼くしてあんな目に遭ったら、誰だって耐えられませんよ。若い娘さんを殺した罪に問われたと聞いたとき、さもありなんと思いました。もっと早く見つけてあげられていたら。あるいは、いっそ見つけないほうがよかったのかもしれません。ああ神よ、お許しください、でも、あそこに到着したときすでに息絶えていたら、あの子もあんなに苦しまずにすんだでしょう」

「服役していたこともご存じだったんですね？」

「もちろんです。新聞で蛆のことを読んだとき、犯人はあの子だと確信しました」

「警察にその話をしたんですか？」

「年配の刑事さんから電話をもらいました。名前は忘れましたけど」

「サルバドール・サントス？」

「そうです、そんな名前でした。まだ有罪にはなっていないときでした。事件直後にあの子が犬にしたことを、その刑事さんに話しました。刑務所に入れて、二度と出てこられないようにしてくださいとお願いした」

「犬にしたことというのは？」

「殺して、蛆に食べさせたんですよ。あの男の心には悪魔がいた。子どものときこの場所で、悪魔に取り憑かれたんです……」

司祭に案内してもらった家はひどい状態で、落書きもあり、長年空き家だということが、見ればすぐにわかった。倉庫も同じような有様だった。いや、母屋以上の惨状だ。

「これがビスタス一家の住んでいた家です。このあたりでは誰も買う者がいない。みんなここで何があったか知っていますからね。だが、今ではこの村もよそ者であふれているから、思いもかけないときに、マドリードから来た誰かが買い取って修理し、壁いっぱいに農機具なんかを飾って、週末を過ごしにやってくるようになるかもしれません。少年を運び出した倉庫はその正面です」

その小屋に入る前に、エレナはチェスカを手招きした。

「マリアホに連絡を入れて、ビスタスって苗字のビクトリアかビルヒニアという女性を探すように言って。運がよければ何かわかるかもしれない。従妹に置き去りにされたせいで蛆を食べるはめになったとしたら、彼女にどういう最期を迎えさせたいか、きっと心に決めていると思う。捕まる前にパーティーの仕上げをするはずよ」

「ミゲル・ビスタスは彼女を襲いに行ったってこと?」

「間違いなく。彼女への恨みを忘れたくなかったからこそ、あの写真を後生大事に持ってたんだと思う」

全員で倉庫に入る。長年放置されてぼろぼろだったが、たびたびここを訪れている者がいたような形跡があった。空き瓶、打ち捨てられた古い服、新聞……。エレナは新聞を手に取ってみた。

「ほんの一か月前のものだ。ここに人が出入りしていたこと、知ってましたか?」

いちばん驚いているのは司祭だった。

「不良どもがマリファナを吸ったり、酒を飲んだりしてるだけでしょう。だがおかしいな。このあたりにはそういう場所がほかにいくらでもあるし、この家に近づこうとする者はあまりいないはずだ」

「このドアはどこに通じてるんですか?」

倉庫の奥に、特殊な南京錠《なんきんじょう》が厳重に掛けられたドアがあった。周囲の荒れた様子とは対照的だった。

「この中にはホームレスや不良連中は入っていないみたいね。でも、けっして入りたくなかったわけではないらしい」こじ開けようとした跡が何か所かあるのを見て、エレナは推理した。「オルドゥーニョ、これ壊さなきゃ……できそう?」

「やってみます」

今度ばかりは令状の有無についてとやかく言わず、オルドゥーニョは鉄片と石を見つけてハンマー代わりにした。何度か打ちつけなければならなかったが、しまいに南京錠は壊れた。中には金属製のキャビネットがあるだけだった。エレナが命じるまでもなく、オルドゥーニョはそれも開けた。

「何だこれは？」

山のようなＤＶＤ、ハードディスクが二台、古いＶＨＳビデオもいくつか……。思いがけない宝の山を掘り当てた。

「運び出そう。中身を全部分析しないと」

71

「それ、カイコ？」

バスで隣に座った老婦人がそう声をかけてきた。ミゲル・ビスタスとしては、老婦人にこの蛆の能力を見せつけてやりたいところだったが、今は余計な注意を引きたくなかった。始めたことをちゃんと最後まで終わらせるまでは。

「はい。甥《おい》のために」

「弟もカイコを飼ってたわ。クワの葉が餌だった」

「ええ、カイコはクワが好きなんです」ミゲルはほがらかに答えた。「前はそうでもなかったのに、今マドリードではなかなか手に入りません。樹木が全然ないから」

テルエル県のアリアガに到着するまでに、もう何キロもない。そこでバスを降りれば、この詮索好きのばあさんからも解放される。ビクトリアのことを、あの女がどんなふうに苦しむかを考えるとわくわくした。ラーラ・マカヤが死んだときの様子を思い返すのも好きだ。痛みに歪む顔や助けてと嘆願する声、悲鳴……。またあれを味わえるのだ、しかも今度は父の従妹のビクトリアを相手に。あの女は一度も刑務所に面会に来なかった。僕を見捨てたのだ。大昔、倉庫に置き去りにしたように。

「僕はここで降ります。よい旅を」


ミゲル・ビスタスは、〈あの出来事〉のあとビクトリアが移り住んだこのアリアガに来るのは初めてだった。〈あの出来事〉のことはけっして忘れない。犬も、シャベルも、蛆も、足の傷も、渇きも空腹も、恐怖も、打ち捨てられた洗濯機のことさえも。あの女に同じ思いをさせたいと長年念じ続けて、やっとそのときが来た。居所をなかなか見つけられず、ようやく捜し当てたのは、すでに刑務所にいた二年ほど前のことだ。まずネットを使わせてもらう許可を取るのが大変で、許可をもらってからも、パソコンの前で何時間も過ごさなければならなかった。ビクトリアはミゲルからも世間からも身を隠していたが、結局無意味だった。検索エンジンに名前を打ち込んでもヒットせず、しかしある日、運がミゲルに味方した。ある農業フォーラムで、虫害に困って助言を求めるコメントを残していたのを見つけたのだ。ミゲルの人生はいつもそうだが、粘り強さが実を結んだのだった。

バスは彼をガソリンスタンドの前で降ろし、ミゲルはわりと清潔なトイレに入った。腰を下ろし、靴と靴下を脱ぐ。蛆に食われたせいで、親指が欠けている。だから歩くときに足を引きずるはめになり、学校でいじめられたのだ。〈あの出来事〉が起きたのは子どものとき、いや、子どもじゃなくなったときと言ったほうがいいかもしれない。今でも全部覚えているし、きっと一生忘れないだろう。両親が僕を置いてフランスにブドウ摘みに行き、ビクトリアという父の従妹に面倒を見させ、そのビクトリアがあの倉庫に僕を置き去りにして、僕の人生をおしまいにしたとき、僕はまだたった七歳だった。自分の殻にこもり、友だちもいない、内気な子どもになった。同級生は、足を引きずる僕を笑いものにし、おまえはマスだとからかった。マスを釣るときには蛆をエサにする、おまえも同じように蛆を食った、と。

犬を殺したのは十三歳のときだ。近所の人の飼い犬を殺し、蜂蜜を塗った。蛆が死体にたかり、食べる様子を何時間も眺めた。それが見つかったとき、父に殴られたことも絶対に忘れない。さいわい父は今は、母と一緒に土の下で眠っている。惜しむらくは、もっと長生きしてくれれば、僕が殺してやったのに。

まもなく一家はマドリードに引っ越した。オルカシータス地区のちっぽけな部屋だ。まわりから浮いている孤独な若者になったミゲルは、いつも図書館に閉じこもっていた。そこでいろいろなことを発見した。再生と生まれ変わりを教義とするミトラス教や古代ペルシアの拷問スカフィズムもそのとき知った。両親が死んで——交通事故だった、またしても——家を相続したミゲルは、さっそく実験を始めた。蛆を育てて、自分の足の親指みたいに、小動物を食べさせたのだ。人間にも試さなければならなかった。だが誰で試す？

その頃にはすでにカメラマンとして仕事を始めていて、おもに結婚式の企画を得意とする、モイセス・マカヤのイベント会社で働いていた。そこで、これまで会ったどんな女性より美しい、モイセスの娘ラーラと知り合い、恋をした。毎日、彼女の唇にキスをし、愛し合う自分を空想した。だがラーラは底意地が悪く、ミゲルをあざ笑い、その気にさせては拒絶した。結婚式前のウェディングドレス姿の写真撮影の日、初めて裸の彼女を目にしたが、当然ながらラーラはミゲルを挑発してきた。胸を見せて、どう、気に入ったと尋ね、性器をさらして、あたしをどうしたいか話してと言った。人を蛆で殺すことを何度も想像し、どうやってやるか手順も全部練った。決まっていないのは誰を使うかということだけで、第一候補は父の従妹のビクトリアだった。いつかビクトリアを見つけ、あの同じ苦しみを味わわせてやろうと思っていたが、その日、あの写真撮影ですべてが変わった。ほかの男との結婚初夜についてラーラが得意げに話し出したとき、最初はこの女だと悟った。

ラーラを犯す場面をずっと想像していたのに、そんなことはしなくても、充分に楽しめた。彼女は泣き、許してと懇願し、きっとあなたのものになると誓ったが、そんな嘘や裏切りには飽き飽きだった。一週間ラーラを思いのままにし、その間蛆は彼女の脳を食い続け、彼女はしだいにいろいろなことができなくなっていったが、生きながらえていた。そしてしまいに痛みさえ感じなくなった。何もかもきれいに掃除し、絶対に見つからないと確信していたが、あのサルバドール・サントスとかいう刑事に行き当たったばっかりに、怒り狂った犬のようにつけまわされた。あいつさえいなければ、何もかもうまくいったのだ。おかげで、スサナの殺人をお膳立てしなければならなくなった。だがなんとか釈放され、ビクトリアを捜すことができた。今、ようやくそのときが来たのだ。

ビクトリアの家は村はずれにあった。そのあたりの大半の家がそうだが、石造りだった。ミゲルは外からその家を見た。よく手入れされ、落ち着いた雰囲気だ。あれから長い年月が経ち、ビクトリアもずいぶん変わっただろう。記憶にある彼女はものぐさで、少々軽率な娘だった。ミゲル自身も変わり、もうあんな一人では何もできない子どもではない。鉄格子の門扉を開ける。南京錠もなければ、番犬もいない。昔から夢にまで見たビクトリアとの再会が目前に迫っている。

ゆっくりと家の玄関に近づいていく。ばったり出くわしたときの、従妹——本当は父の従妹だが、いつもただの従妹と呼んでいる——の顔を想像する。悲鳴をあげるだろうか？あげたとしても、当然だろう。

ドアノブに手をかけてみると、鍵は掛かっていなかった。子どものときに住んでいた村と同様、そこも小さな村だ。泥棒が入る心配などせず、玄関は開けっ放しにしている。中は過ごしやすい気温だった。人の姿はない。音をたてずに歩き、居間に入る。天井で扇風機が回っているが、ビクトリアはいない。台所にも、寝室にも。ベッドメークはされていなかった。

居間に引き返し、安楽椅子に座った。そこで待つことにしよう。この瞬間をずっと待ち焦がれていたのだから、今になって急ぐ必要はない。待つことには慣れていた。自分は正しいとわかっていた。やるべきことを、これまで研鑽《けんさん》を積んできたことを、やるだけだ。たとえ善行を積んでも、世間から身を隠しても、罪は消えない。この辺鄙《へんぴ》な村に、ぽつんと離れて建つ家に身を潜めても、無駄なのだ。罪を贖《あがな》うには、生まれ変わるしかない。

玄関のドアが開く音がした。ビクトリアだ。トマトでいっぱいの箱を手に、居間に入ってきた。こちらから話しかけるまで、ミゲルには気づかなかった。

「やあ、ビクトリア。僕のこと、覚えてる?」

幽霊でも見たかのように、トマトを床に取り落とした。幽霊よりはるかに恐ろしい相手だとは、まだ気づいていないようだった。

72

「だめよ、レンテロ、高級レストランで食事なんかしてる場合じゃない。ただ話がしたいだけ。時間がないの。もう二度と、頭の中を蛆だらけにした遺体を片づけたりしたくない」

レンテロ本部長の習慣について本人に物申す者はほとんどいないし、エレナにしても、自分の両親とレンテロが友人同士という背景がなかったら、警察の階級で言えばはるか上部にいる者に逆らったりできなかっただろう。

「レンテロ、わたしたちはミゲル・ビスタスを釈放するという失態を演じたのよ」

「わたしたち？　つまりおまえとわたし、ということか？」

「そうね、失態を犯したのは〝わたし〟。失態を犯すのはしもじもの者だけだってことはよくわかってる。ラーラを殺したのはミゲル・ビスタスで、スサナ殺害を指示したのもミゲルなの。ハウレギは息子を守るためにその仕事を引き受けた、哀れな男なのよ」

「ビスタスは今どこにいる？」

「それを知りたいの。頼むから手を貸してほしい。交通警官の最後の一人まで総動員して、捜索するように命じて」エレナは必死だった。

「スペイン一危険な悪党だとでも？　まさに今朝、メリリャに潜伏しているイスラム過激派について会議で聞かされたところだ。そのミゲル・ビスタスと比べてどちらが重要かといえば、それは……」

「そりゃ、スペイン一危険ではないかもしれないけど、釈放しろとこちらをせっついてきたのはあなたよ。わたし一人で罪を引き受けるつもりはないから」

　ときには、自白させるために悪党を脅すように、上司にもプレッシャーをかけなければならない。必要なら、脅しだってする。

「変な作り話はやめようじゃないか、エレナ。どうしてほしいんだ？」

「身の危険が迫っていると思われる女性がいる」

「女性？」

「ミゲル・ビスタスの父親の従妹よ」

　レンテロは眉を片方吊り上げた。エレナがよく知っている表情だ。すでにビスタスは指名手配犯となり、特殊分析班《BAC》の立場としては事件から手が離れたことになる。あとは、誰かが逃亡者を目撃し、警察署に連絡が入り、パトカーがそこに急行して逮捕するだけだ。それがレンテロのシナリオだということはわかっていた。だがエレナは、新たな犠牲者が出る前に犯人を捕まえたかった。

「父親の従妹？」レンテロが尋ねた。

明らかに、怪訝《けげん》そうな声だった。レンテロはこの件にこれ以上かかわりたくないと思っている。だからエレナがビクトリア・ビスタスについて説明を始めると、いかにも面倒くさそうな顔をした。マリアホがビクトリアについてあれこれ調べ、写真に写っていた若い女性こそが彼女だとわかった。住所として記録に残っているのは、ラ・セルナ・デル・モンテ村に来た当時より前のものだけで、それはつまり彼女が身を隠そうとしている証拠だった。レンテロはエレナの話を聞くあいだも、いらだちを隠しきれなかった。ビスタスが倉庫に閉じ込められたこと、死んだ犬と蛆との恐怖の共生について語っても、効果はない。

「してやれることは何もない」レンテロはきっぱり言った。

「あるよ。警察がサルバドール・サントスの家を捜索し、ラーラ・マカヤ事件の関係資料をすべて没収したことはわかってる。サントスは自宅にいろんな書類を保管してた。そこにビクトリア・ビスタスについての情報があるはずなの。サントスはあの事件に執念を燃やしていたから、きっと彼女にたどり着いたと思う」

「その資料は懲罰委員会が所有していて、もしサルバドールが不正を犯していたと彼らが裁定すれば、すべて検察に送付される」

「その資料の中身を見る許可が欲しい」

「無理だとわかっているはずだ。サルバドール・サントスの逮捕を実行したのはおまえだぞ」

「わかってる。心から後悔してるわ」

「今さら遅いぞ、エレナ。残念だが、おまえに手は貸せない」

「貸せないんじゃなくて、貸したくないのよね。わたしたち、友人同士だと思ってた」

「情に訴えても無駄だ。わたしはおまえの母上の友人で、おまえのことは友人の娘として多少心を砕いているだけだ。混同するな」

レンテロのオフィスを出ようとしたそのとき、携帯電話が鳴った。マリアホだ。

「ラ・セルナ村の倉庫で見つかったＤＶＤに、ちょっとした発見があったの。急いで来て」

「どういうことか先に話して」

「言葉では説明できない」

はやる気持ちを抑えきれず、エレナはＢＡＣ本部に急いだ。せめてあのディスクの中に何か手がかりが見つかるかもしれないと思えば、取りつく島もないレンテロへの憤りも忘れられた。マカヤ姉妹の身に起きた出来事すべてをできるだけ早くシーツで覆って隠そうとすることも、今もまだ犯人が自由に歩きまわっているというのに事件からさっさと手を引こうとする態度も、エレナには理解できなかった。

エレナがＢＡＣ本部に到着したとき、マリアホはパソコンの画面を開いたまま待っていた。

「ＤＶＤのほとんどは湿気でだめになってたけど、二枚だけ中身をちゃんと取り出せた。ぞっとするような内容だったわ」

エレナは覗き込んだ。最初に目に飛び込んできたのは、椅子に縛りつけられた八歳ぐらいの少年だった。男が少年の耳を切り取り、カメラに見せた。少年が痛みに身をよじった拍子に椅子が床に倒れ、せいぜい脚をじたばたさせた。脚も縛られていたからだ。

「〈パープル・ネットワーク〉って聞いたことある？」マリアホが尋ねた。

エレナは言葉が出てこなかった。鼓動が速くなり、心筋梗塞でも起きそうな気がして、胸をさする。

「いわゆるスナッフビデオを作っている集団なの。拷問や殺人の様子なんかを録画して、ディープウェブで流通させる。ミゲル・ビスタスはそのネットワークにかかわっていたみたいね」

「ラーラ・マカヤの映像はあった？」

「今のところない。でもハードディスクの中にあるかも。ハードディスクのほうにはまだ取りかかってないの。全部見るまで、何が入っているかわからないからね。ＶＨＳも含め、大昔の素材もある。明らかになったのはまだごく一部よ」

「トイレに行きたい」

エレナはふらつきながらトイレに走り、便器に嘔吐《おうと》した。マリアホは、人間の残酷さの限界みたいなものを見ても、自分は気分が悪くなったりしないのはどうしてだろうと考えた。これまでもいろいろな事件の捜査で、ディープウェブ（インビジブルウェブと呼ばれることもある）に潜らなければならないことがたびたびあった。ネットの闇の部分やテクノロジーの悪用に、すっかり慣れてしまったのかもしれない。動物の虐待、犬や鶏や人間の闘い、小児ポルノのビデオも観たし、殺し屋と契約できるページにアクセスしたこともある。マリアホは深海をよく知っていた。ラーラ・マカヤが蛆に侵されていくライブ映像が、ディープウェブにおそらく存在することも。それを最前列の座席で見るために、大勢の人間がチケットを買うのだ。

警部がなかなか戻ってこないので、マリアホはトイレに近づき、ドアをノックした。

「大丈夫？」と尋ねる。

えずく声が答えだった。マリアホはベランダに出て、煙草を一本吸った。あの映像を観て平気でいられる自分については考えたくなかった。単にエレナより慣れているから耐えられるだけなのだ。部屋に戻ったとき、まだエレナの姿はなかった。トイレに行ってみると、ドアが開いていた。エレナは消えていた。恐ろしい映像が詰まったＤＶＤと一緒に。

73

エレナが赤いラーダをコロニア・デ・ロス・カルテロス住宅街に停めたとき、もう宵闇が迫り始めていた。サルバドール・サントスの家の呼び鈴を鳴らし、待つ。アセンシオンがドアを開け、警部を見て顔を歪めた。

「こんにちは、アセンシオン」

ドアが完全に閉まる前に、隙間に足を滑り込ませる。

「待ってください、お願いします、ご主人と話をさせてください。急がないと。人の命にかかわる問題なんです」サルバドールはすでに釈放されていた。

「わたしにとって問題になる命は、サルバドールの命だけ。そしてあなたはそれを踏みにじった」

「謝罪させてください。ご主人は正しかった。ラーラ・マカヤを殺した真犯人はミゲル・ビスタスで、サルバドールは最初からそうわかっていた。わたしには謝罪することしか……」

「今さら遅すぎるわ、警部さん。夫のキャリアに泥を塗っておきながら」

「どうかご主人と話をさせてください。ミゲル・ビスタスはまた人を殺そうとしている。彼の居所を知っているのはサルバドールだけなんです」

「この件についてはこれ以上かかわりたくありません」

「何の罪もない女性が死ぬかもしれないんですよ？」

「わたしたちは静かに暮らしたい、ただそれだけよ」

「アセンシオン、あなたがわたしを嫌うのは当然だと思います。でも、サルバドールと話をしなければ。人の生死がかかっているんです」

「帰って」

今度は目の前でドアが閉まっても阻もうとはしなかった。アセンシオンに憎まれても仕方のないことだった。彼女の立場になってみるまでもない。エレナはナルシシストではないし、自分に必要なものが他人のどんな思いよりも優先されるとも思わない。拒絶されたのは当然の報いだとわかっていた。ラーダに乗り込み、アセンシオンにみごと復讐された、その苦い後味を噛みしめる。だがこのままでは、家庭とサルバドールをなんとしても守ろうとする彼女の怒りの巻き添えを食って、ビクトリア・ビスタスという犠牲者が出るかもしれないのだ。

渋滞にいらだつ気持ちを抑え、自宅まで車を走らせる。今夜は涙と例の執着に溺れ、泥酔することになるだろう。特殊分析班《BAC》本部から持ってきたDVDを何時間も観続ける。ありとあらゆる拷問を受ける、どこかからさらわれてきた子どもたちの映像。ダメージの大きいディスクは映像にノイズが入り、音声も完全ではない。だが、映像の一つに息子が映っていたような気がした。見えるのは影みたいなものだけだし、音もぼんやりしているので、確かではない。でも、小柄な体、ほんの少し左右非対称な腕、必死に首を振ったときに揺れていた特徴的な前髪に見覚えがあった。あの子なの？　もしそうだとしたら、なぜミゲル・ビスタスがその映像を持っていたのか？

なんとか動揺を鎮めようとした。違う、ルーカスじゃない、映像がぼやけすぎている、と自分に言い聞かせる。せめて着ている服がわかれば。あるいは、あの日履いていたニューバランスの靴か……。でも、わからなかった。靴は、二本の脚を支える二つの台座でしかなかった。この映像のクオリティーではそれ以上何とも言えない。

二本目のグラッパの栓を開けて、執着のループがまた始まった。なんとしてもミゲル・ビスタスを見つけなければならなかった。ビクトリアの生死はもはや二の次だった。ビスタスを尋問し、シエラ・ノルテの家で見つかった映像について聞き出すのだ。どこで手に入れた？　あんたはこのビデオとどういう関係がある？　この子たちはどうなった？　生きているのか、死んでいるのか？　もし死んでいるとしたら、息子の遺体はどこにある？　信心深い人間ではないが、ときどき訪れてルーカスと会話し、ちゃんと手をつないでいなくてごめんねと謝れる場所が欲しかった。

　サルバドール・サントスはミゲル・ビスタスの過去を調べたはずだし、それならビクトリアがどこへ引っ越したかも知っているにちがいなかった。没収された書類にその情報があるかもしれないが、サルバドールの頭脳という鬱蒼とした森の中にもデータがあるはずだ。急に力が湧いてきて、またコロニア・デ・ロス・カルテロスに行き、今度こそアセンシオンを説得してみせると決意する。とっさに車のキーをつかみ、通りに出たところで、あたりは薄暗く人気もないことにショックを受けた。朝の五時だった。人の家を訪ねる時間ではない。自宅に引き返し、グラッパをグラスに注いで、冷静に考えようとした。殺人・行方不明者捜査部に忍び込み、サルバドールの書類を盗んではどうか。保管場所がどこか、エレナはよく知っていた。入口とキャビネットをこじ開けなければならないし、防犯カメラで一部始終が録画されて、失職することになるだろう。だがその前にミゲル・ビスタスにたどり着き、息子に関する情報をすべて聞き出せる。あれは本当にルーカスだったのか？　そうでなかったとしても、このビデオを制作したのは誰か、必ず吐かせてみせる。目の前に法の境界線が見えた。そう、サラテやサルバドール・サントスのように、目的は手段を正当化すると堂々と言いたかった。

　再び、持ってきた四枚のＤＶＤの映像を観始める。何度も嘔吐した。ソファーに横になり、これからたどらなければならない道筋について、法の境界線について考えた。自分自身にうんざりしながら目頭をつまむ。何度もビデオを観返したせいで頭が混乱し、そのまいつしか眠っていた。目を開けたとき、すでにあたりは明るかった。時刻は午前八時半。シャワーも浴びず、服も着替えず、身だしなみも整えなかった。ラーダに乗り込み、コロニア・デ・ロス・カルテロスに向かった。

アセンシオンがドアを開け、蔑みのまなざしでこちらを見た。だが、その厳しい目に、わずかながら同情が垣間見えた。エレナは中に通された。

「話のあいだ、わたしも同席するので」

「ありがとうございます」エレナは言った。

サルバドール・サントスはウィングチェアに座っていた。そばに小さなテーブルがあり、すでに空になったコーヒーカップと、砕けたビスケットののった皿が置かれている。朝食を終えたところらしい。

「あなた、ブランコ警部が来たわ。あなたと話がしたいみたい。警部が質問するあいだ、わたしが付き添うわ。いい？」

サルバドールは答えなかった。右目に今にもこぼれ落ちそうな涙が浮かんでいる。それは青みがかった光をたたえていた。アセンシオンが夫の隣に座り、手を取って握った。エレナもしゃがみ込み、サルバドールの視界に入ろうとしたが、アイコンタクトはできなかった。サルバドールはとくに何かを見ているわけではなく、自分の世界に入り込んでいるようだ。

「サルバドール、まずはあなたに謝罪します」エレナは話し始めた。「あなたは正しかった。ララ・マカヤを殺した犯人はミゲル・ビスタスでした」

老人からは何の反応もなかった。何が彼の関心を引くかわからないので、どんどん情報を提供することにした。

「写真が見つかりました。あなたが彼を疑っていたこと、覚えていますか？」

「あなたが正しかったのよ、サルバドール」アセンシオンが言った。「あなたはとてもいい仕事をした。容疑者を見つけて、刑務所に送り込んだ。今頃レンテロとその取り巻き連中がどう言っているか、聞きたいものね」

サルバドールがにっこりした。妻の言葉を聞いて、というより、ふいに何か楽しい記憶が蘇《よみがえ》ったからのように見える。

「ミゲルには従妹か叔母がいたようです。どちらかはわかりませんが。司祭の話では、父親の従妹ということでした」エレナは言った。「ビクトリアという名前でした。ミゲルを倉庫に閉じ込めた娘です。あなたが彼女と話をしたかどうか、教えてほしくて」

サルバドールの笑みがますます顔に広がった。アセンシオンが彼の手にキスをする。

「サルバドール、警部さんが今来てるのよ。何か言うことはない？」

老人の精神状態がここまで急激に悪化してしまったとは。エレナは彼に強いストレスをあたえてしまったことを思い、罪悪感を覚えた。でも、どうしても答えが必要だった。それを手に入れるまで帰るわけにいかない。

「蛆のわいた犬のこと、覚えていませんか？」

「警部さん、やめてください」アセンシオンが咎めた。

「蛆に食われる犬を見ていた少年のこと、思い出せませんか？」

「そういう恐ろしいことを思い出させないで。よくないストレスになるわ」

「ビクトリア」突然サルバドールが言った。

その名は、さわやかな風がふっと吹き抜けていったかのように、彼の口からこぼれ落ちた。

「ビクトリア・ビスタス。ミゲルの親類です」エレナはたたみかけた。「ミゲルを倉庫に閉じ込めた娘」

「ビクトリア」老人はくり返した。

「どこに住んでいるか知りたいんです。ビクトリア・ビスタスとじかに話しましたか？」

「とても美人だった」サルバドールが言う。

「あなた、その人がどこに住んでいるか知りたいそうよ」

「アルカリア運送」

エレナとアセンシオンは何のことかわからず、顔を見合わせた。エレナはこの手がかりをなんとか引き寄せようとした。

「何のことですか、サルバドール？　ビクトリアが引っ越ししたときの運送会社？」

「アルカリア運送」

サルバドールは満足げにほほ笑んで言った。その情報をつかんだのは、刑事だったときの手柄の一つだと言わんばかりに。

「ビクトリアは引っ越しをした」エレナは順を追って情報を引き出そうとした。「家財道具を運んでもらうために契約した運送会社が、アルカリア運送という名前だった。そうなんですね？　それで、荷物が運ばれた場所は？　思い出せますか？」

「隠れ場所」サルバドールは言った。「避難所」

「ビクトリアはどこに避難したんですか？　どこかの村？」

「かわいそうに」

「彼女はどこに住んでいるんですか、サルバドール？　思い出してください、とても大事なことなんです」

サルバドールは目を閉じ、唇を結んだ。思い出すのにとてつもない努力をしているかのように。涙が二筋、頬を伝った。

「そこまでにして」アセンシオンが言った。「こんなに苦しんでる」

「ビクトリアの家具がどこに運ばれていたのか、教えてください。あなたが見つけたんですよね、サルバドール?」

老人は泣きながら首を振った。

「もう休ませてあげて」アセンシオンが懇願した。

「ビクトリアは今どこに? ミゲル・ビスタスは彼女を殺そうとしています。本人に知らせないと」

「かわいそうなビクトリア」

「思い出してください」エレナはくり返す。「彼女を救えるのはあなただけなんです」

サルバドールは目を閉じて、首を横に振った。苦しんでいるのがわかる。

「もう充分でしょう、警部さん」アセンシオンが言った。「頑張ったけど、無理だった」

「お願いです、サルバドール。ビクトリアがどこに住んでいるか、教えて」エレナは引き下がらなかった。

サルバドールの頬を次々に涙が伝った。

「もういいのよ、あなた、もういい。心配しないで、ほんとに充分だから」

アセンシオンが夫の涙を拭き、頭をぎゅっと抱いて、頬にキスをした。そうしてやっとサルバドールは落ち着きを取り戻して、おとなしい従順な老人に戻り、瞳もとくに何を見るでもない、ゆっくりした動きを回復した。

「玄関まで送るわ」アセンシオンが言った。

エレナはあきらめてうなずいた。できることは全部やったのだ。敗北感が肩に重くのしかかり、体がひどく汚れていること、そして二日酔いだということに急に気づいた。

「あの人がどんなに動揺していたか、その目で見たでしょう？　だから質問攻めにしてほしくないの」

「申し訳ありません。苦しめるつもりはなかったんです」

「記憶力の訓練はどんなものでも、いつもひどく苦しむことになる。自分がいろいろと思い出せないとわかると、とてもつらいみたいなんです」

「わかります。本当に、ありがとうございました」

アセンシオンが玄関のドアを閉め、エレナは歩き出そうとしたが、ふいに、このあとどこへ向かえばいいのかわからないことに気づいた。あとは、ミゲル・ビスタスを見つける努力をすべきだと、レンテロをなんとか説得するしかないが、すでにやってみて失敗したのだ。同じことをしても暖簾《のれん》に腕押しだろう。もしくは運送会社を当たるか。ラーダに乗り込み、ミラーで顔を見た。ひどい有様だった。昨日のマスカラが流れ落ち、髪はぼさぼさで、顔が青ざめている。こんな姿でオフィスには行けない。まずは家に帰ってたっぷりシャワーを浴びよう。エンジンをかけ、バックミラーに目を向けたとき、アセンシオンがこちらに走ってくるのが見えた。背後の玄関のドアは開けっ放しだ。

「警部さん……来て。急いで」

エレナは車を降りて家に入った。二人とも居間に駆け込む。サルバドールはそこで何かぶつぶつとお祈りでもしているかのように、口を動かしていた。

「何か言ってると思うの」大声を出すと魔法が消えてしまうとでもいうように、アセンシオンが囁いた。

エレナはそろそろと近づいてかがみ込み、サルバドールの唇のあたりに耳を近づけた。

「アリアガ、アリアガ、アリアガ……」

「アリアガ」エレナはくり返した。

サルバドールはほほ笑んだ。頬を二粒の涙がこぼれたが、今回のそれは嬉し涙だった。

74

エレナはシャワーも浴びず、自宅にも寄らずに、ラーダに乗り込むとすぐに出発した。外見はひどかったが、泥酔した翌朝としては最悪というほどでもない。最悪なのは、携帯電話のバッテリーが切れてしまったことだ。いつもはベッドに入る前に充電するのが、毎日の変わらぬ習慣だった。でも、あのディスクを観続けたこと、子どもたちへの拷問、息子に似た子がいたような気がしたこと、強迫観念、グラッパ……それらが全部重なって、昨夜は充電し忘れ、車にも充電器を積んでこなかったのだ。

本来ならマリアホに連絡して、アルカリア運送の手がかりについて確認してもらわなければならないし、オルドゥーニョとチェスカに、ビクトリア保護のためただちにアリアガに向かえと命じなければならない。だが一分でも無駄にしたくなかった。ここまで気が急いているのはビクトリアの命を救うためでもあったが、〈パープル・ネットワーク〉の情報が欲しいからだった。エレナにとって、ミゲル・ビスタスはただの逃亡犯でも、次なる犠牲者を探す、ただの殺人鬼でもなかった。ひょっとすると息子かもしれないあの少年について情報を提供してくれる、この世でたった一人の人間でもあるのだ。グローブボックスにピストルが入っているし、手錠も持っている。犯人逮捕にはこれで充分だ。

テルエル県アリアガはマドリードから三百二十キロほど離れており、まずバルセロナ方面の高速道路で、シグエンサのすぐあとの出口、アルコレア・デル・ピナルまで向かう。エレナはそこでガソリンを入れ、ついでに食事をしようかと思案した。急いでいるが、胃に何か入れておいたほうがいいと直感が告げていた。昨夜は何も食べなかったし、今朝も朝食抜きだったから、力が湧かない。ガソリンスタンドのバルでハムの小さめのボカディージョと熱いコーヒーを頼んだ。急いでたいらげる。食事は栄養を取るためのもので、今はそれ以上の楽しみはいっさい求めない。場合によっては、二、三口で胃に詰め込んだこれで、一日体をもたせなければならない。アリアガで何が待ち構えているかわからないのだから。

運転を再開して、モンレアル・デル・カンポから幹線道路をそれ、三時間少しでアリアガに到着した。役所前の広場に車を停める。ビクトリア・ビスタスの住所を調べなければならないが、急いで効率よく尋ねる必要がある。さいわい、人口四百人にも満たない小さな村だから、住民同士、知らない者はいないだろう。バルを見つけ、カウンターの向こうで退屈そうに地元紙を読んでいる、太った年配の女に近づいた。刑事だと名乗る。これで見ず知らずの人間に協力する気になってくれるといいのだが。

「ビクトリア・ビスタスという女性を捜しているのですが。この村に何年か前から住んでいると聞いています」

「倉庫の女？」

「え？」

「このへんじゃ、そう呼ばれてるんだよ。倉庫に子どもを閉じ込めたって話でさ。その男は、無実なのに七年間、刑務所暮らしをさせられてた……。本人はそんな話一度もしないけど、誰かが気づいたらしくてね――」

「その人です」エレナは相手の話を遮った。「住まいはどこか、ご存じですか？」

「礼拝堂に向かっていけば、まわりに何もない場所にぽつんと家が建ってるのが見える。そこで一人で暮らしてるよ」

いつもながら、地元民の道案内はよそ者にはピンと来ない。

「どっちの方向に行けばいいですか？」

「地質学公園の道しるべに従って。その途中に礼拝堂がある。そこに家もあるよ」

女は、これで案内は完璧とばかりに手を振り、情報提供を終えた。エレナとしては、二時間道に迷った挙句、このバルに引き返すはめにならないことを祈るばかりだった。ラーダに乗り込み、村の目抜き通りを走っていくと、まもなく地質学公園への道順を示す標識が見つかった。アリアガは古くは鉱業の盛んな村で、道々、廃坑になり柵で囲われた古い鉱山跡が今も見られる。

ヌエストラ・セニョーラ・デ・ラ・サルサ礼拝堂が近いことを知らせる標識があり、やがてグアダロープ川のほんの数メートル手前に古民家が見えた。そこで車を停め、グローブボックスからピストルを出してズボンの腰にさしたあと、手錠を後ろポケットに突っ込んだ。あれがビクトリアの家だろうか。ほかにも家がないかもう少し走ってみるべきかもしれないが、あの女の店員は間違いっこないと言わんばかりだった。それにしても、ビクトリアのことがそんなに知られているなんて。彼女が恋人とはめをはずして遊ぶあいだ子どもを倉庫に閉じ込めたなんて話、本人以外に誰が話すだろう？　ミゲル・ビスタスが刑務所送りになったとき、黙っていられなくなって、つい誰かに漏らしたにちがいない。人間の虚栄心というやつは、なんて強力なのだろう。危険もかえりみず、ちょっとばかり注目を集めたくなったからといって、子どもをそんな目に遭わせたことを人にぺらぺらとしゃべるなんて。

切り妻屋根のごく簡素な石造りの家の玄関に向かって、細い砂利道が続いている。エレナは、何か異状を示すヒントはないか、家を一周してみることにした。裏手に、衝突防止用のバンパーと泥だらけのタイヤを備えたオフロード車が停まっている。家の窓はブラインドが下りているので、中を覗くことはできない。地面を平らに均《なら》した場所にささやかな物干し場がある。地面に柱を四本立て、そこに洗濯紐が二本渡してある。短パンが数枚、さまざまなシャツ、女性用の下着、タオルが一枚。物干し場のすぐ向こうに、車庫のような、ドアのない小屋があった。いくつかの農耕具に加え、モトクロス用のバイク、自転車が入っている。近くに畑が？　たしかに、家から五十メートルほど離れたところに耕作地がある。キャベツとカボチャを間違いかねないくらい農業には疎いので、何が植えられているのかはわからない。

さらに家の壁沿いに進むと、裏口を見つけた。屋根付きのポーチに続くガラス製の扉だ。夏はそのポーチで夕食を食べると快適だろう。内側のシャッターが下りているが、完全には閉じられていない。中に踏み込まなければならないときにはここを破って、シャッターを押し上げればいい。だがその前に玄関に戻り、呼び鈴を鳴らすことにした。誰もドアを開けない。もう一度呼び鈴を鳴らす。午後二時でもないので、シエスタ中ということはないだろう。外出している可能性はあるが、オフロード車が停まっているし、バイクや自転車もあった。バルの店員の話では一人暮らしらしいので、車を二台持っているということはないだろう。いや、出かけてはいない。ビクトリアはこの家にいるはずだ。

完全にそう結論する前に、もう少し詳しく周囲を調べることにした。砂利道にいくつか足跡がある。窓の一つのブラインドがＶ字型に反り返っており、居間の一部が見えた。中を覗いたエレナは、その場に凍りついた。手足を縛られ、口をダクトテープで塞がれた女性がいる。ロープでくくられた両足が、麻痺患者のようにぴくぴくと動いている。玄関のドアを調べたが、両端に金属製の鋲飾りが並ぶ、堅固な一枚板でできたもので、鉄製のかんぬきがかかっている。あきらめて裏手にまわり、ガラスを銃尾で何度も打って壊す。破片の雨を避けながら、シャッターを力ずくで押し上げた。なんとかくぐり抜けられるだけの隙間があいたので、中に滑り込む。居間の奥に、縛られて口を塞がれた女性がいた。初めは頭がはげているのかと思ったが、近づいてみると、乱暴に髪を剃られ、頭に三つの穴があけられているのがわかった。

「ビクトリア、警察です。もう大丈夫ですよ」

エレナは銃を取り出し、警戒しながら女性の手足のロープを解き始めた。彼女はなぜかこちらに恐怖に駆られたまなざしを向けている。まるで、ありがたい銃弾で苦痛から解放してくれる正義の騎士だと思っていたのに、と訴えるかのように。最後にダクトテープをはずそうとしたところで、こめかみに一撃を食らい、エレナはよろめいた。たちまち視界が曇り、ひどいめまいの感覚が頭から爪先へと下りていく。一瞬呆気にとられたが、頭を重い鈍器で殴られたのだと気づいたとたん、ビクトリアの体の上に倒れ込んでいた。もろに衝突するのだけは避けようと思った次の瞬間、意識が途切れた。

気づいたとき、手足は縛られ、口も塞がれていた。床に座らされ、ビクトリアが正面にいる。二人は三メートルも離れていない。ミゲル・ビスタスはビデオカメラを三脚に取りつけているところだった。そのあと青いスポーツバッグから小さな容器を取り出して開け、慎重に指を一本入れた。指を出したとき、そこには蛆が群がっていた。父の従妹に近づいて指を頭に置く。蛆たちは血の匂いに気づくと指から傷口に殺到した。なかなか指から離れない一匹には、ミゲルが助け舟を出した。そのあとカメラの後ろにまわり、ファインダーに目をあてがった。

「警部さん、もう少しビクトリアに寄ってくれ」

ぼうっとしていたエレナは、何を言われたのかわからなかった。

「お尻で少し移動してみてくれ。そう難しくないと思う。あんたも画面に入ってもらいたいんだ」

今度は理解できた。これから彼がビデオで撮影しようとしている画像では、苦しむビクトリアの姿はお楽しみの半分にすぎない。もう半分は、彼女の身に起きていることを近くで見せつけられる、エレナ自身の恐怖がそれなのだ。ミゲルはサディズムをもう一段階、前進させた。蛆にゆっくり食われていく女と、そのあと自分が体験することになる出来事を目撃させられるもう一人の女。

それでもエレナは指示に従い、ビクトリアにずるずると近づいた。

「すばらしい。それでいい」ミゲルが言った。

ファインダーから目を離し、ＯＫというように親指を立てる。

「自然に振る舞うことが大事なんだ。強制されて何かしたり、大げさな演技をしたりするのはまずい。あんたという人を僕は知っている」

エレナはミゲルと話がしたかった。彼が撮影したビデオについて質問し、ディープウェブにどうやってそれを流すのか教えてほしかった。息子のことを何か知らないか、尋ねたい。ダクトテープの奥で声を出そうとするが、しっかりと貼られているので、風船のように少しふくらませるのがせいぜいだった。

「それを続けると、そのうち窒息するぞ。静かに眺めているほうがいい。きっとあとで役に立つはずだ」

エレナは、ビクトリアが気を失っていることに気づいた。どうかこのまま目覚めずに、自分がどんな目に遭っているか知らないままでいられますように、と天に願う。顔や腕、服も血で汚れている。切開によって、かなりの出血があったようだ。壁に立てかけてあるシャベルに目を向ける。エレナはあれで殴られたのだろう。本棚の棚板の上にピストルがある。手錠は取り上げられていない。そうわかるのは、尻にそれが当たって痛いからだ。

ミゲルはウィングチェアに座り、満足げに光景を眺めている。エレナは生き延びる可能性について考えようとした。バルの店員が、マドリードからわざわざやってきた刑事がビクトリアに何の用だったのか知りたくて、ここに立ち寄るかもしれない。だが、それで助かるかと言えば、わからなかった。もし何か変だと思えば、治安警備隊に通報する可能性はある。ビクトリアがどこかで人と会う約束でもしていれば、姿を見せないことをその人が怪しむだろう。ミゲルの殺害方法は恐ろしいものだが、時間はかかるので、その間に危機を脱する何か名案を思いつくかもしれない。特殊分析班《BAC》でも間違いなくエレナの行方を捜そうとするはずだが、問題はエレナがどこに行ったか、サルバドール・サントスとその妻以外、誰も知らないことだ。自分の行動予定について、誰にも知らせておかなかった。それがエレナのスタイルだし、内心そういう衝動的で人に頼らないやり方が気に入ってもいたが、今回はそれが裏目に出てしまったわけだ。マリアホとブエンディアがどんなに調べても、何も見つからないだろう。さすがの彼らも、サルバドール・サントスから話を聞こうとは思わないはずだ。鍵を握るのはアセンシオンだが、彼女のことなど誰も思い出さないだろうし、そもそもエレナが彼女を訪ねるとは思いもよらないにちがいない。エレナのプライドが高いことは誰もが知っているから、自分の失敗を謝りに行くなんて、本来ありえない。じゃあ、誰が助けてくれる？　望みはない。自分一人きりだ。頼れるのは、ズボンの後ろポケットにある手錠だけ。指でなんとかそれを引き出し、手を縛っているロープを切るのに使えるかもしれない。手錠を刃物代わりにする話など聞いたことがないが、なんとかして銃を手に入れなかったら、待つのは死だけだ。

　ミゲルが立ち上がり、部屋を出ていった。後ろポケットを探るチャンスだった。指をそこに突っ込むには前かがみになって、尻を床から浮かせなければならなかった。人差し指が手錠にもう触れている。とにかくポケットからそれを引き出し、ぎざぎざの部分をナイフ代わりにするのだ。ロープを切るには鋭利さが足りないが、少しずつ進めていけば……。ロープにぎざぎざを当てるたび、目当ての場所を見つけるのに苦労した。いちいち違う場所に切れ目を入れていては、いつまでも作業が終わらない。

集中していたからだろう、ミゲルが部屋に戻ってきたのに気づかなかった。近づいてきた彼は正気をなくした顔でエレナを見下ろすと、顔を平手打ちして、転がった彼女の後ろポケットから手錠をひったくった。それを見てにんまりすると、本棚のピストルの横に置いた。

75

サラテは、カラバンチェル署で日々過ごすのがしだいにつらくなってきた。夏休みが近づいており、両親が離婚した子どもは海外旅行をするのに警察で許可証をもらわなければならず、その署名に追われていた。警察の仕事の中でも、これほど退屈なものはほかにないと思う。

「旅行先はどちらですか？」十代の娘二人を連れている女性に、サラテは尋ねた。

「エストリルです」

「エストリル、ってどういうことかな」

女性は怪訝そうにこちらを見た。二人の娘たちが笑う。

「ポルトガルはEU加盟国ですから、許可証はいりませんよ」

「航空会社から、警察の署名入りの親の許可証がいるって言われたんですよ」

「はいはい、わかりました。黙って署名しますよ」サラテはハアと大きく息を吐いた。

「あなたが悪いわけではありませんが、俺はこんなことをするために警官になったわけじやないんです」

　そのとき同僚のコスタが部屋に顔を出した。

「特殊分析班《BAC》からおまえに電話だ。仕事中だと言ったんだが、電話をよこしてきたのはこれで三度目なんだ。俺が代わりにやっておくから、中断して電話に出てこい」

　サラテは部屋を出て、警官たちの共有オフィスで電話を取った。マリアホだった。

「エレナがどこにいるか知らない？」

「最後に会ったのは、三下り半を叩きつけられたときだよ。それから連絡もない」

「行方がわからないのよ。みんな、すごく心配してるの」

「きっと家でグラッパを飲んで、つぶれてるんじゃないか？」

「サラテ、よほどの緊急事態でなければ、あなたに電話なんかしない」マリアホがぴしゃりと言った。「ちょっといつもと違う感じなの」

「でも、どうして俺がエレナについて何か知っていると？」

「わからないけど、あなた、彼女と何かしらの関係があるでしょ？」

　サラテはマリアホが使った言い回しについて、しばし考えた。何かしらの関係か。

「まあ、たしかにあると思う」

「エレナを捜すのに、協力してもらえない？」

「悪いけど、忙しくてね。今は所轄にとっては書き入れ時なんだ」

サラテは電話を切った。すぐに、マリアホに対してつっけんどんな態度を取ってしまったことを後悔した。マリアホのことは嫌いではなかった。携帯電話を取り出し、エレナに電話してみる。応答がない。チャットアプリの最終ログインを確認する。三十時間前だった。人付き合いのよくないエレナのような人間にしても、これはおかしい。承認課に行き、午後は半休を取るとコスタに告げると、誰かに訊かれたら、おたふく風邪だとでも言っておいてくれと言い置いた。

エレナがいつも朝食をとるバルへ行き、ルーマニア人ウェイターのファニートに、エレナを知らないかと尋ねた。

「しばらく来てませんよ。スペインリーグはもう終わっちゃったけど、もし彼女をこのあたりで見かけたら、プレシーズンマッチをしたいから立ち寄ってと言っておいてください」

「きっと伝えるよ」サラテはそう約束して店を出た。

カラオケスナックにも行ってみた。店内はがらんとしていた。椅子はみなテーブルの上に逆さに上げられていて、床は磨かれ、アンモニアの匂いがたちこめている。いつもはにぎやかな店の開店前というのは、熱狂の時を待つそのたたずまいがどこか物悲しい。女性が一人、洗面所の掃除をしていた。

「ちょっといいかな？　エレナ・ブランコのこと、知ってる？　刑事で、ここの常連なんだけど」

「さあ」

「毎晩のようにここに来て、ミーナの曲を歌う」

「ミーナの曲を歌う？　そんな人いないよ」

「エレナのこと、知ってる？　それとも知らないの？」

「悪いけど、知らないよ」

サラテはバルキーリョ通りに向かい、建物の管理人に挨拶すると、ＢＡＣ本部に上がった。さっそくマリアホに話しかける。

「家宅捜索で見つかったＤＶＤがすごく気になったらしくて、持っていってしまったの。トイレにこもって吐いてたのに……」

「ちょっと待って。ゆっくり頼むよ。どういうことか、さっぱりわからない」

マリアホはサラテに今の状況を把握させるため、事件の新たな展開について話した。ミゲル・ビスタスの釈放（これはサラテも知っていた）、ラ・セルナ・デル・モンテ村の実家の発見、家宅捜索、ディープウェブで広まっているスナッフビデオ。

「俺がここを立ち去ってからわかったことについて、何か詳しい報告書みたいなものはないかな？」

「ええ、わたしがまとめたものがあるわ」

「見せてくれ。エレナのことだ、どんなささいなことでも見逃さなかったにちがいない。衝動的な人だから、何がきっかけになったかわからない」

一緒にいたのはわずかな期間なのに、サラテがそこまで警部のことをわかっていたとは。マリアホは驚いたが、あえて口には出さなかった。エレナが今どこにいるのか、その心配で頭がいっぱいだった。だが捜す当てさえないのだ。

「エレナと最後に会ったのは誰？」サラテは尋ねた。

「わたしよ。それは確か。そしてBACに来る前に、レンテロと会ってる」

そのときチェスカが本部に現れ、サラテにつかつかと近づいた。

「ここで何してる？」

「あんたのことが恋しくて、会いに来た」

「出てけ」

「わたしが呼んだのよ」マリアホが割って入った。「エレナを見つけるのを手伝ってと頼んだの」

「この男は追い出されたんだ。ここに入る権利はない」チェスカが言う。

「いいか」サラテは言った。「好きで来たわけじゃない。協力要請を受けて来たんだ。それでも文句があるのか？」

チェスカは見下すような目で彼を見て、腰に両手をあてがった。

「警備員を呼ばせたいの？」

サラテはにやりとした。

「その必要はない。ここにはもう用はない」

サラテは部屋を出た。あんまり頭に来たので、そのままカラバンチェル署に引き返して渡航許可証の仕事に戻ろうかとも思ったが、今度はマヨール広場に向かった。エレナの家を見ておきたかった。古い住居で、ドアはそれほど厳重なものではなく、おまけにエレナはきちんと施錠をしない。刑事のくせに不用心すぎるとは思うが、彼女のそういう身軽でいい加減なところが好きだった。表の玄関をなんとか抜けて、クレジットカードを取り出してドアの隙間に差し入れ、ばね式の錠前を二度目で押し上げることに成功した。乱雑な室内ではあったが、違法なＤＶＤとやらはまもなく見つかった。十分ほど観たあと、マリアホに電話をした。

「これ、何なんだ、マリアホ？」

「そういう映像を売買している組織があるの。〈パープル・ネットワーク〉と呼ばれてる。ディープウェブって聞いたことある？」

「もちろん。だが、それとミゲル・ビスタスにどんな関係が？」

「彼がそういうビデオを所有してたの。たぶん、売買してたんだと思う。それでエレナはすごくショックを受けてね。映ってるのが子どもたちだったから。彼女の息子のこと、知ってるわよね？」

サラテは四枚のDVDを駆け足で再生し終わった。床にはグラッパのボトルが数本転がっている。エレナはひと晩じゅう飲み続けながら、このDVDを次から次へと観ていたのだろう。そして正気を取り戻した瞬間に、何か思いついたのだ。だが、それが何かわからない。

もう一度マリアホに電話をしてみたが、彼女にもわからないという。ただ、レンテロと会ったあと本部に戻ってきたとき、激怒していたらしい。レンテロ。サルバドール・サントスを敵視し、サラテの師匠である彼の名誉を汚してまで政界での成功を手にしようとする男。このレンテロがエレナに何か言ったのだろうか？　いや、違うだろう。

それでも殺人・行方不明者捜査部に向かい、レンテロに話があると職員に告げた。

「今、会議中です」

「急いでないので待ちます」

長いベンチに腰を下ろし、携帯電話を取り出す。エレナのチャットアプリを確認したが、やはりログインしていない。二時間待たされたところで、レンテロが不愛想にサラテを迎えた。

「何なんだ。わたしは普通、アポイントがなければ人とは会わない」

「ブランコ警部の行方を捜しているんです。どこにいるか、ご存じないですか？」

で現れるさ」
「どこにいても不思議ではない。心配するな、明日の朝になれば、とんでもない二日酔い
「昨日あなたはエレナと会ったそうですね。何か特別な話をしませんでしたか？」
「特別な話などという概念はわたしにはない。そういうのは若い連中の専売特許だ」
「なるほど、でも、エレナが何か心配している様子はありませんでしたか？」
「ミゲル・ビスタスを見つけなければ、と気にしていた。だが、それはわれわれがやって
いる、この一件はすでにおまえの管轄外だ、とも言ってやった」
「あなたが禁じたにもかかわらず、エレナはまだ捜し続けていると思います」
「だとしても不思議ではないが、あいつがどこにいるか、わたしには見当もつかない」
「あなたは知っているはずです」
「何だって？」
「悪く思わないでください。俺はただエレナを見つけたいだけなので。あなたとの会話の
中に、何か重要なヒントがあったはずです。それを聞かせてほしい」
レンテロはしばらくサラテをじっと見つめていたが、やがてけだるげに椅子に体を預け
た。「ラーラ・マカヤ事件についてのサルバドール・サントスの書類を見せろと言ってき
た。ミゲル・ビスタスの従妹の居所か何かについて手がかりがないか、調べたいと言って。
だが断った。その書類は現在調査中だ」

「ミゲル・ビスタスの従妹？」

レンテロは、大げさにうんざりしたようなしぐさをした。

「いや、ビスタスの父親の従妹だったかな。次の犠牲者はその従妹だとエレナは考えていた」

「その書類はどこにあるんですか？」

「ここにある。すでに懲罰委員会から返却されているのでね。だが、おまえに渡すわけにはいかない」

「調べさせてはもらえませんか？　必要なら、あなたの監視下で中身を見るのでもいい。その書類の中に、すべての鍵がありそうな気がします」

「ブランコ警部に許さなかったことを、所轄の若造に許す理由はこれっぽっちもない」

「それはそうでしょう。でも、ブランコ警部の身が危険にさらされているかもしれないんです」

「かもしれないが、彼女を救う方法がもしあるとしても、サルバドール・サントスの書類の中にはないだろう。彼はおまえの指導者だったと聞いているが？」

「はい」

「それなら、今後は鑑としていたものから距離を置くことをお勧めする」

サラテは、もうできることは何もないと思い知った。わかっていたことだ。サルバドールを毛嫌いしているレンテロが、その教え子に手を貸すわけがない。帰宅し、服を脱ぎ、下着姿になり、扇風機をつける。知恵を絞ったが、何も思い浮かばない。マリアホにもう一度電話をかけたものの、やはり進展はなかった。思いつくのは、夜中に殺人・行方不明者捜査部に忍び込み、書類を手に入れることぐらいがせいぜいだ。そして盗んだ書類を家に持ち帰り、何か見つかるのではという一縷《いちる》の望みを胸に中身を調べる。たぶん、ミゲル・ビスタスの従妹の居場所か何か。だが、それは一線を踏み越えることであり、その先には重い処罰が待っているだろう。

明日の朝になれば、とんでもない二日酔いで現れるさ、というレンテロの言葉を思い出して、自分を慰める。本部に現れた彼女は質問攻めにされて決まりの悪い思いをするが、のらりくらりと答えを避けるだろう。はめをはずす一方で節度を守る、謎多き女。そんなことを考えながら、サラテは眠りに落ちた。

76

耳のあたりを這うハエがくすぐったくて、エレナははっと目を覚ました。自分がどこにいるのか一瞬わからず、とまどう。そうだ、ここは村はずれにある一軒家の暗い居間だ。両手と両足を縛られている。目の前には、ビクトリアの体の上で飛びまわるハエの群れ。ミゲル・ビスタスは今、ビクトリアの脚に蜂蜜を塗っている。きっと頭にも同じことをしたのだろう。作業に熱中しているので、エレナが目覚めたことに気づいていない。ところがいきなりこちらを振り返り、嫌悪の表情で作業の様子を見ていたエレナをぎくりとさせた。

「おはよう、お寝坊さん」

エレナは首を振り、顔にとまろうとしたハエを追い払った。ミゲルがそれを見て笑う。

「たった一匹でそんなに気になるなら、蜂蜜を塗られたらどうなるか、想像してみろ」

エレナは目をそらした。泣きたかったが、泣くまいとした。殺人犯の前で泣くのは、ある意味敗北を宣言したも同然だ。だからこらえていた。

「これからちょっとした実験をしてみよう。あんたに見せてやりたいんだ」

ミゲルが近づいてきて、エレナの左足のズボンの裾を引き上げ、ふくらはぎに蜂蜜を塗り始めた。黄金色の輝きにうっとりしながら、なるべく均等になるように、べたべたとごく慎重に蜜を広げていく。今だ、とエレナは思った。ミゲルの顔に頭突きを食らわすのだ。額に命中すれば、失神させられるかもしれない。力を一点に集中させさえすれば。ミゲルは、特別美しい家具にニスを塗るかのように恍惚《こうこつ》の笑みを浮かべながら、エレナの脚に蜂蜜を塗り続けている。少しだけ目を上げるときを待たなければならない。その瞬間こそ、攻撃するのに最適の角度になる。脚にはすでにたくさんのハエがたかり、蜂蜜を食べ始めている。そんなことで気を散らしてはならない。緊張を保ち、ここぞというタイミングを待つのだ。そう、今だ。ミゲルがこちらを見上げたが、エレナは一瞬躊躇した。恐怖で反応が遅れ、結局攻撃できずに終わった。

ミゲルは青いスポーツバッグから小さな容器を取り出し、蓋を開けた。中から何匹ものハエが飛び立ち、どちらでも好きなほうが選べる二つのごちそうに散らばった。

「さあ、これから始まるドラマは大興奮間違いなしだぞ」

ミゲルはバッグからナイフを出し、エレナを見てにやりとした。まだ殺しはしないとわかっていた。殺すには早すぎる。たぶん顔か腕にでも切り傷を作り、ハエを誘うのだろう。だがミゲルは意外にもビクトリアに近づき、足の親指にナイフを突き立てた。つんざくような悲鳴にエレナはぎょっとした。かわいそうな相棒はもう死んだものとばかり思っていたのに、そうではなかったのだ。ビクトリアはまだ生きていて、痛みに身をよじり、それをミゲルが満足げに眺めていた。

「あの倉庫で蛆に食われたのはその指だった。今度はおまえが同じ苦しみを味わえ。それでやっとおあいこだ」

エレナは自分の脚から目をそむけていた。ハエで埋め尽くされているとわかっていたからだ。だが蜜を舐めているだけだから、今のところ危険はない。それに、今見せられているのはミゲルの復讐劇であり、エレナはその現場に運悪く居合わせることになっただけだとも言える。だとすれば、生き延びられる一縷の望みがあった。ミゲルの動きを目で追う。スポーツバッグをごそごそと探り、取り出したのは電気カミソリだった。スイッチが入るかどうか確かめてからエレナに目を向け、ほほ笑んだ。

「そろそろ頭を剃ろうか」

今度ばかりはエレナも抵抗した。頭を左右に振って、ミゲルの手から逃れようとする。目の前でハエが雲を成して飛びまわっている。ミゲルは床にかがみ、膝でエレナを押さえつけた。床に髪の房が一つ、また一つ、落ちていく。ブーンという電気カミソリの音にはどこか人の心を緩める効果があった。このあと頭に穴があけられるのだろう。カウントダウンが始まった。もう抵抗しても無駄だった。目を閉じ、すべてを成り行きに任せる。ミゲルがまたスポーツバッグをかきまわす音がしたかと思うと、クロロホルムの匂いがした。

「眠れ、あんたにはそのほうがいい」

クロロホルムを染み込ませたガーゼが鼻に押し当てられた。きつい匂いに吐き気を催す。それでも少しずつ甘い眠気が広がっていった。エレナは意識を失った。


激しい痛みが走り、エレナは目覚めた。今ミゲルは彼女の頭皮をナイフで丸く刻んでいた。自分の尾を食うヘビを描いているのだ。初めは表面を削るだけの浅い傷だったが、やがて刃の先端が脳みそを求めて深く埋まった。エレナは力を振り絞り、漁師の魚籠《びく》の中の魚さながら、激しく体を跳ねさせた。ナイフが床に落ち、ミゲルはエレナの首をつかむと、顔を続けざまに殴り出した。麻酔が効かないなら、殴って気絶させるしかない。この作業には正確さが欠かせない。それにはエレナをおとなしくさせる必要がある、というわけだ。血の匂いがクロロホルムの残り香にまじり、エレナは吐き気がした。耳の奥でキーンという音が反響している。頭が爆発しそうだった。目を開けようとしたが、片方しか開かないことに気づく。もう一方は血で貼りついてしまっていた。次の瞬間、耳が聞こえないと気づき、パニックに襲われた。もう耳鳴りも、ミゲルの脅す声も聞こえない。感覚という感覚が遮断され、最後の苦痛から自分を守るための体の最終メカニズムが発動したらしい。殴打がやみ、体に受ける衝撃も消えた。いつ頭にナイフの刃が突き立てられ、脳みそを目指して組織を刳《く》り貫《ぬ》かれてもおかしくなかった。もう痛みもない。ふいに体が水に浸《つ》かったかのような感じがして、水面のやさしい音がひたひたと耳に届いた。そのとき居間の窓のシャッターが持ち上げられる轟音《ごうおん》が響いたが、もちろんエレナには聞こえなかった。銃を手にしたサラテが入ってきて、「そこから離れて、両手を頭の後ろに置け！」と叫んだ。けれどそれもエレナには聞こえていない。

「ナイフを捨てろ。さもないと撃つ」

エレナの感覚がいきなり眠りから目覚め、キーンという耳鳴りが戻り、片目の視力が回復して、額を汗で光らせ、険しい表情をした相棒の姿が見えた。そうか。サラテがわたしを見つけてくれたのだ。一人で捜査を続けていたのか、あるいはわたしが失踪したことを知って、アリアガまでたどり着いたのか。ミゲルは両手を上げて降参するかに見えたが、突然三脚に近づいたかと思うと、力まかせにサラテに投げつけた。そして相手がひるんだ隙に、居間から逃げ出した。

サラテは急いでエレナに駆け寄ると、猿ぐつわをはずし、手のロープをほどいた。

「追いかけて」エレナはサラテを急かした。「早く」

「あんたは大丈夫なのか？」

「走って！」そして、居間から駆け出していったサラテの背中に叫んだ。「でも殺さないで」

理由を説明する時間はなかった。あの男は息子について何か情報を持っているかもしれない。どうしても取り調べをしなければ。エレナが何年も探し続けてきた答えを、ミゲルは知っている可能性があるのだ。

外に出たサラテはあたりを見まわした。車庫代わりに使われているらしい小屋から煙が立ち昇っている。オフロードバイクのマフラーから出ているガスだ。サラテは走った。ミゲルをみすみす逃がすわけにはいかない。小屋にたどり着いたとき、バイクにはキーが挿し込まれ、エンジンもかかっていたが、誰もいなかった。罠だと気づいたときには、首にナイフの刃が押しつけられていた。

「ピストルを渡せ」

サラテはのろのろと銃を差し出した。ミゲルはそれを受け取り、サラテを小屋のほうに押しやった。怒りにあえぎながらサラテを睨み、その視線を屋敷のほうに向ける。エレナが現れるのを待っていた。

エレナは足のロープをようやくほどき終わり、ビクトリアに近づいた。意識を失っているだけなのか、死んでいるのかはわからない。体はハエに、頭は蛆に覆われていた。だが、まずはミゲルだ。銃と手錠をつかむと、外に飛び出す。白昼の日差しに目がくらみ、小屋のそばでサラテが丸腰で両手を上げ、ミゲルが彼に銃を突きつけているのにすぐには気づかなかった。しかしすかさずエレナはピストルの撃鉄を起こし、ミゲルにぴたりと銃口を向けた。

「銃を捨てなさい」

長時間猿ぐつわをはめられていたせいか、声が妙にかすれていた。

「おまえこそ銃を捨てろ。それとも、僕を殺すのか？」

ミゲルの態度はやけに横柄だった。主導権は自分にあると確信しているかのようだ。

「もうおしまいだよ、ミゲル。いざとなれば、わたしは必ずあんたを撃つ」

「本当に僕を殺すつもりか？　おまえの息子について何か知っているかもしれない、たった一人の人間を？」

「息子について、何を知ってるのよ？」エレナはますますぞっとした。最初にエストレメラ刑務所で顔を合わせたそのときから、ミゲルは彼女が誰で、その息子が誰か、わかっていたというのか？

「話してやるよ」ミゲルは、エレナを動揺させたことに満足し、にやりとした。「だがまずは、人間が生まれ変わるところを二人で見守ることにしよう」

「何だって？」

「簡単なことだ。交換条件を出してるんだよ。おまえの息子について知っていることを僕が話す代わりに、おまえは僕を見逃す。だが、この取り決めに証人はいらない。こいつは僕にもおまえにも関係ない、第三者だ」

「息子について、何を知ってるの？」エレナはくり返した。

「光の神よ、罪深きこの男を生まれ変わらせたまえ」ミゲルが言った。

銃声が響いた。だが倒れたのはサラテではなく、ミゲルだった。エレナが彼の胸を撃ったのだ。すぐにミゲルに走り寄ると言った。

「大丈夫、急所ははずした。タオルを持ってきて、出血を止めないと。いや違う、救急車が先だ！　タオルはわたしが持ってくる」

エレナが家に向かって走り出す。サラテはすかさず携帯電話を取り出し、ミゲルから視線をはずさずに、応援を呼んだ。そのミゲルは地面に倒れたまま身をよじり、顔を砂だらけにしている。起き上がろうとしていたように見えたがかなわず、うつ伏せのまま横たわっていた。だが様子がおかしい。分厚いタオルを二枚持って現れたエレナは、目の前の光景の意味がわからず、思わず立ち止まった。ミゲルは尻を浮かし、まるでイモムシのように体をくねらせながら苦労して進むと、手で地面に置いた何かの上に突っ伏したようだった。サラテが近づいて体をひっくり返すと、ミゲルの腹部に深々とナイフが突き刺さっているのがわかった。

エレナは肩を落とし、遺体を見下ろしていた。確認しなくても、死んでいることが見て取れた。サラテにもそうわかり、エレナに近づくと、その肩にそっと腕をまわした。

77

いつものようにバルのテラス席で朝食を食べながら、エレナは、ぶらぶらと道行く歩行者を眺め、人生はなぜこんなにも不可思議なのだろうと考えていた。幸せは手を伸ばせばそこにあり、心を開いて素直に受け入れればそれでいい、そんなふうに思える美しく穏やかな瞬間がある。だが現実は違うとエレナは知っている。たとえば今も、そよ風の吹くとても気持ちのいい朝で、気分も上々なのに、頭の中に安らぎはなかった。忌まわしいイメージが絶え間なく回り続ける、回転木馬がそこにある。マカヤ姉妹の遺体、モイセスの自殺、息子を必死に守ろうとしたハウレギ、蛆だらけになったかわいそうなビクトリア、うれしそうに彼女に蜂蜜を塗っていたミゲル・ビスタス、銃を突きつけられ、危機一髪で死を免れたサラテ。十五世紀以上前に失われたある宗教の啓示によれば、死とは再生するためのものだという。頭巾をかぶった男たちに虐待される子どもたちの映像、そして映像……。ぼんやりした霧の向こうの、そうした子どもたちの一人に凝縮された、息子のイメージ。

「おやおや、なんだか海賊みたいですね、刑事さん」

テラス席に出てきたファニートは、エレナが注文したカフェ・コン・レチェを持ってきたのだった。エレナの頭を覆うバンダナをじっと見て、にやにやしている。そんな変装なんかして、自分にも遊び心があるところを急に見せたくなったんでしょ、と言わんばかりだ。エレナはやさしくほほ笑んだ。ファニートの無邪気さは、世の中の残酷さで傷ついた心を癒《いや》してくれた。頭のバンダナを見て、エレナは癌《がん》なのだと考えなかった者は彼だけだった。誰もがそんなふうに判断した。グリーフケア・センターで二晩ほど過ごしたとき、集まっていた人たちがそうだったように。エレナは面倒で、わざわざ否定もしなかった。化学療法のせいで髪が抜けてしまったのだと思われていたほうが、真実を話すよりはるかにいい。サイコパスに頭を剃られ、頭皮にナイフでウロボロスを刻まれた、なんて真実を。その点については、レンテロがしっかりと手をまわし、エレナの名前が新聞やテレビに出ないようにしてくれた。

医者によれば、傷は順調に治っているという。エレナは残った髪もすべてカットしてしまったので、まるでピエロみたいに見え、少しでも見栄えをよくするためにバンダナを巻いているのだ。自分の気に入る長さに伸びるまでには、もう数か月かかるだろう。

グリーフケア・センターではソニア・マカヤにも会ったが、彼女が悲しみを乗り越えるため支えてくれているカピやロマ人一族のおかげで、元気そうに見えた。今はエレナのほうが彼女を手本にしなければならなかった。スナッフビデオの中に息子の姿を見たような気がしてからというもの、まるで昨日のことのように誘拐された当時のことが蘇ってきた。息子が消えてしまった悲しみを乗り越えられたように思えたこともあったのに、振り出しに戻った感じがした。でも、ソニアを襲った不幸のほうが、自分よりはるかに厳しいものだということは、誰が見ても明らかだ。もう二度と娘たちとは会えないというのに、未来に足を踏み出す希望を取り戻したように見えた。まわりの人たちから学び、元夫のようにもっと強くなり、前に進まなければならないと、エレナもわかってはいた。

そう考えて、その晩思いきってカラオケに行くことにしたのだ。頭にバンダナを巻いた姿でステージにのぼり、ミーナの曲を歌おう。それができれば関門を一つ突破できるとは思ったものの、なかなか決心がつかなかった。グラッパを飲みながら、ほかの客が歌うのを眺める。それでも意図としては悪くないのだ。舞台に上がる可能性を捨てきれず、もう二、三杯グラッパを飲めば勇気が出るかもしれないと思った。カウンターに近づいてもう一杯注文したとき、サラテが店に入ってきたのが見えた。突然彼が現れたことを喜ぶべきか、腹を立てるべきか、自分でもわからなかった。

「一人？」サラテが尋ねてきた。

「わたしはいつも一人よ」

「よくない知らせがある。病院から連絡が来た。ビクトリア・ビスタスが息を引き取った」

エレナは、すぐにはそのニュースを呑み込めなかった。長時間にわたって恐怖をともに分かち合ったことで、ビクトリアとのあいだには不思議な絆が生まれていた。最初に病院に見舞いに行ったとき、ビクトリアは脳出血の緊急手術を受けているところだった。エレナは、彼女が手術室を出てICUに運ばれるまで病院に残って待った。やっと面会が許されたとき、その手を握ることしかできなかったが、そうして自分のエネルギーを注入しようとするかのように、そのまましばらく寄り添っていた。何度も面会に行ったけれど、一度も話をすることはできなかった。ビクトリアはすでに認知能力を失っていたのだ。

「また脳出血が起きたんだ」サラテが言った。「今回は乗り越えられなかった」

「あの状態でこれだけ持ちこたえたのは奇跡だよ」

「彼女は、自分は隠れなきゃならないとわかってたんだ。サルバドール・サントスにそうアドバイスされてた」

「そんな話、今初めて聞いた。サルバドールは彼女と話もしていたの？」

「もちろん。アリアガにいるのを見つけて、あの小屋での昔の出来事について全部聞き出していた。だが、裁判でまたいとこに不利になるような証言は絶対にしたくないとビクトリアは言った。かつてあんなにひどい目に遭わせたのに、傷にまた塩をすり込むようなことはできない、と」

「でも、どうやってそのことを知ったの？　サルバドールから聞いたわけじゃないよね？」

「サルバドールは話ができる状態じゃない。だが、少なくとも法廷には引きずり出されないよ。懲罰委員会もサルバドールの健康状態を考慮してる」

「よかった。彼にとっても、アセンシオンにとっても。でも、まだ質問に答えてもらってないよ」

「何のこと？」

「わたしの居場所を探り、命を助けるために、サルバドールの捜査資料を盗んだのかどうか。カラバンチェル署での仕事で失敗したぐらいで、停職処分になるとは思えない」

「本当のことは教えたくない」

「どうして？」

「話したら、あんたは俺を特殊分析班《BAC》に戻そうとは思わなくなる。だけど警官としてやっていくには、今となってはそれしか道がないんだ」

「万が一ってこともあるかもしれない。試してみなよ。とにかく全部話して」

サラテはウェイターにウィスキーを頼んだ。エレナにこの顚末《てんまつ》を白状するなら、喉を何かで潤したほうがいい。

「言っておくが、最初は正攻法でやろうとしたんだ。ＢＡＣで情報を探そうとしたのに、チェスカに追い返された。レンテロと話をしてみたが、彼はいっさい譲らず、しまいには、俺がサルバドールを擁護したことを責め出した」

「レンテロに協力を求めたのは間違いだったね。彼は自分のキャリアと、問題を隠蔽することにしか関心がない」

「それも仕方がないさ。ロマの花嫁事件で株を上げたんだから」

「せいぜいチャンスを利用すればいいよ。で、どうやってわたしを見つけたのか話して」

「夜、殺人・行方不明者捜査部に行き、職員に挨拶して、サルバドールの書類を裁判所に移送しなければならないと言ったら、渡してくれたんだ。驚いたよ」

「信じられない」

「キャビネットをこじ開ける必要さえなかった。そうして書類を家に持ち帰って、血眼になって手がかりを探し、とうとうサルバドールがビクトリアに話を聞いたときの内容を書き写した覚え書を見つけた。そこにアリアガって地名が出てきたんだ」

「それからどうしたの？」

「ここで二度目のルール違反。パトカーをちょっと拝借して、村に向かった。それからのことはご存じのとおり」

「つまりあんたはわがＢＡＣのメンバー志望だというのに、持参した履歴書に並んでいるのは、警察の捜査書類を盗んだとか、警察車輌を好き勝手に使ったとか……」

「おっしゃるとおりだ。しかも俺はもうメンバーとして仕事を始めている」

エレナはサラテを睨みつけた。

「好き勝手に使ったわけじゃない。あんたを救うためだ」

「ついでにキャリアをどぶに捨てかけた」

「すべて完璧とはいかないよ」

エレナはその言葉にうなずいた。そしてグラスを手に取ると、掲げた。

「乾杯しよう」

サラテもグラスを持ち上げる。

「何のために？」

「あんたをＢＡＣの一員として迎えることに。そういうとき、乾杯するものじゃない？」

「チェスカやブエンディアが歓迎してくれるかどうかわからないけど」サラテは笑みを漏らした。

二人は乾杯し、それぞれグラスをひと口で干した。サラテがエレナの手を取って引き寄せ、首にキスをする。

「で、あんたの家でお祝いを締めくくるのはどう？」と囁いた。

「遠慮しとく。ごめん」

サラテはエレナに目を向けると、そのまま冗談めかして懇願するような表情を作り、彼女の虚栄心をくすぐろうとしたが、生真面目で悲しげなエレナの顔を見て、そういうタイミングではないと知った。そこで話題を変えた。

「チームでパープル・ネットワークの捜査は続けてるのか？」

「マリアホがソフトの中身を解析してアドレスを追跡しようとしてるけど、簡単じゃなさそう」

「それで……」サラテは口ごもった。「息子さんのことは何かわかった？」

エレナは疲れた笑みを浮かべた。

「そろそろ帰るよ。いいかな？　一人になりたいの」

「もちろん。送ろうか？」

「いや、わたしのためにもう一杯乾杯して。歩きたいんだ。明日、本部に十時ね」

サラテは親指をぐいっと立てた。

78

エレナは急ぎ足でスナックから遠ざかった。彼女を一人にしないよう、サラテが追いかけてくるようなことがあっては困る。マヨール広場にある自宅に向かう。日々は何事もなかったかのように続く。観光客がマドリードを訪問し、抜け目のないホームレスたちはあたりをうろついて、小銭を恵んでくれそうな歩行者や、かすめ取れそうな、札束ではち切れんばかりの財布を探している。テラスで何か飲んでいけとしつこくつきまとう店員がうるさいので、いつものように急いで広場を横切っていく。もう手に鍵を握って、暗い玄関ホールに入ろうとする。でも、ふと、理由はわからないが今日じゅうに片づけなければならない、何かやり残したことがあるような感じがした。

また広場に出て、マヨール通りを進み、プエルタ・デル・ソルにたどり着く。途中、行き交う人のあまりの多さに、エレナは驚いた。マドリードでは、実際にはそんなことはないのだろうが、通りで暮らす人が日に日に多くなっていくような印象さえある。通りで食べ、通りで楽しみ、通りで愛し合う——まるで、途上国のどこかの街に変貌しつつあるかのようだ。そのままアルカラ通りを経由してバルキーリョ通りに入る。特殊分析班《BAC》本部のある建物の玄関先にラミロがいないので、おかしいなと思い、時間を見ると、思った以上に遅い時間になっていた。ラミロの代わりに五十絡みの別の男がいた。たぶんラミロのように元警官だろう。

「五階に行きます」

「どうぞ、警部さん。お通りください」

オフィス内に人気はなかった。もし何かの用事でブエンディアか、マリアホか、オルドゥーニョか、チェスカがこんな時間にここにいたら、これからやろうとしていることをやめていただろう。でも誰も止める者はいなかった。そんなことをしても無意味だ、人生は続くんだよ、とわからせてくれる者は。

パープル・ネットワークのＤＶＤを抱え、映像室に入る。そこに映し出される暴力は耐えがたいものだった。子どもたちは叫び、必死に助けを求めている。画像の乱れた、息子ではない子どもの映像をじっと見る。同じ映像を毎日何時間も観ている。こんなことをしていたら、いつか頭がおかしくなるとわかっていた。

息子はすでに殺害され、遺体はもう見つからないと元夫は考えていて、だからこそ安眠できるのだろう。でもエレナはとても納得できなかった。もし埋葬してやることさえかなえば……。だから最後まであきらめずに捜すつもりだった。思いもかけないときに見つかる、そんな気がしていた。あとは、つねに注意を怠らずにいれば、きっと。

画面では、仮面をかぶった男が少女を犯していた。つらくて、早送りにする。こんな残虐な仕打ちだというのに、このソフトの中には同様の行為が数えきれないほど録画されていた。しかも、子どもを犯しているのが実の父親であるケースも多く、わずかなお金と引き換えにわが子をこの手のビデオのために引き渡す母親もいるらしい。撮影が終わって泣きながらベッドに潜り込むそういう子どもは、自分が受けた行為の残酷さにたぶん気づいていない。人生とはそういうものだ、自分の身に起きていることはとくに異常ではないのだ、と考えているかもしれない。そして最悪なのは、その子が大人になったときに、当時の自分と同じような立場の子どもたちに同じ行為をくり返すおそれがあることだ。

携帯電話から着信音が聞こえ、びくっとした。さっきのことを感謝するサラテからのメールだろうと思って開けたが、違った。差出人不明。だが、そのメールにはリンクが張られていた。リンク先に飛ぶと、動画が流れ出した。エレナの息が止まった。

行方不明になったのは八年前、いやもう九年近く前で、当時は五歳だったが、そこに現れた少年は間違いなく息子のルーカスだった。目も、顎も、ブロンドの髪に見える癖もそのままだ。

「やあ、ママ」

クローズアップの画像が、エレナに呼びかけている。やはりルーカスだ。

「俺を捜すのはやめてくれ、ママ。いいか、すぐにやめるんだ。俺がどんな人間になったか、ママには想像もつかないはずだよ」

カメラが引きになり、殺風景な部屋が映し出された。そこは拷問部屋だった。椅子に縛りつけられた少女がいる。そしてもう一人、あばた面の男が立っていた。マヨール広場のアーチから去っていったあの男。エレナが長年、ベランダで撮影した写真の中に捜し続けてきた顔。

「ちょっとしたデモンストレーションをするよ。そうでもしないと、ママは捜すのをやめないだろうからね」

ルーカスは今や十三歳の少年だった。上背があり、体格もよく、低音と高音のあいだで揺れ動く、声変わりしきれていない声だ。こちらに向けているのは挑発的なまなざしと言ってもいいだろうが、死んだ目だった。

「見終わったあとに、俺を愛してると言ってみてくれ」

ルーカスはナイフを持ち、少女の額を一直線に切り裂いた。少女はわめき、足をばたばたさせている。あばた面の男が娘を押さえつけていた。ルーカスがカメラを見た。

「これはまだ序の口だ。俺がママなら、とても最後まで観られないだろうな」

エレナは動画を途中で止めもせず、最後まで観続けた。息子を見つけなければ。やめさせるのだ、こんなことは。

訳者あとがき

本書〝*La Novia Gitana*〟（直訳すると「ロマ人の花嫁」）は、二〇一八年八月にスペインで出版されるや、たちまちベストセラーとなった。わずか五か月で五刷を数え、すでに二十万部以上を売り上げており、〝スペイン出版界の一大事件〟とまで言われた。著者のカルメン・モラは匿名作家で、本書の舞台でもあるマドリード出身の女性作家だということはわかっているが、ほかのプロフィールは完全に伏せられていて、〝スペイン人版エレナ・フェッランテ（『ナポリの物語』シリーズで有名なイタリア人匿名作家）〟とも評されている。ただ、構成の巧みさ、筆致の切れ味などを考えると、すでに数多くの著書があるベテランではないか、というのが大方の推測だ。ショッキングな作品なので、内容を深読みする人々がこぞって著者の正体を探ろうとし、余計に注目を集める結果となった。

物語は、マドリードの中心からはややはずれたカラバンチェル地区にある公園で、女性の異様な遺体が発見されたところから始まる。脳を蛆に食われて殺されていたのだ。じつは七年前にその女性の姉がほぼ同じおぞましい方法で殺害されていたことから、スペイン警察ナンバー2であるレンテロ捜査本部長直属の組織、特殊分析班《BAC》が捜査に乗り出す。問題は、姉の殺害犯は事件後に逮捕され、現在は服役中という点だった。はたして模倣犯のしわざなのか、それとも真犯人が別にいるのか?

この架空の組織、BACの面々がまた魅力的なのだ。さまざまな個性の持ち主が集まったBACは一般の警察組織からは独立した存在で、オフィスも別に構え、警察官のあいだでもほとんど都市伝説化している。みな優秀だとはいえ、必ずしもエリートではないというところがミソだ。主人公であるリーダーのエレナ・ブランコ警部は、私生活は型破りで一風変わっているが(非番ともなるとイタリアン・ポップスをカラオケで歌い、朝からグラッパを飲み、行きずりの男とSUVの中でセックスし、自分はソ連時代のクラシックカー、ラーダを乗り回す)、捜査は緻密で厳格。しかしじつはつらい過去を抱えており、それが彼女に暗い影を投げかけている。さらには、飄々《ひょうひょう》とした中年男だが検死官としては一流のブエンディア、気のいいおばあちゃんとはいえ腕利きのハッカーである情報分析官のマリアホ、直情的な行動派の刑事チェスカ、冷静な元特殊作戦部隊員オルドゥーニョが、各自の得意分野を活かし、丁々発止と議論を戦わせて、捜査をおこなう。それぞれキャラクターが立っていて、彼らの掛け合いだけでもじつに楽しい。

そこに、事件の初動捜査に当たった所轄の刑事サラテが絡んでくる。初めての殺人事件をBACに横取りされて面白くないサラテは、持ち前のしたたかさを発揮してエレナに気に入られ、BACに一時的に加わることになる。しかし、被害者の姉の事件の捜査を主導したのが、刑事としての薫陶を受けた元刑事サルバドールだったことを知り、師匠をかばおうとする彼の思惑はしだいにＢＡＣの方針とずれていく。

つまり、猟奇的殺人事件をめぐる二転三転するストーリーの面白さに加え、刑事たちの群像劇や特殊班と所轄との軋轢《あつれき》といった警察小説としての醍醐味も楽しめるわけだ。じつはスペインの法執行機関には、文民警察であるスペイン国家警察と準軍事組織である治安《グアル》警備隊《ディア・シビル》に加え、自治体単位の警察もあり、管轄がかなり複雑で、そのあたりを取り上げた警察小説の系譜が存在しているのである。

もう一つ触れておきたいのは、スペインにおけるロマ人（いわゆるジプシー）コミュニティについてである。長らく差別されてきたロマ人たちは、特定地域で固まって暮らし、麻薬犯罪や組織犯罪にかかわる者も多い。現在も古い伝統を守り、生活には強烈な男尊女卑思想が貫かれている。ロマ人の若い女の子たちの苦悩を描いた二〇一八年のスペイン映画『カルメン&ロラ』を観たときには、彼らのあまりに前時代的な考え方に正直驚いたものだった。

本作は三部作になっており、二〇一九年に〝*La Red Purpura*〟（パープル・ネットワーク）、二〇二〇年に〝*La Nena*〟（お嬢ちゃん）が刊行された。いずれも衝撃的な内容ながら一級のエンターテインメントに仕上がっている。紹介できる機会があれば嬉しいのだが。

ともあれ、外連味《けれんみ》にあふれる、手に汗握る本作の展開を楽しんでいただければ幸いだ。

二〇二一年三月

訳者紹介　宮﨑真紀

英米文学・スペイン文学翻訳家。東京外国語大学スペイン語学科卒。主な訳書にスナイダー『イレーナ、永遠の地』、ナルラ『ブラックボックス』(以上、ハーパー BOOKS)、アルボル『終焉の日』(東京創元社)がある。

ハーパーBOOKS

花嫁殺《はなよめごろ》し

2021年4月20日発行　第1刷

著　者　カルメン・モラ

訳　者　宮﨑真紀《みやざきまき》

発行人　鈴木幸辰

発行所　株式会社ハーパーコリンズ・ジャパン
東京都千代田区大手町1-5-1
03-6269-2883 (営業)
0570-008091 (読者サービス係)

印刷・製本　中央精版印刷株式会社

定価はカバーに表示してあります。
造本には十分注意しておりますが、乱丁(ページ順序の間違い)・落丁(本文の一部抜け落ち)がありました場合は、お取り替えいたします。ご面倒ですが、購入された書店名を明記の上、小社読者サービス係宛ご送付ください。送料小社負担にてお取り替えいたします。ただし、古書店で購入されたものはお取り替えできません。文章ばかりでなくデザインなども含めた本書のすべてにおいて、一部あるいは全部を無断で複写、複製することを禁じます。

この書籍の本文は環境対応型の植物油インクを使用して印刷しています。

© 2021 Maki Miyazaki
Printed in Japan
ISBN978-4-596-54153-6